Das soll mir erst mal
einer nachmachen!

Für Marion und Volker – in Dankbarkeit

Annemarie König

Das soll mir erst mal einer nachmachen!

Erinnerungen an ein ungewöhnliches Leben

Aufgeschrieben von Marion Prasuhn

*Bibliografische Information der Deutschen Nationalbibliothek:
Die Deutsche Nationalbibliothek verzeichnet diese Publikation in der
Deutschen Nationalbibliografie; detaillierte bibliografische Daten sind
im Internet über http://dnb.dnb.de abrufbar.*

*© 2019 Annemarie König
aufgeschrieben von: Marion Prasuhn
Cover, Layout und Lektorat: Marion Prasuhn
Herstellung und Verlag: BoD – Books on Demand, Norderstedt
ISBN: 978-3750-405-905*

Inhaltsverzeichnis

Warum ich dieses Buch schreibe

Ich werde oft gefragt, warum ich in meinem achtzigsten Lebensjahr dieses Buch schreibe, bei dem es sich um mein erstes und mit einer gewissen Wahrscheinlichkeit auch um mein einziges Buch handeln wird. Ganz einfach: Ich hatte schon immer das Bedürfnis, die Geschichte meines Lebens aufzuschreiben. Mein Leben war und ist bis heute mit all seinen Höhen und Tiefen so erlebnisreich, dass ich es schriftlich festhalten wollte. Im Laufe der Jahrzehnte haben immer mal wieder Bekannte in meinem Umfeld lauthals angekündigt, dass sie ein Buch über das zurückgelegte Leben schreiben wollen. Nach meiner Erinnerung ist allerdings in keinem Fall etwas daraus geworden. Nicht so bei mir! Wenn ich mich nämlich einmal zu etwas entschlossen habe, setze ich es in aller Regel auch in die Tat um. Mit diesem Buch ist es nicht anders.

Zu meiner Verwunderung haben mich alle, denen ich von meinem Projekt erzählt habe, ausnahmslos und vorbehaltlos darin bestärkt. Das gibt mir natürlich zusätzlichen Mut. Mut, aber auch Energie und Disziplin benötige ich, wie schon so oft in meinem Leben, seit über zwei Jahren ohnehin in erhöhtem Maße. Mein Schlaganfall am 30. 3. 2011 hat mich wie kein Ereignis zuvor von der einen auf die andere Sekunde aus meiner Lebensbahn geworfen. Seitdem bemühe ich mich mit all meinen Kräften und mit der liebevollen Unterstützung meiner Kinder wieder in eine für mich akzeptable Bahn meines Lebens zurück zu finden.

Meine Leser sollen einen Einblick in mein unglaubliches und bewegtes Leben bekommen. Ich glaube, vieles von dem, was ich erlebt habe, soll mir erst einmal jemand nachmachen. In den sechziger Jahren musste ich allein, ohne Geld und Unterstützung zwei Kinder großziehen, und, obwohl ich immer nur abends und nachts gearbeitet habe, immer auch darauf achten, dass aus ihnen ordentliche und anständige Menschen werden, die durch die Scheidung oder das häufige Alleinsein keinen Schaden nehmen. Das ist mir mit großen Mühen und vielen Anstrengungen auch gelungen, denn beide Kinder haben aus ihrem Leben etwas gemacht. Sie sind trotz schwierigster Verhältnisse immer anständig geblieben, und ich konnte mich immer auf sie verlassen. Dafür bin ich ihnen dankbar, und es macht mich sehr stolz. Gleichzeitig wollte ich auch immer, dass die Kinder den Kontakt zu ihrem Vater trotz unserer Scheidung nicht verlieren. Auch das ist mir gelungen, wenn es auch mit Heinz nicht immer leicht war, weil er im Grunde nie für die Kinder Unterhalt gezahlt hat. Aber wir sind immer eine Familie geblieben, und trotz der Scheidung habe ich mit Heinz nicht nur die Silberne und Goldene Hochzeit, sondern im letzten Jahr auch die Diamantene Hochzeit ganz groß gefeiert. Heute ist vieles ganz anders. Da werden allein erziehende Mütter vom Staat unterstützt und jammern trotzdem noch darüber, wie schwer sie es haben. Aber früher gab es das nicht. Da musste man sehen, wie man finanziell zurecht kam, insbesondere, wenn man weder von der eigenen Familie noch von seinem Mann Unterstützung bekam, und sowohl eine geschiedene Frau als auch besonders die Kinder aus gescheiterten Ehen von der Gesellschaft noch schief angesehen wurden.

In diesem Buch wird es sicher das eine oder andere zum Schmunzeln oder gar zum Lachen geben, aber auch die weniger schönen Momente und Zeiten werden nicht zu kurz kommen. Darüber kann ich viel erzählen, denn mein Leben lang war ich arm und habe mir nichts gegönnt. Alles, was ich erreicht und erlebt habe, habe ich mir selbst erarbeitet. Aber keine Angst: Das wird hier ganz bestimmt keine Trauerrede. Ich werde mein Leben so beschreiben, wie ich, ganz persönlich, es empfunden habe.

Meine Familie, und damit meine ich in erster Linie meine Tochter Marion und meinen ebenso wunderbaren Sohn Volker, nimmt dabei die Hauptrolle ein. Das war immer so, das ist so und das wird auch bis zum Ende meines Lebens so sein.

Vorwort

Ich habe es für mich getan!!!
Ich habe mir dieses wahnsinnig tolle, teure Kleid für meine Diamantene Hochzeit gekauft. Und ich werde im Breidenbacher Hof feiern! Alle werden mich jetzt wieder für verrückt halten. Aber das ist mir egal. Das wäre ja nicht das erste Mal. Aber endlich will ich mir auch mal was gönnen. Was habe ich denn noch? Ich sitze seit meinem Schlaganfall 2011 halbseitig gelähmt im Rollstuhl, bin fast blind und kann ohne fremde Hilfe nicht mehr leben. Und dabei war ich immer so selbständig. Mein ganzes Leben lang war ich auf mich alleine gestellt. Mein ganzes Leben lang habe ich gearbeitet, dabei gespart, jeden Pfennig dreimal umgedreht und mir nichts gegönnt. Heute habe ich ein bisschen Geld gespart, aber durch meine Krankheit keine Gelegenheit mehr, mir dafür etwas Schönes zu kaufen. Deshalb will ich wenigstens jetzt, zum Anlass meiner Diamantenen Hochzeit nicht als armseliges Wesen im Rollstuhl sitzen sondern trotz Rollstuhl noch einmal „Königin der Nacht" sein.
Auch was diese Feier angeht, halten mich alle für verrückt. Ja, ein bisschen verrückt ist es schon, nach 60 Jahren den Hochzeitstag mit einem Mann zu feiern, von dem ich seit mehr als fünfzig Jahren geschieden bin. Aber Heinz ist nun mal der Vater meiner beiden Kinder und ich wollte nie, dass nur weil wir uns nicht mehr verstehen, der Kontakt insbesondere zu den Kindern abreißt. Das ist mir auch gelungen, denn bis heute haben wir uns unser ganzes Leben lang nicht aus den Augen verloren, immer Kontakt zueinander gehabt und uns immer als Familie gefühlt. Familie war und ist mir immer wichtig gewesen. Ich bin selbst ohne Vater groß geworden und ich wollte nie, dass meinen Kindern das Gleiche geschieht.
Inzwischen wohnen wir alle in Düsseldorf und ich bin stolz darauf, die Familie so zusammengehalten zu haben. Das soll mir erst einmal jemand nachmachen. Und deshalb möchte ich diesen Tag gebührend feiern, als Erinnerungstag, denn wenn Heinz und ich damals nicht geheiratet hätten, gäbe es diese Familie in der Form

nicht. Ich weiß, dass alle dieses Projekt belächeln, genau so, wie sie das Projekt, ein Buch über mein Leben schreiben zu wollen, belächeln. Aber mir ist das wichtig und deshalb setze ich mich dafür auch mit aller meiner noch verbliebenen Kraft ein. Ich musste schon immer für das, was ich haben wollte, kämpfen. Das zieht sich durch mein ganzes Leben. Und jetzt kämpfe ich noch einmal für ein tolles Familienfest in einem tollen Rahmen mit einer tollen Familie. Und ich kämpfe dafür, dass das, was ich erlebt habe, aufgeschrieben wird. Denn obwohl es mir als allein erziehende Mutter früher so schlecht ging, bin ich stolz, dass aus meinen Kindern etwas Anständiges geworden ist. Ich habe dafür gesorgt, dass sie zur Schule gehen konnten, ihre Ausbildung und den Führerschein finanziert. Meine Tochter war die erste, die in unserer Familie überhaupt Abitur gemacht hat und meine Enkelin hat es bis nach Harvard geschafft. Mein Sohn ist ein erfolgreicher Kinderliedermacher, dem die besondere Ehre zuteil wurde, dass sogar eine Grundschule in Düsseldorf nach ihm benannt wurde. Alle meine Enkelkinder haben studiert oder stehen beruflich auf festen Füßen.

Darauf bin ich wirklich stolz. Aber es war für mich nicht immer leicht, und vielleicht kann man mich besser verstehen, wenn man zurückgeht in die Vergangenheit und mein erlebnisreiches Leben Revue passieren lässt.

Meine Kindheit und Jugend in Moers 1934 - 1953

Meine Mutter

Am 26. Juli 1934 um 17.15 Uhr wurde ich in Moers am Niederrhein als drittes von insgesamt 5 Kindern meiner allein erziehenden Mutter Else geboren. Zu diesem Zeitpunkt hatte ich bereits einen sieben Jahre älteren Bruder, Karl-Heinz, oder auch Büb genannt, und eine fünf Jahre ältere Schwester, Waltraud. Meine beiden Zwillingsbrüder Friedhelm und Helmut, die in meinem Leben sehr unterschiedliche Rollen gespielt haben, wurden erst 1936 geboren. Mein Bruder Büb ist leider schon 2007 verstorben. Zu meiner Schwester Waltraud, die in Repelen lebt, habe ich nur noch gelegentlich Kontakt.

Meine Mutter, Else König, geb. Nockelmann, hatte rückblickend immer ein sorgenvolles Leben geführt. Das gilt ganz besonders für ihre Ehe, die ein regelrechtes Martyrium gewesen sein muss.

Hochzeit meiner Mutter Else Nockelmann mit Franz König

13

Sie war verheiratet mit einem Ungarn, Franz König, der als Bergarbeiter auf der Zeche arbeitete. Meine Mutter hatte es nicht leicht mit ihm. Er war ein Frauenheld, ging nicht gerne arbeiten und war zudem äußerst brutal und meiner Mutter und uns Kindern gegenüber oft gewalttätig. Meine Mutter hat mir erzählt, dass er mich als Säugling mal brutal vom Küchentisch in den Wäschekorb geschmissen hat.

Meine Mutter wurde ständig von ihrem Mann geschlagen und auf vielfältige Weise gedemütigt. Einmal setzte er ihr aus Wut einen Topf auf den Kopf und hat ihre Haare rundherum abgeschnitten. Das Schlimmste aber war, dass er fast ständig Beziehungen zu anderen Frauen unterhielt und sogar Frauen mit nach Hause in unsere Wohnung brachte. Meine Mutter und uns Kinder schloss er dann in einem Zimmer ein, während er sich mit der fremden Frau im Zimmer nebenan vergnügte. So etwas vergisst man nie. Dass sich meine Mutter unter diesen Umständen scheiden lassen wollte, ist mehr als verständlich.

Zum Zeitpunkt meiner Geburt hatte sich meine Mutter schon von meinem Vater getrennt und die Scheidung eingereicht. Aber das Problem war, dass in Ungarn nicht geschieden wurde. Meine Mutter war darüber sehr verzweifelt, denn sie konnte mit diesem Mann nicht mehr zusammenleben. Im Jahre 1935 meinte das Schicksal es gut mit meiner Mutter, denn mein Vater wurde aus Deutschland ausgewiesen, weil er, wie man mir sagte, kommunistische Lieder gesungen hat. Ob das der wahre Grund war, kann ich natürlich nicht sagen, aber zumindest lebte er nicht mehr in Deutschland. Während dieser Zeit lernte meine Mutter einen anderen Mann kennen und lieben, Andreas Meyer aus Homberg. Er war ein sehr netter Mann, zu dem ich auch gleich Papa sagte. Auch meine Geschwister Büb und Waltraud mochten ihn sehr, weil er so anders war als ihr eigener Vater. Andreas Meyer hat für uns gesorgt und sich liebevoll um uns gekümmert. Meine Mutter wurde dann noch einmal schwanger, und am 16. August 1936 kamen meine Zwillingsbrüder Helmut und Friedhelm auf die Welt. Bis dahin hatten wir kein Lebenszeichen mehr von meinem Vater erhalten. Meine Mutter und Andreas Meyer wollten heiraten, aber vorher musste sie erst meinen Vater für tot erklären lassen. Die Zwillinge sollten doch den Namen Meyer und nicht

König tragen, und wir wollten endlich eine richtige Familie sein. Aber das Unglück nahm seinen Lauf, denn gleich zu Beginn des Krieges wurde Andreas Meyer eingezogen. Zwei- oder dreimal bekam er Heimaturlaub. Ich sehe ihn auch heute noch, wie er in seiner Soldatenuniform bei uns in der Küche steht, und ich sehe meine Mutter weinen, wenn er wieder fort musste. Wie sehr haben wir alle auf seine Rückkehr gehofft, aber wir haben nichts mehr von ihm gehört. Andreas Meyer ist im Krieg gefallen.

Andreas Meyer 1939
mit Friedhelm und Helmut (r.)

Andreas Meyer als Soldat 1940

Zu dieser Zeit ging es uns sehr schlecht. Wir hatten keinen Versorger, meine Mutter stand alleine da mit 5 Kindern, und es war ihr einziges Ziel, uns irgendwie durch zu bringen. Die 98 Mark Unterstützung, die meine Mutter vom Amt bekam, reichten nicht aus, um uns irgendwie zu ernähren. Deshalb hat meine Mutter mehrere Putzstellen angenommen und ging für andere Leute waschen.

Unsere Mutter steckte ihre gesamte Kraft in ihre Kinder. Meine Zwillingsbrüder waren ihr ganzer Stolz. Das will aber nicht heißen, dass meine Mutter mich und meine älteren Geschwister weniger geliebt hätte oder weniger für uns da gewesen ist.
Sie tat für uns alles und noch viel mehr als ihr eigentlich möglich war. Deshalb ist es für mich so schmerzhaft, dass sich meine

15

Schwester Waltraud sogar heute noch bei jeder Gelegenheit abfällig über unsere Mutter äußert und kein gutes Haar an ihr lässt. Dabei hat sie dafür beim besten Willen keinen Grund, denn unsere Mutter hat alle Kinder gleich behandelt und jedes ihrer Kinder, so gut wie es in ihren Kräften stand, unterstützt. Es war meiner Mutter immer wichtig, dass ihre Kinder etwas lernen. Waltraud war zum Beispiel nicht besonders gut in der Schule, aber trotzdem hat meine Mutter es ihr ermöglicht, nach ihrer Schulentlassung ein Jahr lang die Haushaltsschule in Bad Godesberg zu besuchen. Meine Mutter hat auch dafür gesorgt, dass meine Schwester immer gut gekleidet war und ihr so manches Mal Schuhe oder einen neuen Mantel organisiert. Warum meine Schwester ein so negatives und manchmal sogar gehässiges Bild von unserer Mutter zeichnet, ist einfach nicht zu verstehen. Mir tut es nur weh, denn mein Bruder Helmut und ich würden nie ein schlechtes Wort über unsere Mutter sagen. Wir hätten dazu auch gar keinen Grund. Helmut und ich liebten unsere Mutter abgöttisch.

Kindheit im Krieg und der Kampf ums Überleben

Wir wohnten während meiner gesamten Kindheit und Jugend in Moers in dem großen Mehrfamilienhaus in der Rheinhausener Str.21. Es war ein Altbau, und unsere Wohnung lag in der 1. Etage. (Vielleicht habe ich deshalb bis heute immer am liebsten in der 1. Etage gewohnt. Auch im Augenblick liegt meine Wohnung in der 1. Etage, was leider wegen meines Schlaganfalls jetzt nicht mehr so angenehm ist.)
Unsere damalige Wohnung bestand aus 2 Zimmern, Toilette halbe Treppe, kein Bad, Ofenheizung. Geschlafen habe ich immer im Bett mit meiner Mutter.
In dem großen Haus lebten 16 Familien mit ihren Kindern. Da war immer was los. An viele Namen kann ich mich heute noch erinnern: Unter uns wohnte Familie Otterbein mit fünf Kindern, über uns Familie Krautin mit einem Jungen und einem Mädchen und Familie Notscheid mit ihren zwei Kindern, Anneliese und Werner. Unten wohnte neben Otterbein Familie Nepix mit drei Kindern, auf unserer Etage noch Familie Winanz mit ihren sechs

Kindern Hermann, Maria, Terese, Heinz, Käthi und Willi. Unterm Dach war neben dem Speicher noch eine Wohnung ausgebaut, in der Familie Sobotta mit den Kindern Irmgard und Wolfgang lebte. Wolfgang habe ich nach 60 Jahren durch meinen Bruder Helmut in Moers wiedergesehen. Er war auch Gast auf meinem 75. Geburtstag und wir haben bis heute noch Kontakt zueinander.

Unser Zuhause in der Rheinhausener Str. 21

Für uns Kinder war es toll, in diesem Haus zu wohnen. Da wir alle arm waren und nichts hatten, konnten wir uns gemeinsam an vielen einfachen Dingen erfreuen. Wir haben immer draußen gespielt, und es war uns nie langweilig. Ich weiß noch, dass Frau Otterbein aus Lumpen für uns Bälle genäht hat, mit denen wir dann Fußball oder Völkerball spielen konnten. Mit abgebrochenen Ästen spielten wir auch oft Hockey. Im Sommer hat Frau Otterbein aus Lumpen Bikinis und Badehosen genäht, damit wir schwimmen gehen konnten.

17

Direkt neben der Waschküche hinter unserem Haus war eine Bombe eingeschlagen. Der Krater wurde unser Spielplatz. V on links:
Waltraud, Günther Jansen, Käthi und Heinz Winanz, Helmut und Friedhelm

Ich bin immer gerne schwimmen gegangen, obwohl ich erstaunlicherweise das Schwimmen immer wieder verlernt habe und jedes Jahr wieder neu lernen musste. Damals gingen wir Kinder im Sommer oft mit Wolfgang Sobotta und seinem Vater zum Baggerloch Falkskuhl. Einmal wäre ich beinahe dort ertrunken. Ich wollte, nachdem ich gerade wieder das Schwimmen erlernt hatte, ohne Hilfe durch das Baggerloch auf die andere Seite schwimmen. In der Mitte des Sees verließen mich die Kräfte, und ich ging unter. Zum Glück hatte Herr Sobotta mich die ganze Zeit nicht aus den Augen gelassen. In einiger Entfernung ist er neben mir her geschwommen und hatte so beobachtet, dass ich auf einmal mit dem Kopf nicht mehr hoch kam und nicht mehr weiter schwimmen konnte. Er packte mich und rettete mich ans Ufer. Seit dieser Zeit habe ich eine wahnsinnige Angst davor, beim Schwimmen mit dem Kopf unter Wasser zu geraten. Das hat sich bis heute nicht geändert. Ich schwimme gerne, aber immer mit dem Kopf nach oben. Ein einziges Mal musste ich mich trotzdem überwinden und untertauchen. Während der Schulzeit hatten wir Gelegenheit, im Bettenkamper Meer das Freischwimmerabzeichen zu machen. Dazu musste man, weil es kein Einmeterbrett gab, vom

Steg ins Wasser springen und dann 15 Minuten schwimmen. Ich hatte solche Angst vor dem Sprung, wollte aber das Abzeichen unbedingt machen. Also nahm ich all meinen Mut zusammen und sprang ganz haarscharf am Rand hinein, so dass ich mich im Ernstfall sofort hätte festhalten können. Aber das durfte ich ja nicht, denn dann hätte der Sprung nicht gegolten. Also habe ich nach dem Sprung ganz schnell nach Luft geschnappt und bin sofort losgeschwommen. Ich war so froh, dass ich den Sprung überstanden hatte, dass ich gar nicht aufhören wollte zu schwimmen und so nach 45 Minuten direkt mein Fahrtenschwimmerzeugnis bekam. Aber die Angst unterzutauchen ist bis heute geblieben.

Meine älteste Erinnerung an meine Kindheit geht zurück in das Jahr 1936, als ich mit meiner Oma in Meerbeck im Konsum einkaufen ging. Ich war so klein, dass sie mich immer auf den Absatz der Verkaufstheke gesetzt hat, weil ich unbedingt alles angucken wollte. Besonders fasziniert hat mich, wie die Verkäuferin alle losen Lebensmittel mit Schüppen in Tüten abfüllte. Das habe ich oft nachgespielt. Ich habe die Tüten aus Papierresten oder alten Zeitungen gebastelt und dann mit Sand gefüllt.

Die erste Erinnerung an meine Brüder muss auch aus dieser Zeit sein, denn ich habe mich immer auf ein kleines Fußbänkchen gestellt, um meiner Mutter beim Wickeln der Zwillinge zuzusehen.

Als ich noch kleiner war, hat mich meine Mutter oft vorne im Fahrradkörbchen mitgenommen. Das war für mich das Beste. Im Sommer stellte sie dann jedes Mal vor dem Eissalon Hüter das Fahrrad ab, und ich höre sie noch sagen: „Wackle nicht, wackle nicht, sonst kippst du um." Ich blieb starr vor Angst regungslos sitzen und war erst erlöst, als meine Mutter endlich wieder raus kam, in der Hand für mich ein kleines Eis im Hörnchen für fünf Pfennig.

Meine Mutter war für mich mein ein und alles. Ich war ein richtiges Mamakind und wollte ihr nie von der Seite weichen. Wenn ich merkte, dass sie wegwollte, habe ich mich immer schon angezogen und an der Tür gewartet, und so lange gebettelt, bis sie mich mitnahm. Einmal, als ich partout nicht mitkommen durfte, bin ich ihr hinterher gerannt, habe mich sogar in die Straßenbahn, die sie nach Duisburg nehmen wollte, geschlichen. Als dann aber der Schaffner meinen Fahrschein sehen wollte, musste ich ihm sagen, dass meine Mama vorne sitzt. Meine Mutter war natürlich total überrascht und hat erst mal mit mir geschimpft. Aber dann hat sie mich doch auf die Taschenablage gesetzt, und ich durfte mit nach Duisburg fahren.

Die Zeit des Krieges und insbesondere auch die dann folgenden Jahre waren für uns alles andere als ein Zuckerschlecken. An allen Ecken und Kanten fehlte es an Nahrung und an vielen lebensnotwendigen Dingen. Es ging um nichts anderes als um das nackte Überleben. Ich höre heute noch die Sirenen, sehe mich mit meinem kleinen gepackten Bündel in der Wohnung sitzen, ständig in Angst vor den Bomben und immer bereit, sofort in den Keller oder Bunker zu rennen. Da wir während des Krieges ständig mit Bombenalarm rechnen mussten, hatte ich es mir angewöhnt, abends beim Ausziehen meine Sachen ganz systematisch abzulegen, damit ich sie im Falle eines Alarms sofort in der richtigen Reihenfolge wieder anziehen konnte. Meine Mutter musste sich ja dann um die Zwillinge kümmern und hätte mir nicht helfen können. Beim Voralarm haben wir immer versucht, die paar Hundert Meter zum Bunker an der Mattek zu schaffen. Das Bild, wie meine Mutter mit den Zwillingen an der Hand und mir voller Angst, den rettenden Bunker nicht rechtzeitig zu erreichen, durch die Straßen lief, habe ich heute noch im Kopf. Der Bunker war ständig überfüllt mit fremden Menschen, denn er bot ja allen Menschen aus der näheren Umgebung Schutz. In der Nacht oder wenn es keinen Voralarm mehr gab, mussten wir alle runter in den Keller. Jeder wartete in seinem eigenen Kellerraum. Unser Keller lag vorne links. Dort habe ich immer auf einem Holzklotz gesessen und mir die Ohren zugehalten. Stundenlang haben wir so in Todesangst verbracht und darauf gewartet, dass endlich die Entwarnung kam. Irgendwann, als wir immer öfter in den Keller mussten, hat die Familie Winanz ihren Kellerraum für uns Kinder bereitgestellt. Dort haben wir dann auch versucht zu spielen, aber so richtig gelang uns das nicht, denn wir hatten viel zu viel Angst, und ich war sowieso immer am liebsten in der Nähe meiner Mutter.

Während der Kriegszeit hatten wir eigentlich ständig Hunger und waren auf der Suche nach Lebensmitteln. Soldaten, die in der Nähe unseres Hauses ihr Lager hatten, haben meiner Mutter, Waltraud und mir immer Kommissbrot gegeben, wenn wir dafür ihre Henkelmänner spülten. Geschmeckt hat das Brot nicht besonders gut, aber es gab ja nichts anderes, und es machte satt. Nach dem Krieg gab es auch Maisbrot, aber das schmeckte noch schlechter. Um irgendwie an Nahrung zu kommen, sind wir immer wieder hamstern gegangen. Hamstern heißt, zu den Bauern in der Umgebung zu laufen und um ein Butterbrot, ein paar Kartöffelchen oder ein bisschen Milch zu betteln. Ich sehe mich noch an der Hand meiner Mutter, wie sie einen Bauern um etwas Milch für mich anfleht. Aber auch das klappte nicht immer, denn sehr oft hörten wir von den Bauern die Antwort: „Wir haben doch selber nichts!"

Beim Spielen mit meinen Brüdern Friedhelm und Helmut (r.)

Im Sommer und im Herbst sammelten wir immer Obst, das nach einem Sturm von den Bäumen gefallen war, und brachten es voller Stolz nach Hause. Alles, was wir gesammelt hatten, wurde von meiner Mutter in Weckgläsern eingemacht. Im Schlafzimmer hinter der Tür stand an der Wand unser sogenanntes Stellar. Auf jedes der sechs Bretter passten 20 Einmachgläser. Diese 120 Weckgläser mit Obst und auch Gemüse waren der ganze Stolz meiner Mutter. Davon konnten wir leben und meine Mutter bei Bedarf die Gläser auch für Tauschgeschäfte nutzen. Bohnen gegen Nähseide, Nähseide gegen Zucker, usw.

Im Herbst freuten wir uns auch immer besonders darauf, Nüsse zu sammeln, die von einem großen Nussbaum, der auf dem Weg zu unserer Schule stand, heruntergefallen waren oder von uns heruntergeschüttelt wurden. Kartoffeln waren natürlich auch knapp und deshalb haben wir, nachdem der Bauer das Kartoffelfeld abgeerntet hatte, mit kleinen Schüppchen, kleinen Harken oder aber auch nur mit bloßen Fingern die Kartoffeln nachgeharkt, um vielleicht doch noch ein paar kleine Kartöffelchen zu finden. Das gleiche machten wir, nachdem Weizen und Roggen abgeerntet wurden. Dann haben wir auf den Feldern nach Ähren gesucht. Zuhause haben wir die Körner ausgelöst und in der Kaffeemühle gedreht. Anschließend wurde der Satz durch ein Kaffeesieb gedrückt, so dass unten dann mit Glück das Mehl herauskam. Aus diesem Mehl, zusammen mit den erbettelten Eiern vom Bauer und dem aufgelesenen Obst, backte meine Mutter die köstlichsten Pfannekuchen für uns. Ich liebe Pfannekuchen noch heute! Einmal hatten wir stundenlang so viele Körner gesammelt, dass wir sie sogar zur Mühle nach Hülsdonk bringen konnten und einen halben Sack Mehl dafür bekamen. Ein Festtag! Jetzt konnte meine Mutter wieder tauschen: Mehl gegen Butter, Butter gegen Kaffee usw.

Da es immer grundsätzlich um das nackte Überleben ging, entwickelte meine Mutter ein ausgeprägtes Gefühl für diese Tauschgeschäfte. Alles, was sie kriegen konnte, wurde wieder gegen andere wichtige Sachen eingetauscht. Jedes Jahr in der Vorweihnachtszeit zum Beispiel tauschte sie eine Spritzgebäckmühle zurück, um für Weihnachten Spritzgebäck backen zu können. Nach Weihnachten wurde diese Mühle wieder gegen Lebensmittel getauscht, um im nächsten Jahr wieder zurückgetauscht zu werden. Ich kann mich an mindestens drei Jahre erinnern, in denen die Mühle hin und her getauscht wurde, bis sie dann irgendwann endgültig bei uns blieb. Diese alte Spritzgebäckmühle gibt es heute noch, und sie leistet immer noch gute Dienste. Inzwischen habe ich sie an meine Tochter Marion weitergegeben, die immer noch mit dieser Mühle ihr Spritzgebäck für Weihnachten herstellt. Darüber freue ich mich natürlich, denn diese Mühle ist mit ganz vielen schönen Erinnerungen verhaftet.

In dem Haus gegenüber von uns wohnte die Freundin meiner Mutter, Lotte Hoppe, mit ihrem Mann Erich. Die beiden hielten Kaninchen, für die wir Kinder immer Küchenabfälle als Futter sammelten. Für ein Kehrblech voller Kartoffelschalen bekamen wir einen Apfel. Sehr schnell hatte ich die Idee, die Schalen zu teilen und daraus zwei Futterportionen zu machen, um so auch zwei Äpfel zu bekommen.

Wir sind mit Musik aufgewachsen.
Von links nach rechts: unten Friedhelm, ich, Helmut
Mitte links: Medi Kaubeck, Mutter Kaubeck, meine Mutter, Lotte Hoppe

Meine Mutter hat oft ihre Freundin Lotte Hoppe besucht. Ich wollte immer mit, wenn meine Mutter rüberging. Lotte Hoppe fragte dann zwar immer: „Muss dat Möschken immer dabei sein?", aber meine Mutter sagte nur: „Ach Lotte, lass sie doch!" So saß ich dann oft mucksmäuschenstill dabei, wenn die beiden sich

23

unterhielten oder half ihnen, Mohnköpfchen auf zu schlagen. In jedem Falle war ich froh, dabei sein zu dürfen.

Erich Hoppe war in Frankreich stationiert. Er schickte von dort oft Pakete nach Hause, in denen die tollsten Sachen waren. Ich erinnere mich noch, dass in einem Paket ein Pelzmantel war, ein Imitat, kein echter natürlich. Aber meine Mutter fand diesen Mantel so toll, dass sie ihn für meine Schwester Waltraud im Tausch gegen etwas anderes erstand. Sie wollte dann meine Schwester in Bad Godesberg besuchen und den Mantel persönlich vorbeibringen. Ich wollte natürlich wieder mit. Aber ich hatte keine Schuhe und ohne Schuhe war das nicht möglich. Im Nebenhaus unter dem Dach wohnte Frau Kaubeck. Frau Kaubeck konnte aus dicken alten Gummis Sandalen herstellen. Also wurde wieder getauscht, mit dem Ergebnis, dass meine Mutter und ich neue Sandalen bekamen und nach Bad Godesberg fahren konnten. Meine Mutter war hinterher sehr enttäuscht, denn Waltraud hatte sich überhaupt nicht über den Mantel gefreut. Selbst heute noch macht meine Schwester darüber abfällige Bemerkungen.

Eine für mich noch heute unheimliche Geschichte aus dieser Zeit war die verbotene und geheime Schlachtung eines Rindes in unserer Waschküche. Männer hatten auf dem Feld ein Rind gefangen und getötet. Da es keine andere Möglichkeit gab, wurde es in unserer Waschküche zerlegt. Es war unheimlich, überall Blut, und wir wurden ermahnt, ja nichts zu verraten. Natürlich war das Schlachten verboten. Aber alle Mitwisser bekamen dafür einen Eimer Fleisch. Das war damals eine Sensation. Das Problem bestand nur darin, dass für das Fleisch das Salz fehlte und natürlich erst wieder organisiert werden musste.

Im Winter bestand das Hauptproblem darin, die Wohnung zu heizen. Deshalb haben wir Kinder immer und überall Holz gesammelt. Aber das reichte nicht aus. Deshalb gingen wir in unserer Not noch einen Schritt weiter und klauten Kohlen von den Kohlenwaggons. Das war nicht ungefährlich, und unsere Mutter hatte ständig Angst um uns. Trotzdem haben wir uns nicht davon abhalten lassen.

Not macht erfinderisch. Geld für Schuhe und Socken hatten wir nicht. Wir trugen alte Holzgaloschen, die für den Winter nicht gerade passend waren. Also wurde Zeitung in die Holzschuhe

24

gesteckt. Zusätzlich wurden die Füße mit Zeitung eingewickelt, und das musste reichen. Da für uns Kinder auch nie genügend Kleidung vorhanden war, organisierte meine Mutter leere Zuckersäcke, aus denen dann Kleidungsstücke gestrickt wurden. Als Kind habe ich immer schon gerne gehandarbeitet und war froh, meiner Mutter bei der Arbeit mit den Zuckersäcken helfen zu können. Als erstes musste ich die Zuckersackfäden aufribbeln und zu Knäueln wickeln. Dann habe ich aus diesen Fäden Schlüpfer, Socken, Handschuhe und Pullover gestrickt. Die kratzten zwar fürchterlich, aber wir hatten ja nichts anderes.

Ich erinnere mich auch noch daran, dass wir später aus alten Wehrmachtsuniformen Mäntel für meine Zwillingsbrüder genäht haben.

Ich glaube, diese ganze Kungelei und diesen Geschäftssinn habe ich von meiner Mutter geerbt. Schnorren, hamstern, tauschen, aus Wenig Viel machen, sparen, einteilen, organisieren, - all das sind Dinge, die ich von ihr gelernt habe und bis heute nicht verlernt habe. Das ist zu meiner zweiten Natur geworden, und die Grundlagen sind sicherlich in der damaligen Zeit gelegt worden. Hautnah hat meine Mutter mir gezeigt, wie man sparen kann, was man auch mit wenig Geld erreichen kann, und was möglich ist, wenn man es nur wirklich will.

Das gilt auch für das Wirtschaften im Haushalt. Da ich bei allem, was meine Mutter tat, immer dabei sein wollte, habe ich sie natürlich auch ständig beim Kochen beobachtet und ihr dabei geholfen. So habe ich schon früh gelernt, aus Resten leckere Sachen zu kochen und alles, was es an Lebensmitteln gibt, zu verwenden. Deshalb kann ich auch bis heute, obwohl es Lebensmittel im Überfluss gibt, immer noch nichts wegwerfen.

Die Mutter meiner Freundin Mischa, Frau Sambor, hat mal gesagt: „Die Annemie ist so sparsam, die kann aus einer Kartoffel vier machen und aus einem Viertelpfund Gehacktes acht Frikadellen für die ganze Familie."

Ich glaube, dass mir diese Sparsamkeit auch geholfen hat, später mein Leben als allein erziehende Mutter zu meistern. Heinz hatte ja nach der Scheidung keinen Unterhalt gezahlt und ich hatte auch von keiner anderen Stelle finanzielle Unterstützung erhalten. Wenn ich nicht so gut hätte rechnen können, nicht so sparsam gelebt und so viel gearbeitet hätte, hätte ich meine Kinder nicht durchbringen können.

Meine Schulzeit

In meiner Kindheit war ich ein sehr schmächtiges und dazu noch recht kleines Mädchen, was der Grund dafür war, dass ich erst mit sieben Jahren 1941 in die Horst-Wessels-Schule in Moers Asberg eingeschult wurde.

Ich bin sehr gerne in die Schule gegangen und war immer sehr wissbegierig und neugierig. In den Fächern Rechnen, Rechtschreiben und Handarbeiten war ich gut. Aber Aufsätze schreiben war nicht so meine Sache. Wenn ich beispielsweise einen Aufsatz über einen Vogel schreiben sollte, fehlten mir einfach die Worte. Es kam nicht viel mehr dabei heraus als „Der Vogel fliegt. Der Vogel sitzt auf einem Baum. Der Vogel fällt herunter." Ich konnte es einfach nicht. Aber ich gab mir Mühe und habe dadurch immerhin noch die Note 3 bekommen. Vielleicht verdanke ich das

26

auch meiner Klassenkameradin Liesel Volkenborn, die wirklich schöne Aufsätze schreiben konnte. Manchmal hat sie etwas für mich geschrieben, und im Gegenzug habe ich für sie Handarbeiten gemacht oder Rechenaufgaben gelöst, denn im Rechnen hatte ich eine Eins.

Meine Schulfreundin Liesel Volkenborn und ich im Alter von ca. 12 Jahren
Schon damals habe ich mich gerne chic gemacht. Ich war so stolz auf meine neue Handtasche.

Mein größter Wunsch war es, ein Gymnasium zu besuchen. Meine damalige Lehrerin unterstützte mich dabei, und mit ihrer Hilfe meldete ich mich am Gymnasium an. Einige Zeit später erhielt meine Mutter einen Brief, in dem meine Aufnahme bestätigt wurde. Ich weiß noch, dass meine Mutter ganz erschrocken reagierte, denn sie hätte 300 Mark im Monat an Schulgeld für mich zahlen müssen. Bei monatlich 97 Mark, die sie als Unterstützung zum Leben vom Amt bekam, war das nicht zu schaffen. Also guckte sie mich traurig an und meinte: „Möschken, das tut mir so leid, aber du kannst das Gymnasium nicht besuchen. Dazu fehlt uns einfach das Geld."

Natürlich war ich auch sehr traurig darüber, aber ich wusste ja, dass meine Mutter das wirklich nicht schaffen konnte. Sonst hätte sie mir das bestimmt ermöglicht.

Deswegen wollte ich auch immer, dass meine eigenen Kinder etwas lernen und die Schule besuchen. Wie oft habe ich zu Marion und Volker gesagt, dass sie in der Schule aufpassen und regelmäßig ihre Schulaufgaben machen sollen. Ich wollte, dass sie eine bessere Ausbildung bekommen als ich, und alle Chancen nutzen, etwas zu lernen. Ich bin später wirklich oft mit meinen Kindern umgezogen, aber der erste Weg führte mich immer zur Schule, um die Kinder sofort dort anzumelden. Dadurch, dass ich nur abends und nachts gearbeitet habe, mussten sie immer morgens alleine aufstehen, ihr Frühstück machen und sich pünktlich auf den Weg zur Schule machen. Marion und Volker haben mich nicht enttäuscht. Ich konnte mich auf sie verlassen. Sie waren immer fleissig und haben beide gewissenhaft ihre Schulen besucht.

Gerne erinnere ich mich an meinen letzten Klassenlehrer, Herrn Lissen, der uns viel beigebracht hat und den ich nach 25 Jahren anlässlich eines Klassentreffens 1975 in der Gaststätte „Gores" in Moers Asbeck wiedergesehen habe. Vermutlich ist er inzwischen verstorben. Seiner Vorliebe für Geburts- und Sterbedaten berühmter Musiker und Schriftsteller habe ich zu verdanken, dass ich heute noch im Schlaf die Jahreszahlen von berühmten Dichtern und Komponisten aufsagen kann. Herr Lissen war wirklich ein toller Lehrer. Bevor er zu Beginn des Unterrichts „Guten Morgen" sagte, stellte er erst Einmaleinsaufgaben oder fragte Geburtsdaten ab. Das mochte ich gern, und mein Finger war immer oben. Schade, dass ich ihn nur in der letzten Zeit als Klassenlehrer hatte. Er hätte mir soviel beibringen können. Herr Lissen war auch ein sehr musikalischer Mensch. Zu Weihnachten übte er mit unserer Klasse immer Singspiele ein, bei denen ich auch begeistert mitspielte. Er leitete auch den Asberger Kinderchor. Auch hier habe ich gerne mitgesungen und mich immer gefreut, wenn wir alten Leuten zum Geburtstag ein Ständchen gebracht haben.

Mein Lieblingsfach war Handarbeiten. Meine Lehrerin Frau Winfuhr, war sehr streng und genau. Deshalb habe ich mich immer besonders bemüht, alles richtig zu machen, und wurde oft von Frau Winfuhr für meine Arbeit gelobt. Andere Schülerinnen waren nicht so geschickt, und deshalb kam es öfter vor, dass ich für ein Butterbrot die Handarbeit für meine Mitschülerinnen angefertigt habe. Leider hat Frau Winfuhr das irgendwann erkannt, die Schülerin musste die Handarbeit wieder aufmachen und seit dem gab es keine Butterbrote mehr für mich.

Klassenfoto mit Lehrer Lissen
Ich stehe in der hinteren Reihe, 4. von links,
Liesel in der Mitte, 5. von rechts

Es war gar nicht so einfach, die benötigten Sachen für den Handarbeitsunterricht zu beschaffen. Deshalb habe ich angefangen, für Nachbarn zu handarbeiten, um mein Material für die Schule zu bekommen. So habe ich zum Beispiel, als wir Stoff und Garn für einen Kissenbezug mitbringen sollten, mir das Material von einer Nachbarin geben lassen, habe im Unterricht den Bezug genäht, mit Spitze umsäumt, die Knopflöcher genäht und den fertigen Bezug dann der Nachbarin zurückgegeben. So konnte ich wenigstens im Unterricht richtig mitarbeiten.
Schon als Kind wollte ich immer meiner Mutter helfen und auch ein bisschen Geld für sie dazu verdienen. Als ich noch kleiner war,

29

habe ich am Moerser Bahnhof oft Blumen verkauft, die ich auf dem Feld neben unserem Haus gepflückt hatte. Kornblumen, Margariten, Mohnblumen, alles, was ich finden konnte. Daraus habe ich dann kleine Sträußchen gebunden und je nach Größe für 10, 15 oder 20 Pfennig verkauft.

Während meiner Schulzeit habe ich meiner Mutter auch geholfen, die Backstube bei Verholen zu putzen. Meine Mutter bekam dafür drei Mark und ich immer noch extra eine spitze Tüte Bonbons.

Als ich etwas älter war, habe ich dann an den Wochenenden neben der Schule auch schon eigene Putzstellen angenommen. Die Mutter von Andreas Meyer, die wir auch Oma Meyer nannten, wohnte in Homberg auf der Hanielstrasse. Obwohl ihr Sohn nicht mehr lebte, hatten wir immer noch viel Kontakt zu ihr, und sie kam zum Geburtstag der Zwillinge immer zu Besuch. Bei Oma Meyer habe ich dann am Wochenende, meistens freitags, geputzt. Für fünf Stunden Putzen bekam ich von ihr drei Mark.

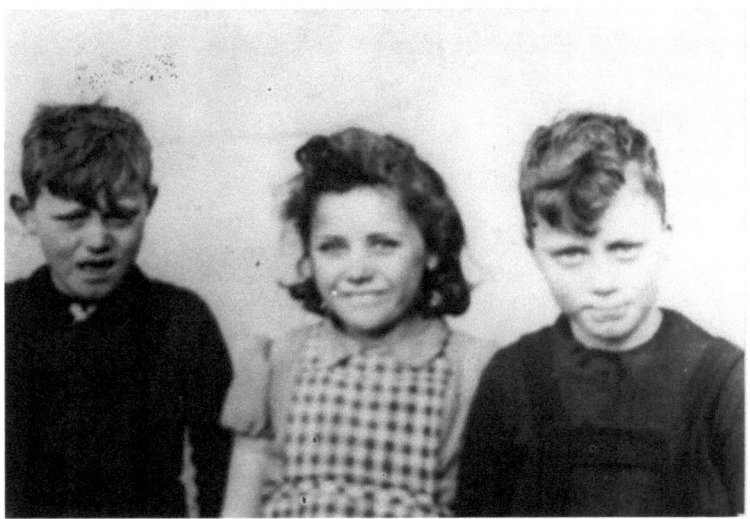

Friedhelm, ich und Helmut (r.), mit dem ich mich schon als Kind und auch noch heute immer besonders gut verstanden habe.

Unten im Haus wohnte Tante Dora, eine Nichte von Oma Meyer, die im Konsum in der Metzgerei arbeitete. Ich richtete meine Arbeitszeit immer so ein, dass ich noch da war, wenn Tante Dora mit ihren Wochenendeinkäufen nach Hause kam. Sie brachte jedes Mal so leckere Sachen aus der Metzgerei mit, und ich freute mich immer darauf, denn ich durfte dann noch mit ihnen zu Abend essen.

Zuhause habe ich ständig gestrickt. Damit konnte ich meiner Mutter helfen, denn aus zusammengebettelten Wollresten habe ich alles gestrickt: Socken, Handschuhe, Pullover und auch Fußballstutzen für meine Zwillingsbrüder. Beide Brüder spielten nämlich begeistert Fußball, und meine Mutter hat sich deshalb einmal wegen eines Tauschgeschäfts großen Ärger mit meinem Bruder Büb eingehandelt. Büb kam 1948 aus englischer Gefangenschaft kurz vor Weihnachten nach Hause und brachte für die Zwillinge ein Paar Boxhandschuhe mit. Meine Mutter wusste, dass meine Brüder nichts damit anfangen konnten, sich aber sehnlichst Fußballschuhe wünschten. Also hat sie mit Herrn Bergs heimlich getauscht: Fußballschuhe gegen Boxhandschuhe. Weihnachten hat sie sie unter einem Tuch versteckt und unter den Tannenbaum gelegt. Die Freude von Helmut und Friedhelm war unbeschreiblich. Nie im Leben hätten sie damit gerechnet, echte Fußballschuhe zu bekommen. Ich glaube, das war bestimmt das schönste Weihnachtsfest ihrer Kindheit.

Meine Mutter mit uns beim Fotografen, rechts meine Schwester Waltraud

Wir Kinder haben uns Weihnachten auch immer besonders auf die bunten Teller mit Süßigkeiten, Keksen und Obst gefreut. Dabei hat meine Mutter alles genau abgezählt, damit jedes Kind auch genau den gleichen Teller bekam. Ich habe das später bei meinen Kindern auch noch so gemacht und ich weiß, dass meine Tochter Marion ebenfalls die Süßigkeiten für die Teller abzählt, damit kein Kind zu kurz kommt.

Meine Mutter hat ihre ganze Kraft und Liebe in uns Kinder gesteckt. Ich bin sicher, dass sie uns alle gleichermaßen liebte. Trotzdem musste sie sich etwas intensiver um Friedhelm kümmern. Er litt, als er sehr klein war, unter Asthma, und meine Mutter lebte in der ständigen Angst, dass er ersticken könnte. Deshalb war sie um Friedhelm ganz besonders besorgt. Vielleicht war er deshalb auch so verwöhnt. Er brauchte immer Aufmerksamkeit von allen, wollte immer im Mittelpunkt stehen und konnte nie genug kriegen. Ein Beispiel: Meine Mutter verteilte an uns Kinder süße Kirschen. Jeder von uns bekam eine Handvoll und Friedhelm noch eine Extraportion, die er sich in die Taschen stecken durfte. Aber auch das war ihm noch nicht genug. Er wollte sich zusätzlich noch ein Paar Kirschen um die Ohren hängen und machte auch noch den Mund auf und rief: „Mama, Mama, hier auch noch rein!"

Friedhelm machte auch viel Unsinn. Einmal wollte meine Mutter mit uns Kindern zum Fotografen gehen, was damals eine kostspielige Angelegenheit war. Wegen Friedhelm musste der erste Termin beim Fotografen verschoben werden. Folgendes war passiert: Natürlich sollten wir beim Fotografen alle sauber und geschniegelt erscheinen. Deshalb wurden wir nacheinander zum Baden in unsere kleine Zinkbadewanne gesteckt. Das ging solange gut, bis sich Friedhelm auf den Rand setzte und die Wanne mitten im Zimmer umkippte. An den Termin beim Fotografen war an diesem Tag nicht mehr zu denken.

Eine besondere Sorge hatte Mutter zeitweise auch um Karl-Heinz. Er fühlte sich irgendwie als das Oberhaupt der Familie. Er war auch, wie alle Jungen damals, in der so genannten Hitlerjugend. Bereits im Krieg hatte er seine kaufmännische Lehre bei Samanns in Vluyn begonnen, aber zwei Monate vor Kriegsende wollte Büb, damals 17 Jahre alt, plötzlich freiwillig in die Waffen-SS eintreten. Meine Mutter war natürlich dagegen und sagte ihm, dass der Krieg bestimmt bald vorbei wäre. Büb war damals ziemlich fanatisch und ließ sich nicht von seinem Plan abbringen. Das wollte meine Mutter aber um jeden Preis verhindern. Sie fuhr deshalb nach Düsseldorf zum Wehramt, wo man sie beruhigte und ihr versprach, dass Karl-Heinz nicht eingezogen würde. Schon am nächsten Tag erwies sich diese Auskunft als falsch. Karl-Heinz wurde der Waffen-SS zugeteilt. Meiner Mutter machte das sehr zu schaffen, obwohl sie sich bemühte, das vor uns anderen Kindern nicht zu zeigen.

Büb kam nach dem Krieg in englische Gefangenschaft nach Tuttlingen. Dort erhielt er 1947 zur Hochzeit meiner Schwester Waltraud Urlaub auf Ehrenwort. Wir freuten uns alle natürlich sehr, ihn endlich wieder zu sehen. Zu dieser Hochzeit brachte er seine Freundin Carmen, die auch in Tuttlingen wohnte, mit. Ich mochte Carmen auf Anhieb, und wir waren danach noch lange Jahre befreundet

Auch für meinen Bruder habe ich während der Schulzeit gearbeitet. Büb hatte nach dem Krieg und nach seiner Entlassung aus der englischen Gefangenschaft die Lehre bei Samanns in Vluyn beendet und seine Prüfung als Kaufmann bestanden. Büb fühlte sich zuhause in unseren einfachen Verhältnissen nicht mehr wohl. Meiner Mutter sagte er, dass wir ja nicht mal weiße Tischdecken beim Essen hätten. Das hatte er nämlich bei einer Einladung seines Chefs gesehen und fand es wohl danach unter seiner Würde, bei uns nur an einem sauberen, blank gescheuerten Tisch zu sitzen. Er wollte immer schon was Besseres sein. Weil er bei uns zuhause nicht mehr wohnen wollte, nahm er sich eine Einzimmerwohnung in Moers am Bahnhof. Dort habe ich dann einmal in der Woche, meistens samstags, für 1,50 Mark seine Wohnung saubergemacht.

Das Geld, das ich mit meiner Arbeit nebenbei verdiente, habe ich immer gespart, um damit meiner Mutter mit einem kleinen Geschenk eine Freude machen zu können.

Meine ersten Arbeitsstellen

Portrait am 15.12.1950

Nach neun Schuljahren und der Schulentlassung 1950 konnte ich meine eigentlichen Pläne nicht realisieren. Ich hätte gerne mehr gelernt und die Höhere Schule besucht, aber damals war es aufgrund unserer finanziellen Situation gar nicht möglich, dafür das notwendige Schulgeld aufzubringen. Mein größter Wunsch war es nun, eine Ausbildung als Schneiderin zu machen, denn Handarbeiten machte mir wirklich Spaß. Aber dieser Wunsch ging leider nicht in Erfüllung. So sehr wir uns auch bemühten, wir fanden keine Lehrstelle, weil es in unserer Umgebung keine Schneiderin gab, die einen Meisterbrief hatte. Ohne Meisterbrief durfte man keine Lehrlinge ausbilden. Also blieb mir nichts anderes übrig als, wie es damals für junge Mädchen in meiner Situation durchaus üblich war, in einem fremden Haushalt zu arbeiten. In meinem Fall war es der Haushalt von Familie Heger aus Moers, die in der Stadt ein großes Spielwarengeschäft führte. Mein Lohn betrug ganze 25 DM im Monat. Ich habe dort sehr gerne gearbeitet. Als ich Ende 1950 über ständige Bauchschmerzen klagte, und es mir nicht gut ging, hat mich leider die Familie Heger entlassen, weil sie dachten, dass ich ein Kind kriegen würde. Das war aber absolut nicht der Fall. Ich hatte eine starke Blinddarmentzündung und musste deswegen auch ins St. Joseph-Stift Krankenhaus. Nach meiner Entlassung aus dem Krankenhaus habe ich zunächst als Aushilfe in einem Lebensmittelgeschäft in Meerbeck auf der Bismarckstraße gearbeitet. Zufällig traf ich dann Frau Heger in der Stadt, die sich sehr freute, mich zu sehen und mir sofort wieder die Stelle bei ihr anbot. Dabei wollte sie auch meinen Lohn auf 30 DM im Monat erhöhen. Ich war einverstanden und freute mich sehr über das Angebot, denn bei Heger hatte es mir gut gefallen, und ich wusste, dass Frau Heger meine Arbeit auch lobt und anerkennt. Immer wieder betonte sie, wie sauber und ordentlich ich auch die Ecken sauber machen würde, und es gefiel ihr besonders, dass ich das Besteck jedes Mal wieder so ordentlich, Gabel in Gabel und Löffel in Löffel, einsortierte.

Trotzdem ließ mich mein Wunsch, Schneiderin zu werden, nicht los. Sobald ich bei Familie Heger Feierabend machen konnte, half ich in einer Schneiderei in der Nähe aus. Leider war die Inhaberin dieser Schneiderei, Frau Prettnik, auch keine Meisterin und besaß keine Berechtigung zur Ausbildung. Deswegen konnte ich bei ihr, so sehr ich mir auch Mühe gab, keine Lehrstelle bekommen. Aber ich wollte doch so gerne etwas werden. Außerdem wollte ich noch mehr eigenes Geld verdienen, um meiner Mutter helfen zu können. So fand ich 1951 meine erste feste Anstellung in der Wäscherei Hubrach.

Meine Freundin Irmgard Sobotta hatte nämlich bei Familie Hubrach im Haushalt gearbeitet und wusste, dass dort jemand für die Wäscherei gesucht wird. Ich würde 48 Pfennig pro Stunde, d.h., 25 Mark in der Woche verdienen. Für mich zur damaligen Zeit ein Vermögen! Also kündigte ich bei Familie Heger, die mir aber trotzdem noch ein sehr gutes Zeugnis ausstellten. In der ersten Zeit durfte ich in der Wäscherei nur Wäsche sortieren, nach einigen Wochen dann aber endlich als Büglerin arbeiten. Die Oberhemdenbüglerin, Frau Wilhelm, brauchte Hilfe und hatte mich gefragt, ob ich bei ihr nicht das Bügeln lernen wollte. Natürlich wollte ich das, denn alles war besser als die schmutzige Wäsche fremder Menschen zu sortieren. Am Anfang durfte ich erst nur Taschentücher bügeln, danach bunte Hemden vorbügeln. Dann erst durfte ich mit den weißen Oberhemden anfangen. Frau Wilhelm zeigte mir, wie man Kragen, Manschetten, Knopfleisten und schließlich das ganze Hemd bügelt. Ich lernte schnell, und Frau Wilhelm war sehr zufrieden mit mir. Um meinen Lohn noch weiter aufzubessern, fuhr ich zusätzlich an den Wochenenden die Wäsche mit dem Fahrrad aus. Den Lohn für das Wäsche austragen und mein Trinkgeld habe ich gespart und davon dann später meiner Mutter eine große Ledertasche für 80 Mark geschenkt.

Wenn ich zurückblicke, hatte ich eigentlich schon als kleines Mädchen Freude am Sparen. Schon in meiner Kindheit und Jugend habe ich „Extrageld" immer auf die Seite gelegt, um für etwas Besonders zu sparen oder jemandem dann damit eine unverhoffte Freude zu machen, denn meine Mutter hätte sich ja nie eine Tasche für 80 Mark kaufen können.

Mein ganzes Leben lang habe ich mein Trinkgeld oder Geld, das ich außerhalb meines eigentlichen Lohns verdient habe, gespart, um es dann für besondere Gelegenheiten auszugeben. Es würde mir nie einfallen, alles in einen Topf zu werfen, denn dann gibt man auch alles aus. So lebe ich auch heute nur von meiner Rente und spare jedes Geldgeschenk und jeden Cent, den ich durch Second Hand Verkäufe oder Flaschensammeln verdiene, in verschiedenen Sparschweinen. Diese Sparsamkeit hat es mir letztendlich auch ermöglicht, meine Diamantene Hochzeit angemessen und stilvoll zu feiern.

Als meine beiden Zwillingsbrüder mit 14 Jahren aus der Schule entlassen wurden, versuchte meine Mutter verzweifelt, für beide eine Lehrstelle zu finden. Helmut wollte gerne Schreiner und Friedhelm Fliesenleger werden. Aber meine Mutter hatte kein Glück. Es waren keine Lehrstellen frei. Als einzige Möglichkeit blieb für die beiden eine Arbeit auf der Zeche. Friedhelm und Helmut haben dann mit 14 Jahren schon angefangen, unter Tage zu arbeiten, weil sie damit wenigstens Geld verdienen und es meiner Mutter als Unterstützung geben konnten. Immerhin war es ein Vorteil, dass wir dadurch eine neue Zechenwohnung in Meerbeck, Oedenburger Str. 21, zugeteilt bekamen. Unser Umzug fand am 1. April 1953 statt. Diese Wohnung war größer und vor allem hatte sie ein eigenes Bad mit Sitzbadewanne und Toilette. Zu diesem Zeitpunkt hatte ich schon Heinz kennen gelernt und lebte abwechselnd in Rheinhausen oder zuhause bei meiner Mutter und meinen Zwillingsbrüdern. Meine Schwester Waltraud und mein Bruder Büb waren bereits ausgezogen. Waltraud hatte 1947 Kurt Weiser, Büb 1951 seine Trudi geheiratet.

Mein 18. Geburtstag am 26. Juli 1952
Stehend von links nach rechts: Helmut, Frau Woyte und Frau Dikti (meine Arbeitskolleginnen in der Wäscherei Lavita), Waltraud
Sitzend: Uschi Jonas, meine Mutter, Friedhelm, Edeltraud Jonas (Arbeitskollegin), ich, Bübs Sohn Kalli, Irmgard, Waltrauds Sohn Klaus, Trudi und Büb

Die Zwillinge waren der ganze Stolz meiner Mutter. Beide hatten schon früh angefangen, wie ihr ältester Bruder Büb, Musik zu machen. Büb war sehr musikalisch, konnte viele Instrumente spielen und auch sehr gut singen. Durch ihn lernte Helmut Akkordeon und Friedhelm Gitarre spielen. Friedhelm konnte besonders schön singen, aber er war auch sehr eitel und hatte immer das Gefühl, der bessere Musiker zu sein.

Hausmusik: Friedhelm und Helmut am Akkordeon, Büb spielt Gitarre

Musik spielte bei uns zuhause immer eine große Rolle. Insbesondere auf den Familienfesten wurde gerne Musik gemacht und viel gesungen. Das ist heute noch so. Diese Tradition hat sich auch auf meine Kinder und Enkelkinder übertragen. Alle singen gerne, spielen ein Instrument und sind mit Spaß und Freude dabei, wenn auf unseren Feiern gesungen wird. Ich freue mich immer besonders, wenn ich heute sehe, dass auf meinen Geburtstagen nicht nur mein Bruder Helmut auf seinem Akkordeon spielt, sondern mein Sohn Volker und inzwischen auch meine Enkel Alexander und Leonard ihn auf der Gitarre begleiten, und wir dann alle gemeinsam singen. Da merkt man, wie Musik Generationen verbindet.

Büb hat in seinem Leben viel erlebt und ausprobiert. Er war Unternehmer und Entertainer, ein gut aussehender Lebemann, der viel in der Welt herumgekommen ist. Besonders die arabischen Länder hatten es ihm angetan. Er war irgendwie immer der Exot in der Familie, der die tollsten Dinge erlebte und die tollsten Geschichten erzählen konnte. Aber hervorzuheben ist wirklich seine künstlerische Begabung. Das führte auch dazu, dass er sich im musikalischen Bereich zeitweise den Künstlernamen „Karel Kiraly" zulegte. Das Lieblingslied der ganzen Familie und ein Highlight auf jeder Familienfeier war es, wenn Bübchen „Green, green grass of home" sang. Auch meinen Enkelkindern ist das noch gut in Erinnerung.

Büb hatte auch eine große Leidenschaft für die Malerei. Er hat selbst sehr gerne gemalt, und so haben wir noch viele schöne Bilder von ihm, die uns immer an ihn erinnern werden.

An meinem 18. Geburtstag mit meinen Brüdern Friedhelm, Büb und Helmut

Rückblickend hatten wir trotz der ganzen Armut eine schöne Kindheit. Mein Bruder Helmut und ich reden eigentlich ständig, wenn wir uns sehen, von dieser Zeit. Obwohl wir ohne Vater aufgewachsen sind, haben wir uns durch unseren großen Zusammenhalt stets als vollständige Familie gefühlt. Deswegen bemühe ich mich auch heute noch so sehr darum, dass der Zusammenhalt der Familie bestehen bleibt, denn Familie ist für mich einfach das Wichtigste. Damals war es aber eindeutig auch meine Mutter, die für mich der wichtigste Mensch auf der Welt war.

Wenn ich nur daran denke, wie sie selbst in schweren Zeiten immer für uns da war, und gerade das Weihnachtsfest mit wenigen Mitteln trotzdem zu etwas ganz Besonderem machte, kommen mir heute noch die Tränen.

Mein Jugendschwarm Hansi Lamber

Mit 16 Jahren, im Frühjahr 1951, begegnete ich auch meiner ersten großen Liebe Hansi Lamber.
Zu der Zeit arbeitete ich noch bei Familie Heger und half nachmittags bei Frau Prettnik in der Schneiderei aus. Frau Prettnik hatte eine Tochter, Irmgard, mit der ich mich gut verstanden habe. Eines Abends nahm Irmgard mich mit nach Kamp-Lintfort auf ein Zeltfest. Irmgard arbeitete dort als Kellnerin. Sie suchte für mich einen Platz in der Nähe der Kapelle, und ich beobachtete interessiert das ganze Treiben. Plötzlich kam ein junger Mann an unseren Tisch und forderte mich zum Tanzen auf. Dieser Mann war Hansi Lamber. Er hat mir auf Anhieb gut gefallen, weil er eine sehr nette Art hatte und immer fröhlich war. Zum ersten Mal konnte ich für einen Jungen so richtig schwärmen. Hansi und ich haben uns dann ein paar Mal verabredet, aber es war alles ganz harmlos. Ich war ja überhaupt nicht aufgeklärt und dachte immer noch, dass man vom Küssen Kinder bekommt. Einige Male trafen wir uns auch mit den Fahrrädern in Moers. Hier hat er mich dann in einem kleinen Wäldchen zum ersten Mal geküsst.
Hansi fuhr öfter nach Frankfurt zu seinem Vater, wo er dann jedes Mal ein paar Tage blieb. Wenn er weg war, habe ich ihm von meinem ersparten Töpfchengeld kleine Geschenke gekauft, die ich ihm in Päckchen nach Frankfurt schickte. Töpfchengeld nannte ich das, weil ich für die Oma von Frau Heger ab und zu mal das Töpfchen wegbringen musste und dafür dann Geld bekam, wenige Pfennige für das kleine Geschäft, mehr für das große.
Sonntags bin ich regelmäßig zu Hansis Schwester nach Kamp Lintfort gefahren, weil ich bei diesen Besuchen einfach das Gefühl hatte, ihm ganz nahe zu sein. Eines Abends stand er um 11 Uhr völlig überraschend bei uns zuhause vor der Tür. Er war gerade aus Frankfurt gekommen und wollte mich sehen. Meine Mutter war natürlich entsetzt, denn um diese Zeit verabredete man sich doch nicht, und natürlich ließ sie ihn nicht herein.
Ein richtiges Paar waren wir damals nicht. Vielleicht war ich damals zu prüde für Hansi Lamber, denn kurze Zeit später lernte er an einem Wochenende ein anderes Mädchen kennen, das er später auch geheiratet hat. Ich habe zunächst nichts mehr von ihm ge-

hört, bis ich Jahre später kurz vor meiner eigenen Hochzeit noch mal einen Brief von ihm bekam. Ich war an dem Tag gerade in Rheinhausen bei Heinz. Der Brief war an die Oedenburger Str. adressiert und ich weiß noch, dass Helmut ihn mir vorbei brachte. Aber da war es schon zu spät. Ich habe auf diesen Brief nicht mehr reagiert. Hansi Lamber war eindeutig der Schwarm meiner Jugend, aber das Schicksal wollte es wohl, dass wir beide nicht zusammenkommen.

Meine Ehe mit Heinz 1953 - 1960

Unser Kennenlernen und unsere Hochzeit

Inzwischen war ich 17 Jahre alt, wohnte noch zuhause in der Rheinhausener Str., arbeitete in der Wäscherei Hubrach und außer meiner Arbeit und der Unterstützung meiner Mutter passierte nicht viel. Aber ich war jung, und wie jedes andere Mädchen wollte ich etwas erleben. Am 1. Sonntag im September ging ich wie jedes Jahr mit meiner Mutter und meinen Brüdern zur Moerser Kirmes. Zum Abschluss kehrten wir noch in die Gaststätte „Schlachthof" ein, um etwas zu trinken. Dort lernte ich einen jungen Mann kennen, der mir gefiel und den ich wiedersehen wollte. Meine Mutter, die immer noch sehr um mich besorgt war, sollte das nicht mitkriegen. Sie war in dieser Beziehung sehr streng und passte immer darauf auf, mit wem ich mich traf und was ich unternahm. Deshalb steckte ich dem jungen Mann heimlich einen Zettel zu, auf dem stand, dass ich am nächsten Samstag gegen Abend auf der Rheinhausener Kirmes sein würde, und zwar in Asterlagen im Zelt Gretenkort. Ich hatte auch schon eine Idee, wie ich das organisieren wollte. Die Freundin meiner Mutter, Lotte Hoppe spielte damals zusammen mit ihrem Mann Erich in einer Musikkapelle, die auch in Asterlagen auftrat. Wenn Lotte mich mitnehmen würde, hätte meine Mutter sicher nichts dagegen. So war es auch. Lotte war einverstanden und meine Mutter verabschiedete uns mit den Worten: "Lotte, pass mir auf dat Möschken auf."
Ich hatte mich sehr auf den Abend gefreut und wie immer neben der Kapelle einen Platz gefunden. Aber die Zeit verging, und meine Verabredung war immer noch nicht erschienen. Ich wurde richtig ärgerlich. Inzwischen war es bereits kurz nach 21 Uhr. Ich wollte schon nach Hause aufbrechen, als plötzlich zwei junge Männer vor mir standen, nämlich dann endlich doch meine Verabredung mit einem Freund, den ich nicht kannte. Im Traum

hätte ich nicht gedacht, dass das dann später mal mein Ehemann wird. Ich war immer noch sauer und zeigte meiner Verabredung die kalte Schulter. Der andere junge Mann bemerkte das und fackelte nicht lange. Sofort stellte sich mit seinem Namen „Heinz" vor und forderte mich zum Tanz auf. Das freute mich, zumal sich dann herausstellte, dass Heinz ein wirklich guter Tänzer war. Meine andere Verabredung habe ich nicht mehr beachtet. Am Ende des Abends schlug Heinz dann direkt ein Treffen am nächsten Tag vor. Da er morgens noch zur Taufe seines Neffen Heinz Helmut musste, verabredeten wir uns für den frühen Nachmittag. Es war der 2. Sonntag im September 1951.

Danach haben wir uns immer wieder getroffen.

Jung und verliebt

Heinz war Anfang zwanzig und ein sehr ordentlicher, anständiger und fleißiger Mann. Als gelernter Maschinenschlosser arbeitete er in Rheinhausen bei Krupp und lebte mit seinen drei Brüdern in

Rheinhausen im Haus seiner Eltern. Kurz nach unserem ersten Treffen nahm Heinz mich schon mit zu sich nach Hause. Ich war entsetzt über die Zustände in dem Haus und die Familienverhältnisse. Überall herrschte Unordnung, es war schmutzig, es wurde tagsüber Bier getrunken und in einem eher groben Ton miteinander gesprochen. Irgendwie fand ich es furchtbar, denn so etwas kannte ich von meinem Zuhause nicht, aber irgendwie hat es mich auch nicht gestört. Heinz war anders als seine Familie und als seine Brüder. In seinem Zimmer war alles ordentlich. Er achtete sehr auf seine Kleidung, bügelte seine Hosen, damit die Bügelfalte immer akkurat saß, und putzte seine Schuhe. Anders als seine Brüder, die nichts gelernt hatten und arbeitslos waren, hatte Heinz seine Lehre als Maschinenschlosser abgeschlossen und eine feste Anstellung bei Krupp. Seine Brüder waren zwar herzensgut, aber lösten Probleme gerne auch mal mit der Faust. Alle waren gute Boxer und arbeiteten oft auf der Kirmes im Boxzelt. Otto, Kümmel und Friedel waren bei Schützenfesten und ähnlichen Veranstaltungen aber auch als berüchtigte Schläger bekannt. Heinz war da ganz anders. Er versteckte sich lieber hinter seinen Büchern und ging jedem Streit aus dem Weg. Er war auch der einzige, der seiner Mutter Otilie, die wirklich bei vier Jungen einen schweren Stand hatte, half und ihr oft beistand, wenn ihr Mann Peter mal wieder betrunken auf sie losgehen wollte. Heinz war der Älteste und wurde von seinen jüngeren Brüdern nur „der Lange" genannt. „Der Lange" war eben anders, aber seine Brüder standen immer auf seiner und damit auch auf meiner Seite. Niemand durfte mir etwas tun. Wenn einer mich nur ansprach, waren Kümmel und Otto schon zur Stelle und drohten eine Schlägerei an. Einmal haben sie sogar angekündigt, dass sie dem ersten, der mich anspricht, einen Faustschlag ins Gesicht geben würden. Das haben sie auch getan, und mir tut der junge Mann, der im Grunde nichts Böses im Sinn hatte, heute noch leid.
Nach meinem ersten Besuch bei Rosin erzählte ich meiner Mutter sofort danach von den schrecklichen Zuständen dort. Meine Mutter fand das natürlich gar nicht gut, war total beunruhigt und hatte aus Sorge um mich deshalb nicht unerhebliche Bedenken gegen diese Verbindung. Aber ich hatte, wie heute noch, schon

damals meinen eigenen Kopf und was ich will, setze ich auch heute noch gegen alle Widerstände durch.

Heinz und ich trafen uns nun ständig, und meine Mutter versuchte weiter, das zu verhindern. Ich hatte inzwischen meine Arbeitsstelle gewechselt und musste jeden Tag mit dem Bus zur Wäscherei Wagner nach Homberg fahren. Damit Heinz keine Gelegenheit haben sollte, mich zu sehen, brachte mich meine Mutter jeden Morgen zur Haltestelle und holte mich abends wieder ab. Aber getroffen haben wir uns trotzdem, denn immer wenn Heinz Mittagschicht hatte, besuchte er mich bei Wagner, und wir haben die Mittagspause von 12 Uhr bis halb eins zusammen verbracht. Als meine Mutter auch davon erfuhr, suchte sie Rat bei Frl. Dr. Deuchert, einer Frau vom Amt, die meine Mutter schon länger kannte. Frl. Deuchert empfahl meiner Mutter, mich erst mal für einige Zeit wegzuschicken. Ich sollte in einem Hotel am Edersee arbeiten. Einige Tage später fuhr ich tatsächlich dort hin, ohne Geld für die Rückfahrt zu haben. Nach 10 Tagen sollte mir das Geld für die Hinfahrt erstattet werden. Natürlich wollte ich nicht da bleiben. Ich wollte zurück zu Heinz, und außerdem gefiel es mir da überhaupt nicht. Ich denke immer noch an die Marmeladen mit den vielen Fliegen, die ich morgens zum Frühstück servieren musste. Überall Fliegen und Bienen. Es war eklig. Aber ich musste ja zumindest so lange warten, bis mir mein erstes Geld ausgezahlt wurde. Tage vorher erkundigte ich mich schon nach den Abfahrtzeiten der Züge. Als ich dann endlich mein Geld bekam, bin ich am nächsten Morgen in aller Frühe heimlich mit meinem Koffer über die Wiesen den Berg runter zum Bahnhof gelaufen und abgehauen. Heinz war erst mal erschrocken, als er mich so schnell wiedersah. Ich wollte auf keinen Fall zu meiner Mutter zurück. Die war inzwischen vom Hotel informiert worden und wusste natürlich sofort, wo sie mich suchen musste. Einige Stunden später stand sie mit Mantel, Mütze und Schal für mich vor Rosins Tür und wollte mich nach Hause zurückholen. Ich sagte ihr immer nur: „Ich bleibe hier! Ich gehe nicht mit dir mit!" Schließlich ging sie, kam aber kurze Zeit später mit der Polizei zurück. Die Polizei sagte mir dann unmissverständlich, dass ich, wenn ich nicht nach Hause gehe, mit auf die Wache kommen müsste. Mir war das egal und ich sagte nur keck zu den Polizisten, dass ich aber am anderen Morgen zur Arbeit müsste, und sie mich bitte rechtzeitig wecken sollten. So habe ich dann tatsächlich eine Nacht in der Polizeiwache verbracht.

Im Nachhinein tut mir das Verhalten meiner Mutter gegenüber so unendlich leid. Wenn ich könnte, würde ich das rückgängig machen. Heute weiß ich, wie sehr meine Mutter gelitten hat, und wie sehr sie in Sorge um mich war und nur deshalb so gehandelt hat.

Am anderen Morgen führte mich mein Weg von der Polizei zur Arbeit mit dem Bus auch in Asterlagen vorbei, dort, wo Heinz wohnte. An der Haltestelle stand eine Frau, die in den Bus hinein rief: „Ist hier ein Frl. König? Ich möchte ihr etwas geben." Diese Frau war die herzensgute Mutter von Heinz, die an der Haltestelle jeden Bus abgepasst hatte, um mir vor der Arbeit Butterbrote, eine Thermoskanne Kaffee und eine Jacke von Heinz zu bringen. Das war wirklich rührend.

Irgendwie habe ich mich dann doch wieder mit meiner Mutter vertragen, die aber trotzdem noch immer gegen diese Verbindung war. Deshalb suchte sie wieder bei Frl. Deuchert Rat, und diesmal sagte Frl. Deuchert, dass sie den Herrn Rosin jetzt mal persönlich kennen lernen wollte. Dieses Gespräch muss wohl sehr positiv abgelaufen sein. Heinz war ja intelligent und konnte gut reden. Damit hat er sicherlich bei Frl. Deuchert einen guten Eindruck gemacht, denn sie sagte hinterher zu meiner Mutter: „Was wollen sie denn, Frau König, das ist doch so ein netter, ordentlicher Mensch." Das muss meine Mutter wohl ein bisschen beruhigt haben, denn seit diesem Gespräch war sie nicht mehr so entschieden dagegen sondern war sogar damit einverstanden, dass wir uns Ostern 1952 verlobten. Die Verlobung wurde dann in unserer Wohnung in der Rheinhausener Str. gebührend gefeiert.

Den schwarzen Taftrock und die weiße Bluse hatte ich mir extra für diesen Anlass von meinem gesparten Geld, das ich fürs Wäscheaustragen bekommen habe, gekauft.

Unsere Verlobungsfeier
Sitzend: Ich, Heinz, meine Mutter, Onkel Fritz (Bruder meiner Mutter),
Tante Hanna, Franz Weiser (Schwiegervater von Waltraud)
Stehend: Trutchen, mein Schwiegervater Peter Rosin, Friedhelm,
ein Arbeitskollege von Heinz, Helmut, Waltraud, Onkel Robert und
meine Schwiegermutter Otilie Rosin

In dem darauf folgenden Jahr gab es in unserer Beziehung viele Höhen und Tiefen, aber immer wieder haben Heinz und ich uns zusammengerauft.

Im April 1953 sind meine Mutter, die Zwillinge und ich nach Meerbeck in die neue Wohnung Oedenburger Str.21 gezogen. Den Umzug selbst habe ich gar nicht mitgemacht, denn zu der Zeit habe ich auch oft schon bei Heinz in Rheinhausen übernachtet. Deshalb hatte ich auch in Rheinhausen eine neue Stelle in der Wäscherei Lavita angenommen. Dort habe ich nicht nur mehr verdient sondern hatte von Heinz aus auch einen kürzeren Weg zur Arbeit.

Kurz nach dem Umzug hatte ich wieder einmal Streit mit Heinz, und ich eröffnete meiner Mutter, dass ich jetzt nach Rheinhausen fahren würde, um endgültig mit Heinz Schluss zu machen. Meine Mutter sagte nur: „Egal, wie lange das dauert. Ich werde im Fenster auf dich warten". Ich habe mich dann auch mit Heinz getroffen und ihm gesagt, dass ich unsere Verlobung lösen möchte. Heinz redete ununterbrochen auf mich ein und versuchte, mich zu überreden, es nicht zu tun. Erst blieb ich standhaft, und er bot daraufhin an, mich wenigstens noch nach Hause zu bringen. An der Straßenecke Oedenburger Str. sah ich meine Mutter schon im Fenster liegen. Aber Heinz hatte immer schon viel Überzeugungskraft. Er ließ nicht locker, und so standen wir an diesem Abend lange an der Ecke und redeten, bis ich irgendwann dann doch mit ihm wieder zurückgefahren bin. Meine Mutter hat die ganze Nacht im Fenster auf mich gewartet. Männer, die am nächsten Morgen zur Frühschicht mussten, hatten mir das bestätigt. Aber ich bin nicht gekommen, und das muss für sie schrecklich gewesen sein. Damals habe ich darüber nicht nachgedacht.

Kurze Zeit später wurde ich schwanger. Als ich mich bei Lavita einige Male übergeben musste, riet mir eine Arbeitskollegin, mal zum Arzt zu gehen. Auf den Gedanken, dass ich schwanger sein könnte, bin ich überhaupt nicht gekommen. Der Arzt jedenfalls stellte dann fest, dass ich im zweiten Monat schwanger bin. Das war ein Schock. Als er die Bescheinigung für den Arbeitgeber ausstellen wollte, bat ich ihn, gleich noch eine für meine Mutter auszustellen. Der Arzt schaute mich zwar verwundert an, aber ich bekam auch die zweite Bescheinigung. Ich traute mich nicht, es meiner Mutter zu sagen. Als wir beim Abendessen saßen schob ich ihr den Zettel hin: „Da, Mutti, lies mal!" Komischerweise weiß ich nicht mehr, wie meine Mutter reagiert hat. Ich weiß nur noch, dass sie nicht wollte, dass Heinz und ich nur wegen des Kindes heiraten sollten. Wir würden das Kind auch alleine groß kriegen. Für Heinz und mich stand aber fest, dass wir heiraten wollten. Das Problem war nur, dass wir dazu die Einwilligung meiner Mutter brauchten. Und das gestaltete sich sehr schwierig, denn an einem Tag war meine Mutter bereit dazu, am anderen Tag war sie dagegen. Heinz hatte sich mehrfach schon frei genommen, um mit uns zum Standesamt zu gehen und das Aufgebot zu bestellen. Aber jedes Mal mussten wir wieder umkehren, weil meine Mutter nicht unterschreiben wollte. Ich habe immer wieder auf sie eingeredet und ihr gesagt, dass ich nicht mit einem dicken Bauch heiraten möchte. Irgendwann schließlich willigte sie schweren Herzens ein und unterschrieb ihre Einverständniserklärung. Da ich ja immer noch die ungarische Staatsangehörigkeit hatte, musste wir zusätzlich einen Antrag stellen, damit ich nach meiner Hochzeit die deutsche Staatsangehörigkeit erhalten würde. Das war damals, anders als heute, nicht automatisch mit der Eheschließung der Fall. Meine Mutter war Deutsche, aber durch ihre Heirat mit einem Ungarn damals noch automatisch Ungarin geworden. Bei meiner Hochzeit musste der Wechsel der Staatsangehörigkeit erst beantragt werden, und da ich noch nicht volljährig war, brauchten wir auch dafür das Einverständnis meiner Mutter. Nachdem dann endlich alle Formalitäten erledigt und das Aufgebot bestellt war, konnten wir mit den Vorbereitungen für die Hochzeit beginnen.

Die Hochzeit fand am 31.10.1953 statt und war ein für unsere Verhältnisse sehr pompöses Fest. Beinahe wäre die Hochzeit aber doch noch geplatzt, denn an meinem Hochzeitstag wäre ich fast verunglückt. Früh morgens fuhr ich mit dem Fahrrad zu meiner Friseurin. Die Straßen waren wohl schon ein bisschen rutschig, denn als ich am Bahndamm die abschüssige Straße hinunterfuhr und unten rechts abbiegen wollte, bin ich schwer gestürzt und auf die Gegenfahrbahn geschliddert. Ein entgegenkommendes Auto hätte mich beinahe erwischt und konnte nur ein oder zwei Meter vor mir zum Stehen kommen. Da muss ich wirklich einen Schutzengel gehabt haben.

Bei dem Sturz hatte ich mich zum Glück nicht verletzt, so dass dann die Hochzeit wie geplant stattfinden konnte. Heinz hatte für die Hochzeit dreihundert Mark gespart. Das Fest fand zuhause bei meiner Mutter statt, die wieder einmal alles so toll vorbereitet hatte. Tagelang hatte sie Kuchen und Torten gebacken, und das Essen vorbereitet. Das Geld reichte zwar nicht für ein eigenes Hochzeitskleid. Das habe ich mir im Leihhaus besorgt. Aber den Schleier habe ich mir neu gekauft, von meinem ersparten Geld, für 180 DM. Diesen Schleier besitze ich heute noch. Meine Brautschuhe habe ich ganz traditionell mit ersparten Pfennigen bezahlt.

Auch das ist wieder ein Beispiel dafür, dass ich auch früher schon dazu bereit war, für außergewöhnliche Anlässe viel Geld auszugeben, ja sogar über meine Verhältnisse zu leben. Dafür bin ich im normalen Leben auch heute noch extrem sparsam und drehe jeden Cent dreimal um. Ich weiß, dass das irgendwie nicht zusammenpasst, und viele Leute das nicht verstehen können. Aber ich gebe nun mal mein Geld lieber für außergewöhnliche Dinge aus und kann damit mir, aber oft auch anderen eine große Freude machen.

Die standesamtliche Trauung, zu der wir alle mit dem Obus fuhren, fand am Vormittag in Utford statt. Tante Klara, meine Taufpatin, hatte mir für diesen Anlass extra ihren Pelz geliehen. Unser Trauzeuge sollte eigentlich Helmut sein. Da Helmut aber noch keine 21 Jahre alt war, hat der Vater von unserem zweiten Trauzeugen Kurt, Franz Weiser, die Urkunde unterschrieben. Auf dem offiziellen Hochzeitsfoto ist aber trotzdem natürlich mein Bruder Helmut zu sehen.

Nach der Trauung kehrten wir in Moers noch in einer Gaststätte ein, um auf die Hochzeit anzustoßen. Es war dort sehr lustig, denn Heinz und Helmut wollten sich ein Kotelett teilen, das aber beim Schneiden vom Teller in hohem Bogen auf den Boden fiel. Wir konnten uns vor Lachen nicht mehr einkriegen. Wieder zuhause in Meerbeck bereitete ich mich auf die kirchliche Trauung vor. Die Friseurin erwartete mich schon. Ich bekam eine tolle Frisur und zog dann mein schönes Hochzeitskleid mit dem langen Schleier an. Im Radio wurde per Zufall das Lied: „Eine weiße

Hochzeitskutsche kommt am Morgen vorgefahren…" gespielt. Das war wirklich treffend, denn Heinz und ich wurden tatsächlich von einer geschmückten, offenen Kutsche abgeholt und zur Kirche gefahren. Es war ein wunderschöner Oktobertag und ein wunderschönes Fest. Wir hatten viele Gäste. Natürlich hatten wir auch Frl. Deuchert und den Pastor eingeladen. Bis tief in die Nacht wurde getanzt, gesungen und gelacht. Für die Hochzeitsnacht hatte uns die Nachbarin meiner Schwester Waltraud in ihrer Wohnung ihr Schlafzimmer zur Verfügung gestellt. In der Wohnung meiner Mutter konnten wir nicht schlafen, denn es wurde ja in allen Räumen gefeiert.

Unsere Trauzeugen waren mein Bruder Helmut und mein Schwager Kurt mit meiner Schwester Waltraud. Der kleine Junge ist Klaus, der Sohn von Waltraud und Kurt, rechts daneben meine Arbeitskollegin Edeltraud Jonas.

Die ersten Ehejahre und die Geburt meiner Kinder

Nach der Eheschließung zogen wir in das Zimmer, das Heinz im Hause meiner Schwiegereltern in Rheinhausen Asterlagen bewohnt hatte. Dieses Zimmer befand sich unter dem Dach im ersten Stock direkt neben den Zimmern seiner Brüder. Wir hatten am Anfang überhaupt keine eigenen Möbel. Im Zimmer standen ein kaputter Kleiderschrank der Schwiegereltern, ein Metallbett, das schon total durchgelegen war, ein Tisch mit gewölbter Sperrholzplatte, ein alter Kachelofen und das Kinderbettchen für Marion. Bevor ich richtig eingezogen bin, haben wir das Zimmer erst einmal gründlich renoviert. Die Wände, der Fußboden und die Fenster wurden gestrichen, neue Gardinen und ein neuer Stragula Teppich gekauft. Gegessen haben wir entweder in der Menage bei Krupp oder unten bei meinen Schwiegereltern. Die beiden waren zu mir eigentlich immer sehr nett, aber ich habe mich dort nicht besonders wohl gefühlt und immer zurückgehalten, wenn es wie so oft Streit gab, und mein Schwiegervater wieder auf seine Frau losging. Einmal bedrohte er sie sogar mit der Axt, und als sie hilfesuchend zu uns hoch kam, stellte sich Heinz seinem Vater in den Weg und sagte: „Wenn du nur einen Schritt weitergehst, werfe ich dich die Treppe runter." Mein Schwiegervater Peter hat immer schon viel getrunken und verbrachte die meiste Zeit sitzend und trinkend am Küchentisch. Meine Schwiegermutter Ottilie war eine herzensgute Frau, die aber von allen nur ausgenutzt wurde.
In dieser ersten Zeit war ich rundherum glücklich. Wir waren zwar arm, aber Heinz und ich hatten Arbeit und freuten uns auf unser erstes Kind. Wir lebten bescheiden, sparten und hatten gemeinsame Ziele. Ich war noch in der Wäscherei Lavita beschäftigt und arbeitete dort bis sechs Wochen vor der Geburt. Aber auch zuhause, in den Wochen bis zur Geburt, arbeitete ich im Prinzip durchgehend weiter. Auf unserem alten Küchentisch bügelte ich täglich 40 bis 50 Hemden, nur um auch weiterhin ein bisschen Geld zu verdienen. In der ersten Zeit erhielt ich je Hemd 30 Pfennig und später 35 Pfennig. Von dem Geld, das wir bis zur Geburt gespart hatten, kauften wir als erstes einen neuen Kleiderschrank und ein Radio. Das restliche Geld haben wir für Windeln

und Babykleidung ausgegeben. In der mir verbleibenden Zeit nähte ich nämlich Windeln aus Stoffresten, die ich auf dem Markt besorgt hatte. Da wir nicht wussten, ob es ein Mädchen oder ein Junge wird, nähte ich die Windeln rein vorsorglich in rosa und in blau. Gespart hatte ich auch für meinen ersten Kinderwagen. Er kostete 158 DM, eine für unsere damaligen Verhältnisse ungeheuer große Summe. Das war damals genau die Hälfte eines Monatslohns, den Heinz als Maschinenschlosser bei Krupp gerne und voller Stolz – damals noch, denn das sollte sich später ändern - nach Hause brachte. Auch hier wollte ich wieder nicht am falschen Ende sparen sondern mir etwas Besonderes gönnen, und diesmal war es eben dieser schöne Kinderwagen.

Unser Zuhause in der Steinbrinkstr. 29, Eingang links

Am 12. Mai 1954 besuchten wir, wie in dieser Zeit so oft, meine Mutter. Nach einem kleinen Spaziergang bekam ich auf einmal großen Appetit auf Bratkartoffeln. Meine Mutter briet mir deshalb nach unserer Rückkehr Rohscheiben, die ich noch heißhungrig aß. Aber schon kurze Zeit später, so gegen 23.00 Uhr, setzten heftige Wehen ein. Heinz lief zu meiner Hebamme, Frau Vogel, die allerdings aus irgendwelchen Gründen verhindert war. Es kam schließlich ihre Vertreterin, eine junge Frau, zu der ich im ersten Moment überhaupt kein Vertrauen hatte. Das änderte sich jedoch im Laufe der sich über viele Stunden hinziehenden Geburt, denn sie unterstützte mich als Erstgebärende großartig und wusste genau, wie sie mir über die schlimmsten Wehen hinweg helfen konnte. Sie war wirklich sehr geduldig und hörte sich gelassen meine immer wieder geäußerten Bitten um eine Spritze an. Ich habe ihr sogar einen Monatslohn von Heinz versprochen, wenn sie mir die Schmerzen nehmen würde. Aber irgendwann hatte ich es überstanden, und am 13. Mai 1954 um 8.05 Uhr kam Marion als ein gesundes Mädchen zur Welt.

Nach der Entbindung blieben wir dann zunächst bei meiner Mutter. Ich lag ja im Wochenbett, das heißt, damals war das Aufstehen zehn Tage nach der Geburt für Mütter strengstens untersagt, was aber irgendwie für mich dann doch nicht galt. Denn zwei Tage nach der Geburt stand ich schon wieder am Bügelbrett. Meine beiden Brüder mussten zu einer Beerdigung, und da meine Mutter nicht da war, bin ich aufgestanden, um meinen Brüdern die Hemden zu bügeln.

Marions Taufe fand am 23. Mai 1954 in Meerbeck durch Herrn Pastor Bergerhoff statt. Ihre Taufpaten sind mein Bruder Karl-Heinz und Frau Dikti, meine liebe Kollegin aus der Wäscherei Lavita, mit der ich mich außerordentlich gut verstand, und mit der ich lange Zeit freundschaftlich verbunden war.

 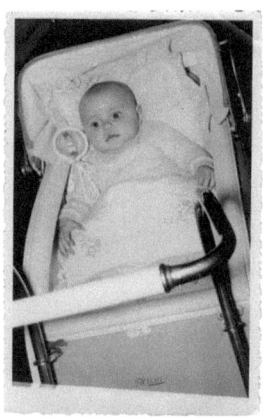

Meine Mutter liebte Marion abgöttisch. Sie war ihr Goldkätzchen und wurde nach Strich und Faden verwöhnt. Ich als Mutter hatte nichts mehr zu sagen, denn meine Mutter hat alles übernommen. Heinz und mir gefiel das nicht so gut, aber irgendwie kamen wir gegen meine Mutter nicht an.

Wir wohnten immer noch, inzwischen also zu dritt, in der Einzimmerwohnung bei meinen Schwiegereltern. Marion war zum

Glück ein Kind, das gerne und viel geschlafen hat. So konnte ich weiterhin zuhause Hemden bügeln und damit Geld dazu verdienen. Als nächstes kauften wir uns dann einen Nickelherd, und konnten uns damit endlich auch selbst etwas kochen. In dieser Zeit schafften wir uns auch einen schönen Küchenschrank an, den wir später in die neue Wohnung mitnahmen.

Ungefähr 21 Monate später wurde am 25. Februar 1956 abends um 20.40 Uhr mein Sohn Volker geboren und zwar auch in der Wohnung meiner Mutter mit derselben Hebamme, die auch schon Marions Geburt begleitet hatte. Meine Mutter wollte nicht, dass Volker bei ihr zuhause geboren wird. Sie hatte ja Marion und wollte sich auf das zweite Kind überhaupt nicht freuen. Als aber während eines Besuches bei ihr die Wehen einsetzten, konnte sie mich ja nicht mehr nach Hause schicken. Auch nach der Geburt hat sie sich nicht sonderlich um mich und Volker gekümmert, hat ihn auch nicht gewickelt. Sie wollte sich einfach nicht an ihn gewöhnen. Das hat sie immer wieder gesagt.

Die Zustände in der kleinen Wohnung bei meinen Schwiegereltern waren nach Marions Geburt schon fast unerträglich, aber nach Volkers Geburt war es einfach viel zu eng geworden. Jetzt stand auch noch Volkers Kinderwagen vor Marions Bettchen, und man konnte sich in dem Zimmer kaum noch bewegen. Heinz hatte mich oft schon zum Amt geschickt, um eine neue Wohnung zu bekommen. Aber bis dahin immer erfolglos. Doch kurz nach Volkers Geburt hatten wir Glück. Krupp baute zu der Zeit neue

Wohnsiedlungen, und wir bekamen eine Wohnung zugeteilt. Am 1. April 1956 bezogen wir endlich unsere erste eigene Wohnung in Rheinhausen-Bergheim, Kahlacker 1, EG links. Die Wohnung war toll, hatte drei Zimmer, Küche, Bad und sogar einen Balkon. Im Wohnzimmer konnte jetzt mit einem Ölofen geheizt werden, was eine enorme Erleichterung war. Da wir kaum eigene Möbel hatten, richteten wir uns komplett neu ein. Das Wohnzimmer war in „schwarz-lack" gehalten, was damals der letzte Schrei war. Wir kauften eine neue Polstergarnitur, einen Teppich, Gardinen, einen Schrank und ein passendes Sideboard, in dem die vielen Bücher von Heinz untergebracht werden konnten. Heinz besaß eine Menge Bücher, denn er las gerne und bestellte sich die Bücher immer beim Bertelsmann Verlag. Das Radio und den Plattenspieler und den Küchenschrank nahmen wir aus der alten Wohnung mit. Endlich konnten wir auch ein richtiges Schlafzimmer kaufen, und sogar die Kinder hatten jetzt ein eigenes Zimmer. Für die Küche leisteten wir uns einen neuen Kohleofen und einen neuen Gasherd. Das alles konnten wir natürlich nur auf Pump kaufen, aber wir bezahlten die Möbel langsam mit kleinsten Raten ab und hatten schon nach zwei Jahren alles bezahlt. Heinz und ich waren richtig fleißig. Er ging nach wie vor als Maschinenschlosser auf die Hütte, und ich bügelte zu Hause ununterbrochen für Ärzte, Nachbarn und alle möglichen Leute. Besonders Hemden konnte ich gut bügeln, und so konnte ich meine Preise nach und nach schrittweise erhöhen. Von der Wäscherei bekam ich pro Hemd 35 Pfennig, von Privatleuten 40 Pfennig und für einen Kittel 45-50 Pfennig. Das Bügelgeld habe ich immer für die Abzahlung der Möbel benutzt, um den Betrag schneller abzubezahlen und damit natürlich auch Zinsen zu sparen.
Heinz und ich fühlten uns wohl. Beide hatten wir das Gefühl, es geht aufwärts mit uns. Wir waren glücklich, wenn wir mit dem Geld, das wir für vollgeklebte Rabattmarkenheftchen bekamen, mal ins Kino und anschließend vielleicht ab und zu noch ein Bierchen trinken konnten.
Das einzige, das mich an Heinz immer ein bisschen störte, war, dass er so viel gelesen hat. Er liebte Bücher und war ständiger Gast in der Bücherei von Krupp. Dorthin hat er auch ganz früh schon

Marion mitgenommen, die sich dann dort ihre Bilderbücher aus-
leihen durfte
.

Fototermin 1956 mit Marion und Volker in der neuen Wohnung

Mit meiner Mutter haben wir uns immer gut verstanden. Obwohl
Heinz oft sauer auf sie war, denn sie mischte sich gerne ein und
verwöhnte Marion immer mehr als Volker. Marion war ihr ein
und alles, während sie Volker kaum wahrnahm. Sie brachte immer nur eine große Tafel Schokolade für Marion mit und sagte
dann zu ihr „Teil mal!", ohne das je zu überprüfen. Als sie wieder
einmal nur für Marion Schokolade mitbrachte, hat Heinz ein
ernstes Wort mit meiner Mutter geredet und ihr gesagt, dass sie in
Zukunft grundsätzlich zwei kleine Tafeln oder gar keine Schokolade mehr mitbringen sollte. Meine Mutter ist erst beleidigt abge-
zogen, aber dann hat sie wohl eingesehen, dass Heinz Recht hatte,
und brachte seitdem auch für beide Kinder das Gleiche mit.
Ich erinnere mich auch noch daran, dass sie einmal heulend von
uns weggefahren ist und uns lautstark als Rabeneltern beschimpft
hat. Folgendes war passiert: Heinz hatte Marion, die an dem Gasherd spielte, einen Klaps auf die Finger gegeben. Das reichte meiner Mutter schon, um völlig aufgelöst und wütend über Heinz

Verhalten nach Hause zu fahren. Heinz hat ihr dann eindeutig klargemacht: "Du bist immer gern gesehen und kannst immer zu uns kommen, aber über die Kinder bestimmen wir." Seit der Zeit haben sich die beiden richtig gut verstanden, und oft ist meine Mutter nur gekommen, wenn auch Heinz da war. Meine Mutter hing furchtbar an den Kindern und hatte sich inzwischen auch an Volker gewöhnt. Volker war ihr Purzelmann, aber Marion blieb ihr Goldkätzchen. Sie hat immer gelitten, wenn sie uns verlassen musste. Damals habe ich mir schon vorgenommen, dass mir das mit meinen Enkelkindern mal nicht so gehen soll. Ich wollte mich nie so an sie gewöhnen wie meine Mutter, die jedes Mal todtraurig war, wenn sie die Kinder verlassen musste.

Geburtstagsküsschen von Heinz

Marion war früh sehr selbständig. Schon mit drei Jahren ging sie alleine über die Straße in den Konsum zum Einkaufen. Ich konnte sie vom Fenster aus immer beobachten: „Links gucken, rechts gucken und dann schnell über die Straße." Ich weiß noch, dass sie schon nach kurzer Zeit alles behalten konnte, was sie einkaufen

60

sollte, und ich ihr nie einen Einkaufszettel schreiben musste. Mit vier Jahren wusste sie auch schon, dass sie Lehrerin werden wollte. Meine Kinder habe ich schon früh zur Selbständigkeit erzogen. Ich wollte nicht so werden wie meine Mutter, die den Zwillingen noch mit 20 Jahren das Badewasser bereit stellte und Butterbrote schmierte. So unselbständig wie meine Zwillingsbrüder sollten meine Kinder nicht werden. Ab 18 mussten sie alleine klar kommen. Natürlich hat mich immer sehr interessiert, was meine Kinder machen. Das ist auch heute noch so. Sie sollten ihren eigenen Weg gehen, aber ich habe ihnen immer gesagt: "In der größten Not bin ich immer für euch da!"
Das meine ich auch so!

Es beginnt zu kriseln

An Karneval 1957 und die dann folgende Zeit habe ich überhaupt keine guten Erinnerungen. In unserer Wohnung veranstalteten wir damals eine kleine Feier. Es wurde getrunken, es spielte Musik, und es wurde getanzt, als ich plötzlich sehen musste, wie Heinz mit einem von zwei befreundeten Zwillingsmädchen herumknutschte. Dieser Anblick schockierte mich dermaßen, dass ich dachte, hier kann ich keinen Augenblick länger bleiben. Das muss ich mir doch nicht antun. Ich packte meine Ledertasche voll Windeln für Volker, zog die Kinder warm an und verließ tränenüberströmt die Wohnung. Mit Volker auf dem Arm, die Tasche und Marion an der Hand, stolperte ich zur Haltestelle, um nach Meerbeck zu meiner Mutter zu fahren.
Plötzlich hielt neben uns ein Auto an, dessen Nummernschild MO-N 347 ich noch heute vor Augen habe. Ein freundlicher junger Mann fragte, ob er mir helfen könne und wo wir denn hin wollen. Erst lehnte ich seine Hilfe ab, aber er schien zu sehen, wie verzweifelt ich war, denn er ließ nicht locker. Schließlich stiegen wir ein und er brachte uns nach Meerbeck zu meiner Mutter. Verzweifelt erzählte ich ihr die ganze Geschichte. Sie versuchte, mich zu beruhigen, aber ich sagte ihr, dass ich bei dem Mann nicht bleiben kann und erst mal weg will. Meine Mutter bot sich

an, auf die Kinder aufzupassen, und ich fuhr am nächsten Tag nach Tuttlingen zu meiner Freundin Carmen.

Noch am gleichen Tag hatte Heinz, wie es zu erwarten war, meine Mutter aufgesucht. Damit es ihr mit den Kindern nicht zuviel wird, hat Heinz Volker mitgenommen, um ihn zu Familie Schroth, seinem Arbeitskollegen und dessen Frau, einer sehr netten und ordentlichen Familie, zu bringen. Heinz konnte sich selbst nicht um Volker kümmern, weil er ja arbeiten musste, und nicht wusste, wann ich wiederkomme.

Carmen war die ehemalige Freundin meines Bruders Karl-Heinz, zu der ich auch nach der Hochzeit von Büb mit Trudi immer noch guten Kontakt hatte. Carmen begrüßte mich mit größter Freude am Bahnhof, und ich war sehr froh, da zu sein. Die gute Stimmung war aber sehr bald schon wieder vorbei, denn nur Stunden später erreichte mich bei Carmen ein Telegramm von Heinz mit den Worten: „Volker beim Vater!"!

Völlig entsetzt von dem Gedanken, dass Heinz Volker zu meinem Schwiegervater gebracht hat, fuhr ich noch in derselben Nacht mit dem nächsten Zug zurück und traf am nächsten Morgen um 10.00 Uhr am Bahnhof in Moers ein. Meine Mutter und Heinz holten mich ab. Dabei stellte sich heraus, dass Volker gar nicht, wie befürchtet, bei meinem Schwiegervater, sondern bei dem netten Arbeitskollegen von Heinz untergebracht war. Heinz hatte das alles nur erfunden, damit ich schnell wieder nach Hause kam. Er kannte mich zu gut und wusste, dass mich allein die Vorstellung, dass mein kleiner Sohn allein bei den Schwiegereltern sein könnte, völlig fertig macht und ich das nicht ertragen würde.

Mit Heinz habe ich mich nicht zuletzt der Kinder wegen wieder vertragen, aber in unserer Ehe war es von diesem Zeitpunkt an niemals mehr so, wie es einmal war. Diesen Zwischenfall konnte ich nicht vergessen. Irgendwie hatte ich wohl das Vertrauen verloren. Aber wir lebten zunächst, auch wegen der Kinder, erst mal weiter wie bisher.

Der Tod meiner Mutter

Anfang März 1958 bat meine Mutter mich, für einige Tage meine Brüder, die immer noch ziemlich verwöhnt und unselbständig waren, zu versorgen. Sie musste sich einem gynäkologischen Eingriff unterziehen, bei dem keine größeren Komplikationen zu erwarten waren. Für mich war das eine Selbstverständlichkeit, denn für meine Mutter hätte ich zu jedem Zeitpunkt alles in meinen Kräften stehende getan. An einem Montag in diesem März 1958 brachte ich sie gemeinsam mit Helmut ins Krankenhaus. Der Eingriff war für den darauf folgenden Tag, also für den Dienstag, geplant.

Als ich aber am Dienstag im Krankenhaus ankam, um mich zu vergewissern, dass alles gut verlaufen ist, saß meine Mutter im Bett, las die Zeitung und erklärte: „Ich komme erst morgen dran. Der Arzt hat heute noch alle möglichen Untersuchungen gemacht und mir erklärt, dass alles, auch das Herz, in Ordnung ist und die Operation morgen stattfinden kann." Das beruhigte mich. Ich machte mir keine weiteren Gedanken darüber, wir unterhielten uns, und seltsamerweise, als hätte sie schon eine Vorahnung gehabt, teilte sie ihre wenigen Habseligkeiten unter uns Kindern auf. Ich habe das gar nicht ernst genommen und fuhr ohne Sorge wieder zurück zu den Zwillingen und zu meinen Kindern, die ich ja nach Meerbeck mitgenommen hatte.

Am nächsten Tag hatten die Zwillinge Frühschicht. Ich versorgte die Kinder, räumte auf und ging in den Konsum zum Einkaufen. Wieder zuhause war ich gerade dabei, den Wirsing fürs Mittagessen zu schnippeln, als ganz in Eile eine Frau vom Konsum bei uns klingelte und sagte, ich solle sofort ins Krankenhaus kommen. Ich war schon ziemlich beunruhigt, musste aber erst mal die Kinder unterbringen. Die Nachbarin meiner Mutter, Frau Ortmann, hatte eine zehnjährige Tochter, die zum Glück zuhause war und sich sofort bereit erklärte, auf Marion und Volker aufzupassen. So schnell ich konnte fuhr ich mit dem Fahrrad zum Krankenhaus. Auf der Station angekommen entdeckte ich voller Entsetzen auf dem Flur ein leeres Bett, auf dem unsere Handtücher lagen. Das kam mir sehr komisch vor. Ich klopfte an der Tür und gerade als ich die Klinke herunterdrücken wollte, sprach mich eine Schwester an und fragte, ob ich zu Frau König wolle. Ich bejahte die Frage. Daraufhin sagte die Schwester: „ Ja dann kommen Sie mal mit ins Arztzimmer. Der Arzt möchte mit Ihnen sprechen. Er kommt gleich." In dem Moment stand der Arzt auch schon neben mir:

„Es tut mir so leid, aber das Herz Ihrer Mutter hat versagt."

Mich traf es wie ein Blitzschlag. Ich war außer mir und sprang den Arzt an, weil ich es einfach nicht verstehen konnte und vor allen Dingen auch nicht verstehen wollte. Ich schrie den Arzt an „Sie lügen! Sie haben sie doch untersucht. Es war doch alles in Ordnung." Ich konnte mich nicht beruhigen. Von heute auf morgen war meine Mutter nicht mehr da. Sie war doch nie krank, sie war doch gerade erst fünfzig Jahre alt, das konnte doch nicht sein. Jetzt, wo es ihr endlich im Leben ein bisschen besser ging. Ich schrie und tobte so sehr, dass ich schließlich eine Beruhigungsspritze bekommen musste. Das Krankenhaus hat dann auch Heinz auf der Arbeit angerufen, der natürlich sofort ins Krankenhaus kam. Meine Schwester Waltraud, die gerade im selben Krankenhaus behandelt wurde, und mein Bruder Büb wurden von Heinz informiert. Für mich war es ganz entsetzlich, dass ich es war, die den Zwillingen den Tod unserer Mutter mitteilen musste. Beide arbeiteten ja zur damaligen Zeit unter Tage, und es war erst gar nicht möglich, sie zu erreichen.

Später haben wir uns dann alle in der Oedenburger Straße getroffen. Inzwischen hatten uns die Ärzte etwas genauer erklärt, dass unsere Mutter aus der Narkose nicht mehr erwacht ist.

Dieser Tag und die folgende Zeit waren für mich das Schlimmste, was ich in meinem Leben durchgemacht habe. Allerdings möchte ich betonen, dass mir Heinz in dieser Lebensphase sehr zur Seite gestanden hat. Er wusste zu genau, wie sehr mir meine Mutter am Herzen lag und wie sehr ich sie liebte. Meine Trauer war so groß, dass ich über Wochen Tag und Nacht geweint habe. Ich wollte es einfach nicht wahrhaben, dass meine Mutter nicht mehr da war. Ein halbes Jahr lang ging ich jeden Tag mit meinen kleinen Kindern zum Friedhof. Wir hatten sie in Meerbeck beerdigt. Das war zwar nicht der für unseren Wohnort zuständige Friedhof, aber meine Mutter hatte schon früh immer gesagt, dass sie nicht nach Lohmanns Heide auf den Friedhof will. Heinz hat sich dann sehr dafür eingesetzt, dass ihr Wunsch erfüllt wird und sie tatsächlich in Meerbeck begraben wird. Dort waren auch die Gräber ihrer Eltern, Oma und Opa Nockelmann, und durch Zufall wurde sie in unmittelbarer Nähe zu ihren Eltern beigesetzt. Früher hatte ich oft mit meiner Mutter die Gräber auf dem Friedhof besucht, und meine Mutter hat oft gemeint: „Na, Möschken, ob auf meinem Grab wohl mal ein Blümchen blüht?" Das habe ich ihr als Kind natürlich versprochen und es später auch gehalten. Ich habe immer zum Geburtstag und zum Todestag Blumen zum Grab gebracht. Selbst, als ich später nicht mehr in der Nähe wohnte, habe ich meinem Bruder jedes Mal Geld geschickt, damit er Blumen fürs Grab kaufen konnte. Mein Bruder Büb hatte ihr früher großzügig einen Grabstein versprochen, aber jetzt nach ihrem Tod war keine Rede mehr davon. Von meinem Bügelgeld habe ich ein paar Monate nach dem Begräbnis das Grab mit Steinen einfassen lassen. Ich hatte mich über Büb so geärgert und wollte dann selbst den Grabstein kaufen. Allerdings wollte ich dann auch nur darauf schreiben „Hier ruht meine Mutter" statt „Hier ruht unsere Mutter". Aber Heinz hat mich überredet, es nicht zu tun.

Für mich waren das nach dem Tod meiner Mutter schlimme Zeiten, denn ich musste nicht nur diesen unbegreiflichen Verlust überwinden sondern mich auch zunächst weiter um meine Zwillingsbrüder kümmern. Für sie kochen, waschen, den Haushalt führen und gleichzeitig aber auch meine eigene Familie mit zwei kleinen Kindern versorgen. Das ging oft über meine Kräfte.

Mein Bruder Helmut und ich haben wohl unter dem Tod meiner Mutter am meisten gelitten. Wir sind eigentlich beide heute noch nicht darüber hinweg, und wir reden immer, wenn wir uns sehen über unsere Mutter. Heute noch!

Meine Mutter hatte einige Monate vor ihrem Tod - ich glaube zum ersten Mal in ihrem Leben - begonnen, sich die eine oder andere Kleinigkeit für sich selbst zu gönnen. Es war nichts Großartiges, vielleicht ein neuer BH, etwas Unterwäsche oder ein Paar neue Schuhe. Dass es meiner Mutter in der letzten Zeit ihres Lebens finanziell etwas besser ging, verdankte sie dem Umstand, dass sie für meinen Bruder Karl-Heinz als eine Art Handelsvertreterin arbeitete. Karl-Heinz hatte in Rumeln eine Strickerei aufgebaut. Geschäftstüchtig, wie meine Mutter war, versuchte sie, die Pullover zu verkaufen und konnte sich so von den dort verdienten kleinen Provisionen die erwähnten Kleinigkeiten leisten.

Sie hatte diese neuen Sachen sorgfältig in ihrem Schrank aufbewahrt und immer gesagt: „Für später!" Jetzt war es zu spät! Hätte sie diese Sachen doch nicht aufbewahrt sondern direkt getragen!

Jetzt, nach ihrem Tod, konnte keiner davon etwas gebrauchen, und meiner Schwester passten sie ohnehin nicht. Aber ich konnte diese Sachen, die meine Mutter sich so mühsam zusammengespart hat, doch nicht weggeben oder wegwerfen. Das brachte ich nicht übers Herz. Also habe ich diese wenigen Habseligkeiten an mich genommen und in einem Karton aufbewahrt. Diesen Karton habe ich bis 1985, also über einen Zeitraum von fast drei Jahrzehnten, immer mit mir herumgeschleppt, egal, wo ich auch gewohnt habe. 1985 habe ich den Karton schließlich Marion übergeben, die ihn auch nicht weggeben konnte und meines Wissens bis heute noch aufbewahrt.

Meine Anfänge in der Gastronomie

Nachdem meine Mutter gestorben war, habe ich ein halbes Jahr lang weiter meine Zwillingsbrüder in Meerbeck versorgt. Da ich die Kinder nicht allein lassen konnte, habe ich sie mitgenommen. Es gab so viel zu tun: Ich musste für die erwachsenen Zwillinge, meinen Mann und die kleinen Kinder kochen, nicht nur Windeln sondern auch die schweren Bergmannsanzüge meiner Brüder waschen, einkaufen, die Wohnung der Zwillinge sauber halten, die eigene Wohnung nicht vernachlässigen, kurz, ich war ziemlich geschafft und am Ende meiner Kräfte. Heinz hat damals viel auf sich genommen, und nicht nur, weil er jetzt jeden Tag von Moers aus zur Arbeit nach Rheinhausen fahren musste.

Obwohl ich bis zum Umfallen arbeitete, bekam ich von meinen Brüdern keinen Dank. Zum Eklat kam es, als dann an einem Tag Ende August mein Bruder Friedhelm zu mir sagte, ich würde mich bei ihnen nur durchfressen. Da war es vorbei. Das musste ich mir nicht sagen lassen. Ich habe meine Kinder gepackt und bin gegangen, zurück in meine eigene Wohnung im Kahlacker. Höchste Zeit, dass meine Zwillingsbrüder lernten, sich alleine zu versorgen.

Im Oktober 1958 habe ich angefangen zu kellnern. Nach einem Kinobesuch sind Heinz und ich noch ganz in der Nähe ein Bierchen in der Gaststätte „Klause" trinken gegangen. Die nette Inhaberin Meta hatte die Gaststätte auf dem Kahlacker vor einiger Zeit eröffnet und suchte gerade händeringend eine Kellnerin. Da ich unbedingt neben dem Bügeln auch noch etwas dazu verdienen wollte, dachte ich, ich probier es einfach mal. Kleine Vorübungen machte ich zu Hause in der Wohnung, indem ich einige Gläser auf ein Tablett stellte und damit durch die Wohnung balancierte.

Meine erste Stelle als Kellnerin 1958 in der „Klause" bei Meta

Die Arbeit als Kellnerin gefiel mir. Ich konnte gut mit den Gästen umgehen, war immer freundlich und bekam Trinkgeld, das ich jedes Mal in einer Extradose für besondere Ausgaben oder Geschenke gespart habe. Damals war ich in der „Klause" auch Mitglied in einem Sparclub. Dieses Sparclub-Sparen hat sich auch gelohnt, denn nach einem Jahr bekam ich 360 Mark ausbezahlt und konnte davon meinen Führerschein bezahlen. An den netten Fahrlehrer und Inhaber der Fahrschule Kugel kann ich mich auch noch gut erinnern.

Zusätzlich habe ich auch zu Hause weiter für andere Leute gebügelt. Dabei brachten Wäschereien oder zum Beispiel auch die Arztpraxis Dr. Schnorbus Wäsche vorbei, die ich dann abends, wenn die Kinder schliefen, oder tagsüber zwischendurch bügelte.

An den Wochenenden habe ich gekellnert. Heinz passte dann auf die Kinder auf, wenn ich sonntags zum Frühschoppen arbeiten musste.

Ich habe dann später nicht nur bei Meta sondern in vielen anderen Gaststätten gearbeitet. Sobald mir jemand mehr Geld geboten hatte, habe ich die Stelle gewechselt. Aber je mehr ich gearbeitet habe, desto mehr hat Heinz die Lust am Arbeiten verloren. Er ließ sich öfter krank schreiben, und oft schickte er mich zu Dr. Schnorbus, um das Attest für die Arbeit zu holen.

Unsere Reise zum Bodensee

Es kriselte weiter in unserer Ehe, aber trotzdem erfüllten wir uns im Sommer 1959 den Wunsch nach einer ersten Reise. Bis dahin hatten wir einige kleine Ausflüge gemacht, z.b. nach Bad Bertrich, um meinen Schwager Kurt zu besuchen, aber noch keinen wirklich großen gemeinsamen Urlaub.

Ich hatte Heinz zu seinem Geburtstag im April von meinen gesparten Trinkgeldern für 800 DM ein neues rotes Moped gekauft. Daher entstand die Idee, gemeinsam mit meinen Brüdern Friedhelm und Helmut mit vier Mopeds zum Bodensee zu fahren. Friedhelm besaß ein eigenes, gelbes Moped. Die noch fehlenden zwei Mopeds, die wir uns von Gästen aus der „Klause" geliehen hatten, waren leider nicht hundertprozentig fahrbereit, so dass wir sie vor Reiseantritt noch reparieren lassen mussten.

Ich konnte überhaupt noch kein Moped fahren. Deshalb fand am Abend vor der Abreise eine Probefahrt mit Friedhelms Maschine statt. Zumindest musste ich ja lernen, wie man mit einem Moped bremst.

Die ganze Reise wurde ein einziges und bis heute unvergessenes Abenteuer. Unsere vier Mopeds waren voll mit Zelten, Decken und sonstigem Campingzeug beladen. Unmittelbar nach der Abfahrt landete ich das erste Mal im Graben, aber es war Gott sei Dank nichts Ernstes passiert, und ich setzte gutgelaunt die Fahrt fort. In Krefeld-Uerdingen ging dann schon das erste Moped kaputt. Helmuts Maschine hatte einen Platten. Ich kann mich noch gut daran erinnern, denn Heinz und Helmut reparierten das Moped und Friedhelm schaute zu. Friedhelm hatte nämlich handwerklich gesehen zwei linke Hände. Zum Glück war das Moped dann bald wieder fahrbereit. Am Anfang der Reise war ich auch immer froh, wenn wir in der Stadt eine „grüne Welle" erwischten. Regelmäßig würgte ich nämlich an jeder Ampel und bei jedem Stopp den Motor ab, und mit einer „grünen Welle" kamen wir zügig voran, weil ich ja nicht anhalten musste. An einen Zwischenstopp in Rüdesheim an der Mosel kann ich mich auch noch gut erinnern. In der Drosselgasse machten Helmut und Friedhelm spontan Musik. Helmut spielte Akkordeon und Friedhelm sang und spielte Gitarre. Die Leute waren so begeistert, dass sich große Menschentrauben um die beiden bildeten, weil alle zuhören wollten.

Ein weiterer Stopp auf der Hinreise ist mir nicht mehr in allzu guter Erinnerung geblieben. Ein Moped streikte wieder und musste repariert werden. Friedhelm sollte das Moped während der Reparatur halten, ist aber dabei eingeschlafen und das Moped fiel auf die Seite. Helmut und Heinz ist nichts passiert, aber die beiden waren so wütend, dass sie Friedhelm erst mal weg schickten. Friedhelm und ich gingen daraufhin in ein Cafe. Jeder meiner beiden Brüder hatte für die Reise 600 DM mitgenommen, Heinz und ich hatten zusammen nur 300 DM. Wir mussten also unser Geld gut einteilen, und deshalb bestellte ich mir nur eine Tasse Kaffee. Friedhelm dagegen bestellte ein Kännchen und für sich zwei dicke Stückchen Torte. Als ihm dann nach anderthalb Stück richtig übel wurde, fragte er mich gönnerhaft, ob ich nicht seinen Rest essen wolle. Das fand ich unmöglich, weil er vorher gar nicht auf den Gedanken gekommen ist, mich zu fragen, ob ich vielleicht auch ein Stückchen wolle. Und jetzt sollte ich seine Reste essen? Niemals!

Für die Dauer der Reise hatte ich die Aufgabe übernommen, für alle zu kochen und wir hatten vereinbart, die Kosten fürs Essen durch vier zu teilen. Noch auf dem Hinweg hat sich das mit dem Kochen aber sehr schnell erledigt. Auf einem Campingplatz hatte ich Lauchcremesuppe mit Bratwurst auf unserem kleinen Campingkocher vorbereitet. Friedhelm konnte wohl nicht abwarten, bis das Essen fertig war, wollte vorher probieren und schmiss dabei das ganze Essen um. Die schöne Suppe lag im Gras und an Essen war nicht mehr zu denken. Aber Friedhelm dachte nicht mal daran, sich zu entschuldigen, sondern ich sollte obendrein auch noch alles wieder sauber machen, während die anderen in der Sonne lagen. Das verärgerte mich dermaßen und machte mich so wütend, dass ich meinen verwöhnten Brüdern mitteilte: „Ab sofort versorgt sich jeder selbst!" Das haben wir dann auch während des ganzen Urlaubs gemacht. Ich hatte schnell gemerkt, dass meine Brüder ihr Geld nicht sehr gut einteilen konnten. Sie kauften ohne richtig nachzudenken viele unnütze Sachen. Friedhelm wollte vor allen Dingen immer und überall Andenken kaufen. Heinz und ich waren da wesentlich sparsamer, zumal wir auch kein besonders großes Interesse an diesen unnützen Souvenirs hatten.

Auf dem Hinweg haben wir auch noch eine Zwischenstation in Tuttlingen eingelegt und Carmen besucht. Aber irgendwann kamen wir dann tatsächlich auch am Bodensee an.

Ein Glücksfall auf dieser Reise war im Hinblick auf unsere Reisekasse, dass Heinz und ich vom Bodensee aus die Maggi-Werke besuchen konnten. Auf unserem Campingplatz hatte man uns erzählt, dass es dort bei einer Führung umsonst gutes und reichliches Essen sowie reichlich Pröbchen von Suppen und Maggiwürfel gab. Das ließen Heinz und ich uns nicht zweimal sagen. Direkt am nächsten Tag fuhren wir zwei dorthin. Tatsächlich fühlten wir uns fast wie im Schlaraffenland. Die länglichen und dick belegten Brötchen schmeckten besonders gut. So satt war ich lange nicht! Einige Teilnehmer der Führung wollten ihre Brötchen und Probepackungen nicht und haben sie Heinz und mir geschenkt. Dadurch konnten wir zusätzlich noch eine Menge Proviant mitnehmen.

Nach dieser Besichtigung wollten Heinz und ich noch in die Schweiz weiterfahren, um die Schwester meiner Trauzeugin zu besuchen. An der Grenze zur Schweiz mussten wir mein Moped stehen lassen, da wir dafür keine grüne Versicherungskarte hatten. Also sind wir auf einem Moped weitergefahren. Die Bekannten, die wir in der Schweiz besucht haben, waren noch ärmer als wir, und so haben wir unsere mitgebrachten Brote und Pröbchen aus den Maggi-Werken mit ihnen geteilt. Heinz und ich haben dann noch eine Nacht bei den Leuten in der Schweiz verbracht, bevor wir wieder zum Bodensee zurück gefahren sind.

Während der ganzen dreiwöchigen Reise hat Friedhelm immer wieder Gitarre gespielt und gesungen. Das war schön, aber Friedhelm hatte auch so seine Besonderheiten, die mir nicht in bester Erinnerung geblieben sind. Er war schon immer egoistisch, immer sehr eitel, wollte immer im Mittelpunkt stehen und nahm nur selten Rücksicht auf andere Menschen. Auf der anderen Seite konnte Friedhelm auch charmant sein, und er war stets ein ausgezeichneter Unterhalter. Auf Geburtstagsfeiern und zu sonstigen Anlässen hat er immer gerne gesungen und Gitarre gespielt. Er ist wirklich ein hervorragender Sänger. Mit meinem Bruder Helmut, der Akkordeon spielt und auch gut singen kann, hat er sich beim gemeinsamen Musizieren aber oft gestritten. Friedhelm war immer überzeugt davon, dass Helmut falsch singt oder spielt, und Helmut die Fehler macht. Das stimmte aber nicht. Trotzdem haben beide weiter zusammen Musik gemacht. Sie waren als Gebrüder König sehr beliebt und hatten jahrelang viele gemeinsame Auftritte. Friedhelm ist sogar mal von einem Schlagerproduzenten zu Probeaufnahmen nach Köln eingeladen worden. Ich habe ihn damals dorthin gefahren und ihm fest die Daumen gedrückt. Aber leider kam Friedhelm mit der Aufnahmetechnik nicht so gut zurecht, und deshalb ist aus seiner Schlagersängerkarriere dann nichts geworden.

Heute ist der Kontakt zu meinem Bruder Friedhelm meines Erachtens viel zu selten geworden. Ich bin traurig, dass er sich nicht, oder nur so selten meldet. Ganz im Gegenteil dazu habe ich heute noch zu meinem Bruder Helmut das allerbeste Verhältnis. Schon als Kinder standen wir uns sehr nahe, und das ist bis heute so geblieben. Wir haben uns nie gestritten und immer gut verstanden. Auch heute noch telefonieren wir fast täglich miteinander.

Auf der Rückfahrt vom Bodensee haben Heinz und ich irgendwie meine Brüder aus den Augen verloren, so dass wir dann getrennt weiter nach Hause gefahren sind. Dabei wurden wir unterwegs das erste Mal von einem extrem starken Regen überrascht, der uns sogar zu einer Übernachtung zwang. Mit unseren 300 DM hatten wir aber so gut gewirtschaftet, dass wir uns für 25 DM noch ein Hotelzimmer leisten konnten und erst am darauf folgenden Tag weiter in Richtung Heimat fuhren. Helmut und Friedhelm kamen sogar erst zwei Tage später zu Hause an. Sie hatten kein Geld mehr, und deshalb musste Friedhelm zwischendurch das notwendige Kleingeld für Benzin mit seiner schönen Stimme auf der Straße ersingen. Damit kamen sie erst mal bis Groß Gerau. Weil sie kein Geld mehr hatten, sind sie dort zur Polizeiwache gegangen und durften eine Nacht in einer Zelle übernachten.

Rückblickend hat uns allen dieser Urlaub sehr gut gefallen, und besonders mit Helmut spreche ich noch oft über diese schöne Zeit.

Der endgültige Bruch und die Scheidung von Heinz

Nach dieser Reise zum Bodensee verstärkten sich leider die Probleme mit Heinz. Ich habe weiterhin viel gekellnert, und während dieser Zeit hat sich dann Heinz, der nur noch sporadisch arbeiten ging, um die Kinder gekümmert. Zu dem Zeitpunkt sah ich schon keine Zukunft mehr für unsere Ehe und hatte die Scheidung eingereicht. Heinz wollte auf keinen Fall eine Scheidung und war strikt dagegen, obwohl wir schon lange kein richtiges Eheleben mehr führten. Die Ehe mit Heinz war ja schon längst für mich beendet. Ich fragte damals meinen Arzt Dr. Schnorbus, was ich machen kann, damit ich keine Kinder mehr bekomme. Er sagte mir, dann müssen sie einen Apfel essen, anstatt zu......
Unglaublich!
Carmen hatte mich und die Kinder nach Tuttlingen eingeladen, weil ich schon darüber nachgedacht hatte, später eventuell dort hin zu ziehen. Ich habe sie dann auch zusammen mit den Kindern besucht und mir hat es dort auch gut gefallen, aber ich wollte erst noch mal darüber nachdenken.
Im Sommer 1960 kam es dann zu einem Ereignis, das schließlich zum endgültigen Bruch unserer Ehe führte.
Es war ein Samstag und Heinz war wie so oft mit meinem Bruder Helmut unterwegs. Die beiden verstanden sich sehr gut, und deshalb hatte Helmut, der sich gerade sein erstes eigenes Auto, einen Fiat mit dem Kennzeichen MO-RR 79 gekauft hatte, Heinz zu einer Spritztour abgeholt. Ich war zuhause und bügelte, als es

plötzlich an der Tür klingelte. Draußen stand völlig betrunken mein Schwiegervater, der unbedingt Heinz sprechen wollte. Ich sagte ihm, dass Heinz nicht da ist und mit Helmut eine Probefahrt macht. Aber mein Schwiegervater wollte mir nicht glauben. „Hier steht doch sein Moped", schrie er durch den Hausflur. Das stimmte. Vor der Haustür stand das neue, funkelnd rote Moped, dass ich Heinz von meinem ersparten Trinkgeld zu seinem Geburtstag am 30. April geschenkt hatte. Ich bat meinen Schwiegervater nicht so zu schreien und hereinzukommen, um eine Tasse Kaffee zu trinken. Aber er lehnte ab, schrie weiter rum und wollte mir einfach nicht glauben. Als er dann noch anfing, mich zu beschuldigen, ich würde ihn anlügen, hätte aber sein Geschenk, das Kaffeeservice, nur zu gern angenommen, reichte es mir. Er hatte mir als Dank dafür, dass ich für ihn und seine zweite Frau Anna (die Mutter von Heinz war schon 1957 gestorben) die Hochzeit bei uns in der Wohnung ausgerichtet hatte, ein Kaffeeservice geschenkt. Jedenfalls hatte ich es nicht nötig, mir dieses Geschenk vorhalten zu lassen. „Du kannst dein Geschirr zurück haben", rief ich, holte das komplette Geschirr aus der Küche und warf es ihm im Hausflur vor die Füße. Als er dann endlich ging, warf ich ihm den Zuckertopf noch hinterher, aber der blieb als einziges Teil heil.

Auf dem Rückweg hatte Helmut Heinz bei seinem Vater abgesetzt, der wahrscheinlich über seinen Besuch bei mir irgendeinen Blödsinn erzählte. Das führte jedenfalls dazu, dass Heinz wutentbrannt zu Hause eintraf. Es kam zu einem riesigen Streit, der damit endete, dass er mich zum ersten Mal verprügelte und ich am Ende zusammengekrümmt unter dem Tisch lag. Danach verließ er die Wohnung, um wieder in die Kneipe zu gehen. Ich war am Boden zerstört. Ich versorgte die Kinder, legte mich dann ins Bett und schloss mich im Schlafzimmer ein. Als Heinz zurückkam, machte ich erst nach langem Bitten die Türe auf. Und obwohl er mir versprochen hatte, mir nichts mehr zu tun, wurde ich wieder geschlagen.

Das konnte ich beim besten Willen nicht verkraften. Es erinnerte mich vor allem auch an das Martyrium, das schon meine Mutter in ihrer Ehe erlitten hatte. Und in diese Fußstapfen wollte ich nicht treten. Ich beschloss, nicht einen Augenblick länger zu bleiben. Ganz früh am nächsten Morgen, Heinz schlief noch, nahm ich zum ersten Mal in meinem Leben Heinz Geld aus dem Portemonnaie. Es waren 200 DM, die mir fürs erste weiterhelfen würden. Dann verließ ich mit den Kindern die Wohnung. Ich fuhr zunächst nach Meerbeck zu meinen Brüdern Helmut und Friedhelm. Nach einer Nacht war klar, dass das keine Lösung ist. Ich bin durch die ganze Stadt gelaufen, um die Kinder irgendwo unterzubringen, aber keiner wollte sie oder uns haben. „Du kannst bleiben, aber nicht mit den Kindern", musste ich mir sogar von Verwandten sagen lassen.

Ich war verzweifelt und weil ich wirklich genug von Männern hatte, dachte ich sogar daran, ins Kloster zu gehen und Nonne zu werden. Ich bin dann tatsächlich auch zum Kloster Kamp gefahren und habe den Nonnen meine Geschichte erzählt. Aber die wollten mich nicht haben. Das Einzige, was die Nonnen mir sagten, war: „Wenn Sie dem Herrn dienen wollen, dann kümmern sie sich um ihre Kinder."

Da ich ja keine Bleibe hatte und auch arbeiten musste, um wieder eine Wohnung zu bekommen, war ich gezwungen, die Kinder in ein Kinderheim zu geben. Aber auch das Kinderheim in Friemersheim wollte die Kinder zunächst nicht haben. Die Schwestern meinten, ich solle doch zurück zu meinem Mann gehen. Erst als ich ihnen die 200 DM gab und sagte, dass ich mich auch später um alles kümmern würde, haben sie die Kinder aufgenommen. Ich habe den Schwestern noch gesagt, wo Heinz arbeitet, damit sie, wenn sie weiteres Geld brauchten, sich auch an den Vater wenden konnten.

Ich will nicht mehr leben

Ich war am Ende. Was sollte ich denn jetzt tun? Ich war allein, hatte meine Kinder ins Heim geben müssen und fand nirgendwo Unterstützung. Es gab keinen Ausweg mehr. Also fuhr ich zurück nach Meerbeck und suchte alle alten Medikamente meiner Mutter und alles, was ich an Medikamenten sonst noch finden konnte, zusammen. Ich hatte einfach keinen Lebensmut mehr und wollte nur noch sterben. Dann habe ich alle geschluckt.

Wahrscheinlich würde ich heute nicht mehr leben, wenn mein Bruder Helmut nicht auf der Arbeit einen Unfall am Arm gehabt hätte und deshalb früher als normalerweise nach der Mittagschicht nach Hause kam. Als er die Wohnungstüre aufschloss, lag ich schon bewusstlos auf der Couch. Helmut hat sofort einen Arzt gerufen, der auch direkt kam und mich auf schnellstem Wege nach Moers ins Krankenhaus bringen ließ. Ich war immer noch bewusstlos. Mein Blut war so verseucht, dass ich dringend eine Blutübertragung brauchte. Da ich eine sehr seltene Blutgruppe habe, musste das Blut erst noch per Hubschrauber besorgt werden.

Es gibt nur noch Erinnerungsfetzen:
Ich werde in ein Zimmer mit zwei weiteren Frauen gebracht. Ich liege auf dem OP Tisch. Ich brauche eine Blutwäsche. Die Ärzte finden keine Vene. Ich sehe den Arzt mit dem Skalpell vor mir stehen. „Frau Rosin, ich muss ohne Betäubung einen Schnitt in ihr rechtes Bein machen, um an ihre Vene zu kommen." Ich sehe die weiße Uhr. Genau sechs Uhr. Mir ist alles egal. Nach der OP zurück im Zimmer. Das Zimmer ist leer. Ich bin allein. Die zwei Frauen sind weg. Jede halbe Stunde kommt eine Schwester. Jede halbe Stunde bekomme ich eine Spritze. Ich werde gefragt, ob sie jemanden benachrichtigen sollen. Nein. Soll ich den Pastor vorbei schicken. Ja. Der Pastor kommt und sitzt an meinem Bett. Einige Tage später liege ich immer noch im Bett, aber man gibt mir einen Spiegel. Ich sehe im Gesicht aus wie ein Blaubeerpfannekuchen. Egal, das ist die Strafe. Macht nichts. Aber ich lebe.

Nach 14 Tagen sah ich auf dem Flur in einem Bett eine Patientin, die mich wiedererkannte und ganz entgeistert zu mir sagte: „Frau Rosin, Sie leben noch!!! Das ist eine Freude, sie zu sehen. Alle hatten die Hoffnung aufgegeben. Deshalb mussten wir das Krankenzimmer bei ihrer Einlieferung verlassen und wurden verlegt."

Da wurde mir klar, dass ich wirklich mit einem Fuß schon im Jenseits gestanden habe. Tragischerweise ist diese Frau einen Tag später gestorben.

In den folgenden Tagen erhielt ich noch öfter Besuch vom Pastor. Ihm musste ich hoch und heilig versprechen, dass ich das nie mehr machen würde.

Mein Gesicht blieb noch eine ganze Zeit blau, bis ich auf einmal merkte, dass sich die Haut pellt und eine neue Haut heranwuchs. Und neue Hoffnung.

Von Heinz bin ich im Oktober 1960 geschieden worden. Bei der Scheidung habe ich, nur um endlich frei zu sein, alle Schuld auf mich genommen (damals gab es ja noch das Schuldprinzip) und auf Unterhalt für mich verzichtet. Heinz musste nur für die Kinder bezahlen.

Jetzt wollte und musste ich mehr denn je auf eigenen Füßen stehen.

Bewegte Zeiten 1960 – 1969

Kein guter Start in Herrenberg

Nach meiner Entlassung aus dem Krankenhaus hatte ich mich entschlossen, nach Süddeutschland zu Carmen zu fahren und mir dort eine Arbeit zu suchen. Carmen und ihr Mann haben mich sehr herzlich bei sich aufgenommen und ich hatte Glück, denn ich konnte sofort eine Stelle im renommierten Café Schlack in Tuttlingen antreten. Nach ungefähr sechs Wochen teilte ich Carmen mit, dass ich mir jetzt eine neue Stelle suchen würde, um dann auch die Kinder zu mir zu holen. Wir guckten daraufhin die Stellenanzeigen durch und fanden eine Stelle in Tübingen in einer Metzgerei. Dort hätte ich mir aber ein Zimmer mit einer Verkäuferin teilen müssen, was wegen der Kinder unmöglich war. Deshalb fuhren wir weiter nach Herrenberg. Ich weiß noch genau, dass das der 17. November, der Geburtstag meiner Mutter war. Dort, im Gasthaus Waldhorn bei Familie Super, einer sehr netten Familie mit fünf Kindern, konnte ich sofort als Serviererin anfangen und hatte auch mein kleines eigenes Reich oben unter dem Dach.

Weihnachten war für mich eine besonders schlimme Zeit. Ich war nicht zuhause bei meinen Kindern und konnte nur Päckchen schicken. Heiligabend hatte mich die Familie Super mit ihren fünf Kindern eingeladen, aber ich habe an diesem Abend nur geheult. Ich wollte unbedingt zu meinen Kindern. Aber ich musste doch auch Geld verdienen, denn die Kinder waren immer noch im Heim.

Im Frühjahr 1961 musste ich mit einer Bauchfellentzündung ins Krankenhaus. Da Familie Super während dieser Zeit eine neue Bedienung eingestellt hatte, musste ich mir nach meiner Entlassung wieder eine neue Arbeit und ein möbliertes Zimmer suchen.

Diesmal nahm ich eine Stelle bei Hudson in einer Strumpffabrik an. Ich habe dort auch ein paar Wochen gearbeitet, aber dann hielt ich es nicht mehr aus. Ich packte meine Sachen und fuhr zu meinen Kindern.

Als Kellnerin in Herrenberg vor der Gaststätte Waldhorn, neben mir die 17-jährige Tochter der Famlie Super

Als ich im Kinderheim eintraf, stand Marion so armselig vor mir, dass es mir beinahe das Herz brach. Und es kam noch schlimmer. Die Schwestern gaben mir die Kinder nicht heraus, da Heinz dies angeordnet und mir Besuchsverbot erteilt hatte. Ich war so wütend, dass ich direkt zu Krupp gefahren bin und Heinz habe ausrufen lassen. Aber er wollte nicht sofort mitkommen, sondern ich musste erst noch bis zum Feierabend warten. Erst dann ist er mit mir ins Kinderheim gefahren und wir haben die Kinder abgeholt. Ich wollte sie mitnehmen und direkt wieder fahren, aber Heinz

sagte, dass ich erst noch mal mit in unsere Wohnung im Kahlacker kommen sollte. Hier hat er mich dann gebeten zu bleiben und mir hoch und heilig versprochen, dass er in Zukunft die Miete zahlt und Unterhalt für die Kinder. Und wie schon so oft habe ich mich wegen der Kinder wieder einlullen lassen. Doch schon am nächsten Tag ging er nicht mehr arbeiten, so dass ich mir so schnell wie möglich wieder eine Stelle als Kellnerin gesucht habe. Heinz ging zu dieser Zeit nur sehr unregelmäßig arbeiten. Ich habe ihm gedroht, dass ich, wenn er nicht arbeiten geht, die Kinder nehmen und wieder abhauen würde. Bei Krupp war er inzwischen entlassen worden, aber auf meine Drohung hin hat er sich dann eine Stelle in Köln gesucht. Ich weiß noch, wie ich ihn mit den Kindern dort hingefahren habe, in ein kleines, dunkles Zimmer. Er tat mir unheimlich leid, aber ich musste hart bleiben, ihn da lassen und wegfahren. Aber Heinz hat es auch dort nicht lange ausgehalten. Nach einiger Zeit war Heinz wieder im Kahlacker, aber nichts änderte sich. Er arbeitete nicht, zahlte keinen Unterhalt und lebte stattdessen noch auf meine Kosten
Ich arbeitete jetzt rund um die Uhr, um irgendwie an Geld für uns zu kommen. Heinz ging in der Zeit mit den Kindern spazieren und erzählte: „Die Mutter ist mal wieder auf Tour!" Er war für alle der Gute, der sich um die Kinder kümmert und ich war, nur weil ich gearbeitet habe, die Rabenmutter. Das fand ich ungerecht.

Meine Reisen nach Spanien

Obwohl ich arbeitete, reichte das Geld hinten und vorne nicht. In den meisten Gaststätten arbeitete ich ja nur als Aushilfe, weil mich wegen der Kinder und den hohen Krankenversicherungskosten kein Arbeitgeber fest anmelden wollte.

Eine Wende ereignete sich 1961, als ich auf der Arbeit hinterm Tresen im Hotel Röschen Willi Maas, einen Millionär, kennenlernte. Er war Bauunternehmer. Wir kamen ins Gespräch und er erzählte mir, dass seine Hausdame krank geworden ist und fragte mich, ob ich ihn nicht an ihrer Stelle als Hausdame nach Spanien begleiten wolle. Als ich sagte, dass ich das wegen der Kinder nicht annehmen könne, bot er mir 1.000 DM, um die Kinder während dieser Zeit vernünftig unterzubringen. Das erschien mir ein verlockendes Angebot. Ich war noch nie in Spanien und sollte dafür auch noch Geld bekommen. Also willigte ich ein. Als Versorger der Kinder kam ja zum Glück Heinz in Frage, dem ich 600 DM von den 1000 DM gab und der mir versprach, sich um die Kinder zu kümmern.

So fuhr ich schließlich im Oktober 1961 mit Willi Maas in seinem großen Mercedes mit Wohnwagenanhänger Richtung Spanien. Natürlich nur unter der Voraussetzung, dass zwischen uns „nichts läuft". Das hatte ich vorher geklärt und damit war Willi Maas auch einverstanden. Er war ein sehr großzügiger und in meinen Augen vielleicht sogar ein etwas verschwenderisch veranlagter Mann. Wenn ich für uns einkaufen ging, achtete ich, wie ich es gewohnt war, immer darauf, möglichst preiswert zu kaufen. Willi wollte das nicht und sagte nur: „Wenn Du bei mir bist, ist das Beste gerade gut genug!"

Das hatte ich vorher noch nie gehört!

Er nannte mich Mary und alles verlief in den ersten Wochen entsprechend unserer Absprache. Dann aber eines Abends, ungefähr nach vier Wochen, saßen wir gemütlich zusammen, als Willi plötzlich etwas näheren Kontakt aufnehmen wollte. Das kam für mich aber überhaupt nicht in Frage und meine bis dahin super gute Laune kippte von einer auf die andere Sekunde in das völlige Gegenteil. So war das nicht abgemacht und deshalb sagte ich zu ihm auch: "Mit deinem Geld kannst du alles kaufen, aber nicht mich!" Ich wollte auf der Stelle nach Hause. Soviel Mühe sich Willi auch gab, aber es war nichts mehr zu retten. Ich packte meinen Koffer und als er einsah, dass es mir ernst war, brach er schließlich morgens um fünf Uhr die Zelte ab, packte alles zusammen und wir fuhren schweigend Richtung Deutschland. Im Grunde hatte ich keine andere Wahl, als mit ihm zusammen nach Deutschland zurück zu fahren. Etwas anderes blieb mir auch gar nicht übrig, denn ich besaß nur noch 10 DM, die ich schon gebraucht hätte, um meiner Freundin Carmen ein Telegramm mit der Bitte um eine Geldsendung nach Spanien für die Rückreise zu schicken. Deshalb hatte ich diesen Plan schnell verworfen. Willi versuchte während der Fahrt immer wieder, mir sein Verhalten zu erklären und entschuldigte sich tausendmal. Aber ich schwieg bis zur deutschen Grenze. Auch seinen Vorschlag, noch einige Tage gemeinsam im Schwarzwald zu verbringen, lehnte ich kategorisch ab. Eigentlich war ich ihm gar nicht böse, er tat mir sogar leid, aber ich konnte nicht über meinen Schatten springen. Im weiteren Verlauf der Rückreise habe ich dann aber doch wieder mit ihm geredet.

Zuhause hatten wir dann zunächst weniger Kontakt, aber nach einiger Zeit kam Willi plötzlich am Kahlacker vorbei und fragte, ob ich ihn noch einmal nach Spanien begleiten würde, diesmal aber mit den Kindern. So fuhr ich also Ostern 1962 gemeinsam mit meinen Kindern und mit Willi ein weiteres Mal nach Spanien. Wir waren in Benidorm und es wurde ein richtig toller Urlaub. Willi kümmerte sich ganz phantastisch um die Kinder, für die die Reise natürlich ein wundervolles Erlebnis war.

Nach diesem Urlaub arbeitete ich weiterhin in der Gaststätte Röschen.

Dort lernte ich im Verlauf des Jahres 1962 den Chef von Radio Hagemann kennen. Herr Hagemann hatte sich gerade auf Nor-

derney eine Yacht bauen lassen. Jetzt wollte er sich vom Baufortschritt überzeugen und fragte mich, ob ich ihn nicht zwei Tage dorthin begleiten wolle. Er würde mir auch 1000 DM geben. Das konnte ich nicht glauben, aber als Beweis zerriss er vor meinen Augen einen 1000 DM Schein und gab mir eine Hälfte. Die andere Hälfte würde ich zu Beginn der Fahrt bekommen. Da das für mich unheimlich viel Geld war, fand ich den Gedanken verlockend, und nachdem geklärt war, dass die Kinder bei meiner Freundin Horn, die selbst zehn Kinder hatte, bleiben konnten, habe ich zugesagt. Als ich bei der Abfahrt in sein Auto stieg, gab er mir, wie versprochen, als erstes die andere Hälfte des 1000 DM Scheins. Herr Hagemann war ein sehr angenehmer Mensch und gar nicht aufdringlich. Im Hotel hatte er selbstverständlich zwei Zimmer gebucht. Am nächsten Morgen, als Herr Hagemann seine Termine wahrnehmen musste, bin ich alleine zu einem Spaziergang an den Strand gegangen. Trotz des schönen Wetters waren nur wenige Menschen unterwegs. Bald merkte ich, dass ich von einem Mann verfolgt wurde. Als mir dann endlich ein paar Leute entgegen kamen, dachte ich, die Gelegenheit ist günstig, jetzt ins Wasser zu gehen. Das hätte ich besser nicht getan, denn eine Welle überrollte mich, und ich tauchte mit dem Kopf unter Wasser und geriet in Panik. Ich weiß nicht mehr, wie ich an Land gekommen bin. Später hat man mir erzählt, dass der junge Mann, der mich verfolgt hatte, mich wohl aus dem Wasser gezogen hat. Im Hotel herrschte schon ziemlich große Aufregung, weil ich so lange weg war und alle, besonders natürlich Herr Hagemann, waren total erschrocken, als sie die Geschichte hörten. Beinahe wäre ich ertrunken, aber zu meinem Glück waren die Leute am Strand da und vor allem der junge Mann aus Dortmund.
Die Angst davor, mit dem Kopf unter Wasser zu kommen, ist bis heute geblieben. Das ist schon komisch, denn auf der anderen Seite schwimme ich gerne, liebe das Meer und bin gerne in und auf dem Wasser. Aber immer mit erhobenem Kopf!
Nach unserer Rückkehr schenkte mir Herr Hagemann noch ein Radio und eine Antenne für mein Auto. Mein erstes eigenes Auto hatte ich 1961 bei Opel Franken gekauft, einen blauen Opel Rekord mit weißem Dach, Weißbandrädern und dem Kennzeichen MO-WC 18. Das war ein tolles Auto. Mit Opel Franken hatte ich

die Bezahlung über Wechsel vereinbart, das heißt, ich musste jeden Monat 300 DM bezahlen. Ich hatte ein sehr gutes Verhältnis zu Opel Franken. Als ich nämlich einmal einen Wechsel nicht bezahlen konnte, weil ich Winterkleidung für die Kinder kaufen musste, hat mir Opel Franken angeboten, den Wechsel einfach hinten dran zu hängen. Das habe ich gemacht und natürlich in Folge dann alle Wechsel bezahlt und mein Auto ordnungsgemäß abbezahlt.

Zweite Hochzeit und Scheidung von Heinz

Anfang 1963 mussten wir dann endgültig aus der Werkswohnung von Krupp im Kahlacker ausziehen. Heinz hatte vorher schon in Homberg bei der Firma Schmitz & Söhne eine neue Stelle gefunden und auch direkt gegenüber der Firma in einer kleinen Einzimmer-Altbauwohnung gelebt. Für diese Wohnung hatte ich ihm angeboten, die Wohnzimmermöbel aus dem Kahlacker mitzunehmen. Schlafzimmer, Kinderzimmer und Küche musste ich ja behalten. Kurze Zeit später bat Heinz mich, mit ihm zu Schmitz & Söhne zu gehen, weil man ihm eine Neubauwohnung in Homberg, Königstr. 7, zur Miete in Aussicht gestellt hatte.

Unsere Neubauwohnung Königstr. 7, 1.OG rechts

Da er die Wohnung als Einzelperson nicht bekommen hätte, bat er mich, ihn zu begleiten. Schnell stellte sich aber bei dem Gespräch heraus, dass er die Wohnung nur bekommen würde, wenn er verheiratet ist und mit der Familie dort einzieht. Da bekam Heinz wieder Oberwasser. Er wusste, dass ich mit den Kindern die Wohnung im Kahlacker schnellstmöglich räumen musste und dann quasi auf der Straße stand. Also fragte er mich, ob ich ihn denn nicht wieder heiraten wollte, denn dann würden wir ja die schöne Wohnung in Homberg bekommen. Nach langem Hin und Her ließ ich mich schließlich unter Zurückstellung aller Bedenken nur der Kinder wegen breitschlagen, ihn noch einmal zu heiraten, aber nur unter der Bedingung, dass zwischen uns im Bett nichts mehr läuft. Ich wollte in erster Linie, dass die Kinder wieder ein vernünftiges Zuhause haben. Natürlich willigte Heinz erst mal ein.

Also heiratete ich Heinz noch einmal, das heißt zum zweiten Mal, am 15.2.1963. Auf die obligatorische Frage des Standesbeamten, ob ich Heinz heiraten möchte, antwortete ich dem Standesbeamten, er soll doch bitte Heinz fragen, ob er mich in Zukunft noch einmal schlagen wird. Nachdem Heinz dies verneint hatte, willigte ich schließlich in die Ehe ein. Nach der standesamtliche Trauung gingen wir mit dem Stammbuch direkt zu Schmitz & Söhne, um die Schlüssel für unsere neue Wohnung abzuholen und im Anschluss daran direkt in die Wohnung. Die Wohnung war wirklich schön. Wohnzimmer, Schlafzimmer, Küche, Bad und ein großes Kinderzimmer, das wir in zwei kleine Zimmer teilen konnten. Von Homberg aus fuhren wir dann zum Kaffeetrinken zu meiner Schwester Waltraud. Wenige Tage später zogen wir in unsere wunderschöne Neubauwohnung ein.

Leider ging das Ganze nicht gut, denn Heinz hielt sich nicht an unsere Abmachung, dass im Bett nichts mehr zwischen uns läuft und wir nur wegen der Kinder eine platonische Ehe führen. Das konnte ich nicht ertragen, und so haben wir uns oft gestritten, was dazu führte, dass Heinz wieder nur sehr unregelmäßig arbeiten ging, und wir wieder kein Geld und nichts zu essen hatten. Also ging ich wieder abends arbeiten, um uns irgendwie über Wasser zu halten.

Mit Hansi in Herrenberg

Im Mai 1963 traf ich durch Zufall in Repelen beim Spaziergang mit meiner Schwester Waltraud die Mutter meines Jugendschwarms Hansi Lamber wieder. Wir unterhielten uns angeregt und ich erzählte ihr nebenbei, dass ich jetzt in der Gaststätte „Moulin Rouge" arbeite. Ich habe mir überhaupt nichts dabei gedacht, weil ich ja von ihr auch erfahren hatte, dass Hansi verheiratet ist und schon Kinder hat.

Um so größer war meine Überraschung, als eines Abends im „Moulin Rouge" die Tür aufging und Hansi Lamber das Lokal betrat. Irgendwie muss es uns beide da wieder total erwischt haben, denn noch am gleichen Abend, es war der 12. Mai, haben wir beschlossen, gemeinsam abzuhauen. Zuerst nach Kleve, wo ich von meinem Sparbuch 370 DM abholte und mir erst mal Unterwäsche kaufte. Anschließend haben wir dort eine Nacht im Hotel verbracht und dann beschlossen, nach Holland zu fahren. Hansi hatte aber keine Papiere und kein Geld bei sich, und so habe ich ihn dann im Kofferraum über die Grenze geschmuggelt. Aber in Holland gefiel es uns nicht und wir fuhren weiter nach Celle, wo zu der Zeit mein Bruder Büb lebte. Nach einem Tag ging es von Celle weiter nach Frankfurt zu Hansis Bruder.

Da inzwischen das Geld knapp geworden war, und wir Arbeit brauchten, hatte ich die Idee, bei Familie Super in Herrenberg, wo ich ja schon 1960 gearbeitet hatte, anzurufen und zu fragen, ob sie nicht eine Serviererin brauchen. Frau Super war total begeistert, wieder von mir zu hören und bot mir, ohne dass ich sie erst fragen musste, direkt an, wieder bei ihnen im Gasthaus Waldhorn zu arbeiten. Noch am gleichen Nachmittag fuhren Hansi und ich los und bereits am gleichen Abend trat ich meine Stelle an.

Als nach einigen Tagen auch Hansi Arbeit in einer Baufirma gefunden hatte, dachte ich, jetzt beginnt ein neues Leben.

Deshalb beschloss ich, ins Rheinland zurückzufahren, um die Kinder zu holen. Familie Super hatte selbst 5 Kinder und mir erlaubt, auch mit den Kindern dort zu wohnen. Heinz, der ja nicht mehr arbeiten ging, hatte sich während ich in Herrenberg war, um die Kinder gekümmert. Nach meiner Ankunft in Homberg habe ich die Kinder erst einmal neu eingekleidet und bei meiner Schwester Waltraud gründlich gebadet. Anschließend fuhr ich noch einmal in die Wohnung, um die Schultornister der Kinder zu holen. Heinz wollte sie mir zuerst nicht geben. Nach einem heftigen Wortwechsel hat er die Schulranzen dann aus dem Fenster geschmissen. Erleichtert packte ich sie ins Auto und fuhr direkt zurück nach Herrenberg, wo wir mitten in der Nacht ankamen. Gleich am nächsten Morgen habe ich Marion und Volker in der Schule angemeldet.

Mir war es immer schon wichtig, dass die Kinder zur Schule gingen. Deshalb habe ich sie auch, egal wo wir waren, immer sofort wieder zu einer neuen Schule gebracht. Durch mein bewegtes Leben hat Marion insgesamt 17 und Volker 15 verschiedene Schulen besucht. Das war bestimmt nicht immer leicht. Aber Marion musste nicht ein einziges Mal eine Klasse wiederholen und hat es geschafft, als erste und damals einzige in unserer Familie das Abitur zu machen. Auch Volker ist nie sitzengeblieben und hat mit guten Noten sein Fachabitur bestanden. Beide haben anschließend sogar studiert und darauf bin ich sehr stolz. Marion ist Lehrerin geworden und Volker hat, nachdem er als erster männlicher Erzieher in NRW seine Ausbildung abgeschlossen hatte, in Kiel Sozialpädagogik studiert. Heute ist er neben Rolf Zukowski der bekannteste Kinderliedermacher Deutschlands.

In Herrenberg erhielt ein paar Wochen später Hansi einen Brief von seiner Frau, der mir von Frau Super übergeben wurde. Ich vermute, dass Hansis Bruder aus Frankfurt, der ja wusste, wo wir waren, die Adresse weitergegeben hat. Jedenfalls stand in dem Brief, dass Hansis Sohn schwer erkrankt ist und deshalb von Hansi ein Krankenschein benötigt wird. Ich habe mir daraufhin frei genommen und bin in die Stadt gefahren, um für den kranken Jungen noch kleine Geschenken zu kaufen, die ich ihm in einem Päckchen schicken wollte. Danach fuhr ich zu Hansi in die Firma, habe das mit dem Krankenschein organisiert und bin wieder zurück zu meiner Arbeit gefahren. Normalerweise kam Hansi immer so gegen fünf Uhr nach Hause, aber diesmal habe ich gewartet und gewartete und gewartet. Ich dachte zunächst, dass Hansi vielleicht mit seinem Chef noch ein Bier trinken gegangen ist. Als aber nach meinem Feierabend, so gegen 23 Uhr, Hansi immer noch nicht da war, bin ich direkt zu seinem Chef nach Hause gefahren. Dort erzählte mir seine Frau, dass am Nachmittag zwei Frauen und ein Kind in einem Auto in der Firma waren und Hansi abgeholt haben. Das war zu viel für mich. Ich erlitt vor den Augen des Chefs und seiner Frau einen Nervenzusammenbruch. Sie versuchten noch, mich zu beruhigen, aber ich schrie und weinte und hatte nur den einen Wunsch, so schnell wie möglich Hansi zu finden.

Wieder in Herrenberg habe ich noch mitten in der Nacht alle meine Habseligkeiten in Wolldecken gepackt, da ich ja keine Koffer hatte. Ich habe Marion und Volker geweckt und bin tränenüberströmt und nervlich am Ende noch in dieser Nacht nach Frankfurt gefahren. Frau Super, die meinen Zustand erkannte, wollte mich noch überreden, erst am nächsten Morgen zu fahren, aber das war für mich undenkbar. Ich weiß noch, dass ich die ganze Fahrt über nur geheult habe, und Marion, die neben mir auf dem Beifahrersitz saß, immer sagte: „Mama, wein doch nicht, Mama, wein doch nicht", und ich ihr sagte: „Das wirst du erst verstehen, wenn du mal groß bist." In Frankfurt habe ich dann vor der Tür von Hansis Bruder lauthals Terror gemacht. Ich habe gehupt und laut gerufen, weil ich wollte, dass Hansi herunterkommt. Aber der Bruder sagte mir, dass Hansi nicht mehr da ist und schon wieder weiter ins Rheinland gefahren ist. Es fiel mir schwer, ihm das zu glauben, aber was sollte ich tun? Also bin ich auch weitergefahren und mit den Kindern erst mal bei meiner Schwester Waltraud in Repelen untergekommen.

Heute noch bin ich sicher, und das ist mir später auch bestätigt worden, dass Hansi in dieser Nacht doch noch in Frankfurt war und sich nur nicht traute, herunterzukommen.

Am nächsten Tag ist es mir gelungen, Heinz zu erreichen, der dann auch sofort nach Repelen kam. Da mir nichts anderes übrig blieb, bin ich mit den Kindern erst mal wieder mit ihm zurück in die Königstr. gefahren. Dort hatten wir ja noch die Wohnung und für die kommenden Tage und Wochen erst mal eine Bleibe und eine vorübergehende Lösung.

Einige Zeit später hat mir Hansi Lamber noch mal einen Brief geschrieben, aber jetzt wollte ich nicht mehr. Diese eine schreckliche Erfahrung mit ihm hatte mir gereicht.

Nico, Tante Olga und das erste Treffen mit Dieter

Jetzt musste ich vorrangig erst mal wieder Arbeit finden. Durch Zufall fuhr ich mit meinem Bruder Friedhelm in ein Lokal nach Homberg in die Rheinpreußenstraße, wo er am Abend vorher einen Auftritt hatte und seine Gitarre wieder abholen musste. Ich hatte Glück, denn die Inhaber suchten gerade eine Kellnerin, und man war froh, dass ich kurz entschlossen die Stelle annahm.

Hier lernte ich wenig später Ferdi kennen. Ferdi handelte mit Gardinen und ich dachte, das kann ich auch. Jetzt machte ich mich selbständig. Nach wie vor war es mein Wunsch, besser zu leben, und vielleicht gelang mir das mit einer selbständigen Tätigkeit. Der Handel mit Gardinen lief so ab, dass ich sehr günstig Gardinenverschnitte einkaufte, daraus Gardinen nähen ließ und diese fertigen Gardinen auf Märkten in Moers, Homberg und Duisburg verkaufte. Abends arbeitete ich weiterhin noch als Servierin. In dieser Zeit wurde ich viel von Sami unterstützt, der ein Freund oder guter Bekannter von Heinz war. Sami war äußerst hilfsbereit, eine richtig treue Seele, der den Kühlschrank seiner Mutter leer räumte, um uns etwas zu essen zu bringen. Er half sogar bei den Gardinen. Aber sonst lief zwischen uns nichts, wir waren einfach nur Freunde.

Ferdi machte mich dann auf eine freie Stelle in Neukirchen-Vluyn aufmerksam. In der Gaststätte „Quelle" würde eine Kellnerin gesucht. Ich stellte mich vor und da ich dort auch wesentlich mehr Geld verdienen konnte, fing ich noch am gleichen Abend an.

Im September 1963 lernte ich in der „Quelle" in Neukirchen-Vluyn Nico kennen. Nico war verheiratet, hatte fünf oder sechs Kinder, machte beruflich nichts, was mich aber nicht daran hinderte, mich bis hinter beide Ohren in ihn zu verlieben. Nico hieß eigentlich Ewald und gab vor, als Barkeeper zu arbeiten.

Er war nett, ein richtiger Frauentyp. Ich weiß noch, wie er mich das erste Mal zuhause, damals wohnte ich noch in der Königstr., besucht hat. Marion musste morgens zur Schule und ich hatte ihr gesagt, dass ein Mann an der Ecke steht, dem sie sagen sollte, dass er jetzt nach oben kommen könne. So fing das mit Nico an.

Mit Nico blieb ich lange Jahre zusammen, ohne dass er je daran gedacht hätte, seine Familie aufzugeben. Es war zwischen uns ein ständiges Hin und Her. Mal wohnte er bei mir, dann ging er wieder ein paar Tage zurück zu seiner Familie. Aber oft genug habe ich ihn auf dem Weg zurück zur Familie schon mit meinem Auto verfolgt, ihn eingeholt und wieder mit zu mir nach Hause genommen. Ich hing sehr an ihm und war wirklich auch verrückt nach ihm. So verrückt, dass ich sogar bereit gewesen wäre, ihn mit all seinen Kindern zu heiraten. Heute danke ich Gott, dass es nicht dazu gekommen ist. Aber damals habe ich sogar von dem bisschen Geld, das ich verdiente, auch noch in Holland für seine Kinder Lebensmittel und Anziehsachen gekauft. Nico hat ja nur sehr unregelmäßig in Gaststätten oder auf dem Bau gearbeitet und mehr oder weniger von mir gelebt. Als Arbeitsloser ging er sehr gerne schon morgens ins Freibad. Wenn ich dann von der Arbeit kam, war ich so blöd und habe ihm das Essen noch dort hin gebracht. Heute kann ich mir das gar nicht mehr vorstellen, aber damals kam ich irgendwie nicht los von ihm. Er aber wahrscheinlich auch nicht von mir, denn jedes Mal kam er ohne zu Zögern wieder zu mir zurück. Wie gesagt, Nico war ein Frauenheld, seine Frau wusste das und ließ es notgedrungen zu. Heute tut sie mir irgendwie auch leid, aber damals habe ich darauf keine Rücksicht genommen. Mir ging es nur darum, dass Nico so schnell wie möglich wieder bei mir ist. So auch, als ich ihn einmal direkt aus seiner Wohnung holte. Meine Freundin Mischa war dabei. Ich schellte bei ihm zu Hause, und als seine Frau die Tür öffnete, schob ich sie zur Seite und sagte zu Nico, der gemütlich im Wohnzimmer im Sessel saß: „Was willst du hier? Komm mit nach Hause!" Und Nico ist aufgestanden und mitgekommen. Ein anderes Mal habe ich mit einem Schirm an sein Fenster geklopft, damit er raus kommt. Als nichts passierte, habe ich natürlich noch fester geklopft, bis irgendwann die Scheibe zersplitterte. Daraufhin kam Nico raus und mit zu mir nach Hause.

Kurz nachdem ich in der „Quelle" angefangen hatte, bekam ich im November 1963 das Angebot, in Duisburg Ruhrort in einem Lokal namens „Tante Olga", einer Kombination aus Gaststätte, Tanzsaal und Bar zu arbeiten. Die Chefin, Tante Olga, setzte uns Mädchen immer nach Bedarf ein, d.h., ich musste mal in der Pilsstube, mal im großen Saal arbeiten.

Ich wurde zwar von ihr auch nicht fest angemeldet, aber wenn die Kinder krank waren, hat sie mich oft für drei Tage rückwirkend angemeldet, damit die Kinder versichert waren und ich zum Arzt gehen konnte.

Hier bei Tante Olga lernte ich dann im November 1963 auch Dieter kennen. Er kam als Gast in die Pilsstube, und er fiel mir sofort auf. Dieter war jung, groß und sehr gut aussehend, und ich sehe ihn heute noch in seinem blauen Mantel dort stehen. Er bestellte ein Pils, und als ich fragte, ob er mir auch eins ausgeben wollte, sagte er nur: „Nein!" Damals wusste ich es nicht, aber Dieter war Stammgast bei Tante Olga und hat manchmal sogar dort geschlafen. Tante Olga hatte für gute Bekannte immer ein paar Zimmer, die sie vermietete.

Nico kam mich häufiger bei Tante Olga besuchen, so dass er zwangsläufig auch mit Dieter zusammentraf. Ich beschloss, Nico mal so richtig eifersüchtig zu machen und habe intensiv mit Dieter geflirtet. Aber Dieter sagte nicht viel, und Nico machte das nicht viel aus. Irgendwann später fragte mich Dieter, ob ich mit ihm auf dem Rheinschiff fahren wollte. Er wäre Schiffsführer, würde immer von Duisburg nach Rotterdam mit seinem Schubschiff fahren, und er hätte Platz für Gäste. Das musste ich allerdings der Kinder wegen ablehnen. Der Kontakt zu Dieter war weiterhin nett, verlief aber im Sande, nachdem ich aufgehört hatte, bei Tante Olga zu arbeiten.

Den Jahreswechsel 1963/64 verlebte ich noch in der Königstrasse. Heinz war nicht da, und die Kinder waren allein zuhause. Ich hatte Angst, dass die Kinder sich bei dem Feuerwerk erschrecken und bin deshalb gegen 23 Uhr nach Hause gefahren, um mit ihnen das neue Jahr zu begrüßen. Auch in den darauf folgenden Jahren habe ich Silvester immer gegen 23 Uhr meine Arbeitsstelle verlassen, um mit den Kindern zusammen zu sein.

Wohnen im Keller

Aus der Werkswohnung der Firma Schmitz & Söhne mussten wir im Frühjahr 1964 raus, weil Heinz nicht mehr arbeiten ging. Inzwischen war er auch entlassen worden, und wir durften die Wohnung damit nicht als Werkswohnung nutzen. Wieder einmal wusste ich nicht, was ich nun machen sollte. Schweren Herzens ging ich erst mal zum Sozialamt und bat um Hilfe. Das Sozialamt bot mir eine Notunterkunft in einer alten Schule an, in der nur asoziale Menschen, Kleinkriminelle und Säufer untergebracht waren. Dort auf der selben Etage hatte sogar ein Mann seine zwei Kinder ermordet. Da wollte ich auf keinen Fall mit meinen Kindern wohnen.

Meine Tante Irma, die in der Immobilienbranche tätig war, bot mir dann im April 1964 zum Glück in Utfort eine Wohnung in einem Keller an. Diese Wohnung, die man eher als Hobbyraum bezeichnen konnte, befand sich im Haus eines Architekten und bestand aus einem Kellerraum mit Waschbecken, einem weiteren kleinen Raum, der noch ein paar Treppen tiefer in den Keller hineinführte. Das Schlimmste war, dass es nicht mal eine Toilette gab. Aber mir blieb doch keine andere Wahl als dieses Angebot anzunehmen. In die Schule wäre ich niemals gezogen. Diese Wohnung in Utford war zwar total verwinkelt und eigentlich gar nicht als Wohnung zu bezeichnen, aber ich machte, wie so oft in meinem Leben, das Beste daraus, legte einen Teppich in die Wohnung und richtete sie so gut es ging für die Kinder ein. Als Toilette diente ein Eimer, den die Kinder zum Ausleeren über den Hof zu unserem Vermieter in dessen Toilette bringen mussten. Heute unvorstellbar! In dieser Zeit habe ich rund um die Uhr gearbeitet. Morgens verkaufte ich auf den Märkten Gardinen, mittags arbeitete ich zusätzlich ein paar Stunden als Verkäuferin in einem Lebensmittelgeschäft in Scherpenberg, danach kochte ich und brachte dem am Baggersee in der Sonne liegenden Nico sogar das Mittagessen, und abends kellnerte ich dann bei Tante Olga. Das alles schaffte ich nur, weil ich durch mein Auto immer mobil war. Wobei es nicht so einfach war, das Geld für Benzin zu beschaffen! Benzin war immer knapp. Deshalb habe ich oft Bekannte für Spritgeld irgendwo hingefahren, weil dann meistens noch Benzin für mich übrig war. Unzählige Male habe ich auch nur einen oder zwei Liter tanken können, um wenigstens zur Arbeit oder zurück zu kommen.

Inzwischen hatte sich die Situation mit Heinz weiter so zugespitzt, dass im Oktober 1964 unsere zweite Scheidung unausweichlich wurde.

Neuanfang in Neukirchen-Vluyn

Im November 1964 hatte die Zeit in der Kellerwohnung endlich ein Ende. Wir zogen nach Neukirchen-Vluyn in die Mozartstr. 20. Dort wurden in einem neu gebauten Mehrfamilienhaus zwei große Dachzimmer nebeneinander frei. Die Zimmer waren zwar durch den Hausflur getrennt, aber sie waren neu, hell, groß, und es gab eine Toilette. Nico war dabei und half beim Umzug. Er organisierte uns auch einen großen Ofen, den mein ehemaliger Schwager Kümmel noch die Treppen hoch trug.

Weil ich irgendwie von Nico nicht los kam, beschloss ich zusammen mit meiner Freundin Mischa, Bekanntschaftsanzeigen aufzugeben. Tatsächlich meldeten sich auch sehr viele Männer. Mischa und ich trafen uns auch hin und wieder mit einigen, aber das Richtige war nicht dabei.

Über eine Bekanntheitsanzeige lernte ich einige Zeit später auch Walter Schmieder kennen, einen sehr netten, gebildeten Mann, der unternehmungslustig war, und mit dem ich im Laufe der nächsten Jahre auch viel unternommen habe. Walter war ein großer Wassersportfreund und deshalb hatte er mich im Sommer 1965 eingeladen, mit ihm in Holland Urlaub auf einem Hausboot zu machen. Volker nahmen wir mit in den Urlaub. Marion verbrachte die Ferien bei meiner Schwester Waltraud in Süddeutschland. Waltraud und ihr Mann Kurt hatten sich mit Carmen aus Tuttlingen angefreundet und waren vor Jahren schon nach Fridingen in die Nähe von Tuttlingen gezogen, weil Kurt dort eine bessere Arbeitsstelle gefunden hatte.

Dieser Urlaub mit Walter hat mir gut gefallen. Wir verbrachten eine Woche auf einem Hausboot, eine Woche auf einem Campingplatz und in der letzten Woche unternahmen wir einen Segeltörn auf dem Ijsselmeer. Mit Walter habe ich mich gut verstanden. Aber er blieb immer nur ein Freund für mich.

Mit Niko war ich immer noch zusammen. Wir haben auch einmal zusammen Urlaub gemacht. Da bin ich mit ihm und den Kindern mit nur 70 DM in der Tasche kurz entschlossen an die Ahr zum Campen gefahren. Nico fand das natürlich auch toll. Er musste sich um nichts kümmern und konnte ohne eine Mark in der Tasche Urlaub machen. Aber mir machte das damals nichts aus, denn so war ich einfach: spontan und immer zu irgendwelchen Unternehmungen bereit. Nur einmal war ich doch ziemlich enttäuscht von Nico. Er kam eines Tage zu mir nach Hause und zeigte mir seine Taschen voller Bargeld. So viele Scheine hatte ich noch nie gesehen. Nico hatte im Lotto gewonnen und wollte mir seinen Gewinn zeigen. Als Marion aus der Schule kam und fragte, wo das viele Geld herkommt, habe ich ihr erzählt, dass das alles nur Spielgeld ist. Zum Glück hat Marion das geglaubt und nichts weiter gefragt. Jedenfalls sind Nico und ich an dem Tag noch nach Duisburg zum Einkaufen gefahren. Nico hat sich einen sündhaft teuren Kamelhaarmantel gekauft, und ich habe, weil es angefangen hatte zu regnen, ein dünnes Kopftuch für 1,95 DM bekommen. Das war alles, was er mir oder meinen Kindern von dem Lottogewinn abgegeben hat. Das hat mich schon ein bisschen enttäuscht, wenn man bedenkt, dass er die ganzen Jahre eigentlich immer nur auf meine Kosten gelebt hat.

Heinz hatte zu der Zeit angefangen, auf Montage zu arbeiten. Unterhalt für die Kinder habe ich trotzdem nicht bekommen. Sein Geld hat er wohl gespart, denn nach einiger Zeit konnte er sich sogar einen kleinen Fiat leisten.

Meine Freundschaft mit Mischa

Nico und ich sind nach meiner Arbeit hin und wieder nach Vluyn in die Gaststätte „Deli" gefahren. Dort lernte ich im Jahr 1965 meine Freundin Mischa kennen. Mit Mischa verbindet mich bis heute eine ununterbrochene, sehr enge Freundschaft. Sie gehört zu den liebsten und wertvollsten Menschen in meinem Leben. Als wir uns kennenlernten, war Mischa gerade 19 Jahre alt. Sie war bereits geschieden und lebte mit ihrer zweijährigen Tochter Gaby ganz in meiner Nähe bei ihren Eltern in Neukirchen-Vluyn. Mischa arbeitete in der Gaststätte „Deli" hinterm Tresen an der Ausgabe. Ich fand Mischa auf Anhieb nett und sympathisch. Wir kamen schnell ins Gespräch, freundeten uns an, und da Mischa auch in Neukirchen-Vluyn auf der Mozartstraße wohnte, haben wir uns bald darauf auch regelmäßig besucht. Irgendwie verband uns das gleiche Schicksal. Beide waren wir bettelarm, hatten keinen Mann, kein Geld, kleine Kinder, für die wir keinen Unterhalt bekamen, und mussten uns irgendwie durchschlagen. Aber irgendwie waren wir auch jung und unternehmungslustig. Wir haben uns immer gegenseitig unterstützt und unseren Kummer, aber auch unsere Freude geteilt.

Mischa konnte gut nähen und hat so manches Mal geschenkte Kleidung für mich oder die Kinder geändert, Hosen gekürzt, Röcke enger genäht und jedes Kleidungsstück irgendwie passend gemacht. Aus den Stoffresten nähte sie dann immer noch chice

Haarbänder für uns. Mischa war auch die geborene Friseuse. Sie konnte besonders gut toupieren und Haare verlegen. Deshalb hatte sie auch immer und bei jeder Gelegenheit Haarspray dabei. Besonders wenn wir zusammen ausgingen, hat sie für uns die tollsten Frisuren gezaubert und immer noch mit einem Bändchen und Schleifchen aufgepeppt. Auch aus unserer armseligen Kleidung haben wir versucht, das Beste zu machen, in dem wir sie mit irgendwelchen kleinen Accessoires verschönerten. Wir wollten unsere Armut nicht zeigen und nach außen tragen. Also peppten wir uns mit unseren Möglichkeiten auf und genossen jedes Mal unseren großen gemeinsamen Auftritt. Mischa war und ist auch heute noch immer für andere da. Sie ist gutmütig, großherzig und denkt eher an andere als an sich selbst. Eines Morgens kam Mischa mit vollen Einkaufstüten für ihre Mutter zum Kaffee bei mir vorbei. Als sie sah, dass ich gar nichts im Kühlschrank hatte, hat sie spontan alle Einkäufe für ihre Mutter mit mir geteilt. Mischas Eltern konnten mich zwar gut leiden, weil sie meinten, dass ich einen guten Einfluss auf sie ausübe, aber ich weiß bis heute nicht, wie Mischas Mutter auf die geteilten Einkäufe reagiert hat. Aber Mischa war das egal. Sie wollte nur helfen. Im Gegenzug habe ich, weil ich ein Auto hatte, auch oft Mischa oder ihre Eltern gefahren, wenn sie etwas erledigen mussten.

Oft genug fehlte uns dafür aber das Benzin. Als ich einmal eine neue Arbeitsstelle antreten wollte, hatte ich nicht mal mehr genug Benzin, um da hin zu fahren. Mischa und ich haben dann alle Pfandflaschen, die wir finden konnten, zusammengesucht, und dann ist Mischa mit den 50 Pfennig Pfand und einer Konservendose zur Tankstelle gelaufen, um einen Liter Benzin zu kaufen. Das hat gereicht, um zur Arbeit zu fahren. Meinen Lohn für den Tag ließ ich mir gleich auszahlen und damit kam ich dann nach Hause und konnte auch wieder einkaufen gehen. Bis heute ist Mischa mir gegenüber immer offen und ehrlich und sagt, was sie denkt. Bis heute fiel zwischen uns nie ein böses Wort, und das wird auch so bleiben.

Umzug in die Etzoldstraße

Im April 1967 sind wir in Neukirchen-Vluyn noch einmal umgezogen. Ich hatte gesehen, dass in der Etzoldstraße Neubausiedlungen gebaut wurden. Daraufhin habe ich mich sofort um eine Wohnung bemüht und in der Etzoldstraße 20 eine dreieinhalb Zimmer Wohnung mieten können. Endlich hatten wir wieder ein richtiges Badezimmer.

Über Mischa hatte ich Armin Dominik, den Inhaber eines Möbelgeschäftes in Rheinhausen, kennengelernt, Mischas Eltern hatten dort ihre Möbel gekauft und nach wie vor einen sehr guten Kontakt zu ihm. Armin besuchte die Eltern hin und wieder und lernte so auch Mischa kennen.

Da ich nun für meine neue Wohnung auch Möbel brauchte, erzählte mir Mischa von Armin Dominik und sagte, dass er auch alte Möbel in Zahlung nimmt. Das war genau das Richtige für mich. Wir besuchten ihn in seinem Möbelhaus, berieten uns mit ihm und seiner Frau und ein paar Tage später kam Armin zunächst zum Ausmessen der Gardinen in meine neue Wohnung. Armin war ein sehr sympathischer Mensch, mit dem ich mich gleich gut verstand. Mehrmals lud er Mischa und mich zusammen zum Essen ein. Natürlich sprachen wir auch davon, dass ich meine neue Wohnung einrichten muss. Daraufhin meinte Armin, dass wir doch mit Mischa nach dem Essen in sein Geschäft fahren könnten und ich mir dort die Möbel aussuchen sollte. Das tat ich natürlich gerne, wenn ich auch überhaupt nicht wusste, wie ich die neue Einrichtung bezahlen sollte. Im Grunde brauchte ich eine komplette Einrichtung neu. Ich hatte ja nichts Brauchbares mehr, geschweige denn Möbel für dreieinhalb Zimmer! Aber irgendwie geht es immer weiter und so suchte ich schließlich die Küche mit einer Eckbank, einen Wohnzimmerschrank, ein Sideboard, Gardinen, Teppiche und die Betten für das Kinderzimmer aus. Für das Schlafzimmer hatte ich noch die Möbel von früher. Armin erwies sich als ein echter Freund. Denn er half mir nicht nur mit einer sehr entgegenkommenden Finanzierung bei diesen Anschaffungen sondern auch bei diesem Umzug und zukünftigen Umzügen, über die ich noch berichten werde. Jedenfalls gestattete er mir, den kompletten Möbelkauf mit zwei Krediten, das heißt

mit einer kleinen und einer etwas größeren Rate monatlich abzustottern. Das konnte ich gut überschauen, denn als Kellnerin verdiente ich nicht schlecht, und ich konnte immer schon gut rechnen. Der Festlohn war zwar meistens gering, aber mit meinem
Einsatz und mit meiner Freundlichkeit verdiente ich ziemlich viel
Trinkgeld dazu. Angst davor, eine Stelle zu verlieren, hatte ich
nicht. Bis zum heutigen Tag ist mir nie von anderen gekündigt
worden. Immer war ich es, die die Stelle gewechselt hat, wenn es
mir nicht mehr gefiel oder ich anderswo mehr verdienen konnte.
Bei den Gastwirten war ich eine beliebte Kraft. Sie wussten, was
sie an mir hatten.
In den folgenden Jahren blieb mein Kontakt zu Armin immer
bestehen. Wenn er in der Nähe unterwegs war, kam er zumindest
auf einen Kaffee immer kurz herein. Oft konnte ich ihm auch
neue Kunden vermitteln und mir dafür dann aus seinem Sorti-
ment etwas aussuchen.

Als Thekenbedienung in der Gaststätte Friedenseiche in Neukirchen-Vluyn

98

Meine Freundschaft mit Miriam

Über Armin habe ich im Juni 1967 dann auch meine beste Freundin Miriam kennengelernt. Wieder einmal kam er spontan auf einen Kaffee vorbei. Diesmal aber sagte er, dass er keine Zeit habe, da eine Kundin unten im Auto auf ihn warten würde. Das war für mich kein Problem und deshalb sagte ich zu Armin: „Mensch Armin, warum bringst du die denn nicht mit rauf?" Armin war das unangenehm und deshalb bat er mich: „Geh Du doch mal runter und bitte sie hochzukommen. Das ist ihr bestimmt lieber." Wie gesagt, so getan. Ich ging also zu seinem Auto und bat Miriam zu einem Kaffee in meine Wohnung. Ich hätte nie gedacht, dass daraus eine so wunderbare Freundschaft entstanden ist, die jetzt schon 47 Jahre hält.

Miriam hatte ein paar Straßen weiter eine Neubauwohnung bezogen und Armin beim Möbelkauf kennengelernt. Miriam sah und sieht auch heute noch super gut aus und ist immer elegant und chic gekleidet. Sie hat wirklich einen guten Geschmack. Vom ersten Moment an habe ich mich mit Miriam so gut verstanden, wie ich es kein zweites Mal in meinem Leben erlebt habe. Was die eine denkt, spricht die andere aus. Wir wurden sogar schon für eineiige Zwillinge gehalten. Vielleicht nicht wegen der Optik, aber weil wir uns immer so einig sind und die gleichen Vorstellungen vom Leben haben. Wir verstehen uns blind. Wenn die Eine eine bestimmte Bewegung macht, weiß die Andere, was gemeint ist. Das ist einfach unglaublich. Mit meiner Freundin Mischa habe ich ebenfalls viele Gemeinsamkeiten. Mit Miriam ist es aber noch extremer. Vielleicht liegt es auch daran, dass Miriam wie ich schon in jungen Jahren so Vieles durchmachen musste. Auch Miriam und Micha haben sich stets gut verstanden. Sehr oft haben wir uns zu dritt getroffen und sind auch gemeinsam ausgegangen. Ohne vermessen zu sein, glaube ich, dass ich bei uns Dreien bis heute die zentrale Person geblieben bin. Wir haben in dieser Zeit viel gemeinsam unternommen. Ich hatte ja immer ein Auto, und irgendwie haben wir das Benzin, wenn auch oft nur literweise, immer zusammengekriegt. Durch mein Auto blieben wir mobil.

Natürlich halfen wir uns auch sonst gegenseitig. Wir können uns aufeinander verlassen, was immer auch geschieht.

Als Miriam und ich uns kennenlernten, war sie bereits geschieden und gerade mit einem Italiener namens Angelo zusammen. Marco, ihr kleiner Sohn, war gerade zwei Monate alt, ihre zwei Mädchen, Janina und Daniela, fünf und sieben Jahre. Ihren zweiten Mann Arno lernte Miriam erst viele Jahre später kennen. Im Jahr 1978, ich wohnte damals schon in Röcke, rief sie mich an und schwärmte in den höchsten Tönen von Arno. Natürlich war ich neugierig darauf, diesen tollen Mann persönlich kennen zu lernen, und überredete Miriam, mich so schnell wie möglich mit Arno zu besuchen. Und tatsächlich, einige Tage später standen damals Miriam und Arno in Röcke vor meiner Tür. Ich mochte Arno auf Anhieb. Arno war ein ganz besonders liebenswürdiger, großzügiger und gutmütiger Mensch. Auch zu ihm habe ich eine sehr innige Freundschaft entwickelt. Am 4. November 1982 haben Miriam und Arno dann geheiratet. Ich habe mich sehr darüber gefreut. Ich sollte sogar Trauzeugin werden, aber zu der Zeit stand schon fest, dass ich genau zum Zeitpunkt der Hochzeit bei Marion in Amerika zu Besuch bin. Deshalb konnte ich an der Hochzeit meiner besten Freundin nicht teilnehmen, und ich finde das heute noch richtig schade.

Zu Arno hatte ich ein super Verhältnis, und es gab eigentlich immer nur ein einziges kleines Problem. Miriam und ich hatten schon lange mal vor, alleine in Urlaub zu fahren, aber Arno wollte es nie zulassen. Irgendwann aber, als er auf meinem Geburtstag war und mich fragte, was ich mir denn zum Geburtstag wünsche, dachte ich: Das ist die Gelegenheit. Jetzt sprichst du das Thema Urlaub noch mal an. Also sagte ich zu ihm: „Das kann ich dir sofort sagen. Mein größter Wunsch wäre, einmal mit deiner Frau ganz alleine in Urlaub zu fahren."
Er stimmte zwar sofort zu, aber Miriam erzählte mir später, dass Arno ihr auf dem Rückweg vorgeworfen habe, dass sie das ja gut mit ihrer Freundin eingefädelt hätte. Dabei stimmte das gar nicht. Miriam wusste nicht, dass ich Arno darauf ansprechen wollte. Das hatte sich wirklich spontan ergeben und Miriam und ich hatten

da vorher überhaupt nicht drüber gesprochen. Es sollten trotzdem noch weitere 15 Jahre vergehen, bevor Miriam und ich dann tatsächlich das erste Mal alleine Urlaub auf Fuerteventura gemacht haben.

Auf meine Freundschaft mit Miriam bin ich mächtig stolz. Da könnte sich manch einer eine Scheibe von abschneiden. Meines Erachtens gehen viele Freundschaften heute viel zu schnell auseinander, weil die Freundschaften einfach nicht gepflegt werden. Für eine echte Freundschaft muss man auch etwas tun, wenn sie Bestand haben soll. Und genau daran mangelt es bei vielen Freundschaften. Freundschaft bedeutet eben nicht nur „Nehmen" oder nur „Geben", sondern beides. Zudem muss man sich hundertprozentig aufeinander verlassen können und absolut ehrlich zueinander sein. Miriam und auch ihr Mann Arno standen mir in meinem Leben immer zur Seite, egal wie groß meine Schwierigkeiten auch waren. Ich denke da nur an die Misere mit dem schönen Peter, von dem ich später noch vieles berichten werde. Damals wollten mich Miriam und Arno sofort „ohne Wenn und Aber" bei sich aufnehmen.

Ich habe so viel Schönes und auch Trauriges mit Miriam gemeinsam erlebt, dass ich darüber ohne Probleme ein weiteres Buch schreiben könnte.

Lamershof und Rahser Klause

Zurück in die sechziger Jahre. Obwohl ich viel arbeitete, war das Geld immer knapp. Mein geringer Festlohn war eigentlich immer für die festen Ausgaben, das heißt insbesondere für die Miete verplant. Meinen Lebensunterhalt, und dazu gehörten auch die Benzinkosten, musste ich von den Trinkgeldern bestreiten.

1967 arbeitete ich im Lamershof in Krefeld, wo es heute noch wie früher köstliche gebratene Hähnchen gibt. Auch Mischa hat damals dort gearbeitet und eine kurze Zeit auch Miriam.

Ich habe dort sehr gern gearbeitet, und weil ich wohl besonders fleißig war, brachte mir die Chefin eines Tages aus ihrem Urlaub auf Teneriffa als Geschenk eine cremefarbene Tasche mit. Das war eine echte Überraschung, mit der ich beim besten Willen nicht gerechnet hatte. Ich war es nicht gewohnt, Geschenke zu erhalten. Ich musste mir immer alles selbst erarbeiten. Hier im Lamershof hatte ich aber auch ein besonders unangenehmes Erlebnis. An einem Abend, als Heinz auch mal wieder da war, um sein Bierchen zu trinken, kam mein Nico gemeinsam mit seiner Frau herein. Seine Frau wusste zwar, dass Nico ein Frauenheld war und immer Freundinnen neben ihr hatte. Aber seine Beziehung zu mir war ihr ein Dorn im Auge. Sie konnte es nicht ertragen, dass wir jetzt schon so viele Jahre zusammen waren. Und obwohl Heinz auch da war, wurde diese Frau so eifersüchtig, dass es zwischen ihr und mir zu einem lauten Streit kam. Sie fing an, mich in übelster Weise zu beschimpfen. Es wurde immer lauter, und ich glaube, es wurde sogar handgreiflich, denn dieser Streit führte schließlich zu einem Verfahren vor dem Schiedsmann. Dort musste sie alle Äußerungen gegen mich zurücknehmen und sich offiziell entschuldigen.

Nico wohnte mit seiner Familie genau wie ich in der Etzoldstraße, einen Block vor uns. Das war praktisch, denn wenn wir uns sehen wollten, hatten wir als Zeichen verabredet, einen bestimmten Blumentopf ins Fenster zu stellen. Als ich ihn einmal unbedingt sprechen musste, und ich sicher war, dass er bei seiner Familie zu Hause ist, wollte ich Marion hinschicken, um ihm etwas ausrichten zu lassen. Aber Marion wollte das nicht. Ihr war das peinlich. Schließlich habe ich sie dann doch überreden können, weil ich ihr angeboten habe, dafür ihre Handarbeit für die Schule zu Ende zu bringen. Im Gegensatz zu mir hat Marion nämlich nie gerne gehandarbeitet.

1967 lernte ich im Lamershof auch Hans Leven kennen. Er sprach mich an und meinte: „Warum schuftest du hier für andere Leute als Kellnerin, mach dich doch selbständig!" Aber davon wollte ich zunächst nichts wissen.
In der folgenden Zeit war Hans Leven häufiger Gast im Lamershof. Eines Abends luden er und ein weiterer Gast, ein Metzgermeister aus Geldern, mich ein, mit ihnen ins Spielcasino nach Bad Neuenahr zu fahren. Das war ein irres Erlebnis. Noch nie hatte

ich ein Spielcasino betreten. Die Regeln des Roulettes kannte ich überhaupt nicht. Ganz abgesehen davon hatte ich auch kein Geld zum Spielen. Nachdem ich einige Zeit zugeschaut hatte, kramte ich in meiner Tasche herum, und fand schließlich noch 2,50 DM. Ganz verstohlen fragte ich den Croupier, ob ich dafür einen Chip bekommen konnte. Das funktionierte. Ich setzte den Chip ohne nachzudenken auf irgendeine Zahl und gewann sage und schreibe 175 DM. Da habe ich mich natürlich nicht lumpen lassen und Hans Leven und den Metzgermeister zum Essen und zu Champagner an der Bar eingeladen. Ich wollte mich revanchieren, weil die beiden mich schon so oft eingeladen hatten. Durch meinen Gewinn konnte ich jetzt etwas zurückgeben.

Hans Leven war grundsätzlich ein sehr hilfsbereiter Mann. Als Anfang April 1968 Marions Konfirmation bevorstand, hat er nicht nur das passende Lokal gefunden sondern mir auch finanziell geholfen.

Er hielt an der Idee fest, dass ich mich doch selbständig machen sollte. Inzwischen hatte er gehört, dass in Viersen die Gaststätte „Rahser Klause" leer stand. Bei der Besichtigung gefielen mir die Räumlichkeiten sofort, und ich konnte mir dann doch gut vorstellen, eine eigene Gaststätte zu führen. Der Entschluss stand fest und zum Glück half mir wieder Hans Leven, der die Kaution für die Pacht übernahm. Im April 1968 fand die Eröffnung statt. Heinz, der Vater meiner Kinder, war auch dort, allerdings nicht, um mich zu unterstützen, sondern um reichlich Bier zu trinken. Weil Heinz zu der Zeit keine Arbeit hatte, bot ich ihm an, mich in der Gaststätte zu unterstützen. Ich wollte mich am Anfang nicht auf das Einkommen aus der Gaststätte verlassen, sondern dachte, dass es sicherer ist, nebenbei weiter hin und wieder als Aushilfe in anderen Gaststätten zu arbeiten. An diesen Tagen sollte Heinz dann in der „Rahser Klause" für mich einspringen. Er willigte ein, aber nur unter der Voraussetzung, dass Marion bei ihm lebt und in Viersen die Schule besucht. Dieser Vorschlag klang nicht schlecht. Ich willigte also ein und meldete Marion auf dem Gymnasium in Viersen an. Eines Morgens, als ich in der „Rahser Klause" anrief, um zu fragen, was ich noch alles mitbringen soll, war Marion am Telefon. Auf meine Frage, warum sie denn nicht in der Schule ist, bekam ich nur ausweichende Antworten. Da hatte ich auf einmal ein ganz komisches Gefühl im Magen und ich rief vorsichtshalber mal in der Schule an. Zu meinem Entsetzen erfuhr ich, dass Marion an diesem Tag nicht in die Schule gekommen war. Sofort setzte ich mich ins Auto und fuhr zur „Rahser Klause" nach Viersen. Dort traf mich der Schlag. Marion stand hinter der Theke. In diesem Moment sah ich nur noch rot. Es kam zwischen Heinz und mir wieder zu einem heftigen Streit, der leider auch sehr handfest wurde. Denn erneut verabreichte Heinz mir mehr als eine kräftige Ohrfeige. Da er mir Marion nicht herausgeben wollte, musste ich zur Polizei, die schließlich mit zur Kneipe kam und dafür sorgte, dass Marion wieder mit mir nach Hause kam. Zwar musste sie jetzt wieder die Schule wechseln, aber alles war besser als sie in der Kneipe bei Heinz zu lassen.

Gegen Ende 1968 wurde ich krank und musste für einige Tage ins Krankenhaus. Während dieser Zeit sollte Heinz die „Rahser Klause" ganz alleine führen, was sich leider als eine krasse Fehlentscheidung herausstellen sollte. Denn als ich aus dem Krankenhaus entlassen wurde und in die Kneipe kam, um mit Heinz abzurechnen, war überhaupt kein Geld da. Heinz hatte sämtliche Einnahmen ausgegeben. Es war noch nicht einmal das notwendige Geld vorhanden, um den Bierlieferanten zu bezahlen. Damit war ich pleite und wollte nur noch weg. Wieder einmal stand ich vor dem Nichts und diesen Zustand hatte wieder einmal Heinz herbeigeführt. Mir blieb nichts anderes übrig, als die Kneipe in Viersen von heute auf morgen aufzugeben. Ich wollte nur noch weg aus dem Rheinland und rief deshalb bei meinem Bruder Büb an, der sich in Minden als Inhaber der „Queenbar" selbständig gemacht hatte. Er hatte mir schon früher angeboten, dass ich bei ihm arbeiten könne, und jetzt schien der richtige Zeitpunkt gekommen.

Neuer Start in Minden

Am 15. Dezember 1968, es war ein Sonntag, zog ich in einer echten Hau-Ruck-Aktion bei Schneeregen und Frost mit den Kindern zu meinem Bruder nach Minden um. Bei diesem völlig unorganisierten Umzug half mir erneut Armin Dominik, der extra eine Ausnahmegenehmigung für den Umzug am Sonntag beantragen musste. Es war das reinste Chaos, denn es war nichts für den Umzug vorbereitet. Armins Leute, die beim Umzug helfen sollten, mussten sogar noch die Sachen direkt vom Frühstückstisch, so wie sie waren, einpacken, weil alles so schnell gehen musste. Irgendwie war aber dann doch alles verstaut und wir kamen gegen Abend in Minden an. Die Sachen wurden einfach nur ausgepackt und am gleichen Abend habe ich schon bei meinem Bruder gearbeitet.

In dem sehr alten Haus in der nicht gerade angesehenen Simeonstraße befand sich im Erdgeschoss die „Queenbar", benannt nach seiner Frau Hannelore, die er immer „Königin" nannte. Im gleichen Haus bezogen wir unter dem Dach eine kleine Wohnung mit einem Etagenklo auf halber Treppe, was aber noch nicht das Schlimmste war. Das Haus war undicht, es regnete überall durch und es war eiskalt in allen Räumen. Sogar auf den Fensterbänken innen lag Schnee und Eis. Deshalb schaffte ich als erstes einen kleinen Radiator an, um die Wohnung überhaupt einigermaßen bewohnbar zu machen. Es waren drei winzige, miteinander verbundene Speicherkammern. Es gab kein Bad und nur in der Küche ein Waschbecken. Ich habe in dem so genannten Wohnzimmer auf der Couch geschlafen, Marion und Volker nebenan, die Betten hintereinander, weil der Raum so schmal war. Meine Möbel aus Neukirchen konnte ich zum größten Teil gar nicht aufstellen. Die lagerten in einem Abstellraum im Erdgeschoss, direkt neben der „Queenbar".

Mein Bruder war begeistert von mir und von meiner Arbeitskraft. Ich sorgte für gute Umsätze. Mein Lohn war hingegen eher dürftig. In der ersten Zeit meldete er mich überhaupt nicht an, später mit 500 DM monatlich. Davon musste ich sogar noch 198 DM Miete an ihn bezahlen. In geschäftlichen Dingen kannte mein Bruder keine Skrupel, auch nicht gegenüber seiner Schwester.

So kam es zum Beispiel immer mal wieder vor, dass ein Gast bei meinem Bruder Pralinen für mich kaufte. Diese Pralinen konnte ich dann mit nach Hause nehmen. Nach einer gewissen Zeit stapelten sich diese Kisten in meinem Schrank. Als ich dann mal eine probieren wollte, merkte ich, dass die Pralinen schon schimmelig waren. Und nicht nur in dieser Schachtel. Ich stellte daraufhin meinen Bruder zur Rede und sagte ihm ganz klar, dass ich in Zukunft für jede verkaufte Schachtel Pralinen 5 DM haben wolle. Er könne die Schachtel behalten, weiter verkaufen, aber ich bekomme pro Schachtel 5 DM. Anderenfalls würde ich keine Pralinen mehr verkaufen. Was sollte ich auch mit den vielen Pralinen. Für 5 DM konnte ich mir wenigstens ein Pfund Kaffee kaufen. Solche Geschäfte liebte mein Bruder natürlich. Er war durch und durch Geschäftsmann und konnte so die Pralinen mehrfach verkaufen, auch wenn er mir notgedrungen davon etwas abgeben musste. Auch was den Verkauf von Whiskey anging, war mein Bruder knallhart. Ab dem zehnten verkauften Whiskey hatten wir eine Prämie von 5 DM vereinbart. Leider kam es aber hin und wieder vor, dass es mir nicht möglich war, nach neun Whiskey auch noch den zehnten zu verkaufen. Aber mein Bruder blieb jedes Mal hart. Ich hatte nur neun Whiskeys verkauft – keine Prämie – basta! Da hatte er kein Mitleid, obwohl er wusste, wie nötig ich jeden Pfennig brauchte.

Der Zustand der Wohnung im Hause meines Bruders erwies sich auf Dauer als unerträglich. Ich begab mich somit wieder einmal auf Wohnungssuche. Eine recht interessante Wohnung wurde mir außerhalb von Minden von einem Arzt angeboten. Als er aber erfuhr, dass ich in einer Gaststätte arbeite und dazu noch alleinstehend bin und mit zwei Kindern einziehen wollte, lehnte der Arzt mich als Mieterin ab. Ja, so war das damals, aber ich glaube, auch heute haben allein erziehende Mütter noch dieselben Probleme. Da hat sich noch nicht viel geändert.

Zwischen Minden und Bückeburg fand ich nach einigem Suchen dann doch eine sehr schöne Wohnung in einem Zweifamilienhaus in Röcke. Unten wohnten die Eigentümer, Familie Bahe, die die obere Etage vermieten wollten. Die Wohnung war riesig, hatte sogar zwei Kinderzimmer und eine Garage. Aber sie kostete auch 300,-- DM Miete. Deshalb erbat ich mir eine kurze Bedenkzeit. Mit den Kindern ging ich ins Schwimmbad, um mit ihnen darüber zu sprechen. Sie waren sehr lieb und sogar bereit, auf ihr Taschengeld verzichten, wenn wir in die Wohnung einziehen würden.

Ich habe den Mietvertrag unterschrieben und wir zogen am 1. Oktober 1969 ein. Heinz erklärte zunächst, er würde die Wohnung tapezieren, aber das klappte dann aus irgendwelchen Gründen doch nicht. Sogar das musste ich selber machen. Trotzdem zogen wir dann überglücklich ein. Bei Armin Dominik, mit dem ich über die Jahre hinweg immer in lockerem Kontakt stand, habe ich später auch endlich für mich ein neues, weißes Schlafzimmer gekauft, das ich wieder in kleinen Raten abbezahlt habe. Um das alles auch finanzieren zu können, habe ich weiterhin Abend für Abend gearbeitet und im Grunde damit auch meine Gesundheit ruiniert. Von Heinz war ja, obwohl er arbeitete, kein Geld zu erwarten.

Schwierige Jahre auch für die Kinder

Rückblickend kann ich sagen, dass gerade die sechziger Jahre besonders turbulent und aufregend waren. Wenn ich bedenke, dass ich, um mich und die Kinder durchzubringen, im Laufe der Zeit mehr als 70 Arbeitsstellen angenommen hatte (von denen ich hier nur einige erwähnt habe), und zwar nur, weil ich immer da gekellnert habe, wo ich am meisten Geld verdienen konnte. Wenn ich die Chance sah, irgendwo mehr Geld zu bekommen, habe ich die Stelle gewechselt.

Turbulent und anstrengend waren diese Zeiten mit Sicherheit auch für meine Kinder. Heute holt man schon einen Psychologen zu Hilfe, wenn die Eltern sich scheiden lassen und das Kind einmal die Schule wechseln muss. Das ist oft schon Rechtfertigung genug für schlechte Leistungen oder schlechten Umgang. Was soll ich dazu sagen? Meine Kinder mussten öfter als jeder andere die Schule wechseln und haben doch ihr Abitur geschafft, ohne ein einziges Mal sitzen zu bleiben. Das hat in unserer Familie kein anderer geschafft, obwohl die Kinder meiner Geschwister alle in geordneten Verhältnissen aufgewachsen sind. „Macht eure Schularbeiten und passt auf", das war das einzige, was ich meinen Kindern mit auf den Weg geben konnte. Helfen konnte ich ihnen nicht. An zwei Dinge kann ich mich noch genau erinnern. Ich war in Herrenberg und Marion kam aus der Schule. Auf meine Frage, ob sie die Schularbeiten schon gemacht hat, antwortete sie: „Nein". Sofort bekam sie von mir eine Ohrfeige, die mir heute noch leid tut. Denn wie Marion mir später erzählte, hatte sie gar keine Schularbeiten auf und deshalb auch keine gemacht. Eine andere Geschichte fällt mir zu Volkers Schulzeit ein. Wir wohnten zu der Zeit in Minden und Volker besuchte dort die Hauptschule. Eines Tages kam Volker nach Hause und erzählte, dass sein Lehrer, Herr Schock, ihn vor der ganzen Klasse bloßgestellt hätte. Seine Mutter wäre ja nur Bardame auf der Simeonstrasse, und was man von solchen Frauen halten würde, wäre ja klar. Ich war entsetzt und in meinem Stolz und in meiner Ehre gekränkt. Am anderen Tag ging ich, immer noch total wütend, zusammen mit Volker in die Schule, weil ich mich bei dem Direktor beschweren wollte. Auf dem Weg zum Büro kam uns Herr Schock schon entgegen, und ich stellte ihn wegen seines unmöglichen Verhaltens zur Rede. Er blieb pampig und wollte sich nicht entschuldigen. Da wurde ich so wütend, dass ich ihm vor die Füße spuckte. Das ist eigentlich wirklich nicht mein Stil, aber anders konnte ich meine Verachtung für diesen Menschen nicht ausdrücken. Ich drohte ihm noch an, dass, wenn er sich nicht vor der ganzen Klasse bei Volker entschuldigt, ich weitere Schritte bei seinen Vorgesetzten und der Schulbehörde unternehmen würde. Wie Volker mir erzählte, hat Herr Schock sich tatsächlich vor der Klasse bei ihm entschuldigt. Erstaunlicherweise war Herr Schock danach aber viel freundlicher zu Volker und hat ihn auch ermutigt, die Klasse 10 und somit seinen Realschulabschluss an dieser Schule zu machen.

Auch für die Kinder war es rückblickend nicht einfach, immer wieder neu anzufangen und Freunde zu finden. Zumal ich auch nicht wollte, dass fremde Kinder zu uns nach Hause kommen, denn es sollte doch keiner wissen, dass ich abends in einer Gaststätte arbeite.

Durch dieses Leben habe ich die Kinder schon früh und schnell zu Selbständigkeit erzogen. Es blieb mir ja nichts anderes übrig. Meine Kinder haben sich schon früh selbst versorgen können, sind morgens eigenständig aufgestanden und zur Schule gegangen, und abends ohne Probleme auch ins Bett gegangen. Ich muss sagen, dass sie gerade als sie etwas älter wurden, mein Vertrauen und die Freiheiten, die sie ja zwangsläufig hatten, nicht ausgenutzt haben. Auch wenn ich jeden Abend um 22 Uhr angerufen habe, um zu kontrollieren, ob sie auch zuhause sind. (Natürlich musste ich meinem Bruder die Telefonate bezahlen!) Ich bin stolz darauf, dass sie keine Drogen genommen haben oder kriminell geworden sind. Ganz im Gegenteil. Beide Kinder sind ordentliche, anständige Menschen geworden, auf die ich mich jederzeit verlassen kann. Ohne zu Murren haben sie alle Umzüge mitgemacht, die schlimmsten Wohnsituationen ertragen und mich unterstützt, wo sie nur konnten. Ich weiß noch, wie sie sich immer mit mir gefreut haben, wenn wir das Trinkgeld in Häufchen abgezählt haben, und ich Ihnen sagte, jetzt können wir wieder einkaufen gehen.

Oder wie ich so oft Marion nachts geweckt habe, wenn ich mal wieder richtig gut verdient hatte. Marion und Volker hatten auch untereinander immer ein gutes Verhältnis und das ist bis heute so geblieben. Und wenn es doch mal Streit gab, habe ich immer gesagt: „Zankt euch nicht!" Aber das war zum Glück selten der Fall.

Meine Zeit mit Dieter 1969 - 1982

Unser Wiedersehen in Minden

Ich hatte ja schon erwähnt, dass ich Dieter bereits im November 1963 bei „Tante Olga" kennengelernt, aber dann aus den Augen verloren hatte. Inzwischen arbeitete ich in der „Queenbar" in Minden und in Erinnerung an Dieter habe ich jedes Mal, wenn Matrosen zu Gast waren, gefragt, ob sie nicht einen Dieter aus Ruhrort vom Schiff Hallensee 4 kennen würden. Man kann sich vorstellen, wie überrascht ich war, als Dieter dann tatsächlich eines Abends im Januar 1969 in der „Queenbar" meines Bruders in Minden auftauchte. Wie er sagte, hätten ihm wohl Kollegen erzählt, dass in der „Queenbar" in Minden immer jemand nach ihm fragt, und da er gerade einen Gerichtstermin in Minden hat, bei dem er als Zeuge aussagen muss, wollte er mal vorbeischauen. Ich habe mich total gefreut, ihn wiederzusehen, denn Dieter war nach wie vor ein sehr gut aussehender, netter, immer freundlicher und zuvorkommender Mann. Auch an diesem Abend sprach er nicht viel, fragte mich aber wieder, ob ich mit ihm mal 14 Tage wegfahren würde. Das konnte ich natürlich nicht, denn ich musste ja arbeiten. Dieter wollte noch eine paar Tage in Minden bleiben, und da sein Schiff ja nicht in der Nähe war, bot ich ihm an, bei mir auf der Couch zu schlafen. Das nahm er gerne an, aber obwohl er wirklich nett war, dachte er irgendwie nicht daran, morgens mal Brötchen zu holen oder etwas anderes zum Essen. Ich wollte ihn aber auch nicht fragen, ob er mir etwas Geld gibt oder mal einkaufen geht. Das lag mir ganz und gar nicht. Dieter dachte auch nicht daran, mir mal etwas näher zu kommen. Zwischen uns beiden lief nichts. Dieter war da sehr zurückhaltend und rückblickend hätte mir das damals schon zu denken geben müssen.
Dieter ging dann wieder zurück aufs Schiff und eine ganze Zeit hörte ich nichts mehr von ihm.

Als Dieter im Sommer seinen Urlaub bekam, fragte er wieder, ob ich mit ihm verreisen würde. Er wollte seine Schwester in Tübingen besuchen. Der Gedanke an Urlaub gefiel mir gut. Bei der Gelegenheit könnte ich auch meine Schwester Waltraud in Fridingen wiedersehen. Also war ich einverstanden, zumal die Kinder jetzt schon so groß waren, dass sie auch alleine bleiben konnten. Wir sind dann mit meinem Auto gefahren und haben auf unserer Reise erst seine und anschließend meine Schwester besucht, bevor wir unser Ziel, den Bodensee, ansteuerten. Als ich nach zwei Wochen wieder zurück in Minden war, war mein Bruder Büb extrem sauer auf mich. Ein Wort gab das andere, bis ich dann von mir aus kündigte und 1969 bei Frau Furda im „Big Ben" anfing. Das „Big Ben" war eine angesehene Diskothek in Minden, in die wir alle hin und wieder nach Feierabend gegangen sind. Ich verstand mich gut mit der Inhaberin Frau Furda, und deshalb war es auch kein Problem, dort übergangslos weiterzuarbeiten.

Von Dieter hatte ich nach unserem Urlaub zunächst nichts mehr gehört, bis ich irgendwann im November im „Big Ben" einen Anruf von Dieter bekam. Dieter hatte schon mehrfach in der „Queenbar" angerufen und irgendwann hat mein Bruder ihm dann doch mitgeteilt, wo ich jetzt arbeite. Dieter wollte mich wiedersehen und wusste nicht, dass ich zu dem Zeitpunkt schon in Röcke wohnte. Im November 1969 hat Dieter mich dann auch das erste Mal in meiner neuen Wohnung besucht. Dabei fragte er auch, ob er Weihnachten mit uns feiern könnte. Ich hatte nichts dagegen, ganz im Gegenteil, ich freute mich darauf.

Wir verabredeten, dass er Heiligabend vom Bahnhof in Minden aus mit dem Taxi nach Röcke kommen würde, und wir dann gemeinsam bei mir Weihnachten feiern. Meine ganze Wohnung habe ich auf Hochglanz geputzt, ein schönes Essen vorbereitet und das Wohnzimmer wie immer festlich geschmückt. Heiligabend kam, aber mein Dieter kam nicht. Ich war verzweifelt. Ich rief beim Bahnhof und bei der Firma an, aber von Dieter war nichts zu sehen und nichts zu hören. Am Ende war ich nur noch wütend, enttäuscht und traurig. Auf diesen Abend hatte ich mich doch so sehr gefreut und alles ganz besonders schön gemacht. Wenn ich daran denke, dass ich Dieter zu diesem Weihnachtsfest sogar von meinem mühsam ersparten Geld eine goldene Uhr gekauft hatte, die ich in zwei Raten abzahlen musste, wird mir heute noch schlecht. Ich wollte einfach alles nett machen. Aber das war wohl nichts. Ich habe dann allein mit den Kindern gefeiert und bin spät in der Nacht tief enttäuscht ins Bett gegangen. Ich musste ja am nächsten Tag wieder arbeiten.

Als ich am 1. Feiertag zur Arbeit kam, stand auf einmal Dieter vor der Tür. Ich dachte, ich traue meinen Augen nicht und es machte mich alles andere als überglücklich. Wir begegneten uns an der Theke. Ich war äußerst kurz angebunden. „Das war ja wohl ein Ding, das du dir gestern geleistet hast", begann ich das Gespräch. „Wir hatten einen Maschinenschaden", war alles, was er darauf antwortete. Keine Entschuldigung, nichts! Auf meine Frage, warum er denn nicht angerufen habe, wusste er auch nichts Vernünftiges zu sagen. Heute weiß ich, dass Dieter niemals daran gedacht hatte, anzurufen. Denn das war so gar nicht seine Art. Immerhin hatte er mir aber ein Geschenk mitgebracht. Er übergab mir eine Schachtel mit einem goldenen Armband. Aber das interessierte mich zu dem Zeitpunkt nicht. Für mich wäre es um ein Vielfaches schöner gewesen, wenn er Heiligabend zu uns nach Hause gekommen wäre, und wenn er mit uns zusammen, das heißt mit mir und mit meinen Kindern, Weihnachten gefeiert hätte. Ich bedankte mich deshalb für das Armband nur knapp und immer noch kurz angebunden. Am Abend nahm ich ihn dann aber doch mit in meine Wohnung Er war überwältigt. Ich hatte für Heiligabend ja alles vorbereitet, und deshalb war mehr als genug zu essen und zu trinken da.
Nach Weihnachten war Dieter erst mal wieder verschwunden. Mitte Januar hat er mich noch einmal kurz besucht. Das nächste Mal erschien er völlig unangemeldet im April 1970 ein paar Tage vor Volkers Konfirmation Er kaufte mir eine schöne blaue Handtasche passend zu dem Kostüm, das ich zur Konfirmation tragen wollte. Während er bei uns wohnte, unterstützte mich Dieter finanziell nicht. Ich bediente ihn wie einen Fürsten, aber ich brachte es nicht fertig, ihn nach Geld zu fragen, obwohl es für mich echt schwierig war, immer alles zu bewältigen. Dabei sprach ich mit ihm über alles, so wie ich es mit meinen Kindern auch

immer tat. Ganz offen berichtete ich, was ich verdient hatte, aber er schwieg sich aus.

Der Heiratsantrag

Am Anfang des Sommers kam Dieter dann wieder und er blieb und blieb, bis er auf einmal sagte: „Du, wir müssen meine Sachen von Bord holen. Das Schiff wird verkauft." Mit anderen Worten hieß das, dass er sich bei mir auf Dauer einnisten wollte. Ich war erstaunt, denn damit hatte ich nicht gerechnet. Dieter war ja ein Traummann, aber auch so etwas wie ein lebendes Denkmal. Außer einem netten Kontakt tat sich zwischen uns nichts. Einmal kamen wir uns im Bett dann aber doch etwas näher. Ich kuschelte mich an ihn an, als er auf einmal wie aus heiterem Himmel fragte: „Willst du meine Frau werden?" Ich war platt. „Sag das noch einmal!" antwortete ich. Aber von diesem Moment an hat er das nie wieder gesagt. Kann man sich das vorstellen?
In der Folgezeit kam er dann immer wieder zu uns nach Röcke, aber zwischen uns lief in sexueller Hinsicht überhaupt nichts. Dieter machte nicht einmal die kleinsten Annäherungsversuche. Wenn ich schon mal sagte „ich gehe jetzt ins Bett", meinte er nur „dann lege dich doch in das andere Bett, dann bist du ausgeruht." Und wenn ich morgens wach wurde, war er schon aufgestanden und hatte im Wohnzimmer den Tisch gedeckt Schon damals lag ich gerne auf der Couch und habe es mir da mit einer Tasse Kaffee und einer Zeitung gemütlich gemacht. Aber eigentlich hätte ich mir etwas anderes vorgestellt. Ausgeruht war ich ja. Irgendwie wurde das Thema Sex zwischen uns nicht angesprochen, da lief einfach nichts. Zumal ich auch keine Veranlassung sah, ihn darauf anzusprechen. Für mich waren das Wichtigste meine Kinder, dass ich Arbeit und eine schöne Wohnung hatte und dass ich mit Dieter – wenn auch nicht in allen Bereichen – aber dennoch irgendwie zusammen war. Die Hochzeit wurde auch nicht mehr angesprochen und wir lebten so weiter vor uns hin. Bis Dieter eines Tages im Herbst sagte: „Wir müssen ja mal gucken, dass wir uns Ringe kaufen."

Ich dachte, das darf nicht wahr sein. Also gingen wir zusammen in die Stadt. Bei einem Juwelier wurden uns schöne Ringe vorgelegt, aber ich kam mir vor, als ob ich ein Pfund Salz kaufe. Da war überhaupt kein Gefühl im Spiel, Herzklopfen oder all das, was man sich für solch eine Situation als Frau sehnlichst wünscht. Ganz nüchtern kauften wir die Ringe. Völlig nebenbei fragte Dieter dann: „Wie wäre das denn mit Weihnachten, also Heiligabend?" Damit meinte er wohl die offizielle Verlobung. Alles das war bei weitem nicht so wie bei einem verliebten Paar. Trotzdem ich kaum in Worte fassen kann, wie sehr ich an diesem Mann hing, obwohl von seiner Seite nicht nur eigentlich sondern tatsächlich nie auch nur eine kleinste Gefühlsregung zu verspüren war. Aber irgendwie war er auch mein Traummann. Ich sprach mit Marion darüber, die mich versuchte zu beruhigen:
„Ach Mutter, bestimmt ändert er sich noch. Dieter war immer alleine, der war auf dem Schiff nur unter Männern! Heirate den Dieter! Dann wird sich das vielleicht geben."
Selbst meine Hauseigentümerin Frau Bahe meinte: „Frau Rosin, da haben Sie aber einen tollen Mann. Den würde ich aber an Ihrer Stelle nehmen." Alle sahen nur das tolle Äußere, seinen ruhigen, netten Charakter und konnten sich gar nicht vorstellen, wie er wirklich war, nämlich ein Mann ohne jegliches Interesse an Sex! Wir haben nach tausend Entschuldigungen für sein mangelndes Interesse an Sex gesucht. Aber keine gefunden. Leider hat sich Dieter in dieser Beziehung nie geändert oder vielleicht auch nicht ändern können. Ich weiß es ehrlich gesagt nicht, weil wir nie darüber sprechen konnten. Das ist für mich bis heute ein großes Rätsel geblieben.

Obwohl Heiligabend näher kam, haben wir über die geplante offizielle Verlobung nicht mehr gesprochen. Ich kaufte reichlich ein, was ich zu Weihnachten immer ganz besonders großzügig für meine Kinder tat. Wenn ich auch nichts hatte, Weihnachten bekamen meine Kinder immer viel. Ich kannte das von zu Hause aus nicht anders. Meine Mutter hatte es mir ja vorgelebt. Irgendwie hatte ich immer etwas. Als wir dann Heiligabend in der Küche standen, machte Dieter eine Flasche roten Krimsekt auf, wir gingen ins Wohnzimmer, wo die Kinder schon saßen, und er sagte dann aus heiterem Himmel: „Ich möchte mich mit eurer Mutter verloben." Dabei war er so etwas von unbeholfen, das kann ich gar nicht beschreiben. Meine Kinder haben diese Verlobung sehr begrüßt und das auch deutlich gezeigt. Sie hatten beide ein unwahrscheinlich gutes Verhältnis zu Dieter. Wir prosteten uns zu, und es folgte wie immer die dicke Bescherung und ein wirklich gemütlicher Abend.

In der darauf folgenden Verlobungszeit hat Dieter mir Ende des Monats jeweils 1.000 DM gegeben. Das war das erste Mal, dass ich von Dieter Geld bekam. Ich war froh, denn damit konnte ich jetzt noch besser wirtschaften.

Meine Ehe mit Dieter

Unsere Hochzeit haben wir dann am 3. August 1971 ganz klein im engsten Familienkreis gefeiert. Selbstverständlich hatte ich mir für diesen Anlass in Hannover ein tolles Hochzeitskleid mit weißer Spitze gekauft. Darüber trug ich einen passenden weißen Mantel. Und für die Hochzeitsnacht kaufte ich ein super schönes Nachthemd aus Spitze mit einem passenden Morgenmantel.
Auf dem Standesamt in Bückeburg gab es erst noch eine Verzögerung. Ich hatte meinen Personalausweis vergessen, den Volker schnell noch holen musste. Nach der standesamtlichen Trauung haben wir in einem tollen Restaurant, dem Forsthaus Heinemeier, Mittag gegessen, zusammen mit Volker und unseren Trauzeugen, nämlich meinem Bruder Bübchen und seiner zweite Frau Hannelore. Marion war mit Heinz im Urlaub in Jugoslawien und konnte deshalb nicht dabei sein. Bübchen fuhr uns nach dem Essen in seinem tollen Mercedes nach Hause. Dort hatte ich eine sehr schöne Kaffeetafel mit Kuchen vorbereitet. Zu meiner Freude kamen am Nachmittag auch meine Schwester Waltraud und mein Zwillingsbruder Friedhelm dazu. Von Dieters Seite war nur eine Nichte aus Flensburg zur Hochzeit da, seine Schwester aus Stuttgart und die Schwester aus Flensburg waren nicht zur Hochzeit ihres Bruders erschienen.

Die Hochzeit mit meinem Traummann Dieter am 3.August 1971

Nach der Trauung in Bückeburg mit den Trauzeugen Büb und Hannelore

Es war schon traurig, dass so gut wie niemand aus Dieters Familie dabei war. Die hatten ohnehin sehr wenig Kontakt untereinander. Trotzdem habe ich immer versucht, mit Dieters Familie in Verbindung zu bleiben. Wir sind einmal nach Flensburg gefahren und einmal nach Stuttgart, wo wir beide Male auch sehr nett empfangen wurden. Aber eine Freundschaft ist nicht daraus entstanden.

Frau Furda, meine damalige Chefin aus dem Big Ben in Minden, war zwar bei der Hochzeit nicht dabei, hat aber durch eine Angestellte eine riesige Kristallvase mit roten Anturien zu unserer Hochzeit bringen lassen. Im kleinsten Kreis haben wir dann gefeiert. Es war echt lustig und ein sehr schöner Abend, allerdings ohne anschließende Hochzeitsnacht.

Dieter wollte grundsätzlich nicht, dass ich weiter arbeite. Damit war ich einverstanden unter folgender Voraussetzung. Ich schlug vor, dass wir ein Familienkonto einrichten, auf das sein Gehalt überwiesen wird, und ich das Geld verwalte, wobei ich natürlich alle Ausgaben aufschreibe. Damit konnten wir gerade eben so über die Runden kommen. Ich glaube, es war ihm auch ganz Recht, dass er sich jetzt um nichts mehr kümmern musste. Als ich noch alleine war und über mein eigenes verdientes Geld verfügte, ging es mir und den Kindern aber trotzdem besser. Wenn Dieter da war, musste ich ja jetzt viel mehr einkaufen. Ich brauchte dann wesentlich mehr Lebensmittel als allein mit den Kindern. Es sollte ja nie an etwas bei uns fehlen. Das merkte ich auch im Portemonnaie. Trotzdem arbeitete ich zunächst nicht und blieb zuhause.

Geschichten von Heinz und dem Schuldschein

Irgendetwas musste ich tun, um an mehr Geld zu kommen.
Marion war schon aus dem Haus, sie studierte in Aachen, und Volker ging noch zur Schule. Er arbeitete zwar auch schon zwischendurch, musste aber von seinem Verdienst nichts abgeben. Auch das Kindergeld stellte ich Marion und Volker zur Verfügung. Unterhalt bekam ich von Heinz für die Kinder auch nicht. Ganz im Gegenteil. Ich hatte ihn in der „Rahser Klause" in Viersen offiziell angemeldet und musste deshalb, seit ich in Minden war, immer noch Rückstände von damals für die Krankenkasse und die Rentenversicherung abbezahlen. Da meine Einnahmen aus der Kneipe damals nicht reichten, blieb mir jetzt nichts anderes übrig als das im Nachhinein in kleinen Raten abzustottern.
Eines Tages sagte mein Bruder zu mir: „Hör mal, es geht aber nicht, dass Heinz nicht bezahlt. Ich habe da einen tollen Anwalt in Minden, Dr. Leutheusser, an den musst du dich wegen Unterhalt mal wenden."
Ich wollte Heinz ja nichts Böses, aber irgendwie musste ich ja rumkommen. Also befolgte ich den Rat meines Bruders und machte einen Termin bei Dr. Leutheusser aus, dessen Tochter später mal Bundesjustizministerin wurde. Dr. Leutheusser war ein super toller Anwalt, groß und schlank, und sehr sympathisch. Er war entsetzt, als er hörte, dass ich kein Geld bekam und sagte: „Das geht gar nicht! Da werden wir mal Druck machen." Irgendwie hat er dann ausfindig gemacht, wo Heinz zu dem Zeitpunkt arbeitete. Dabei war das alles andere als einfach, denn Heinz

wechselte damals sehr oft seine Stellen, war ständig auf Montage und hielt es nie lange auf einer Arbeitsstelle aus. Im Ergebnis hat Dr. Leutheusser es jedenfalls durchsetzen können, dass Heinz Unterhalt bezahlen musste. Dies wiederum führte dazu, dass auf einmal Heinz ganz jämmerlich vor meiner Tür in Röcke stand, mir den Brief vom Anwalt zeigte und mich fragte, „wie wir das denn machen würden". Eigentlich gab es nichts mehr zu machen, er musste laut Anwalt jetzt zahlen. Aber Heinz wusste genau, wie er mit mir umgehen musste und sagte ganz scheinheilig: „Ich gebe dir 1.000 DM und Du nimmst das beim Anwalt zurück."

Und wie ich so bin, und weil ich nicht so gemein sein konnte, habe ich mich darauf eingelassen. Gemeinsam bin ich mit Heinz zu Dr. Leutheusser gefahren und habe dort erklärt, dass ich die Sache zurück nehmen möchte. „Herr Rosin, wissen Sie eigentlich zu schätzen, was Ihre Frau jetzt macht? Sie müssten ihr dafür die Füße küssen!" Wörtlich sagte das Dr. Leutheusser, und diesen Satz werde ich nie vergessen. „Sie bekommt ja von mir das Geld. Ich werde ab jetzt immer bezahlen", antwortete Heinz. Als wir nach Hause kamen, sah die Welt schon wieder völlig anders aus. Denn was machte Heinz? Er gab mir nur 500 DM, da er angeblich zwar 1.000 DM hatte, aber den Rest noch zur „Überbrückung" brauchte. Schon wieder hatte er mich um 500 DM gebracht. Ich war echt sauer und sagte ihm deshalb bei dieser Gelegenheit noch, dass er sich in Zukunft bei mir in der Wohnung nicht mehr blicken lassen sollte. Die Kinder abholen und zurück bringen war in Ordnung, aber mehr Kontakt wollte ich zu ihm nicht haben.

Aber egal was ich auch sagte, irgendwie blieb es mit Heinz dann doch so, wie es immer war. Er kam wie selbstverständlich wieder in die Wohnung und wenn er kam, blieb er auch gerne noch etwas bei uns. Dieter war ja ein gutmütiger Mensch. Er gab Heinz dann ein Bierchen, (das mochten beide ja gerne) und dann tranken sie gemütlich gemeinsam ihr Bierchen aus. Schon hockte Heinz wieder da und fühlte sich stark. Es war natürlich auch ein Fehler von mir, dass ich den Heinz so gewähren ließ, aber was hätte ich machen sollen. Ich war ja verheiratet mit Dieter, und wenn Dieter Heinz zum Bier einlud, waren mir die Hände gebunden. Auch in der folgenden Zeit wurde ich, wenn ich Heinz auf die fehlenden 500 DM ansprach, vertröstet. Es kam sogar noch schlimmer. Heinz pumpte sich bei mir noch Geld. Darüber habe ich heute noch einen Schuldschein, den ich kurioser Weise in meinem Familienbuch aufbewahre. Warum ich ihn gerade dort aufbewahre, weiß ich eigentlich auch nicht. Vielleicht ist das ein Symbol dafür, dass Heinz mein ganzes Leben lang immer irgendwie dabei war. Das hat sich, wie gesagt, bis heute nicht geändert.

Als ich ungefähr ein Jahr mit Dieter verheiratet war, und Heinz wieder einmal vorbei kam, nahm ich diesen Besuch zum Anlass, ihm zu sagen: „Hör mal, der Dieter hat gesagt, wenn Du jetzt nicht langsam bezahlst, dann kannst Du etwas erleben, dann wird er etwas in die Wege leiten..." Daraufhin hat Heinz dann bezahlt. Dieter hatte zwar nie etwas gesagt, aber alle hatten Respekt vor ihm. Jedenfalls veranlasste mein Hinweis auf Dieters angebliche Verärgerung den guten Heinz dazu, endlich zu bezahlen. Dies geschah zwar auch nicht in einer Summe, sondern in drei oder vier Raten, aber ich bekam das Geld, wenn auch zähneknirschend. Wie sehr sich Heinz trotzdem immer auf mich verlassen konnte, zeigt folgende Geschichte, die sich am Anfang in Röcke ereignet hat. Volker war 14 und Marion 16 Jahre alt. Heinz holte die Kinder ab, um mit ihnen etwas zu unternehmen. Plötzlich wurde ich abends gegen 23.00 Uhr vom Klingeln der Haustüre überrascht. Grundsätzlich machte ich um diese Uhrzeit niemandem mehr auf. Deshalb fragte ich vorsichtig über die Sprechanlage nach: „Wer ist denn da?", hörte aber nur ein Röcheln. Ich bekam richtig Angst und wollte nicht öffnen. Andererseits wollte ich natürlich wissen, wer denn da so röchelte und ging runter zur Haustüre. Allen Mut nahm ich zusammen und öffnete die Türe, als mir der völlig betrunkene und blutüberströmte Heinz regelrecht entgegen fiel. Er lag völlig hilflos im Hausflur auf dem Boden und war nicht mehr in der Lage sich mit eigenen Kräften bis in meine Wohnung zu schleppen. Zudem war er total durchnässt und blutverschmiert, so dass ich ihm erst einmal im Flur sämtliche Kleidungsstücke ausziehen musste, damit er mir nicht die ganze Wohnung verschmutzt. Schließlich gelang es mir irgendwie, ihn bis in meine Wohnung zu bugsieren. Auf meine immer wieder gestellte Frage: „Wo sind die Kinder?" bekam ich erst nach einiger Zeit von ihm mit seiner lallenden Stimme eine Antwort: „Die sind im Dorf-krug."

Nachdem ich Heinz mit Decken versorgt und aufs Sofa gelegt hatte, zog ich mir schnell einen Mantel über, um mich auf den Weg zum Dorfkrug zu machen. Es war eine bitterkalte Winter-nacht und ich hatte wahnsinnige Angst, bei Nacht und absoluter Dunkelheit durch die Eiseskälte bis zur etwas außerhalb gelegenen Gaststätte zu laufen. Aber mir blieb keine andere Wahl. Ich muss-te meine Kinder aus dieser Kneipe holen. Als ich dort ankam, sah ich zu meinem Entsetzen meinen Sohn Volker an einem Flipper-automaten stehen. Sofort ging ich zu ihm und sagte mit etwas lauterer Stimme sehr energisch: „Du kommst jetzt sofort nach Hause!"

Aber wo war Marion? Ich guckte mich weiter in der Gaststätte um, in der es noch einen durch eine Tür abgetrennten Saal gab. Die Tür war geöffnet, ich näherte mich diesem Saal und sah Ma-rion auf einem Hocker an der Bar sitzen. In diesem Moment sah ich rot. Ich konnte es auf den Tod nicht ausstehen, wenn meine Kinder etwas mit Kneipen zu tun hatten.

„Ab nach Hause! Das ist ja wohl das Allerletzte!" schrie ich wut-entbrannt und machte richtig Rabatz in der Kneipe, in der ich vorher noch nie gewesen war. Am nächsten Tag habe ich mit meinen Kindern natürlich über diesen bedauerlichen Vorfall ge-sprochen. Sie meinten: „Der Papa hat ja nichts gesagt. Der hat doch Karten gespielt."

So war der Heinz eben. Er hat Karten gespielt, reichlich getrunken und ist dann irgendwann aus der Kneipe abgehauen, ohne auch nur an die Kinder zu denken und ohne sich um sie zu kümmern. Dabei hat Heinz noch riesiges Glück gehabt. In derselben Nacht ist ein Bäcker aus Röcke betrunken in einem Graben gelandet und dort erfroren. Heinz hat es wenigstens noch bis zu mir geschafft. Als ich seine Kleidungsstücke am nächsten Tag in die Reinigung bringen wollte, wurden die Sachen gar nicht angenommen, weil sie zu schmutzig waren. So musste ich Heinz auch noch neu ein-kleiden. Er wäre sonst gar nicht nach Hause gekommen.

Dieter und seine Arbeit bei Krupp

Dieter wurde zum Kapitän befördert und durfte ab jetzt auf einem größeren Schiff fahren. Zuerst war es die Herkules 1, dann fuhr er auf der Herkules 2. Und zwar war er immer 20 Tage auf dem Schiff und dann 10 Tage zuhause. Wenn er weg war, fühlte ich mich zuhause ziemlich allein und mir fiel die Decke auf den Kopf. Von meinem Ehemann Dieter hörte und sah ich oft wochenlang nichts. Er hat es noch nicht einmal für nötig befunden, mich zwischendurch einmal anzurufen. Irgendwann nach längerer Zeit ist mir dann mal der Kragen geplatzt. Als ich ihn fragte, warum er nicht zwischendurch wenigstens mal anruft, meinte er: „Ich kann dich doch nicht von Bord aus anrufen! Weißt du was das kostet? Das muss doch die Firma bezahlen!" Da wurde meine Wut noch größer. Es reichte mir. Ich nahm allen Mut, den ich aufbringen konnte, zusammen und rief bei Dieters Personalchef, den ich persönlich kannte, an.

Ich sagte zu ihm: „Bitte haben Sie Verständnis. Ich will auch gar nicht klagen. Ich möchte Sie nur etwas Persönliches fragen. Ist es zu viel verlangt, wenn ein Mann, der drei Wochen auf dem Schiff ist, während dieser drei Wochen vom Schiff aus ab und zu mal seine Frau anruft? Stellen Sie sich doch mal vor, dass ich, bis er zurückkommt, schon zwei Wochen lang beerdigt sein könnte. Und als Begründung, warum er nicht anruft, sagt mir mein Mann, dass er nicht anrufen kann, da er die Firma nicht schädigen möchte. Das kann doch wohl nicht sein!" „Frau Boldt, da haben Sie vollkommen recht", antwortete der Personalchef und 10 Minuten später war auch schon Dieter am Telefon.

Was Dieters Arbeit anging, habe ich mich immer zurückgehalten, habe mich niemals eingemischt, obwohl er mehr mit seinem Schiff als mit mir verheiratet war. Zum ersten Mal so richtig gespürt hatte ich das eigentlich schon viel früher, so etwa vier bis sechs Wochen nach unserer Hochzeit. Es fing damit an, dass Marion mich ansprach: „Mensch Mutter, du hast doch Zeit, fahr den Dieter doch mal besuchen. Du kannst doch mal eine Tour mitmachen von Rotterdam bis Duisburg und danach gehst du wieder von Bord. Das sind doch nur zwei Tage. Du sollst mal sehen, wie der Dieter sich freut."

Auf dieses Abenteuer habe ich mich eingelassen. Also fuhr ich mit Marion in meinem damaligen Opel Manta nach Rotterdam zu Dieters Schiff. Marion sollte mit meinem Auto alleine zurückfahren. Damals war das für mich im Grunde unvorstellbar. Bis dahin habe ich mein Auto niemals einer anderen Person geliehen, auch meinen Kindern nicht. Mein Auto war mein absolutes Heiligtum.

Dieter in seiner Lieblingsposition

Es dauerte einige Zeit bis wir Dieter, beziehungsweise sein Schiff, endlich in Holland gefunden hatten. Als wir an Bord kamen, wurden wir von den Schiffsjungen, die mich ja kannten, freundlich begrüßt. „Der Dieter ist oben in seiner Koje", sagte einer von ihnen. Marion und ich gingen eine schmale Treppe herauf nach oben und klopften an, aber es rührte sich nichts. Erst nach einem zweiten oder dritten immer energischer werdenden Klopfen hörten wir eine träge Stimme: „Ja, wer ist da?" „Das darf nicht wahr sein", dachte ich, als ein ziemlich, um nicht zu sagen völlig betrunkener Mann die Türe aufmachte. Er nahm uns kaum wahr.

Von Freude war in seinem Gesicht auch nicht die geringste Spur zu erkennen. Und das sollte mein Mann sein, mit dem ich erst vier Wochen verheiratet war? Ich bekam einen dicken Kloß im Hals. Ich war fertig mit den Nerven. Wir gingen hinten zum Deck, wo uns die Schiffjungen einen Kaffee brachten, den ich aber nicht herunter bekam. Ich konnte es nicht ertragen. Mir liefen die Tränen herunter, und ich wollte nur noch weg. „Komm Marion, wir fahren", stammelte ich mit weinerlicher Stimme, während Marion noch versuchte, mich zu beschwichtigen. „Bleib ruhig Mutter, reg dich doch nicht so auf!" „Hier, fahr!" erwiderte ich und gab ihr die Autoschlüssel, da ich gar nicht in der Lage war, den Wagen zu steuern. Wir sind dann direkt wieder zurück gefahren. Von Dieter war ich zutiefst enttäuscht. Ich liebte ihn über alles, er aber zeigte nichts davon. Es war nur traurig.

Als Dieter dann das nächste Mal nach Hause kam, und ich ihn wie immer in Minden am Bahnhof abholte, tat er so, als ob nichts gewesen wäre. Wie immer hatte er in seiner großen Tasche Rosen für mich, die er mir jedes Mal mitbrachte, wenn er vom Schiff zurückkam. Aber ansonsten passierte nichts. Wenn er doch wenigstens ein nettes Wort gesagt hätte, hätte ich gerne auf die Blumen verzichten können. Aus Dieter kam auch nicht ansatzweise eine Entschuldigung für sein Verhalten heraus. Er ging da einfach drüber hinweg und zur Tagesordnung über. Da war ich es leid. Ich hatte keine Lust mehr, alleine zuhause zu sitzen, ohne einen Mann, der sich irgendwie um mich kümmert. In diesem Augenblick beschloss ich, wieder arbeiten zu gehen.

Ich fange wieder an zu arbeiten

Zunächst arbeitete ich wieder bei meinem Bruder Bübchen, der sich natürlich sehr darüber gefreut hat. Auch ich war darüber froh, denn jetzt hatte ich was zu tun und konnte wenigstens wieder etwas Geld verdienen. Vorsichtshalber sagte ich zu Marion: „Sollte der Dieter anrufen, dann sagst Du, ich sei zu Besuch bei Onkel Büb." Aber es ist gar nicht dazu gekommen, dass Marion in die unangenehme Situation gebracht wurde, Dieter zu belügen, denn zu Dieters Geburtstag, am Tag vor Heiligabend, kam neben einigen anderen Gästen auch Bübchen. Ich hatte ihn im Vorfeld darum gebeten, Dieter ganz offiziell zu fragen, ob er denn etwas dagegen hätte, wenn ich in Zukunft manchmal als Aushilfe bei ihm arbeiten würde. Bübchen fragte Dieter und in der Feierlaune erklärte sich Dieter damit einverstanden. Das beruhigte mich kolossal. Jetzt konnte ich ja ganz ohne schlechtes Gewissen weggehen. In der Folgezeit machte ich es dann so, dass ich arbeiten ging, wenn Dieter auf dem Schiff war, aber immer einen Tag, bevor Dieter vom Schiff zurück kam, zu Hause blieb. So hatte ich Zeit, die ganze Wohnung auf Vordermann zu bringen. Die Fenster wurden geputzt, die Gardinen wurden gewaschen, alles war picobello. Die Zeit zuhause war dann wie gewohnt nicht besonders aufregend. aber wenn Dieter weg war, hatte ich wenigstens etwas zu tun und kam auf andere Gedanken. Was ich bei Bübchen verdiente, zahlte ich nach einem bestimmten System getrennt auf drei Sparbücher ein. Eins war für meinen Festlohn, eins für meine Provision für verkaufte Getränke und das dritte für mein Trinkgeld. Es waren zwar viele kleine Beträge, aber im Laufe der Jahre kam so eine nette Summe zusammen. Gelebt haben wir weiterhin nur von Dieters Geld. Von meinem ersparten Geld haben wir uns dann immer besondere Anschaffungen gegönnt, z.B. den Dümmer, Autos, Reisen, Möbel usw.

Ich konnte halt gut wirtschaften und mit Geld umgehen. Über alles führte ich Buch. Sogar die kleinsten Einnahmen und Ausgaben trug ich in mein Buch ein. Wenn Dieter nach drei Wochen nach Hause kam, wollte ich ihm immer erzählen, was sich in der Zwischenzeit alles ereignet hatte. Ich legte ihm meine Aufzeichnungen vor und berichtete, was ich alles verdient oder bezahlt hatte. Aber seine Reaktion war jedes Mal „Häng mir doch nicht in den Ohren damit. Ich weiß schon, dass du das alles richtig machst." Es interessierte ihn überhaupt nicht. Dabei wollte ich doch nur ehrlich sein, wollte Rechenschaft ablegen und ihn informieren, was in unserer Familie los ist.

Von meinen Ersparnissen finanzierte ich auch Dieters Führerschein. Dieter hatte es irgendwie bislang nicht geschafft, einen Führerschein zu machen. Wenn er nicht an Bord war, fuhr er früher mit dem Taxi. War er jetzt zuhause, bin ich halt gefahren. Im Sommer 1974, zwei Jahre nachdem wir geheiratet hatten, schlug ich ihm deshalb vor, doch bei dem Fahrlehrer, bei dem auch schon Marion und Volker Fahrstunden genommen hatten, den Führerschein zu machen. Dieter rührte sich aber nicht und unternahm zu diesem Thema gar nichts, bis ich schließlich selbst nach Bückeburg zur Fahrschule Ernst fuhr und den Fahrlehrer fragte: „Können Sie nicht einmal zu uns nach Hause kommen. Ich möchte, dass mein Mann den Führerschein macht, aber der traut sich nicht, zu Ihnen zu kommen." Der Fahrlehrer fand das toll, dass ich mich so für meinen Mann einsetzte. Ein paar Tage später besuchte er uns zuhause, und es ist ihm gelungen, Dieter zu überreden, sich zum Unterricht anzumelden. Das wurde auch allerhöchste Zeit, denn Dieter war schon 37 Jahre alt und hatte immer noch keinen Führerschein. Ein Führerschein ist wichtig im Leben. Deshalb hatte ich auch dafür gesorgt, dass meine Kinder bereits mit 17 mit der Fahrschule anfangen konnten und beide kurz nach ihrem 18. Geburtstag den Führerschein in der Hand hielten. Ich war jedenfalls froh, dass Dieter dann endlich dank meiner Unterstützung seine Führerscheinprüfung bestanden hat. Damals fuhr ich noch meinen weißen Manta. Nachdem Dieter seinen Führerschein bestanden hatte, blieb er der einzige, der außer mir das Auto fahren durfte.

Im Laufe der Zeit machte es mich zunehmend fertig, dass Dieter einfach nicht sprach und auch ansonsten zwischen uns nichts lief. Unter der ganzen Situation litt ich so sehr, dass ich später sogar Depressionen bekam und zu einer Kur musste. Dieter war mein Traummann, aber sein Schweigen war kaum auszuhalten. Wenn er nach drei Wochen vom Schiff kam und ich ihn am Bahnhof abholte, hatte er zwar immer einen Strauß Blumen in der Hand, aber das war's auch schon. Zu Hause setzte er die Tasche ab, ging ins Wohnzimmer, aß gemütlich Kuchen und trank zuerst Kaffee, dann später seine Bierchen und seinen Whiskey. Zum Glück wurde er, wenn er getrunken hatte, nicht aggressiv. Dieter war auch nicht unternehmungslustig. Die meiste Zeit saß er im Wohnzimmer und guckte in den Fernseher. Wenn er nach zehn Tagen wieder wegfuhr, und ich ihn zum Bahnhof brachte, habe ich immer gedacht und gehofft, vielleicht passiert ja das nächste Mal etwas zwischen uns.

Komisch, beim Dieter habe ich darauf gewartet, aber den Heinz ließ ich nicht ran. Da schlugen immer zwei Seelen in meiner Brust. Dieter war irgendwie mein absoluter Traummann. Er sah sehr gut aus, er war groß und hatte einfach alles, was eine Frau sich wünscht. Zudem war er fleißig und hatte eine feste Anstellung bei Krupp. Aber er hat nicht nur mit mir sondern auch mit anderen Leuten wenig gesprochen und keinen so richtig an sich rangelassen. Trotzdem war Dieter extrem beliebt in unserer Familie. Und wenn wirklich irgendjemand auch nur einen kleinsten Kritikpunkt äußerte, nahm ich Dieter sofort in Schutz. Meine Schwester sagte zum Beispiel einmal: „Der hat sich ja wohl in ein gemachtes Nest gesetzt", worauf ich antwortete: „Wieso? Ich bekomme doch von Dieter das ganze Geld. Wir sind doch verheiratet."

Zu der Zeit durfte außer Bübchen, seiner Frau Hannelore und meinen Kindern keiner wissen, dass ich mitarbeite. Wenn ich nach irgendwelchen Anschaffungen oder Urlauben gefragt wurde, habe ich immer gesagt, dass Dieter gut verdient und das bezahlt hat. Deshalb dachten auch alle, dass ich mit Dieter das große Los gezogen hätte. Alle gingen davon aus, dass ein Kapitän auch viel Geld verdient. Aber das war nicht so. Dieters Lohn hätte dazu gar nicht gereicht. Aber ich wollte Dieter vor der Familie ja nicht bloßstellen, und deshalb weiß bis heute eigentlich keiner, dass ich es war, die uns alles erarbeitet hat. Für die anderen blieb Dieter bis zu seinem Ende nach außen hin immer der tolle, großzügige Mann, den ich eigentlich gar nicht verdient hatte.

Meine Arbeit in Bad Eilsen und Bad Nenndorf

Während meiner Ehe mit Dieter habe ich rückblickend eigentlich immer gearbeitet, entweder bei Frau Furda, die die Diskothek „Big Ben" in Minden führte oder bei meinem Bruder. Natürlich gab es ab und zu auch mal Streit mit meinem Bruder, insbesondere weil er bei der Bezahlung extrem kleinlich war. Aber dann ging ich sofort wieder zu Frau Furda, die sich jedes Mal freute, wenn ich zu ihr zurückkam. Später, so ab 1976, habe ich auch in anderen Lokalen gearbeitet und das kam so:

Eines Morgens saß ich in meiner Wohung in Röcke, als ich in der Zeitung las, dass in einem Lokal in Bad Eilsen eine Bedienung gesucht wurde. Ich dachte mir, fahr doch einfach mal da hin. Gesagt, getan! Als ich an diesem Nachmittag so gegen 15.00 Uhr ankam, machte niemand auf. Ich ärgerte mich etwas, denn ich war ja extra von Minden nach Bad Eilsen gefahren. Ich überlegte kurz, was ich jetzt machen sollte und entschloss mich, in einer am unteren Ende der Straße gelegenen Gaststätte zu warten und von dort aus noch einmal anzurufen. Dort eingekehrt fragte ich, ob ich einmal telefonieren darf, und bestellte einen Kaffee. Außer mir waren der Wirt und vielleicht noch zwei oder drei Gäste da. Telefonisch konnte ich auch niemanden erreichen. Ich kam aber mit dem Wirt ins Gespräch, dem ich erzählte, warum ich nach Bad Eilsen gekommen war. Und zu meiner großen Überraschung fragte der mich: „Was halten Sie denn davon, wenn sie bei mir anfangen?" „Nein! Das kann ich nicht", antwortete ich. Mittlerweile war es bereits 20.00 Uhr geworden, und das Lokal füllte sich. Der Wirt meinte: „Gehen Sie doch mal hinter die Theke, Annemarie, und zapfen Sie mal ein Bier!" Und schon war ich in dem Geschäft drin. Später am Abend fragte der Wirt noch einmal, ob ich denn nicht bei ihm anfangen wollte. Ich lehnte erneut ab und sagte zur Begründung: „Das geht nicht, ich bin zu Besuch hier bei meiner Oma!" Wenn ich in solch einer Situation war, hatte ich früher schon immer meine Oma als erfundene Entschuldigung parat.
Aber im Stillen überlegte ich schon, wann ich wieder zum Dümmer fahren würde oder ob ich Lust habe, gegebenenfalls doch in dieser Gaststätte zu arbeiten. (Dieter und ich hatten uns Anfang 1976 am Dümmer einen Wohnwagen gekauft.) Schließlich willigte ich zögernd ein und meinte: „Ich kann es ja mal Anfang der Woche probieren." Am darauf folgenden Montagabend fing ich an. Noch an diesem Abend sagte der Wirt zu mir: "Hier vorne an der Theke, das ist nicht das Richtige für Sie. Ich habe hinten auch eine Tanzbar und da ist auch eine Theke. Das wäre viel eher was für Sie."
Wieder lehnte ich zunächst mit dem Hinweis auf meine Oma ab, habe mir dann den Tanzraum aber mal angesehen und fand die Idee des Wirtes auf einmal gar nicht mehr so schlecht. Dort hatte ich mein Reich für mich alleine. Das fand ich super und nahm die

angebotene Stelle an. Der Wirt war außerordentlich zufrieden mit meiner Arbeit. Er hatte noch nie so viel Geld in der Kasse gehabt. Ich arbeitete von Montag bis maximal Freitag, da ich am Wochenende ja unbedingt am Dümmer sein wollte. Dem Wirt erzählte ich, ich müsse mich ja auch mal um meine Oma kümmern. Die Arbeit in dieser Tanzbar lohnte sich für mich ganz besonders, weil alle Gäste, die zur Tanzfläche wollten, erst an meiner Theke vorbei mussten und nach dem Tanzen viele an der Theke stehen blieben, um etwas zu trinken.

Leider musste die Gaststätte in Bad Eilsen aus irgendwelchen Gründen nach einiger Zeit geschlossen werden, so dass ich zunächst keine Arbeit hatte. Aber kurz darauf rief mich der Wirt Willi wieder an und erzählte mir, dass er in Bad Nenndorf etwas Neues eröffnet, und er gerne hätte, dass ich dort wieder für ihn arbeite. Als er auch noch sagte, dass solle mein Schaden nicht sein, bekam ich besonders große Ohren und schaute mir kurz darauf das neue Lokal einmal an. Er versprach mir ein anständiges Gehalt und zusätzlich vom gesamten Umsatz Prozente. Damit war die Entscheidung für die Arbeit in Bad Nenndorf gefallen. Bei den Abrechnungen erwies sich mein Chef als sehr, sehr großzügig, aber ich habe ihn auch nie beschummelt. Das gab es bei mir nicht. Dieser Wirt war wirklich sehr anständig. Überall habe ich gearbeitet wie ein Pferd, aber überall wurde ich irgendwie ausgenommen. Hier war das anders. Willi hat mich gut bezahlt. Und zusätzlich konnte ich mit seiner Unterstützung auch noch ein eigenes kleines Geschäft machen. Er stellte mir zum Beispiel einen Kasten Piccolo hin, den ich abends mit ihm zum Einkaufspreis abrechnete. Ich durfte aber mit dem Piccolo machen, was ich wollte. Das war sehr fair. Mit diesem Angebot konnte ich richtig gut wirtschaften und auch mal an mich denken. Das lief dann wie folgt. Wenn mich ein Gast ansprach, ob ich denn nicht einen mittrinken wollte, habe ich zunächst immer abgelehnt. Ich war ja schüchtern. Schließlich erklärte ich mich dann aber doch bereit, einen Piccolo anzunehmen, den ich öffnete und kurz mit dem Gast anstieß. Den Rest stellte ich hinter die Theke. Mehr trank ich nicht, denn ansonsten wäre ich ja schnell betrunken gewesen und hätte nicht mehr arbeiten können. So hatte ich meinen eigenen kleinen Piccolo-Verkauf. Das fand ich sehr korrekt, denn sowohl der Wirt als auch ich hatten etwas davon. Wir waren also beide hoch zufrieden. Der Wirt hatte vollstes Vertrauen zu mir. Als er einmal ins Krankenhaus musste, hat er mich damit beauftragt, in seiner Abwesenheit alles zu managen. Ich sollte das Personal einteilen, abrechnen und bezahlen, mit Lieferanten verhandeln, Ware bestellen und im Großmarkt auch Waren einkaufen. Ich hatte die volle Verantwortung für sein Geschäft, weil er seiner Freundin, die ihn schon mal betrogen hatte, nicht mehr vertraute.

Das Geld, das ich damals dort verdiente, habe ich wie immer auf meine drei verschiedenen Sparbücher (Festgeld, Umsatzprovision und Trinkgeld) eingezahlt. Ja, mein Geld hatte ich immer im Auge. Betonen möchte ich in diesem Zusammenhang, dass ich nie irgendjemanden betrügen wollte und betrogen habe. Das lag mir überhaupt nicht. Geld verdienen ja, aber Betrug gab es bei mir nie. Wenn ich gesehen habe, wo ich ehrlich und anständig Geld verdienen kann, dann habe ich natürlich jede Chance dazu genutzt.

Unsere schöne Zeit am Dümmer See

Nachdem Dieter und ich geheiratet hatten, und ich zunächst noch nicht wieder arbeitete, überlegte ich, wie ich mir etwas Abwechslung verschaffen könnte. In der Zeitung sah ich eine Annonce: „Kegelschwester gesucht". Ich war noch nie Mitglied in einem Kegelverein, aber warum sollte ich das nicht mal ausprobieren. Also habe ich mich dort gemeldet und bin dem Kegelverein beigetreten. Dieser Verein, in dem ich insgesamt 10 Jahre Mitglied war, hat mir sehr viel Freude gemacht. Und nur diesem Vereinsbeitritt habe ich es zu verdanken, dass wir einen Wohnwagenplatz am Dümmer See bekommen haben und dass mit dem Dümmer eine Zeit begann, die für unsere ganze Familie prägend werden würde. Während unserer Kegelabende damals sagte immer wieder meine Kegelschwester Audrey zu uns: „Kommt doch mal zum Dümmer! Kommt mich doch einfach mal besuchen." Wir wussten, dass Audrey dort ein Zelt und einen Wohnwagen hatte. Aber über einen Zeitraum von ungefähr drei Jahren haben wir diese Einladungen immer mit den Worten: „Ja, ja, irgendwann mal..." abgetan.

Und dann kam es im Frühjahr 1976 doch zu meinem ersten Besuch am Dümmer See. Heinz hatte mich wieder einmal in Röcke besucht. Ich war mit ihm mit dem Auto unterwegs, um etwas zu erledigen, als mir meine Kegelschwester Audrey einfiel und ich spontan Heinz vorschlug, Audrey am Dümmer zu besuchen. Audrey hatte schon so oft darüber gesprochen und im Laufe der Zeit war ich auch ein bisschen neugierig geworden. Schließlich hatte ich früher ja auch oft mit meinen Kindern und in der Jugend mit meinen Brüdern und Heinz gezeltet. Als ich also jetzt den Vorschlag machte, war Heinz sofort einverstanden. Er war für solche Ausflüge immer zu haben. Wir fuhren also zum Dümmer. Dort angekommen stellte ich sofort fest: „Das ist meine Welt!"
Ich liebe zwar sehr das Feine, aber ich bin im Grunde auch ein Naturmensch und deshalb gefiel mir der Dümmer See und die Landschaft richtig gut. Von meiner Kegelschwester Audrey wurden wir sehr herzlich empfangen. Es wurde ein wunderschöner Tag. Als wir grillten und ich ihr noch mal sagte, wie gut mir das hier alles gefällt, weil ich ja früher auch schon gerne Camping gemacht habe, sagte sie zu mir: „Ich wüsste jemanden, der seinen Wohnwagen hier am Dümmer See verkaufen will." Das hörte sich toll an. Ich war sofort Feuer und Flamme, hatte aber noch Bedenken wegen Dieter, der sich eigentlich für nichts interessierte außer, wenn er getrunken hatte, für Politik.
Als Dieter das nächste Mal nach Hause kam, sprach ich ihn auf meinen Plan am Dümmer an. „Dann könnte ich doch mal da hin, wenn du nicht hier bist. Was meinst du?" versuchte ich ihm die Sache schmackhaft zu machen. „Dann komme ich doch mal raus, komme nicht auf dumme Gedanken oder so etwas."
Zu meiner Überraschung war Dieter einverstanden und wollte sich den Dümmer und den Wohnwagen mal ansehen. Sofort rief ich meine Kegelschwester an, die mir allerdings eröffnete, dass der Wohnwagen am Dümmer schon verkauft war. Sie konnte mir allerdings einen andren Wohnwagen besorgen, der ebenfalls zum Verkauf stand. Es handelte sich dabei um einen vergleichsweise kleinen, ganz normalen Wohnwagen, nichts Besonderes. Bei der

Besichtigung wollte der Verkäufer 3.500 DM haben. Dieser Preis erschien mir viel zu hoch. Wenn ich etwas kaufen möchte und den Preis aber drücken möchte, finde ich schnell tausend Ecken, die mir nicht gefallen. So war es jetzt auch bei dem Wohnwagen. Wenn ich aber etwas verkaufen möchte, ist es genau umgekehrt. Dann ist immer alles in Ordnung. Wenn es ums Handeln geht, bin ich Profi. In diesem Fall gelang es mir, den Wohnwagen auf 3.000 DM herunter zu handeln. Aber damit war die Sache für mich lange nicht beendet. Ich fragte, was denn noch zu dem Wohnwagen gehört, ein Tisch und Stühle vielleicht? Wir hatten ja gar nichts an Campingzubehör. Gut, dass ich gefragt hatte, denn so bekamen wir für unsere 3.000 DM noch die Stühle und das eine oder andere dazu. Was im Einzelnen weiß ich nicht mehr, ich erinnere mich nur an einen Spiegel, den ich heute noch besitze. Als der Wohnwagen zum Dümmer gebracht wurde, fuhren Dieter und ich voller Stolz hinter ihm her. „Guck mal Dieter, wir haben jetzt etwas Eigenes, einen richtigen Wohnwagen und kein Zelt, in dem wir nass werden", sagte ich, obwohl der Wohnwagen wirklich überhaupt nichts Besonderes war. Aber ich freute mich eben so sehr. Als wir am Dümmer ankamen, fragte ich den Platzwart, wo wir denn mit unserem Wohnwagen hin könnten. Damals war das ja alles noch nicht so geordnet, wie das heute am Dümmer ist. „Stell dich mal da vorne auf den Weg hin. Da ist etwas Platz frei, bis wir einen richtigen Platz für dich gefunden haben", sagte er zu mir. In den nächsten 14 Tagen ging ich fast täglich zu ihm, um zu fragen, ob er denn endlich einen Platz für uns habe, bis er schließlich antwortete: „Weißt du was, stell dich da drüben auf die andere Seite. Da kannst du dann bleiben." Das war schon eine echte Verbesserung, denn jetzt stand unser Wohnwagen wenigstens nicht mehr auf dem Weg. Als ich aber am nächsten Wochenende morgens aus dem Wohnwagen kam, bin ich fast über Taue und Heringe gefallen, denn direkt neben mir hatten irgendwelche Leute ihre Zelte aufgeschlagen. Das gefiel mir ganz und gar nicht. Um das zu klären, ging ich wieder zu Herrn Brand, unserem Platzwart, der mir vorschlug: „Zieh doch einfach einen Zaun um deinen Platz!" Gesagt, getan. Audrey half mir dabei. Sie besorgte einige Holzpflöcke, die wir an den Eckpunkten in den Boden rammten. Dann verbanden wir die Pflöcke mir einer langen Kordel. So steckten wir unser neues Reich ab. Es war wirklich mehr als einfach, um nicht zu sagen, es war primitiv, wie wir da am Dümmer angefangen haben. Später haben wir uns im Moor junge Sträucher geholt und als Umrandung eingepflanzt. Mit den Jahren wuchsen die Sträucher zu einer schönen Hecke heran. Wenn man sich heute den Platz ansieht, kann man unsere Ecke immer noch erkennen. Aus den kleinen Birken, die wir gepflanzt haben, sind inzwischen viele Meter hohe Bäume geworden. Vor unserem Wohnwagen stand das alte Vorzelt ohne Fußboden direkt im Sand. Nach und nach bauten wir unseren Platz aus. Es wurde ein richtiger Fußboden verlegt, ein neues Vorzelt angeschafft und vieles mehr. Auf dem Gelände gab es zwar einen Waschraum für die Allgemeinheit. Das gefiel mir aber nicht so richtig. Deshalb installierten wir bei uns ein eigenes Waschbecken und später sogar eine eigene Außendusche.

Während dieser ersten Jahre am Dümmer arbeitete ich mehr oder weniger ununterbrochen weiter, zuerst noch bei meinem Bruder Büb und später in Bad Eilsen und Bad Nenndorf, immer montags bis donnerstags. Ab Freitag bis einschließlich Sonntag wollte ich am Dümmer sein. Da ich ja weiterhin Geld verdienen wollte, musste ich die Zeit des Arbeitens und die Zeit am Dümmer irgendwie aufteilen.
Aber selbst, wenn ich am Dümmer war, ließ ich keine Gelegenheit aus, etwas dazu zu verdienen. In der Nähe vom Dümmer gab es eine Gaststätte, in der hin und wieder große Veranstaltungen in einem zusätzlich aufgebauten riesigen Zelt stattfanden. Dabei handelte es sich meistens um Schützen- oder auch Erntedankfeste. Weil Dieter und ich öfter schon mal in dieser Gaststätte waren, um ein Bierchen zu trinken, sprachen mich irgendwann die Wirtsleute, Jan und Marion, an und fragten, ob ich nicht aushelfen könnte. Ja und dann bin ich dort auch noch gelegentlich auf Schützenfesten kellnern gegangen. Die Arbeit im Zelt werde ich nie vergessen. Dort war ein so großer Andrang, wie ich es anderswo nie erlebt habe. Ich habe nur Flaschen geöffnet und zwar über viele Stunden ohne jede Pause. Das Geld, was ich dort verdiente, sollte mein Notgroschen am Dümmer sein. Deshalb habe ich es

am Dümmer gelassen und so versteckt, dass auch Dieter es nicht sah. Auf diese Weise hatte ich immer etwas Geld am Dümmer und war nie auf fremde Hilfe angewiesen. Das war mir sehr wichtig.

Unser eigenes Boot

Wir fühlten uns pudelwohl am Dümmer. Jeden Tag gingen wir am Hafen und am Steg spazieren, wo ich mir voller Freude die vielen Segelboote anschaute. Schnell fasste ich den Entschluss, eines Tages den Segelschein zu machen. Also meldete ich mich schon im Herbst 1976 in der Segelschule Schlick am Dümmer an. Ich fragte Marion, ob sie nicht, gemeinsam mit mir den Segelschein machen wolle. Ich würde das auch bezahlen. Marion, die zu der Zeit ihr Studium bereits beendet hatte und mit Bernd verheiratet war, war natürlich von der Idee begeistert. Detlev, der Segellehrer nahm uns oft mit auf sein Schiff und segelte mit uns auf die andere Seite des Dümmers nach Dümmerlohhausen zur Gaststätte Loui. Dort tranken die Männer an der Theke regelmäßig einen Wacholder, während Marion und ich Segelknoten übten. Diese Ausflüge mit Detlev waren immer schön. Detlev hatte Spaß an Marion. Einmal, es war schon Herbst und etwas kälter, sagte er beim Segeln zu mir: „Hier hast du einen Jonny Walker, kannst dir einen trinken, ich zeige der Marion mal die Seekarte in der Kajüte." Was sollte ich da machen?
Mit Detlev haben wir echt viel Spaß gehabt. Als Bernd, der inzwischen mein Schwiegersohn war, davon erfuhr, kam er ebenfalls zum Dümmer. Auch Volker gefiel es am Dümmer. Bernd und Volker haben hier viel gesurft. Damals kam das Surfen gerade groß in Mode. Wassersport wurde bei uns auf einmal großgeschrieben.
Da ich ja jetzt stolze Besitzerin eines Segelscheins war, wuchs in mir der Wunsch, bald auch ein eigenes Boot zu haben. Dieses Projekt begann bei mir wie so oft damit, dass ich wegen des Bootes nur mal so ganz unverbindlich gucken gehen wollte. Bei einem Bootsanbieter fand ich ein rot-weißes Boot, eine L17 mit Kajüte und großer Plicht. Dieses Boot hatte es mir angetan. Aber bevor

wir das Boot kauften, führte ich natürlich wieder zähe Preisverhandlungen, die so erfolgreich waren, dass wir neben einem guten Preis auch zahlreiche Sonderausstattungen erhielten. Dieses Boot sollte am 14. Mai 1977 zum Dümmer geliefert werden. Da wir wegen Marions Geburtstag am 13. Mai in Kiel waren, fuhren wir am 14. Mai schon gegen drei oder vier Uhr in der Frühe weg, um rechtzeitig das Boot am Dümmer in Empfang nehmen zu können. Es folgte eine ganze Woche Bootsfeier. Dieter brachte ja von Bord jedes Mal zollfreie Getränke mit, so dass wir immer genug zu trinken hatten, und alle Bekannten gerne mit uns feierten. Wir nannten das Boot „Mary", und ich besitze es heute noch. Es liegt immer noch am Dümmer, aber ich werde es wohl verkaufen müssen, da ich es leider nicht mehr nutzen kann.

Segeltörn auf dem Dümmer in unserem eigenen Boot

In den Anfangsjahren am Dümmer hatten wir viel Kontakt zu unseren Wohnwagennachbarn, und auch durch das Segeln hatten wir viele neue Bekannte gefunden. Wir waren eine richtig gute Clique (Günter, Margarete, Marion, Jan, Tarzan, Bernie, Erich, Detlev u.v.m.), haben zusammen gegrillt, gefeiert und gesegelt. Jeder kannte jeden, jeder hat dem anderen geholfen und ganz oft haben wir uns einfach spontan in einem der Wohnwagen getroffen, und dann wurde es meistens ein lustiger Abend. Besonders schön war es immer am Dümmer Brand. Das war eine Veranstaltung, die einmal im Jahr im Sommer stattfand. Jedes Boot wurde dann geschmückt und bei Einbruch der Dunkelheit durfte man mit seinem beleuchteten Boot aufs Wasser. Das war unheimlich schön. Unser Boot hatte eine sehr große Plicht, so dass wir oft mit 8-10 Leuten rausgesegelt sind. An Bord gab es dann immer etwas zu trinken und zu essen. Meistens nahm Volker sogar seine Gitarre mit und wir haben dann gemeinsam auf dem Boot Seemannslieder gesungen. Rückblickend waren die Anfangsjahre am Dümmer durch die tolle Gemeinschaft vielleicht auch die schönsten.

Silberner Jahrestag mit Heinz

Am 31. Oktober 1978 wären Heinz und ich 25 Jahre verheiratet gewesen. Trotz unserer Scheidung war das für mich natürlich ein wichtiger Tag, und ein wichtiger Grund zu feiern. Im Vorfeld hatte ich alles mit den Kindern besprochen. Die Feier sollte bei Volker in Bad Oeynhausen stattfinden, und hier wollten wir uns uns alle gegen 18 Uhr zu einem Sektempfang treffen. Heinz wollte aus Rheinhausen mit der Bahn anreisen, Marion und Bernd mit dem Auto aus Kiel, und ich mit dem Auto aus Minden. Volker hatte nachmittags noch einen Auftritt, aber er hatte alles gut organisiert und mir mehrfach versichert, dass ich mir keine Sorgen machen muss. Es wurde dann gegen Abend aber doch ein bisschen hektisch, denn alle hatten irgendwie Probleme mit der Anreise, und wirklich erst in allerletzter Minute trafen alle bei Volker ein. Volker hatte für uns als Überraschung ein Plakat mit einer großen 25 und „Herzlich Willkommen" über die Tür gehängt. Darüber habe ich mich schon mal sehr gefreut. Unser Sektchen mussten wir dann ziemlich schnell trinken, denn zur Feier des Tages hatte Volker Karten für das Musical „Oklahoma" in Bielefeld organisiert. Deshalb mussten wir uns ziemlich beeilen, damit wir noch rechtzeitig das Theater erreichten. Nach dem Musical sind wir wieder nach Oeynhausen zurückgefahren und haben im Restaurant „Dörgen" in Oeynhausen gegessen und in Volkers Wohnung anschließend noch lange nett gefeiert.

Nach 25 Jahren – trotz Scheidung beste Stimmung

Prösterchen!

Der neue Wohnwagen

Nachdem wir ungefähr drei Jahre am Dümmer waren, kam langsam der Wunsch auf, den alten Wohnwagen durch ein neueres und komfortableres Modell zu ersetzen. Der alte Wohnwagen war schon ziemlich verschlissen. Dieter war mit einem neuen Wohnwagen sofort einverstanden, allerdings fragte er niemals danach, von welchem Geld der Wohnwagen oder andere kleine oder auch große Anschaffungen finanziert wurden. Ob er sich darüber eigentlich nie wirkliche Gedanken gemacht hat oder keine Gedanken machen wollte? Ich weiß es nicht. Jedenfalls verdiente ich zu der Zeit relativ viel Geld nebenbei und wollte es gern wieder für etwas Besonderes ausgeben.

Mit Dieter fuhr ich viel herum, um einen passenden Wagen zu finden. Wir waren in Minden, in Bad Oeynhausen und ich weiß nicht, wo wir noch überall waren. Den einen Verkäufer habe ich gegen den anderen ausgespielt, bis ich zuletzt zwei Wohnwagen in der engeren Auswahl hatte. Der eine war ganz toll, innen in Mahagoni gehalten und mit einer richtigen Bar ausgestattet. So etwas liebte ich damals. Den anderen hatte ich in Minden gesehen. Der war breiter, aber genauso elegant. Nachdem ich mir beide Wohnwagen noch mehrmals angesehen hatte, haben wir uns schließlich doch für den in Minden entschieden, weil der mir am besten gefiel und auch noch ein bisschen größer war. Dieser Weipert-Wohnwagen entsprach genau meinen Vorstellungen und hatte sogar ein französisches Bett. „Das ist etwas für jung Vermählte", sagte der Verkäufer immer. „Wenn der wüsste", dachte ich nur im Stillen. Aber das Bett war wirklich traumhaft schön. Da wir die eingebaute Sitzgelegenheit auf der linken Seite nicht brauchten, ließ ich sie gegen ein Sideboard austauschen, so dass wir darauf in der Ecke ein Fernsehgerät stellen konnten. Zum guten Schluss stand natürlich die große Preisverhandlung bevor. Für meinen alten Wohnwagen bot man mir noch 3.000 DM an, also genau so viel, wie ich dafür bezahlt hatte. Ich war eine zähe Verhandlungspartnerin und drohte einige Male damit, das Gespräch abzubrechen und den Wohnwagen in Bad Oeynhausen zu kaufen, falls man mir nicht weiter entgegenkommt. Ich blieb hartnäckig und bekam so die Rollos und das eine oder andere zusätzlich ohne Aufpreis dazu. Als wir uns schließlich schon fast abschließend auf eine Zuzahlung von 24.500 DM geeinigt hatten, und die Verkäuferin damit begann, das Vertragsformular auszufüllen, habe ich nochmals nachverhandelt, um einen noch besseren Preis herauszuholen. Dieter war das damals sehr peinlich und er sagte zu mir: „Du bist aber abgeschmackt!" „Nein", antwortete ich und erklärte, dass ich mir, wenn es mir gelingen sollte, den Preis um weitere 500 DM zu drücken, für das Geld lieber schicke Kleider kaufen würde. Als die Verkäuferin mit einer Flasche Cognac kam, um auf den Abschluss anzustoßen, fing ich wieder an, über den aus meiner Sicht noch viel zu hohen Preis zu sprechen. Zunächst winkte die Verkäuferin ab, bis sie dann aber wohl bemerkte, dass sie ohne weiteres Nachgeben meine Unterschrift nicht bekam. Wir einigten uns schließlich auf 24.000 DM. Die Verkäuferin meinte zum Schluss noch zu mir, ich könnte dort gerne im Verkauf anfangen. So eine Preisverhandlung hätte sie noch nicht erlebt.

Jetzt musste nur noch unser alter Stellplatz für den neuen Wohnwagen vorbereitet werden. Für den Boden, auf den der Wohnwagen aufgestellt werden sollte, und für den Boden im Vorzelt besorgten wir Paletten, die mit einer Spanplatte und diese wiederum mit einer Gummifolie belegt wurden. Anschließend belegten wir den Vorzeltboden noch mit Teppichboden, um es auch im Vorzelt gemütlich zu haben. Jetzt brauchten wir natürlich auch ein neues Vorzelt, denn das alte war viel zu klein und passte nicht an den neuen Wohnwagen. Was das Vorzelt anging. wollte ich auch wieder etwas Besonderes haben. Ich habe mich erkundigt und in Beckum eine Zeltfabrik ausfindig gemacht. Hier wurde das Vorzelt genau nach meinen Vorgaben genäht. Es war wunderschön. Meine Näherin in Minden nähte mir noch für den Wohnwagen und das Vorzelt passende Gardinen, die blau abgesetzt waren und Rüschen hatten. Da wir in Röcke gerade eine neue Küche bekommen hatten, konnte ich die alte weiße Küche hier wunderbar aufstellen. Jetzt fehlten nur noch neue Gartenmöbel. Dann war alles perfekt. Wohnwagen und Vorzelt wurden in kurzer Zeit zu einem echten Schmuckstück.

Dieter liebte den Dümmer. Er fühlte sich hier richtig wohl, und wir verbrachten den ganzen Sommer über hier gemeinsam. Wenn Dieter von Bord kam, sind wir nur kurz nach Hause zum Wäsche waschen gefahren, und dann ging's wieder ab zum Dümmer. Dieter sprach aber weiterhin nie viel über das, was er dachte. Er schwieg sich zu vielen Themen aus. Nur wenn er etwas getrunken hatte, fing er an zu reden. Aber auch nur über Politik, und das hat mich wirklich nicht interessiert. In der Familie war er ja bekannt als der große Schweiger. Er war immer nett zu allen, und alle waren nett zu ihm.

Im Grunde verlebte ich mit Dieter am Dümmer eine sehr schöne Zeit. Aber auch hier, wo er sich richtig wohl fühlte, blieb er, was unsere sexuellen Kontakte anging, mehr als verschlossen. Ich habe nie verstanden, warum das so ist. Generell redete Dieter auch nicht viel über seine Vergangenheit, so dass sich auch daraus keine Anhaltspunkte für sein Verhalten ergaben. Warum er sich mir nie körperlich näherte, ist sein großes Geheimnis geblieben. Dabei hatte er nach außen hin überhaupt keine Schwierigkeiten mit Frauen. Ganz im Gegenteil: Wenn wir tanzen gingen oder eingeladen waren, war er immer lieb und nett, geradezu ein Charmeur, für den sich viele Frauen interessierten. Dass wir keine sexuellen

Kontakte hatten, konnte sich in unserem Bekanntenkreis mit Sicherheit niemand vorstellen. Ich habe während meiner Ehe mit Dieter nie darüber geredet und das auch noch lange Zeit nach unserer Scheidung verschwiegen. Irgendwann habe ich dann aber doch mal im engeren Kreis gesagt: „Ihr wisst doch gar nicht, was ich mitgemacht habe." Das war auch am Dümmer. Bernds Mutter Ruth und Heinz waren eine Woche nach meinem Geburtstag noch zu einer kleinen Nachfeier da. Wir kamen auf Dieter zu sprechen, den alle uneingeschränkt mochten. Als ich erzählte, was wirklich zwischen uns los war, fielen die regelrecht aus allen Wolken und konnten es nicht glauben.

Dieters Mercedes und der Unfall

Ende der 70er Jahre wollte ich Dieter eine besondere Freude machen. Unser damaliges Auto, ein weinroter Opel Rekord, war ziemlich reparaturanfällig und deshalb dachten wir daran, ein neues Auto zu kaufen. Das war meiner Ansicht nach die billigste Art, Auto zu fahren, denn mit einer alten Krücke hat man nur Probleme und hohe Reparaturkosten. Dieter hatte schon immer von einem Mercedes geträumt, aber den hätten wir uns von Dieters Lohn gar nicht leisten können.

Zu der Zeit verdiente ich in Bad Nenndorf bei Willi ziemlich viel Geld, das ich ja immer gespart hatte. Also sagte ich eines Tages zu Marion: „Wir müssen mal in die Stadt, Geld abholen, denn ich will für Dieter einen Mercedes kaufen." Marion hat mir erst gar nicht geglaubt, aber als wir dann von einer Sparkasse zur anderen fuhren, um das Geld abzuholen, kriegte Marion sich überhaupt nicht mehr ein. Als wir zu Hause waren, haben wir das Geld gezählt. Es ist eine schöne Sache, Geld zu zählen. Es hat mir richtig Spaß gemacht. Wir sind danach mit dem gezählten und sauber gebündelten Geld los gefahren, um für Dieter einen Mercedes zu kaufen. Dabei war ich wieder richtig in meinem Element. Denn wenn ich etwas besonders gut kann und auch besonders gerne tue, dann ist das Handeln. In verschiedenen Autohäusern haben wir erst mal nach den passenden Modellen geguckt. Schließlich fanden wir ein Mercedes-Coupé mit nur ganz wenigen Kilometern in blau-metallic. Der Wagen war so gut wie neu. Also habe mein Geld bar auf den Tisch gelegt und für Dieter von meinen Ersparnissen den Mercedes gekauft. Ich besitze noch ein Foto, das damals mit einer Schnellbildkamera gemacht wurde und auf dem zu sehen ist, wie ich den Kaufvertrag für den Mercedes unterschreibe. Natürlich hat sich Dieter riesig gefreut und fuhr seitdem „stolz wie Oskar" durch die Gegend.

Aber trotz all der schönen Dinge, die wir uns erlauben konnten, kriselte es schon seit einiger Zeit in unserer Ehe. Ich musste mich wegen Depressionen behandeln lassen und hatte immer wieder Phasen, in denen ich die Ehe mit Dieter in Frage stellte. Im Juni 1982 wollten wir eigentlich gemeinsam Marion und Bernd in Kiel zur Kieler Woche besuchen. Deshalb hatte ich mit Dieter vereinbart, dass ich den Mercedes vom Dümmer aus nach Röcke fahre und dann mit dem Zug weiter nach Kiel. Ich wollte Dieter, der ein paar Tage später nachkommen wollte, die Zugfahrt ersparen, weil ich ja auch wusste, wie gerne er den Mercedes fährt. Dieter hatte es sich aber wohl anders überlegt, denn er kam nicht nach Kiel, so dass ich eine Woche später wieder mit der Bahn zurück zum Dümmer fuhr.

Ich war gerade angekommen, als ein etwa zehnjähriger Junge aus der Gaststätte vorbei kam und sagte: „Hör mal Anne, weißt du eigentlich, dass der Dieter im Krankenhaus liegt?"

Ich war wie vor den Kopf geschlagen. „Du tickst doch nicht richtig, das müsste ich doch wissen, ich bin doch seine Frau!" habe ich dann auch ärgerlich geantwortet. Natürlich ließ mir diese Nachricht keine Ruhe und ich habe daraufhin jedes Krankenhaus in der Umgebung angerufen. Vom Krankenhaus in Bückeburg erhielt ich schließlich die Bestätigung, dass Dieter dort eingeliefert worden war. Sofort wollte ich hinfahren, aber die Krankenschwester meinte, es reicht aus, wenn ich am folgenden Tag komme. Als ich im Krankenhaus in Bückeburg ankam, erfuhr ich, dass Dieter schon seit acht Tagen schwer verletzt im Krankenhaus lag. Er hatte es nicht für nötig gehalten, mich, seine Ehefrau, darüber zu informieren. Das war doch unglaublich. Mit Müh und Not bekam ich dann heraus, was passiert war:

Dieter war von Bord aus nach Röcke gefahren. Dort hatte er in der Wohnung noch etwas reparieren müssen. Anschließend hatte er Hunger und ist nach Bückeburg in ein griechisches Restaurant gefahren, um etwas zu essen. Dort hatte er aber auch einige Bierchen und Ouzo getrunken und ist dann ziemlich betrunken wieder nach Hause gefahren. Gegen 19 Uhr, es war noch hell, hatte er auf gerader Landstraße einen LKW übersehen und ist voll in den Wagen gerast. Der Mercedes hatte einen Totalschaden und war nur noch ein Schrotthaufen. Wie ein Wunder hat Dieter das überlebt und ist schwer verletzt mit mehreren Brüchen in das Krankenhaus eingeliefert worden.

Ich war geschockt, aber trotz meines Ärgers über Dieters Verhalten war ich natürlich heilfroh und habe Gott dafür gedankt, dass er noch am Leben war.

Ich weiß noch, dass ich sogar anlässlich unseres Hochzeitstages am 3. August zu ihm fuhr und Kuchen und einen Piccolo mit ins Krankenhaus brachte. Mit dem Hinweis, dass er nie mehr Alkohol trinken wird, lehnte Dieter den Piccolo ab. Einige Zeit später schmeckte ihm das Bierchen dann aber doch wieder.

Nach dem Krankenhausaufenthalt kam Dieter in die Reha nach Höxter, wo ich ihn auch oft besuchte. Selbstverständlich wollte ich mit ihm in der Reha mal über den Unfall sprechen. Ich wollte doch genauer wissen, wie und warum das passiert war. Aber Dieter sagte kein Wort. Er schwieg. Und dann hielt er mir auch noch vor, mir tue doch nur das Auto leid, weil ja die Versicherung wegen Trunkenheit und Selbstverschulden keinen Pfennig zahlen würde. Das machte mich richtig wütend. Das Auto war mir doch egal solange Dieter am Leben blieb. Ich war nur enttäuscht darüber, dass ich von einem zehnjährigen Jungen erfahren musste, was geschehen war. Doch Dieter änderte sich nicht. Auch bei meinen nächsten Besuchen in der Reha in Höxter blieb mein Dieter stur wie eh und je.

Den Rest des Jahres 1982 verbrachte ich die meiste Zeit am Dümmer oder bei Frau Furda, die inzwischen in Bad Pyrmont ein Hotel und ein Tanzcafé, das Café Korso, führte.

Dieter hatte sich nach seiner Entlassung aus der Reha nicht mehr gemeldet, und so habe ich schweren Herzens die Scheidung von meinem Traummann eingereicht. Warum sollte ich einer Liebe nachjagen, die es gar nicht gab. Diese Ehe machte für mich damit einfach keinen Sinn mehr. Mein ganzes Leben lang war ich immer Realistin, und jetzt musste ich endlich den Tatsachen ins Auge sehen.

An Dieter denke ich mit sehr viel Wehmut zurück. Nachdem ich ihn kennengelernt hatte, hätte ich mir gut vorstellen können, mit ihm noch ein gemeinsames Kind zu haben. Dieter lehnte das aber von vornherein ab. Ich war ein totaler Familienmensch, das heißt, es war mein oberstes Ziel, in einer harmonischen Familie mit allem was dazu gehört zu leben. Da das aber mit Dieter dann leider auch nicht zu realisieren war, stürzte ich mich in Arbeit, was wohl nichts anderes war als ein Ausgleich dafür, dass mein Traum von einer Familie wieder nicht in Erfüllung ging. Von nichts kommt nichts. Niemand schiebt einem freiwillig etwas unter die Türe. Und fleißig war ich ja immer. Ich habe immer Geld verdient und nur deshalb konnten Dieter und ich ja auch schon am Anfang unserer Ehe oft in den Urlaub fahren. Wir waren 1972 und 1973 auf Gran Canaria, 1974 auf Rhodos, ab 1976 verbrachten wir unsere Sommer an unserem schönen Dümmer. Aber trotz des Dümmers und trotz der schönen Reisen betrachte ich die Zeit mit Dieter rückblickend mit einer gewissen Trauer. Denn es war nie ein richtiges Familienleben, wie ich es mir immer erträumt habe, sondern nur ein angenehmes Zusammenleben, und deshalb ist eine schöne Zeit irgendwie auch nutzlos vorüber gegangen.

Mein Auszug aus Röcke

Nachdem ich Ende 1982 schon die Scheidung von Dieter eingereicht hatte, entschloss ich mich 1983 dann auch, aus der gemeinsamen Wohnung in Röcke auszuziehen. Nichts machte mir noch Freude. Ich hatte auch keine Lust mehr zu arbeiten. Im Grunde genommen wollte ich mit meinem Auszug Dieter nur provozieren. Ich wollte mal sehen, wie er darauf reagiert. Aber er hat wie immer einfach alles hingenommen und geschwiegen.

In unserer gemeinsamen Wohnung ließ ich alles zurück. Das Einzige, das ich mitnahm, war mein altes Sideboard, das ich ins Kinderzimmer gestellt hatte, als die Kinder ausgezogen sind, die Couch, die ich auch erst kurz vor Weihnachten von meinem sauer verdienten Trinkgeld gekauft hatte, und einen Teppich. Alles andere ließ ich in der Wohnung zurück. Ich nahm mir ein 1-Zimmer-Appartement in Hannover und richtete es so gut es ging ein. Für die Kaution und die erste Miete hatte ich noch 1000 DM von unserem gemeinsamen Sparbuch genommen. Der Rest des Geldes war, obwohl ich wirklich sparsam lebte und mir nichts gönnte, schnell aufgebraucht. Ich wusste nicht, was ich tun sollte. Die erste Zeit in dem Appartement in Hannover war schrecklich. Wieder musste ich zum Sozialamt, da ich von Dieter während der Trennungszeit kein Geld bekam. Ich hatte nichts zu essen und bettelte die Sozialarbeiterin an, mir doch 50 DM zu geben, damit ich mir wenigstens OBs, Toilettenpapier und ein paar Lebensmittel kaufen kann. Irgendwann hat sich diese Sozialarbeiterin dann dazu herabgelassen, mir 20 DM auszuhändigen. Keiner kann nachvollziehen, wie beschämend das alles für mich war.

1984 wurde ich von Dieter geschieden. Doch trotz Trennung und Scheidung blieb der Dümmer immer das verbindende Element zwischen uns. Die Trennung war ja auch ohne echten Streit von Statten gegangen. Wenn das anders gewesen wäre, hätte ich mich mit Dieter mit Sicherheit nach meiner Scheidung von Peter Klose, den ich 1985 geheiratet hatte, nicht wieder getroffen. Es stand nie zur Diskussion, den Dümmer aufzugeben. Hier war dann später auch wieder mein Treffpunkt mit Dieter. Kaum vorstellbar, dass einmal meine Männer sogar alle zusammen dort waren. Heinz, Dieter und Peter Klose spielten am Dümmer zusammen Karten und ich habe sie auch noch bedient. Ich wollte immer, dass alles harmonisch läuft zwischen uns. Heinz interessierte mich als Mann sowieso nicht mehr. Ich sah ihn damals und das hat sich bis heute nicht geändert nur noch als Freund und Vater meiner Kinder. Genauso wie Dieter, der bis zu seinem Tod immer mein Freund blieb.

Meine Zeit mit Peter Klose 1982-1987

Wie wir uns kennenlernten

Nach meinem Auszug aus der gemeinsamen Wohnung in Röcke, lebte ich allein in meinem Appartement in Hannover. Mir ging es nicht gut, und ich hatte überhaupt keine Lust, irgendetwas zu unternehmen. Bis eines Tages meine Kinder zu mir sagten: „Du vereinsamst hier! Geh doch mal wieder aus!" Dies ermunterte mich etwas. Ich zog mich chic an und fuhr an einem Nachmittag Anfang September 1982 gegen 17.00 Uhr zu Frau Furda nach Bad Pyrmont. Frau Furda freute sich, mich zu sehen und begrüßte mich herzlich. Danach setzte ich mich an die Theke in die „Südkurve", meinen Lieblingsplatz in ihrem Tanzlokal „Café Korso". Kurze Zeit später kam ein Gast herein, den mir Frau Furda, die immer auch einen Hang zum Verkuppeln hatte, sofort vorstellte. Es war Peter Klose. Nachdem wir einige Male getanzt hatten, und der Abend so langsam zu Ende ging, wollte Peter sich mit mir verabreden, was ich jedoch ablehnte. Am nächsten Abend erschien Peter wieder bei Frau Furda. Er sagte zu mir, er hätte am Vorabend oben im Hotel neben dem Aufzug mit zwei Piccolo in der Hand auf mich gewartet. „Das hätten sie sich sparen können", antwortete ich. Peter war nett und so blieben wir im Gespräch. Wir alberten herum, machten kleine Wetten und hatten unseren Spaß. Irgendwie kamen wir wohl auch auf den Dümmer zu sprechen und ich erzählte ihm, wie gut es mir dort gefällt.

Einige Tage später lag ich am Dümmer in der Sonne, als plötzlich völlig überraschend Peter Klose mit zwei Flaschen Sekt in der Hand durch das kleine Törchen hereinkam. Ich kann gar nicht beschreiben, wie sehr ich mich erschrocken habe. Auf meine entsetzte Frage: „Wo kommen Sie denn her"? meinte Peter, er sei einmal um den Dümmer gefahren, da er mich unbedingt finden wollte. Erschrocken hatte ich mich vor allem aber, weil Peter in der anderen Hand auch noch eine Kulturtasche bei sich hatte. Da habe ich mir gedacht: „Du stellst dir was Schönes vor. Aber so läuft das nicht." Das stand für mich schon fest. Zur Begrüßung haben wir ganz nett angestoßen, und es blieb auch nicht bei dem einen Glas. Am späteren Abend sagte ich dann zu Peter: „Schlafen können Sie hier nicht. Ich kann Ihnen wohl gerne zeigen, wo Sie übernachten können. Im Hotel Seeschlösschen gibt es bestimmt noch freie Zimmer." Damit war er Gott sei Dank sofort einverstanden. Jetzt war ich beruhigt, denn eine Übernachtung bei mir hätte ich mir beim besten Willen nicht vorstellen können. Wir spielten den ganzen Abend „Mensch ärgere Dich nicht", tranken das eine oder andere Gläschen und rauchten so viel, dass der ganze Wohnwagen verqualmt war. Irgendwann hat sich Peter verabschiedet. Ich war so müde und kaputt, ganz abgesehen davon, dass ich wohl auch etwas zu viel getrunken hatte, dass ich sofort, als Peter weg war, den Reißverschluss vom Zelt herunterzog und die Türe vom Wohnwagen abschloss, und mich ohne zu waschen und ohne die Zähne zu putzen ins Bett legte. Ich wollte mich erst einmal richtig ausschlafen und dann am nächsten Mittag wieder alles in Ordnung bringen.

Als ich am nächsten Morgen jedoch noch halb verschlafen aus dem Wohnwagen heraus kam, traf mich regelrecht der Schlag, denn auf den ersten Blick sah ich Peters Jacke draußen hängen und auf den zweiten Blick einen mit frischen Brötchen reichlich gedeckten Frühstückstisch. Mir ist das Herz stehen geblieben. Ich kann gar nicht beschreiben, wie unangenehm mir das war. Ich war ja schließlich immer noch nicht gewaschen, nicht gekämmt und überhaupt noch nicht zurecht gemacht. Meine erste Reaktion war dementsprechend auch gar nicht so nett. Ich habe Herrn Klose, den ich zu diesem Zeitpunkt noch siezte, erst mal fertig gemacht, von Unverschämtheit gesprochen und ihn gefragt, was ihm denn einfällt, ohne anzuklopfen einfach so rein zu kommen. Ich hatte mich aber schnell wieder beruhigt und dann haben wir ganz gemütlich zusammen gefrühstückt. Peter blieb wieder den ganzen Tag. Er war sehr nett und tat alles für mich. Das war ungewohnt und hat mich an ihm so gereizt.

Meine Reise nach Amerika

Marion und Bernd lebten 1982 in Amerika, weil Bernd dort ein Stipendium für seine Doktorarbeit bekommen hatte. Von Volker erfuhr ich, dass sie inzwischen eine Wohnung in Los Angeles bewohnten. Ab diesem Moment war für mich klar, ich fahre dort hin. Auch, wenn ich nur ein paar Worte Englisch spreche. Gesagt, getan! Ich flog ab Frankfurt nach New York und freute mich, dass ich schon nach einigen Stunden landete. Zunächst glaubte ich, ich sei schon an meinem Zielort angekommen, erfuhr dann aber, dass ich noch mit einem anderen Flieger bis Los Angeles weiter fliegen musste. Aber wie finde ich mein Anschlussflugzeug? Ich hatte keine Ahnung, wie man auf so einer Reise das Flugzeug wechselt. Aber, Glück muss man haben, denn plötzlich stand ein netter Mann im hellen Anzug hinter mir, der bemerkte, dass ich ziemlich verloren war und fragte: „Can I help you?" Dieses Angebot habe ich gerne angenommen und der Herr gab erst mal meinen Koffer auf. Aber damit war es noch nicht getan. Nach einer Irrfahrt mit dem Bus kreuz und quer über das New-Yorker Flughafengelände stand ich irgendwann dann doch wieder an der Stelle in dem Gebäude, wo ich gelandet war, hatte aber immer noch nicht meinen Anschlussflug nach Los Angeles gefunden. Das Gebäude war inzwischen menschenleer. Nur hinter einer Theke entdeckte ich eine Person, der ich mit meinen wenigen Brocken Englisch mühsam erklärte, dass ich noch heute unbedingt nach Los Angeles weiter fliegen muss, wo meine Tochter auf mich wartete. Ich wurde sehr freundlich aufgenommen und in ein Büro geführt, in dem die ganzen Piloten und die ganze Crew warteten. Dort habe ich mit Händen und Füssen gesprochen und versucht, meine Situation zu erklären. Plötzlich lief alles wie geschmiert. Ich weiß nicht wie, aber nach eineinhalb Stunden konnte ich weiter fliegen.

Als ich in Los Angeles wegen des Dramas am New Yorker Flughafen mit vielen Stunden Verspätung ankam, warteten dort Marion und Bernd immer noch auf mich. Sie waren mit ihrem riesigen Reisemobil gekommen, um mich abzuholen. Bernd und Marion waren mit diesem Reisemobil schon kreuz und quer durch Amerika gefahren. Nun hatten sie in Los Angeles eine wunderschöne

Wohnung mit Jacuzzi-Whirlpool und allen möglichen Sportein-
richtungen gefunden. Hier wollte Bernd seine Doktorarbeit fertig
stellen. Ich habe mich so gefreut, beide zu sehen. Das kann sich
keiner vorstellen. Am nächsten Tag sind wir dann in einen Su-
permarkt gefahren, um mal so richtig einzukaufen. Supermärkte
in dieser Größenordnung gab es damals in Deutschland noch
nicht. Ich habe für uns alles Mögliche eingekauft: Waschpulver,
Lebensmittel, Whiskey, eben alles, was den beiden fehlte. Jedenfalls musste ich insgesamt 180 Dollar bezahlen. Scherzend habe
ich zu Marion und Bernd gesagt, sie sollten bitte nicht glauben,
dass das jetzt jeden Tag so geht. Diesen Einkauf hätte ich nur zur
Ankunft bezahlen können und das müsse jetzt bis zu meiner Abreise reichen.
Nachdem ich mich ein paar Tage eingelebt hatte, und wir viel in
Los Angeles besichtigt hatten, meinte Bernd: „Wir möchten dir
auch etwas bieten und dir die Gegend zeigen. Marion und ich
waren zuletzt in San Francisco, das scheidet jetzt also aus. Aber
was hältst du von einem Kurztrip nach Mexiko?"
Schnell war ich einverstanden und wir entschlossen uns, für einige
Tage mit dem Reisemobil nach Mexiko zu fahren. Das war die
preisgünstigste Möglichkeit. So brauchten wir nur das Geld für
Benzin und konnten die Übernachtungskosten sparen. Das einzige Problem bestand darin, dass es in dem Reisemobil kein weiteres
Bett für mich gab. Aber Not macht erfinderisch! Wir haben dann
einfach nachts aus der Wohnung ein Sitzelement der Couch heraus getragen und dieses Couchteil in das Reisemobil zwischen
Fahrer- und Beifahrersitz gestellt. Das war zwar verboten, aber so
hatten wir die benötigte Schlafgelegenheit für mich.
Der Trip nach Mexiko war super. Wir sind die ganze Küstenstra-
ße Richtung San Diego gefahren und haben dann die Grenze
nach Mexiko überquert. Die Ausreise war kein Problem, aber bei
der Wiedereinreise in die USA mussten wir stundenlang warten.
Auf dieser Reise habe ich viel gesehen, landschaftlich schöne Ge-
genden, aber leider auch viel Armut in den Bergen.
Nachdem wir von diesem Trip zurückgekehrt waren, sah ich in
einer Zeitung Bilder von Hawaii. Hawaii war nur wenige Flug-
stunden von Los Angeles entfernt, und die Gelegenheit, Hawaii zu
besuchen, würde wohl so schnell nicht wieder kommen. Also bat

ich Bernd, sich doch einmal näher nach den Preisen zu erkundigen. Tatsächlich fand er ein tolles Angebot: 600 DM für drei Personen nach Hawaii, inklusive Flug und Hotel. Da ich immer gearbeitet habe, hatte ich auch dieses Mal etwas in Reserve für besondere Gelegenheiten. Bernd wollte trotzdem aus Kostengründen diese Reise erst nicht buchen, aber mit Hilfe von Marion habe ich ihn so lange bearbeitet, bis er schließlich einverstanden war. Ich glaube, die Aussicht, einmal auf Hawaii zu surfen, war am Ende für ihn ausschlaggebend. Auf dem Hinflug saßen wir zunächst vorne zusammen im Nichtraucherbereich. Damals durfte man im Flugzeug in den hinteren Reihen noch rauchen. Als ich eine Zigarette rauchen wollte, ging ich also nach hinten. Bei der ersten Zigarette geschah noch nichts, aber als ich bei der zweiten Zigarette wieder in den Raucherbereich ging, lernte ich Herchel, einen Kanadier im Alter von Bernd und Marion kennen. Er wollte mich zu einem Getränk einladen, was ich jedoch mit dem Hinweis auf Bernd und Marion zunächst ablehnte. Herchel blieb hartnäckig, ging mit nach vorne und ich fragte Marion, ob sie einverstanden sei, wenn ich mich hinten neben Herchel setze. Eigentlich war mir gar nicht danach, ein bisschen zu flirten, denn ich dachte ja nur an meinen schönen Peter, den ich ja erst kurz vor meiner Abreise nach Amerika kennengelernt hatte. Aber Herchel war nett und der Flug war sehr kurzweilig. Als wir aus dem Flieger ausstiegen, wurden wir Herchel zuerst nicht mehr los. Schließlich verabredeten wir uns für den folgenden Tag mit ihm zum Essen. Als wir am nächsten Tag allerdings zu dieser Verabredung aufbrechen wollten, kam ein heftiger Sturm auf. So etwas hatte ich noch nie erlebt. Es war ein richtiger Hurricane. Man sah die Lichter ausgehen, die Bäume kippten reihenweise um und alles flog durch die Luft. Alle Schaufenster wurden mit Holzbrettern vernagelt und wir durften das Hotel nicht verlassen. Es war einfach zu gefährlich, sich auf den Weg zu unserer Verabredung mit Herchel zu machen. Nach dem Hurricane erlebten wir noch herrliche Tage auf Hawaii. Unser Hotel lag auf der Insel Oahu und war wunderschön. Erst an unserem Rückreisetag kam es doch noch zu einem Wiedersehen mit Herchel. Er wartete bereits seit Stunden mit einer Sektflasche in der Hand am Flughafen auf uns. Wieder lud er mich ein, mich zu

Hause bei ihm in Kanada zu besuchen. Diese Einladung habe ich natürlich nicht angenommen, aber auf dem Rückflug haben wir uns noch nett unterhalten.

Als wir wieder zurück in Los Angeles waren, erhielt ich einen Anruf von meinem schönen Peter. Er war bei Frau Furda in Bad Pyrmont, um sich zu erkundigen, wann ich zurückkomme. Wir quatschten und quatschten über alles Mögliche und wiederholt sagte ich zu Peter: „Lass uns aufhören. Das wird zu teuer!" Aber er meinte, dass das keine Rolle spielt. Die Hauptsache wäre doch, dass er meine Stimme hört. Später erfuhr ich von Frau Furda, dass er für das Gespräch mit mir über 300 DM bezahlen musste. Damals war das Telefonieren nach Amerika ja noch unheimlich teuer. Über den Telefonanruf habe ich mich aber trotzdem sehr gefreut.

Vor meiner Rückreise, die eine Woche vor Marions und Bernds endgültiger Rückreise nach Deutschland stattfand, herrschte noch eine große Aufregung. Das Reisemobil musste ja vor dem Abflug noch verkauft werden. Hierzu haben wir alle möglichen Anstrengungen unternommen, zum Beispiel eine Anzeige aufgegeben und unzählige Handzettel geschrieben. Aber niemand meldete sich. An meinem letzten Tag sagte ich zum Spaß zu Marion und Bernd: „In so einer Millionenstadt muss es doch einen Idioten geben, der das Ding braucht!" Und man glaubt es kaum: eine Minute später klingelte auch schon das Telefon. Dieser Anrufer hatte großes Interesse und wollte noch am gleichen Tag zu einer Besichtigung kommen. Ich drückte alle Daumen, damit dieser Verkauf auch klappt. Ansonsten hätte Bernd das Wohnmobil einem Kumpel überlassen müssen, der allerdings kein Geld hatte und erst später bezahlen wollte. Davon habe ich Bernd dringend abgeraten. Nach meiner Erfahrung hätte Bernd das Geld nie bekommen. Während meines gesamten Rückfluges habe ich gebetet, dass der Käufer auch tatsächlich das Reisemobil abholt und bezahlt. Meine Gebete sind offensichtlich erhört worden, denn der Verkauf ging problemlos über die Bühne.

Peter und ich werden ein Paar

Als ich am 17. Dezember 1982 am Flughafen in Frankfurt ankam, (ich weiß das noch so genau, denn das war der Geburtstag von Frau Furda) stand zu meiner großen Überraschung mein schöner Peter dort, um mich abzuholen. Ich war so glücklich, und wir umarmten uns herzlich. Zur Begrüßung hatte er zwei Underberg in der Tasche. Dabei dachte ich mir damals noch nichts Schlimmes. Wir fuhren gemeinsam nach Bad Pyrmont zu Frau Furda, die ja an diesem Tag ihren Geburtstag feierte. In der Folgezeit kam es dann, wie es wohl kommen musste. Peter und ich verliebten uns. Peter war ein totaler Romantiker und verwöhnte mich nach allen Regeln der Kunst. Ein kleines Beispiel: Als ich einmal das Badezimmer betrat, dachte ich, ich sehe nicht richtig. Es war wie im Märchen. Peter hatte das Badezimmer für mich wunderschön vorbereitet mit Schaumbad, Rosenblättern, Champagnerglas, Zigaretten, Aschenbecher und Kerzen. Alles, was ich mir jemals vorgestellt hatte, war für mich da. Ich dachte, das darf nicht wahr sein. Von so etwas hatte ich immer nur geträumt, aber nicht annähernd erlebt. Es war wie im Film.

Peter Klose war reisender Handelsvertreter für Herrenkonfektion. Das hatte sein Opa schon gemacht. Peter war ein hervorragender Verkäufer und nicht umsonst wurde er auch von allen der „Schöne Peter" genannt, denn er war ausgesprochen gut aussehend und charmant.
Am Anfang verlebten wir eine traumhafte Zeit. Ich begleitete Peter auf seinen Fahrten, er verwöhnte mich und ich war rundherum glücklich. Nach eineinhalb Jahren entschlossen wir uns, zusammen zu ziehen. Bis dahin wohnte ich immer noch in meinem Appartement in Hannover. Nach kurzer Suche fanden wir in Hannover-Laatzen eine wunderschöne 4-Zimmer-Wohnung in der vierten Etage, eine richtige Luxuswohnung. Peter hatte ein eigenes Zimmer für seine persönlichen Sachen und für sein Büro. Ich hatte mein Zimmer für meine Sachen. Und dann haben wir uns neu eingerichtet. Für das Wohnzimmer wollte Peter unter anderem eine weiße Ledergarnitur, die ich noch um 500 DM herunter handeln konnte. Nach unserem ersten gemeinsamen

Urlaub auf Djerba wurde die Couchgarnitur geliefert. Die ganze Wohnung war luxuriös eingerichtet. Einfach super! Alles war nur vom Feinsten! Es war wirklich wie im Märchen.

Das erste Weihnachtsfest 1984 in der neuen Wohnung war traumhaft. Wir haben Marion und Bernd und auch Volker und Gerda mit Alexander eingeladen. Ich hatte wie immer alles wunderschön vorbereitet, ein tolles Essen gemacht und es wurde ein sehr schönes Fest.

Ich verlebte damals wirklich eine traumhafte Zeit. Peter sorgte für alles, was wir brauchten. Ich musste mich um nichts kümmern. Anders als bei Dieter, der sich um nichts kümmerte, nahm Peter alles, aber auch wirklich alles in die Hand. Dabei fühlte ich mich in der ersten Zeit zunächst auch sehr wohl. Wir gingen immer zusammen aus, haben alles zusammen unternommen und ich war nicht alleine wie früher bei Dieter. Das hatte aber auch zur Folge, dass Peter mir keinen Wohnungsschlüssel gab. Ich bekam auch kein Geld zum Einkaufen und selbst meine Kleidung hat er ausgesucht und bezahlt. Sein Argument war immer: „Wir sind doch Tag und Nacht zusammen. Da brauchst du keinen Schlüssel und kein Geld." Das war zwar für mich eine ungewohnte Situation, aber gerade am Anfang war es auch schön, dass ich mich nicht wie sonst um alles kümmern musste.

Auch zu seinen Kundenterminen nahm er mich immer mit. Schon wenn ich ins Auto einstieg, war alles vorbereitet. Zigaretten und eine Zeitung lagen für mich bereit. Auch zum Trinken war immer etwas da. Damals habe ich das Alkoholproblem, das Peter hatte, gar nicht so wahrgenommen. Ich kann bis heute wirklich nur schwärmen von diesen ersten beiden Jahren mit Peter. Ich habe es genossen und kam endlich mal zur Ruhe.

In dieser Zeit arbeitete ich nicht, bekam aber, weil Dieter keinen Unterhalt zahlen musste, Sozialhilfe. Da Peter ja alle Kosten übernahm, konnte ich dieses Geld fast vollständig sparen. Das war natürlich sehr großzügig von Peter. (Leider muss ich aber rückblickend sagen, dass sich Peter später wesentlich schlimmer mir gegenüber verhalten hat.) Mit den Ersparnissen aus der Sozialhilfe konnte ich schöne Geschenke machen, für meine Tochter beispielsweise einen Kinderwagen kaufen oder für den schönen Peter zu Weihnachten einen Schreibtisch und einen Schreibtischstuhl. Dadurch war das Geld auch wieder weg. Für mich brauchte ich ja nichts, da ich jeden Tag mit dem schönen Peter von morgens früh bis abends spät unterwegs war. Meine Welt war rundherum in Ordnung. Ich glaubte, mein so lang ersehntes, schönes Leben fängt endlich an.

Hin und wieder fuhren wir auch zum Dümmer, den ich über die Jahre hinweg immer behalten habe. Wenn ich nicht am Dümmer sein konnte, ist auch Dieter zwischendurch mal hingefahren und hat nach dem Rechten gesehen. Aber eigentlich war der Dümmer immer noch eher mein als Dieters Zuhause.

Im Frühjahr 1985 waren Peter und ich am Dümmer, um nach dem Winter alles sauber zu machen. Ich stand gerade in der Tür zum Wohnwagen, als Peter mich plötzlich fragte: „Was hältst du denn davon, wenn wir heiraten?"

Natürlich war ich überrascht und habe spontan geantwortet: „Das ist aber eine gute Idee. Darauf müssen wir erst mal anstoßen." Wir setzten uns hin und begannen sofort mit der Hochzeitsplanung. Ich wollte auf jeden Fall im Sommer heiraten, wenn es warm ist. Wir einigten uns auf den 25. Juli 1985, einen Tag vor meinem Geburtstag. So konnte ich Peter noch im Alter von 50 Jahren heiraten.

Trotzdem möchte ich an dieser Stelle erwähnen, auch wenn ich mir das damals nicht habe anmerken lassen, dass ich mir zu dem Zeitpunkt schon gar nicht mehr so sicher war, ob ich Peter auch wirklich heiraten wollte. Mir war schon klar geworden, dass er große Probleme mit dem Alkohol hat. Aber irgendwie hoffte ich auch immer noch, dass wir das in den Griff kriegen würden. Aus diesem Grund hatte ich Peter auch überredet, einen Arzt aufzusuchen. Dieser Arzt empfahl eine Akupunkturbehandlung, die Peter zunächst auch erfolgreich durchführte. Wochenlang trank er nur noch Möhrensaft, aber dann wurde er doch wieder rückfällig.

Meine Ehe mit Peter und seine Alkoholprobleme

Die Hochzeit fand bei schönstem Wetter am 25.7.1985 im Standesamt von Bad Pyrmont statt. Gefeiert wurde im Hotel von Frau

Furda. Nach der standesamtlichen Trauung haben wir im Kur-
park wunderschöne Fotos gemacht und uns dann mit unseren
Gästen im Hotel eingefunden. Dort fand nach einem Sektemp-
fang der Brunch mit allen Gästen statt. Marion und Volker trugen
Lieder und Gedichte vor, wie sie es ja immer bei Feiern machen.
Alles war bis dahin wirklich wunderschön.

Hochzeit mit Peter Klose am 25. Juli 1985

Nachmittags gab es Kaffee und Kuchen. Wir hatten eine riesige Hochzeitstorte bestellt, und am Abend wurde ein tolles Essen geliefert. Mit Frau Furda hatte ich ausgemacht, dass Peter keinen Alkohol bekommt. Zwischenzeitlich hatte ich nämlich langsam aber sicher doch festgestellt, dass Peter ein echtes Alkoholproblem hatte. Beim Abendessen bemerkte meine Schwägerin, dass Peter Rotwein trank. Sie sprach ihn unvermittelt an: „Peter, du darfst doch keinen Alkohol trinken. Warum trinkst du denn jetzt Rotwein?" „ Das ist doch nur ein kleines Gläschen. Das kann doch nicht schaden", antwortete Peter. Natürlich trank er weiter. Nur am Rande sei erwähnt, dass ich die Hochzeitsnacht selbstverständlich auch vergessen konnte. Denn wie sollte nach so viel Rotwein da noch etwas Romantisches geschehen! Vielleicht war diese Hochzeit Anfang und Ende zugleich. Im Nachhinein empfinde ich es nämlich fast als ein böses Omen, dass mein Bruder Helmut, als Peter und ich den Hochzeitssaal das erste Mal gemeinsam betraten, zur Begrüßung das Lied „Abschied ist ein scharfes Schwert" von Roger Whittacker spielte. Ich weiß nicht, warum Helmut gerade dieses Lied gewählt hat. Ich mag das Lied, aber für eine Hochzeit ist es irgendwie nicht so passend. Aber das Lied ist seit dem untrennbar mit dieser Hochzeit und der nicht so schönen Zeit, die darauf folgte, verbunden.

Richtig bewusst wurde mir Peters Alkoholproblem aber erst in der Zeit nach unserer Hochzeit. Als wir wieder einmal auf der Autobahn unterwegs zu einem Kunden waren und in Bad Nenndorf vorbei kamen, meinte er plötzlich: „Du musst doch mal langsam etwas zu trinken haben." „Nein, ich brauche nichts zu trinken", antwortete ich. Aber er bestand darauf, dass ich etwas – und damit meinte er selbstverständlich Alkohol – zu trinken haben müsste und fuhr in Bad Nenndorf von der Autobahn ab. Beim nächsten Lidl-Markt hielt er an. Er schickte mich in den Laden, um drei Pakete Piccolo und ein Paket Underberg zu kaufen. Als ich wieder eingestiegen war, gab er mir einen Underberg „für den Magen", an dem ich aber nur kurz nippte und den ich dann sofort im Seitenfach versteckte. Mir lag an Alkohol einfach nichts, er aber trank sofort einen ganzen Underberg, dann einen Piccolo, dann wieder einen Unterberg, und noch einen und noch einen. Es hat zwar lange gedauert, aber in diesem Moment ist bei mir der Groschen gefallen. Ich wusste spätestens jetzt: „Peter ist Alkoholiker!" Bereits kurze Zeit vorher hatte ich mit ihm ein ähnliches Erlebnis. In der Nähe von Bad Pyrmont ging er nach einem Kundentermin in ein Lokal, kaufte dort eine Flasche roten Krimsekt und sagte zu mir: „Lass uns zu Frau Furda fahren, dort übernachten und uns einen schönen Abend machen!" Ich freute mich darüber und stellte mir vor, dass wir nach dem Duschen im Hotel, bevor wir runtergehen, noch gemeinsam ein Glas Sekt im Zimmer trinken. Als ich aber noch im Badezimmer vor dem Spiegel stand, um mich zu schminken, kam Peter plötzlich mit einem gefüllten Zahnputzbecher herein und sagte: „Trink mal einen Schluck!" Ich war total entsetzt und guckte ihn ganz entgeistert an. Krimsekt aus einem Zahnputzbecher? Das hatte doch gar keinen Stil! „Kannst Du nicht warten? Wir wollten doch gleich zusammen ein Gläschen trinken, bevor wir runtergehen", erwiderte ich. Aber da war es schon zu spät. Peter hatte bereits die ganze Flasche leer getrunken. Meine gute Laune war dahin.

Mordversuch Weihnachten 1985

Peters Alkoholproblem wurde mit der Zeit immer massiver. Schließlich kam es Weihnachten 1985 so, wie es kommen musste. Es kam zu einem großen Knall. Unglaublich, was sich da in unserer schönen Wohnung ereignete.
Peter kam schon reichlich angetrunken nach Hause. Um das Weihnachtsfest noch irgendwie zu retten, machte ich ihm einen Tee, den er trinken sollte, während ich mich im Badezimmer pflegen wollte. Ich legte mich also in die Badewanne und hoffte inständig, dass Peter sich beruhigen, vielleicht sogar ein wenig hinlegen würde, und die Bescherung später, wie geplant, doch noch stattfinden könnte und wir vielleicht doch noch ein schönes Weihnachtsfest verleben würden. Aber das Gegenteil war der Fall. Während ich in der Badewanne lag, hat sich Peter immer weiter nach Strich und Faden betrunken. Ich weiß nicht, was plötzlich mit ihm los war, denn dann passierte das Unglaubliche: er kam, ohne ein Wort zu sagen, ins Badezimmer, steckte das Kabel des Föns in die Steckdose und versuchte, den Fön in die Badewanne werfen, in der ich ja noch lag.
Gott sei Dank war das Kabel zu kurz, ansonsten hätte ich mich an diesem Heiligen Abend ins Jenseits verabschieden müssen. Ruck zuck bin ich aus der Badewanne gesprungen, habe mir etwas

übergezogen und bin zu den Leuten gelaufen, die unter uns wohnten, um diese zu bitten, die Polizei zu rufen. Ich kann gar nicht beschreiben, wie peinlich mir das war. Wie stand ich vor diesen Leuten da? Bis zu diesem Abend kannten die Nachbarn Peter und mich nur als ein glückliches Ehepaar. Jetzt aber stand ich Heiligabend völlig aufgelöst im Bademantel vor ihnen, eine Frau, deren Mann gerade versucht hatte, sie umzubringen. Im ersten Moment waren die Nachbarn alles andere als begeistert, erkannten dann aber wohl doch den Ernst der Lage und alarmierten die Polizei, die auch kurze Zeit später eintraf. Als ich mit der Polizei in unsere Wohnung zurückkam, habe ich sofort klipp und klar gesagt, dass ich dort nicht bleiben wollte. Aber wohin sollte ich denn gehen am Heiligen Abend? Geld hatte ich auch nicht. Die Aufforderung der Polizisten, mir doch wenigstens etwas Geld zu geben, hatte Peter kategorisch abgelehnt. Ich bekam kein Geld, aber wenigstens den Schlüssel von meinem eigenen Auto, das ich monatelang nicht mehr benutzt hatte, da wir ja immer mit Peters Mercedes unterwegs waren. Da ich nicht wusste, wo ich bleiben sollte, nahmen mich die Polizisten erst mal mit zur Polizeiwache. Von dort rief ich bei Marion, dann bei Volker und schließlich auch bei meiner Freundin Miriam an, aber ich rief alle vergeblich an. Ich konnte keinen erreichen. Alle waren verreist. Daraufhin rief die Polizei schließlich in einem Frauenhaus an, um zu fragen, ob noch ein Bett frei wäre.

Was für ein Abstieg! Von einer Luxuswohnung in ein Frauenhaus und das auch noch Weihnachten! Aber ich hatte ja keine andere Wahl und so fuhr ich mit meinem Opel hinter der Polizei, die mich noch begleiten wollte, zum Frauenhaus. Nach der Aufnahme meiner Personalien wurde mir ein Zimmer zugewiesen. Zunächst glaubte ich, dass ich alleine in dem Zimmer war, aber dort lebte auch die Frau eines Architekten, der es sogar noch schlechter ging als mir. Erneut versuchte ich Marion, die zu der Zeit in Hamburg lebte, zu erreichen. Zunächst vergeblich, aber plötzlich meldete sich am Telefon in Marions Wohnung die „gute Seele Heinz", der während Marions und Bernds Urlaub deren Haus hütete. Heinz bot sich an, mich jederzeit am Bahnhof in Hamburg abzuholen. Am 31.12. bin ich dann nach Hamburg gefahren, wo Heinz mich auch tatsächlich am Bahnhof erwartete. So stand ich am Silvesterabend in Hamburg bei einem wunderschönen Feuerwerk auf der Straße und weinte und weinte und konnte mich gar nicht mehr beruhigen. Am anderen Tag haben wir Marion und Volker benachrichtigt. Volker kam aus dem Urlaub von Sylt und holte mich auf der Rückreise in Hamburg ab. Gemeinsam mit seiner damaligen Frau Gerda fuhren wir nach Hannover zum schönen Peter, der auf einmal so derartig freundlich war, dass man sich das gar nicht vorstellen kann. Grundsätzlich war er ja auch ein sehr netter und freundlicher Mensch. Mit meinen Kindern und auch mit meinen Enkelkindern verstand er sich super gut. Warum Peter sich so geändert hat, weiß ich bis heute noch nicht genau. Ich bin sicher, dass das mit dem Alkohol zusammenhängt. Alkohol soll ja aggressiv machen und einen Menschen komplett verändern. Und genau das habe ich erlebt. Gerda packte in Hannover meine besten Sachen ein, und ich bin mit zu Volker und Gerda nach Bad Oeynhausen gefahren. Es folgte eine Zeit, in der ich nur aus dem Koffer gelebt habe. Ich zog von einem zum anderen. Ein Zuhause hatte ich nicht mehr. Ich war zuerst bei Volker und Gerda, später bei Marion, bei einer Freundin, ich war überall mal. Aber das geht auf Dauer natürlich nicht.

Schlimme Zeiten mit Peter

Irgendwie musste ich eine Lösung finden. Aus diesem Grund besuchte ich meine Freundin Miriam in Geldern, die ja in allen Notsituationen immer für mich da war. Zu ihr und zu ihrem Mann Arno konnte ich hinkommen, wann immer ich wollte. Bei Miriam schüttete ich all meine Probleme und Sorgen aus. Sie bot mir an, doch zu ihr an den Niederrhein zu ziehen und meinte: „Komm doch hier runter. Wir besorgen Dir eine Wohnung."
Diesen Vorschlag fand ich gut, aber vorher musste ich noch einmal nach Hannover zu meinem Anwalt, denn ich hatte inzwischen die Scheidung von Peter Klose eingereicht. Bei dieser Gelegenheit wollte ich bei Frau Furda in Bad Pyrmont vorbei fahren, mich von ihr verabschieden und sie informieren, dass ich ins

Rheinland ziehe. Als ich in Hannover in die Straße einbog, in der mein Anwalt seine Kanzlei hatte, kam mir mein schöner Peter entgegen. Auf seine Frage: „Was willst Du denn hier?" antwortete ich: „Ich will zum Anwalt!" „ Da will ich auch hin", meinte er ziemlich frech und ging einfach mit, obwohl es gar nicht sein Anwalt sondern mein Anwalt war. Während wir warteten, sagte Peter: „Ich will sofort die Ringe wieder haben." Damit meinte er die Hochzeitsringe, die ich damals noch trug, und zwar einen Ring mit Brillanten und einen Vorsteckring. Ich dachte gar nicht daran, diese Ringe Peter zu geben. Warum auch? „Und wenn du mir die Finger abschneidest, den Ring bekommst du von mir nicht!", machte ich ihm unmissverständlich klar. Kurz darauf begann das Gespräch mit meinem Anwalt. Peter ging einfach mit rein. Der Anwalt war ganz große Klasse. Er setzte sich hundertprozentig für meine Interessen ein. Sehr ausführlich erklärte er, was mir alles zusteht. Peter müsse aus der gemeinsamen Wohnung ausziehen, er müsse für mich aufkommen und vieles mehr. Peter wollte das natürlich alles nicht wahrhaben und erzählte irgendwelches dummes Zeug, weil er seine Felle wegschwimmen sah. Dem Anwalt wurde Peters Geschwätz dann irgendwann offensichtlich zu viel. Nach einer Weile unterbrach er Peter mit den Worten: „Ich vertrete Ihre Frau und nicht Sie. Ich bitte Sie, den Raum jetzt sofort zu verlassen!" Daraufhin ging Peter auch tatsächlich wutentbrannt aus dem Zimmer. Ich war wirklich erleichtert, denn ich glaubte, ich wäre den schönen Peter jetzt endgültig los und könnte die Trennung und Scheidung durchziehen. Aber Pustekuchen!

Als ich aus dem Büro des Anwalts kam, erwartete mich der schöne Peter schon vor der Türe. Er redete so lange freundlich auf mich ein, bis ich mich letztendlich breit schlagen ließ, mit ihm eine Tasse Kaffee zu trinken. Aber aus einer Tasse Kaffee wurden zwanzig, und was war das Ende vom Lied? Ich bin wieder mit dem schönen Peter nach Hause gefahren. Als ich die Wohnung betrat, habe ich gedacht, ich komme in einen Schweinestall. Es stand verdrecktes Geschirr herum, auf dem sich schon Schimmel bildete, kurzum, die ganze Wohnung befand sich in einem katastrophalen Zustand. Es war ein richtiger Saustall. Alles das konnte aber nichts daran ändern, dass ich mich wieder mit meinem schönen Peter vertragen habe. Anders als geplant habe ich mich dann nicht von Frau Furda verabschiedet. Und aus lauter Scham habe ich es auch nicht fertig gebracht, mich bei Miriam und Arno zu melden. Auf der einen Seite war ich zwar nach der Versöhnung mit Peter überglücklich, aber auf der anderen Seite hatte ich einfach keine Kraft, Miriam, die ja so sehr mit mir gelitten hatte, über meinen erneuten Sinneswandel zu berichten.

Ich wohnte also wieder in Hannover bei Peter, aber unser Verhältnis blieb angespannt. Anders als anfangs nahm er mich nicht mehr so oft mit. Aber wenn ich selbst dann mal zu Hause bleiben wollte, um die Wohnung sauber zu machen oder um die Fenster zu putzen, wurde er sofort misstrauisch und zwang mich, doch wieder mitzukommen. Dass Peter überhaupt auf den Gedanken kommen konnte, dass ich fremdgehen könnte, verstehe ich bis heute noch nicht. So war ich nie veranlagt. Ich hatte immer nur meinen schönen Peter im Kopf.

Zwischen uns gab es zunehmend Reibereien, die an meinen Nerven zerrten. Mein Arzt empfahl mir deshalb dringend, eine Kur zu machen, um mich etwas von diesem Stress zu erholen. Das gefiel Peter natürlich überhaupt nicht.

Dann passierte die Sache mit dem Preisausschreiben. Peter und ich hatten nämlich an einer Lotterie teilgenommen, bei der irgendwelche Fragen über Fußball beantwortet werden mussten. Ich hatte zwar von Fußball überhaupt keine Ahnung, aber richtig großes Glück. Ich habe tatsächlich den Hauptgewinn, die Reise nach Mexiko zur Fußball-Weltmeisterschaft 1986 gewonnen. Die Reise galt nur für eine Person, und mir war schnell klar, dass ich alleine die Reise nicht antreten werde sondern versuchen würde, sie zu verkaufen. Deshalb war meine Freude darüber, dass ich zum ersten Mal in meinem Leben richtiges Glück hatte und bei einem Preisausschreiben den Hauptgewinn bekommen habe, auch nicht riesengroß.

Wenige Tage später musste Peter zur Messe nach Berlin. Er wollte selbstverständlich, dass ich ihn begleite. Als wir aus Berlin zurück kamen, lag zu Hause die Nachricht, dass meine Kur bewilligt war. Sofort begann Peter wieder zu maulen, denn diese Kur passte ihm überhaupt nicht. Egal was ich sagte, er meckerte und palaverte nur noch herum. Nachdem das zwei oder drei Tage so gegangen war, ging er plötzlich nicht mehr zur Arbeit sondern zum Arzt. Als er vom Arzt zurückkam, eröffnete er mir: „Ich bin krank. Der Arzt hat gesagt, ich muss sofort ins Krankenhaus! Aber ich kann jetzt nicht, ich muss zuerst noch zu meinen Kundenterminen." „Dann kannst Du aber doch nicht so krank sein, wenn Du erst noch Kunden besuchen willst", antwortete ich.

Wie auch immer, der schöne Peter ging tatsächlich ins Krankenhaus, wobei ich mir bis heute nicht sicher bin, ob die ganze Krankheit nicht nur vorgetäuscht war. Er bestand darauf, dass ich ihn jeden Tag von morgens 9.00 Uhr bis abends 21.30 Uhr besuchte und ihm im Krankenhaus die Zeit vertrieb. Als der Tag meiner Abreise zur Kur kam, verlangte er von mir, dass ich ihm noch in aller Frühe seinen Mercedes zum Krankenhaus bringe. Vom Krankenhaus aus musste ich mir dann ein Taxi zum Bahnhof nehmen, um zur Kur nach Bad König zu fahren.

Zwischenzeitlich hatte ich eine Annonce in die Zeitung gesetzt, um die gewonnene Reise nach Mexiko zu verkaufen. Denn ich konnte ja auch wegen der Kur die Reise nicht antreten. Ganz abgesehen davon hatte ich erst recht nicht das für diese Reise notwendige Taschengeld.

Als ich zwei oder drei Tage in der Kur war, tauchte dort plötzlich mein schöner Peter auf. Er war einfach aus dem Krankenhaus abgehauen. Von einer angeblich dringend notwendigen Operation war überhaupt keine Rede mehr. Sofort war die Situation wieder sehr angespannt. Als ich ihn darauf hinwies, dass ich um 22.00 Uhr in meinem Zimmer sein müsse, hat er das selbstverständlich nicht akzeptiert und so lange auf mich eingeredet, bis ich mit ihm in einem Hotel übernachtet habe. Von einer Kurkollegin wurde ich prompt verpfiffen, was ein unangenehmes Gespräch mit einem Mitarbeiter der Kurverwaltung nach sich zog. Als ich am Nachmittag mit Peter im Park spazieren ging, fing er plötzlich wieder an zu meckern, schubste mich herum und war übelster Laune.

Am Tag meiner Abreise aus der Kur wollte Peter mich um 6.00 Uhr in der Frühe abholen. Ich stand besonders zeitig auf, aber mein schöner Peter kam nicht. Als er gegen 7.00 Uhr endlich auftauchte und ich ihn auf die Verspätung ansprach, erklärte er:

„Ich habe noch eine Stunde draußen mit einer anderen Patientin im Auto gesessen!" Auf diese Patientin hatte er schon in dem Besucherraum der Kurklinik ein Auge geworfen. Damit war meine Laune verständlicherweise sofort wieder im Keller. So etwas musste ich mir nicht bieten lassen.

Zu Hause habe ich mich um meine Wäsche gekümmert und über meine gesamte Situation nachgedacht. Sorgen bereitete mir zusätzlich die Tatsache, dass sich auf meine Annonce, mit der ich die Mexiko Reise verkaufen wollte, niemand gemeldet hatte. Zudem war Peter extrem schlecht gelaunt. „Was mache ich denn jetzt?", fragte ich mich. Ich wollte nur noch raus. Das war gar nicht so einfach, weil Peter mich regelrecht beschattete. Schließlich fand ich aber doch eine Lücke, und es gelang mir, seiner Überwachung zu entkommen. Ich setzte mich in mein Auto und fuhr ziellos in Richtung Hannover Innenstadt. Unterwegs kam mir der Gedanke, bei meiner Schwägerin Hannelore, der zweiten Frau meines Bruders Bübchen, vorbei zu fahren. Die Ehe meines Bruders stand damals schon nicht zum Besten. Diese Probleme hatte ich ja auch noch um die Ohren, denn mein Bruder kam ziemlich oft bei mir vorbei, um mit mir über seine verkorkste Ehe zu sprechen. Jedenfalls hielt ich es für eine gute Idee, Hannelore zu besuchen. Vielleicht kennt sie ja jemanden, der die Reise nach Mexiko kaufen möchte. Es gab eine herzliche Begrüßung, aber meine Schwägerin kannte auch keinen Fußballfan, der sich für die Reise interessiert hätte. Im Laufe des Gesprächs überlegte ich, Hannelore mit nach Hannover zu nehmen in der Hoffnung, dass sich Peter dann wieder beruhigt. Meine Schwägerin meinte jedoch, sie könne erst am folgenden Tag mitkommen, da sie am nächsten Vormittag noch einen Termin bei einem Anwalt beziehungsweise bei einem Notar wegen des Hausverkaufs wahrnehmen musste. Ich war einverstanden, bis Morgen zu bleiben, wollte aber Peter zumindest telefonisch darüber informieren, wo ich mich aufhielt. Auf meine Anrufe meldete er sich jedoch nicht. Ich versuchte es immer wieder, aber ich konnte ihn einfach nicht erreichen. Als ich am nächsten Tag gemeinsam mit meiner Schwägerin in Hannover ankam, ließ Peter Hannelore herein, aber mich wollte er sofort die Treppe herunter werfen. „Du kommst hier nicht herein!", schrie er. In dieser Situation sah ich wieder nur einen Ausweg: Ich musste zur Polizei gehen. Aber die Polizei wollte mir zunächst auch nicht helfen. Erst als ich sagte: „Mein Mann hält meine Schwägerin als Geisel fest", waren die Polizisten bereit, sich der Sache anzunehmen. Es war tatsächlich so, dass Peter meine Schwägerin gegen ihren Willen nicht gehen lassen wollte. Mit dem Erscheinen der Polizei kam es bei ihm dann offensichtlich zu einem Sinneswandel.

Gemeinsam mit meiner Schwägerin Hannelore wollte ich danach sofort wieder meinen Anwalt aufsuchen, mit dem ich ja so gute Erfahrungen gemacht hatte, und auf den ich so große Stücke hielt. Leider teilte man mir am Empfang der Kanzlei die traurige Nachricht mit, dass mein Anwalt als Richter nach Celle versetzt worden war. Als sein Vertreter wurde mir ein junger, sehr unerfahrener Anwalt zugewiesen, mit dem ich alles andere als zufrieden war. Er interessierte sich gar nicht wirklich für meinen Fall. Sein Rat beschränkte sich darauf, mich aufzufordern, alles aufzuschreiben, was ich haben wollte. Das ging aber völlig an der Sache vorbei, denn mein Anliegen war, so schnell wie möglich von Peter geschieden zu werden. Zur Verdeutlichung erzählte ich dem Anwalt, dass mein Ehemann kurz vorher meine Schwägerin als Geisel in der Wohnung festgehalten hatte. Daraufhin fragte er auch meine Schwägerin, was sich denn in der Wohnung ereignet hatte. Aber statt dem Anwalt zu erzählen, was sich dort abgespielt hat, und dass Peter sie gegen ihren Willen dort festgehalten hat, antwortete sie nur frech: „Da störe ich mich nicht dran!"
Das war natürlich eine herbe Enttäuschung für mich, weil ich wirklich gedacht hatte, dass sie zu mir steht und den Mut hat, auch zu sagen, was wirklich passiert war. Insbesondere, weil ich ihr in der Vergangenheit so oft schon geholfen habe. Als ich zum Beispiel noch in Röcke wohnte, war sie in einer besonderen Notlage. Sie wollte meinen Bruder verlassen und stand quasi auf der Straße. Da habe ich sie auch ohne wenn und aber vier Wochen bei mir aufgenommen und ihr auch geholfen, ihre Sachen aus dem gemeinsamen Haus zu holen. Jetzt hier beim Anwalt hätte ich mal ihre Unterstützung gebraucht. Sie hätte ja nur die Wahrheit sagen müssen, aber sie har sich geweigert, dazu Stellung zu nehmen. Das hat mich wirklich enttäuscht.

Total deprimiert bin ich anschließend zu Frau Furda gefahren. Ich besaß nur das, was ich am Körper trug. Sonst nichts. Frau Furda bot mir an, bei ihr zu bleiben. Ich lehnte zunächst ab, da ich ja eigentlich zu Miriam nach Geldern wollte. Schließlich hat mich Frau Furda überzeugt, um nicht zu sagen überredet, zuerst mal in ihrem Hotel zu bleiben. Sie wollte mir auch dabei helfen, eine Wohnung zu finden. Sie meinte, von Pyrmont aus sei es doch einfacher, die ganzen Termine wegen der Scheidung in Hannover wahrzunehmen. In Hannover konnte ich ja unter diesen Umständen nicht mehr bleiben. Am nächsten Tag hat sie mir dann tatsächlich bei der Wohnungssuche geholfen. Das muss ich ihr echt zu Gute halten, wenn sie mir auch sonst im Leben nicht nur einmal in den Rücken gefallen ist. Wir fanden schnell eine passende Wohnung, in die ich aber leider erst zum 1. Juli einziehen konnte.

Frau Furda, meine Schwägerin Hannelore und ich in Bad Pyrmont

Das hatte zur Folge, dass ich meinen Aufenthalt im Hause Furda verlängern musste. Ich bekam dort zunächst ein kleines Zimmerchen unter dem Dach zur Miete. Da ich ja zu dem Zeitpunkt kein eigenes Einkommen mehr hatte und von Peter kein Geld bekam, war ich gezwungen, Sozialhilfe zu beantragen. Damit konnte ich

Familie Furda wenigstens in Aussicht stellen, meine Mietschulden zu tilgen. Trotzdem hat mich Herr Furda zwischendurch immer wieder ziemlich unfreundlich an die überfällige Miete erinnert.

Als ich endlich nach Wochen von der Sozialhilfe Geld bekommen hatte, ging ich nach unten zu Frau Furda, die im Erdgeschoss des Hotels auch noch einen kleinen Antiquitätenladen betrieb. Als ich ihr voller Freude das Geld für die Miete geben wollte, schaute sie mich erbost an und sagte im barschen Ton: „Von Freunden nimmt man doch kein Geld!"

Jetzt war ich total verunsichert, denn vorher hatte vor allem Herr Furda das Geld immer wieder angemahnt. Und jetzt wollte Frau Furda kein Geld von mir? Da ich nicht wusste, was ich machen sollte, habe ich für Frau Furda sehr teures Parfum gekauft und einen Brief dazu gelegt, in dem ich mich tausendmal bedankt habe.

Frau Furda und ich, im Hintergrund Büb und Helmut

Frau Furda und ich mit einem Gast in der Südkurve

Direkt nach meinem Einzug bei Frau Furda versuchte ich, mit Peter Kontakt aufzunehmen, da ich ja meine persönlichen Sachen noch in seiner Wohnung hatte und meine Kleidung und meine Papiere jetzt auch nötig brauchte. Ich hatte an Kleidung ja nur das, was ich am Körper trug oder was ich mir irgendwo leihen konnte. Peter blieb stur und wollte mir freiwillig nichts herausgeben. Er ließ mich auch nicht mehr in die Wohnung, so dass ich wieder meinen Anwalt einschaltete, der mir die Möglichkeit verschaffte, mit einem Gerichtsvollzieher in die Wohnung zu gehen, um meine Sachen wiederzubekommen. Da ich ja wusste, dass Peter mich nicht hereinlassen würde, habe ich den Gerichtsvollzieher mit Inge, einer guten Bekannten von mir, zu Peter geschickt. Inge sollte an meiner Stelle aufpassen, dass alles mit rechten Dingen zugeht. Der Gerichtsvollzieher setzte sich also mit der Liste, die ich mit dem Anwalt erstellt hatte, zu Peter ins Wohnzimmer. Zunächst stellte Peter bereitwillig alle meine Sachen in den Flur. Der Gerichtsvollzieher hakte daraufhin die Sachen ab. Was er aber nicht wusste war, dass Peters Mutter, nachdem die Sachen abgehakt waren, alles wieder in Peters Büro räumte. Leider waren meiner Bekannten die Hände gebunden, denn sie kriegte ja nicht mit, was der Gerichtsvollzieher abgehakt hatte sondern musste sich von Peters Mutter immer nur sagen lassen: Das gehört alles Peter. Bis auf das Bett in meinem Zimmer, mein Sideboard und meinen Teppich konnte so von den Helfern, die mein Anwalt organisiert hatte, nichts heruntergebracht werden. Der Gerichtsvollzieher kriegte gar nicht mit, dass nicht alle Sachen von der Liste und die mir zustanden, eingepackt wurden. Ein paar Handtücher warf Peter noch aus dem Fenster und etwas später kam Inge zum Parkplatz gerannt und meinte nur: „Lass uns schnell wegfahren! Peter kommt runter und will dich verprügeln." Da sah ich ihn auch schon wutentbrannt auf mein Auto zustürmen. Wir verriegelten die Türen und verließen mit durchdrehenden Reifen den Parkplatz.

Das schlimmste aber war, dass Peter alle meine Papiere und wichtigen Unterlagen, darunter auch meine sämtlichen Arbeitszeugnisse und Versicherungsbescheinigungen vorher schon vernichtet hatte. Ich hatte diese Sachen immer in meinem Sideboard aufbewahrt, aber da war nichts mehr. Später hat Peter auch mal zugegeben, dass er alles verbrannt hat. Auch meine persönlichen Geschenke von meinen Kindern waren weg und viele andere persönliche Erinnerungsstücke. Ich hatte im Grunde nichts mehr. Mein eigenes Geschirr, meine Pelzjacke, die ich noch von Dieter hatte, meine Abendkleider, alles hat er behalten oder aus Wut vernichtet.

Das Bett, das Sideboard und den Teppich konnte ich bei Frau Furda in einem Lagerraum unterstellen, bis ich in meine Wohnung konnte. Das war das einzige, was ich noch besaß.

Meine Reise nach Mexiko

Aber ein großes Problem hatte ich immer noch: Ich saß in meinem Kämmerchen in Pyrmont und der 14. Juni 1986 nahte mit Riesenschritten. Das war der Tag, an dem die Reise nach Mexiko beginnen sollte. Und ein Käufer für die Reise war weit und breit nicht in Sicht. Was sollte ich nur machen? Über den Bekanntenkreis von Frau Furda gab es zwar einen einzigen Interessenten, der allerdings nur 1.500 DM bezahlen wollte. Die Reise war aber über 5000 DM wert, also ein Vielfaches höher. Zur Abgabe der Reise für einen Kleckerbetrag von 1.500 DM konnte ich mich beim besten Willen nicht entschließen. Frau Furda konnte das nicht nachvollziehen und nahm das wieder einmal zum Anlass, mich regelrecht fertig zu machen. Ich hätte kein Geld, tue aber trotzdem soooo großspurig, das könne sie nicht verstehen. Mich interessierte jedoch die Meinung von Frau Furda herzlich wenig. Ich war unter keinen Umständen bereit, eine Reise im Wert von 5.000 DM fast zu verschenken, nur weil Frau Furda das so wollte. Das war typisch Frau Furda! Mal war sie nett und verständnisvoll und dann, wenn man es nicht erwartete, barsch und böse. Dann war sie wieder herzensgut und schenkte mir Nachthemden oder gab mir Blusen mit der Bemerkung: „Annemarie, wenn Sie mal einen Mann kennen lernen, dann sollen Sie doch chic aussehen!"

Ich hatte ja nichts. Nur die Sozialhilfe! Das war am Anfang so beschämend, denn meine erste Auszahlung erfolgte nicht als Geld sondern in Form eines Lebensmittelgutscheins im Wert von 50 DM. Damit konnte ich aber nichts anfangen. Zu essen hatte ich genug bei Frau Furda. Mein ganzes Bestreben ging also dahin, diesen Lebensmittelgutschein in Bargeld umzuwandeln. In der Stadt traf ich eine Bekannte, die ich fragte, ob sie einkaufen geht und bereit ist, mit dem Lebensmittelgutschein zu bezahlen und mir den Gegenwert in bar auszuzahlen. Diese Bekannte lehnte meine Bitte jedoch ab. Sie schämte sich, mit einem Lebensmittelgutschein des Sozialamtes zu bezahlen. Ich ging deshalb mit der Bekannten in das Lebensmittelgeschäft und wickelte für sie den Bezahlvorgang mit dem Gutschein an der Kasse ab. So bekam ich dann doch die 50 DM in bar, von denen ich mir ein Paar Sandalen für 19,95 DM und für 2 DM Haarspray kaufte. Jetzt besaß ich noch 28 DM und mit genau diesen 28 DM bin ich arme Sozialnudel nach Mexiko geflogen. Da ich bis zuletzt keinen Käufer gefunden hatte, blieb mir nichts anderes übrig, als die Reise selbst anzutreten. Mit 28 DM Taschengeld! Der Fairness halber muss ich allerdings hinzufügen, dass am Abend vor der Abreise nach Mexiko doch noch ein regelrechter Geldsegen über mich hereinbrach. Meine Freundin schickte mir mit einem Geldkurier 500 DM, mein Sohn Volker gab mir 500 DM, und von meiner Schwiegertochter lieh ich mir noch 10 DM für einen Tauchsieder, damit ich mir während der Reise einen Kaffee machen konnte. Die 1.000 DM von meiner Freundin und Volker hatte ich zwar, aber für mich war dieses Geld eigentlich doch nicht da. Ich wollte mit meinen 28 DM auskommen, weil ich davon ausging, dass ich während der gesamten Reise mit Essen versorgt war.

Im Hotel in Mexiko angekommen musste ich aber feststellen, dass das eine falsche Annahme war, denn im Reisepreis war nur das Frühstück inbegriffen. Das beunruhigte mich zunächst nicht, denn da ich ja nicht viel esse, war ich damit ja auch gut versorgt. Ich konnte beim Frühstück so viel essen, wie ich wollte. Ich erinnere mich noch gut an den schönen Obsttisch im Hotel, von dem ich mir zweimal Apfelsinen und Pampelmusen holte, bis ich darauf hingewiesen wurde, dass das Obst extra bezahlt werden musste. Der Preis war verrückt. Das bisschen Obst sollte 15 $ kosten. Das durfte doch nicht wahr sein. Deshalb bat ich die Bedienung, zunächst einmal mit der Reiseleiterin sprechen zu dürfen. Der Reiseleiterin habe ich dann meinen ganzen Fall erzählt. Als sie hörte, dass ich die Reise gewonnen hatte, und die Reise quasi ohne Geld antreten musste, erklärte sie sich bereit, die Angelegenheit mit dem Obst für mich zu regeln. Gleichzeitig fragte ich die Reiseleiterin, ob sie vielleicht bereit sei, einige meiner Eintrittskarten für mich zu verkaufen. Das wollte sie versuchen und tatsächlich gelang es ihr, drei Eintrittskarten zu verkaufen, wofür ich umgerechnet circa 90 DM bekam.

Unabhängig davon blieb die Reise mit dem wenigen Geld beschwerlich. Natürlich hatte ich auch abends Hunger. Deshalb besorgte ich mir Brot, Butter und etwas Käse und machte mir mein bescheidenes Abendessen im Hotel in meiner Luxussuite. Diese Suite war unglaublich. Sie bestand aus einem riesengroßen Zimmer mit einem überdimensionalen Doppelbett und einer großen Couchgarnitur. Links davon stand ein Fernsehgerät auf einem Schrank, in dem ich eine Minibar mit Snacks und Getränke aller Art vorfand. Aber was nützte es mir? Ich konnte mir diese feinen Sachen ja nicht erlauben. Die Badewanne war so groß, dass ich darin zwei Schwimmzüge machen konnte. Meine Unterkunft ließ wirklich keine Wünsche offen.

All diese schönen Sachen wollte ich so gerne fotografieren, um sie immer in Erinnerung zu behalten. Meine Freundin hatte mir zwar ihren Fotoapparat für die Reise geliehen, aber ich hatte dafür keinen Film. Ich lief in Mexiko durch die Straßen, um irgendwo preiswert einen Film zu erstehen. Das Sprachproblem wurde schnell offensichtlich. Ich verstand niemanden und niemand verstand mich. Bis ich auf einmal an einem Laden außen das Schild „Agfa" sah und dachte: „Hier bist du richtig". Tatsächlich bekam ich hier genau den Film, den ich brauchte. Der Film wurde sogar in die Kamera hineingelegt. Auf dem Rückweg zum Hotel entdeckte ich an einem Platz zwei Männer, die deutsche Fahnen und Kameras in der Hand hielten. Das mussten Deutsche sein. Mir fiel ein Stein vom Herzen. Ich ging auf die Männer zu und sagte: „Gott sei Dank! Sie sprechen doch sicherlich deutsch? Ich komme hier, weil ich nur deutsch spreche, überhaupt nicht zurecht." Die Männer waren tatsächlich Deutsche. Sie erkundigten sich, wie ich denn ganz alleine nach Mexiko gekommen bin. Ich erzählte ihnen meine Geschichte und sie fanden das wohl sehr interessant. Von einer allein stehenden Frau aus Deutschland, die auf eigene Faust die Fußball-WM in Mexiko besucht, hatten sie noch nicht gehört. Sie fragten mich, ob ich ihnen erlauben würde, über mich und meine Geschichte eine Reportage zu schreiben. „Von mir aus können Sie filmen und schreiben, was Sie wollen", war meine klare Antwort. Ich hatte doch nichts zu verlieren.

Es handelte sich bei den beiden Männern um ein Reportageteam der ARD und des ZDF. Wir wurden uns einig, und sie fragten mich dann, ob sie gleich anfangen könnten, mit mir die Reportage zu drehen. „Sehr gerne. Aber dann müssen Sie erst mal mit ins Hotel und meine Reiseleiterin fragen. Ich kann nicht einfach wegbleiben." Als ich hinten in das Auto der Reporter einstieg, um mit ihnen zu meinem Hotel zu fahren, traf mich beinahe der Schlag. Es handelte sich um eine riesige Stretchlimousine, ein langer Mercedes, so ein richtiges Traumschiff, das hinten mit einer Bar ausgestattet war. So konnte ich erst einmal ohne zu bezahlen etwas trinken. Die Reiseleiterin war einverstanden, ich durfte also mit den Reportern den Rest des Tages verbringen. Wir gingen über die Märkte, alles wurde gefilmt und all meine Wünsche wurden erfüllt. Alles das war für mich möglich, ohne dass ich auch nur eine Mark ausgeben musste.

Am späten Nachmittag brachten mich die Reporter zurück ins Hotel. Kurz bevor wir dort ankamen, fragten sie mich, ob sie mich auch für den Abend einladen dürften. „Ohne Rücksprache mit der Reiseleiterin geht das aber nicht", war wieder meine klare Antwort. Also fragte ich meine Reiseleiterin, und sie wollte wissen, was für ein Gefühl ich denn bei der ganzen Sache habe. „Eigentlich ein sehr gutes Gefühl! Die können sich doch auch nicht viel erlauben. Die sind doch vom Fernsehen. Und wenn Sie das an die Presse geben, wenn die sich daneben benehmen, wird das denen auch nicht gefallen …." Jedenfalls hat mich die Reiseleiterin wieder gehen lassen. Ja und dann habe ich Mexiko bei Nacht erlebt. Wir waren sogar in den Vierteln, in die normalerweise die Touristen niemals hinkommen. Es war eine phantastische Atmosphäre. Es gab leckeres Essen und richtige mexikanische Musik. Ich kann gar nicht beschreiben, wie schön das war. Zum Schluss bekam ich sogar noch mehrere Andenken vom ZDF, von denen ich einige heute noch in einer Schublade aufbewahre. Die Reporter brachten mich später in mein Hotel zurück und tranken mit mir in der Hotelbar noch einen Absacker auf diesen gelungenen Abend. Natürlich habe ich mich bei ihnen ganz, ganz herzlich bedankt, denn dazu hatte ich ja auch allen Anlass.
Fußballspiele habe ich natürlich auch besucht, obwohl ich mich doch eigentlich nicht so sehr für Fußball interessiere. Aber diese

riesengroßen Stadien und die vielen, vielen Menschen waren echt beeindruckend. Besonders imposant war die grandiose Eröffnungsfeier.

Zu den Spielen, die teilweise in mehrere hundert Kilometer entfernten Stadien stattfanden, wurden wir mit Reisebussen gebracht. Ich saß nach einiger Zeit immer ganz vorne zwischen dem Fahrer und der Reiseleiterin. Es war mein Wunsch, dort sitzen zu dürfen, weil sich ein Mitfahrer etwas mehr für mich interessierte als es mir eigentlich lieb war. Er erzählte mir pausenlos sein gesamtes Ehedrama, dass seine Frau ihn betrügt und was weiß ich nicht noch alles. Dafür hatte ich nun wirklich kein Ohr. Ich hatte mit mir und meinen Problemen mit dem schönen Peter genug zu tun. Deshalb war ich froh, ganz vorne im Bus sitzen zu dürfen.

Einmal hatte es gleich zu Beginn eines Spiels so heftig zu regnen begonnen, dass ich meinen Platz verließ, um mir draußen eine Plane oder irgendeinen anderen Regenschutz zu besorgen. Aber nirgendwo war ein Stand mit Regenschirmen oder Regencapes zu sehen. Inzwischen war ich schon völlig durchnässt und versuchte nun, unseren Bus zu finden. Ich hatte mir den Platz und die entsprechenden Buchstaben gemerkt, aber auf dem riesigen Gelände war das gar nicht so einfach. Ich irrte ziemlich planlos herum, bis ich schließlich aber doch vor unserem Bus stand. Beim Einsteigen hörte ich den Schlusspfiff des Fußballspiels, von dem ich wegen des Regens gar nichts gesehen hatte. Ich versuchte im Bus soweit es ging, meine nasse Kleidung schon auszuziehen. Aber als wir im Hotel ankamen, war ich so durchgefroren, dass ich in meinem Hotelzimmer erst einmal ausgiebig in die Badewanne ging.

Im Anschluss wollte ich mir einmal etwas ganz besonderes gönnen. Im Hotel gab es ein sehr schickes Restaurant. Aber irgendwie traute ich mich bisher nicht so richtig, dort alleine hin zu gehen. Ansonsten habe ich ja immer eine große Klappe, aber da hatte ich gewisse Hemmungen. Da ich mir den Restaurantbesuch aber in den Kopf gesetzt hatte, zog ich die Sache auch durch. Ich bereitete mich sorgfältig vor, das heißt, ich pflegte mich, parfümierte mich und suchte mir von der Kleidung, die Miriam und Frau Furda mir mitgegeben hatten, die besten Stücke aus. Ich lag auf dem Bett, gestylt, geschminkt und parfümiert und fragte mich immer wieder, ob ich tatsächlich in das Restaurant gehen solle oder nicht.

Nach einigem Hin und Her sagte ich zu mir: „Warum eigentlich nicht. Was kann schon passieren!" Ich zog mir schnell die herausgelegten Sachen an, nahm mein Täschchen und meine Luxuszigaretten, die ich immer für besondere Anlässe dabei hatte, weil ich meine Armut doch nicht zeigen wollte, und ging los. Als sich der Aufzug vor dem Restaurant öffnete, standen mir zwei Pagen gegenüber. Beide sprachen natürlich nur englisch. Das machte es für mich einigermaßen schwierig, meinen Wunsch verständlich zu äußern, einen Fensterplatz zu bekommen und in der Nähe der Musik zu sitzen. Aber irgendwie verstanden die beiden mich dann doch. Direkt vor dem Fenster war ein Zweiertisch frei, zu dem man mich zu meiner großen Freude dann auch hinführte. Von dort hatte ich einen wunderschönen Blick auf die gesamte Stadt. Es war berauschend. Ich fühlte mich einfach nur gut. Als ich gerade in die Speisekarte schaute, aber den Inhalt überhaupt nicht verstand, kam ein Mann von hinten an meinem Tisch vorbei, blieb neben mir stehen und fragte: „Can I help you?" Ich war sofort wieder die Schüchterne und meinte, es sei alles OK. Der Mann ging weiter. Ich bestellte mir erst einmal einen Aperitif. Soviel konnte ich in der Karte ja noch lesen. Bei der weiteren Lektüre entdeckte ich „chicken". Das verstand ich auch und habe das dann einfach bestellt. Ich genoss den Aufenthalt in diesem Restaurant. Irgendwie ist es mir immer wieder in meinem Leben gelungen, die Momente des Schönen zu genießen und für die Dauer dieser einzigartigen Momente alles andere, was mich vielleicht belastet hätte, zu vergessen. Ich schwebte gerade in diesem Rausch der Glückseligkeit, als der Mann, der mich wenige Minuten zuvor bereits einmal angesprochen hatte, erneut zu mir an meinen Tisch kam und sagte: „Entschuldigen Sie, aber dürfen wir Sie an unseren Tisch bitten?" Ich guckte diesen Mann mit großen Augen an und antwortete: „Nein, um Gottes Willen, das geht doch nicht." Aber der Mann blieb hartnäckig. Ich würde ihnen einen großen Gefallen tun, wobei ich ja gar nicht wusste, wohin ich mich setzten sollte. Denn ich konnte den Tisch, zu dem ich kommen sollte, von meinem Platz aus gar nicht sehen. Auf alle Fälle hat mich dieser nette Herr dann doch überredet. Ich ging mit um die Ecke an einen Tisch, an dem insgesamt drei Männer saßen und an dem noch ein Platz frei war.

Schnell stellte sich heraus, dass jeder dieser drei Männer eine andere Sprache sprach. Da ich abgesehen von ein paar Wörtern Englisch nur Deutsch spreche, hat das die Unterhaltung nicht gerade erleichtert. Aber irgendwie kamen wir trotzdem nett ins Gespräch. Es war eine sehr schöne Atmosphäre. Ich erfuhr, dass diese Männer nach Mexiko gekommen waren, um sich die Fußballspiele anzusehen. Wir aßen und tranken zusammen. Dabei musste ich immer daran denken, was wohl für eine Rechnung auf mich zukommt, denn die Herren animierten mich, auch noch einen Kaffee und einen Cognac mitzutrinken. Dieser Gedanke ließ mich irgendwann überhaupt nicht mehr los. Als schließlich der Moment des Bezahlens kam, brachte der Kellner zwei Rechnungen auf zwei kleinen Tellerchen an den Tisch. Eine legte er dem Mann vor, der mich an den Tisch gebeten hatte, und die andere bekam ich. Und dann passierte etwas Seltsames. Der Mann, der neben mir saß, hatte den ganzen Abend kein Wort gesprochen, höchstens dann, wenn er etwas gefragt wurde. Aber jetzt nahm dieser Mann den vor mir stehenden kleinen Teller mit meiner Rechnung und reichte das Ganze mit den Worten „all right" an den Mann weiter, der die andere Rechnung erhalten hatte.

Mir fiel wieder einmal ein riesengroßer Stein vom Herzen. All dieses Glück, das ich an diesem Abend hatte, konnte ich überhaupt nicht fassen. Ich bedankte mich tausendfach für die großzügige Einladung. Zum guten Schluss und zur Abrundung des wunderschönen Abends habe ich mit den Herren noch einen Drink in der Hotelbar genommen, mich dann aber mit der Bitte um Verständnis verabschiedet. So war mein letzter oder vorletzter Abend, so genau weiß ich das jetzt nicht mehr, auch gerettet. Als ich am nächsten Morgen in die Hotellobby kam, saßen die Herren schon im Foyer. Wir begrüßten, beziehungsweise verabschiedeten uns nochmals herzlich, und so hatte meine Reise nach Mexiko einen sehr harmonischen Ausklang.

Bei dieser Gelegenheit möchte ich aber noch eine kleine Geschichte erwähnen. Von Mexiko aus konnte man nach Acapulco fliegen, was mich natürlich sehr gereizt hat. Obwohl ich kein Geld in der Tasche hatte, war ich an solchen besonderen Gelegenheiten immer interessiert. Ich dachte wieder an die jeweils 500 DM, die ich von Miriam und Volker bekommen hatte. „Mit diesen 1.000 DM kann ich doch bestimmt für 2 Tage nach Acapulco", war meine Überlegung. Aber der nächste Flug nach Acapulco ging leider erst an einem Dienstag. Da ich jedoch bereits am Montag meine Rückreise nach Deutschland antreten musste, konnte der Traum von Acapulco nicht in Erfüllung gehen. Zwar war ich etwas enttäuscht, aber keineswegs traurig, denn ich hatte ja schon so viel gesehen.

Wieder zurück in Deutschland traf ich in der Stadt eine Kegelschwester, die mich ganz aufgeregt ansprach: „Hör mal, wir haben dich im Fernsehen gesehen. Du warst doch in Mexiko und hast die Reise gewonnen!"
Ich konnte es nicht glauben. Die Reportage über mich war tatsächlich gesendet worden. Bereits am Montag, dem Tag vor meiner Abreise aus Mexiko, ist die Sendung in Deutschland ausgestrahlt worden.

Das endgültige Ende und die Scheidung von Peter

Bei meiner Ankunft aus Mexiko holte mich am Flughafen in Hannover zu meiner Überraschung mein schöner Peter ab. Ich war noch überwältigt von den vielen Eindrücken dieser Reise und wollte ihm sofort freudestrahlend berichten, was ich alles erlebt hatte. Dabei hatte ich die Hoffnung, Peter hätte sich wieder etwas gefangen und seine Laune sei jetzt besser. Aber leider war es anders. Er war unfreundlich und hat auf der ganzen Fahrt nach Hannover kaum ein Wort mit mir geredet. Wir fuhren zu ihm nach Hannover, weil ich dort für die Zeit in Mexiko mein Auto abgestellt hatte. In der Tiefgarage bekam ich meinen ersten großen Schock. Mein Auto war von oben bis unten verschmiert und mit allem möglichen Zeugs behangen. Das konnte nur Peter gewesen sein. Nachdem ich unter Tränen mein Auto einigermaßen gesäubert hatte, fragte ich ihn nur noch, ob ich den alten Fleischwolf bekäme, mit dem schon meine Mutter immer Spritzgebäck gemacht hatte. Ich hing so sehr an dieser Gebäckmühle, dass ich sie unbedingt zurückhaben wollte. Er sagte: „Dann komm mal mit nach oben in die Wohnung!" Mir war total elend zumute. Ich konnte mich kaum noch auf den Beinen halten. Nachdem wir kurz einen Kaffee getrunken hatten, wollte ich nur noch weg. Ich setzte mich in mein Auto und fuhr einfach los. Fast blind, denn vor lauter Tränen konnte ich kaum noch etwas sehen. Ich brach regelrecht zusammen. Auf halber Strecke nach Bad Pyrmont konnte ich einfach nicht mehr. Ich fuhr rechts ran auf einen Parkplatz und habe mich erst einmal ausgeheult. Ich weiß gar nicht mehr, wie lange ich auf dem Parkplatz war, für mich eine gefühlte Ewigkeit. Ich kam überhaupt nicht mehr zu mir. Wieder einmal war ich von einem Extrem in das andere gefallen. Erst diese wunderschöne Reise und jetzt das.

Als ich mich einigermaßen gefangen hatte, fuhr ich weiter zu Frau Furda. Dort bekam ich den zweiten Schock, denn es hieß: „Nein, Annemarie, Sie können hier nicht übernachten. Das Zimmerchen ist nicht mehr frei!"
Ich dachte, das darf nicht wahr sein, denn damit stand ich wieder auf der Straße und wusste nicht wohin. Ich ging in eine Telefonzelle auf der anderen Straßenseite und versuchte vergeblich, meine Schwägerin anzurufen, die ich aber leider nicht erreichte. Wo sollte ich nur hin? Als ich gerade wieder über die Straße zurück zu Furdas Hotel ging, kam mir Peter Klose entgegen. Er wusste ja, wo ich vermutlich bin. Wo sollte ich auch anders hin als zu Familie Furda. Ich ignorierte Peter und ging einfach weiter ins Hotel. Zu meinem Glück wartete da schon Herr Furda auf mich, der mir sagte: „Ach Annemarie, ich habe für Sie doch noch das Stübchen unterm Dach frei gemacht."
Komisch, erst ging das nicht und jetzt auf einmal doch. Aber mir sollte das ja nur recht sein. Am späteren Abend drückte mir Frau Furda wieder einmal total unfreundlich Bettwäsche in die Hand und konnte sich nicht verkneifen, mir zu sagen: „Sie müssen nicht meinen, dass ich Ihnen auch noch das Bett überziehe. Das können Sie schön selber machen!".
Frau Furda konnte so oder so sein. Sie war wirklich unberechenbar. Ich war nur froh, dass ich endlich schlafen konnte. Peter muss wohl in dieser Nacht auch in Furdas Hotel übernachtet haben, denn als ich am nächsten Morgen runter kam, empfing

mich Herr Furda mit den Worten. „Ja Annemarie, das können Sie aber nicht machen, hier so spät runter kommen. Der Herr Klose sitzt schon da. Was sollen denn meine Gäste alle denken? Gehen Sie früher schlafen, dann können Sie auch früher erscheinen!" „So eine Unverschämtheit", dachte ich. Peter habe ich an diesem Tag nicht mehr gesehen.

Am nächsten Tag wollte Frau Furda auch ihre Blusen wieder haben, die sie mir für die Reise nach Mexiko gegeben hatte. Sie bestand darauf, dass ich die Blusen vorher in die Reinigung brachte. Aber ich habe gar nicht eingesehen, für die Reinigung so viel Geld auszugeben. Die Blusen habe ich dann selbst gewaschen und gebügelt. Anschließend sahen sie aus, als ob sie gerade aus der Reinigung kämen.

Mein Problem war, dass ich mir das alles gefallen lassen musste. Ich hatte keine Wahl, denn unglücklicherweise hatte ich auch erfahren, dass ich nicht wie ursprünglich geplant am 1.Juli in meine neue Wohnung einziehen konnte sondern erst vierzehn Tage später. Deshalb musste ich bei Furdas kleine Brötchen backen. Hinzu kam das ständige Theater mit dem Sozialamt. Das war eine echte Katastrophe. Mir wurden wegen tausend verschiedener Kleinigkeiten immer wieder Steine in den Weg gelegt.

Am 15. Juli 1986 bin ich dann endlich in meine eigene Wohnung in Bad Pyrmont eingezogen. Mein Bruder Büb, dessen Wohnung praktischerweise direkt gegenüber von meiner Wohnung lag, arbeitete zu der Zeit in Bad Pyrmont in einer Spielhalle, wo ich ihn auch hin und wieder besucht habe. Eines Tages kam plötzlich Peter Klose in die Spielhalle, total freundlich und nett. Am nächsten Tag war er wieder da. Ich ignorierte ihn, aber er fuhr einfach mit seinem Wagen hinter mir her zu meiner Wohnung. Hier beschwor er mich, doch mit ihm zu reden, und es würde alles besser werden. Blöd wie ich war, glaubte ich ihm und nahm ihn mit in meine Wohnung. Ein paar Mal hat er mich dann dort besucht und mich auch überredet, mit ihm noch einmal Urlaub auf Gran Canaria zu machen.

Im Juli 1986 verbrachten wir also noch einmal schöne 14 Tage zusammen auf der Insel. Ich dachte, so langsam hätte sich unser

Verhältnis wieder normalisiert. Deshalb fragte ich Peter nach unserer Rückkehr, ob er mich denn nicht wieder mit in unsere Wohnung nach Hannover nehmen wolle. Da reagierte er ganz komisch und unfreundlich und sagte, das ginge nicht, er müsse alleine nach Hannover, weil seine Tante noch da wäre. Das kam mir extrem merkwürdig vor. Die Geschichte mit der Tante habe ich ihm nicht geglaubt und deshalb rief ich Peters Mutter an, um zu erfahren, ob die Tante tatsächlich noch da ist. Aber wie ich schon befürchtet hatte, war die Tante schon lange wieder weg. Kurz danach bekam ich einen Anruf von Peter, der mich übel beschimpfte, weil ich ihm nachspioniert hätte. In der Folgezeit rief er mich noch ein paar Mal an, aber immer nur, um mich am Telefon fertig zu machen und zu beschimpfen.

Eines Mittags Anfang Februar stand Peter plötzlich wieder bei meinem Bruder Büb in der Spielhalle. Ich war auch zufällig dort, denn wenn ich vom Einkaufen kam, habe ich meinen Bruder jedes Mal in der Spielhalle besucht. Peter erklärte, er hätte Kundentermine in einem Kaufhaus. Da ich noch eine Glückwunschkarte für die bevorstehende Geburt meines Enkelkindes Michael kaufen wollte, habe ich Peter gesagt, dass ich ihn begleiten würde. Peter war einverstanden und sagte mir noch, dass er weitere Kundentermine hätte. Er würde aber abends auf jeden Fall wiederkommen und wir könnten uns dann bei Büb treffen. Ich habe an diesem Abend gewartet und gewartet, aber Peter kam nicht zurück. Wieder dieses Wechselbad der Gefühle, Hoffnung und Enttäuschung! Ich bin dann irgendwann rüber zu Frau Furda gegangen. Hier erhielt ich den Anruf von Volker, dass ich wieder Oma geworden bin. Ich habe mich sehr gefreut, und wir haben auch auf die Geburt angestoßen, aber ich war immer noch total sauer auf Peter. Später in der Nacht bin ich dann nach Hause gefahren, hab mich frisch gemacht und bin dann völlig aufgebracht nach Hannover gefahren. Peter war nicht zuhause. Auch sein Auto stand nicht in der Garage. Wie von Sinnen fuhr ich zum Bahnhof und wollte mir eine Knarre besorgen. Aber natürlich habe ich keinen gefunden, der mir eine Waffe verkaufen wollte. Ich weiß noch, dass ein Mann zu mir sagte: „Selbst wenn ich eine hätte, würde ich Ihnen in Ihrem Zustand keine verkaufen". In meiner Not bin ich dann zu Volker nach Bad Oeynhausen gefahren. Gerda lag zu diesem Zeitpunkt schon im Krankenhaus und hatte Michael geboren. Es war der 6. Februar 1987. So ein schöner Anlass und so ein Grund zur Freude! Aber ich stand in meiner ganzen Verzweiflung am Bettchen des Neugeborenen und wusste, das war Anfang und Ende zugleich.

Im April 1987 bin ich von Peter Klose geschieden worden und habe bis heute keinen Kontakt mehr zu ihm.

Unruhige Zeiten in Bad Pyrmont 1986-2000

Mein Verhältnis mit Dr. Schiwago

Nach meiner Trennung von Peter Klose blieb ich weiter in Bad Pyrmont in meiner kleinen Wohnung. Während dieser Zeit war ich wieder häufiger bei Frau Furda in ihrem Tanzlokal zu Gast. Frau Furda hatte mich mehrfach angerufen und gesagt: „Was wollen Sie allein in ihrer Wohnung? Kommen Sie doch zu uns ins „Café Korso", da haben sie ein bisschen Abwechslung." Sie meinte es ja vielleicht sogar gut mit mir, damit ich unter Menschen kam. Aber bestimmt verfolgte sie auch eigene Interessen. Das stand bestimmt im Vordergrund, denn allein meine Anwesenheit brachte Frau Furda eigentlich immer gute Umsätze. Ich war ein gern gesehener Gast, der sehr oft von anderen Gästen eingeladen wurde.

Als ich im April 1987 wieder einmal bei Frau Furda war und wie üblich etwas versteckt in der Südkurve saß, bestellte ich ein Wasser und machte mir erst einmal eine Zigarette an. Das gehörte zu meinem Ritual. Plötzlich sprach mich ein Mann an und fragte, ob ich mit ihm tanze. „Nein", antwortete ich, „ich rauche gerade. Wenn Sie Glück haben und wenn ich dann nicht rauche und wenn auch die richtige Musik spielt, dann später gerne. Sie müssen einfach aufpassen."
Ich hatte kein Interesse, war zu dem Mann nicht besonders nett aber auch nicht beleidigend. Zigaretten waren für mich ein teures Vergnügen. Nur um zu tanzen ließ ich doch nicht meine Zigarette ausgehen. Dafür rauchte ich viel zu gerne. Einige Zeit später forderte mich der Mann erneut auf. „Da haben Sie Glück. Ich rauche gerade nicht", sagte ich zu ihm. Als ich aufstand, musste ich eine Stufe zu ihm heruntergehen. Als ich vor ihm stand, sprudelte es spontan aus mir heraus: „Mein Gott, sagen Sie mal, wo ich Kopfschmerzen habe, haben Sie ja Bauchschmerzen". Das war

ein Scherz, denn dieser Mann war wirklich extrem groß! Wir tanzten und im Anschluss lud er mich, wie ich es schon oft in solchen Situationen erlebt hatte, zu einem Getränk ein. Dabei gestand er mir: „Ich war gestern auch hier. Ich habe Sie schon gestern beobachtet." Auf meine Frage, wo er denn gesessen hatte, zeigte er auf einen Tisch. Das konnte durchaus sein, denn dort sah ich ja nie hin. Ich hörte Musik und beobachtete allenfalls, was sich an der Theke so abspielte. Ansonsten interessierte mich das Lokal nicht. „Ich habe Sie beobachtet und gesehen, wie Sie mit einem Herrn getanzt haben." Dieser Herr war mein Bruder Büb, aber er wusste ja nicht, dass Büb mein Bruder ist.

In der Folgezeit kam dieser große Mann regelmäßig zu Frau Furda. Aber er kam immer nur für einen Moment, sagte „Hallöchen", bestellte für mich eine Flasche Sekt, drehte mit mir ein, zwei Tänzchen und sagte dann: „Ich muss los!" So manches Mal war ich darüber richtig wütend. Nachdem er das einige Male gemacht hatte, habe ich ihm klipp und klar erklärt, dass ich das so in der Form nicht mehr will. Er hat dazu nicht viel gesagt, kam aber einige Zeit später wieder vorbei.

Ich saß wie immer an meiner Ecke, als er mich aus heiterem Himmel fragte: „Haben Sie Lust mich zu begleiten? Ich muss zu einem Kurs. Es geht um Computer." Ich war überrascht. „Das interessiert mich schon. Aber ich habe doch keine Ahnung davon. Was muss ich denn dafür tun?", wollte ich wissen.

„Gar nichts. Ich würde mich einfach nur freuen, wenn Sie mitfahren", erwiderte er. „Wenn Sie aber denken, ich würde mit Ihnen schlafen .... Das kommt gar nicht in Frage! Und überhaupt, sollte mir mal das Glück über den Weg laufen oder sollte ich mal schwach werden, dann muss derjenige sowieso zuerst einmal zum Arzt gehen und nachweisen, dass er kein AIDS hat", war meine ehrliche, aber nicht gerade freundliche Reaktion.

Zum damaligen Zeitpunkt war ja das Thema AIDS in aller Munde. Erst später erfuhr ich von Frau Furda, dass dieser Mann Radiologe war. Für mich war er seitdem „der Dok". Er redete manchmal über seine Praxis, aber mir waren Begriffe wie CT nicht geläufig und deshalb habe ich von dem, was er mir erzählte, nicht viel verstanden.

„Wenn Sie mir garantieren, dass ich ein Einzelzimmer bekomme, und wenn ich nur Ihre Begleiterin bin, dann bin ich gerne dabei." Nachdem er mir das noch einmal ausdrücklich zugesichert hatte, bin ich mitgefahren, und ich muss sagen, er hat sich an seine Zusicherung gehalten. Wir fuhren nach Bad Zwischenahn. Das werde ich nie vergessen. Nachdem wir in einem schönen Restaurant lecker gegessen hatten, gingen wir in das Hotel, in dem er zwei Zimmer reserviert hatte. Eins davon hatte Seeblick. Sofort sagte er: „Wissen Sie was? Sie nehmen das Zimmer mit Seeblick. Ich nehme das andere Zimmer." Nachdem er sich mein Zimmer mit mir angesehen hatte und ich gerade vom Balkon kam, nahm er mich kurz in den Arm und gab mir ein erstes kleines Küsschen, wünschte mir dann aber sofort eine gute Nacht und verschwand. Am nächsten Morgen wurde ich geweckt, bekam Blumen und wurde von ihm gefragt, ob ich gut geschlafen habe. Der Mann war wirklich ganz besonders nett. Er war höflich und zurückhaltend. Das kann ich nicht anders sagen. Während er seinen Kurs besuchte, löste ich stapelweise Kreuzworträtsel in dem Hotel. Da er noch länger bleiben wollte als ursprünglich geplant, in dem gebuchten Hotel aber eine Verlängerung nicht möglich war, empfahl man uns ein anderes Haus, das wie eine Art Schloss sein sollte. Wir fuhren dort hin, aber mir kam das Hotel sehr unheimlich vor und ich bekam fürchterliche Angst. Alles war dunkel und selbst die Einfahrt war nicht beleuchtet. Im Hotel buchte er zunächst die Zimmer für eine Nacht, aber auch mein Zimmer gefiel mir nicht und ich fühlte mich total unwohl. „Hier bleibe ich nicht!", gab ich ihm zu verstehen, ging zurück zur Rezeption und machte die Buchung rückgängig. Der Mitarbeiter an der Rezeption guckte nicht schlecht. Von dort fuhren wir Richtung Hannover und fanden ein Hotel in der Nähe der Messe. Auch hier bekam ich ein Zimmer für mich alleine. Trotzdem fühlte ich mich hundsmiserabel. Vom Balkon dieses Zimmers konnte ich nämlich quer rüber zu den Häusern sehen, wo ich mit Peter Klose gewohnt hatte. Dieser Augenblick mit meinen Gedanken an Peter Klose war einfach nur voller Wehmut und damit irgendwie schrecklich. Und es lief auch weiter alles andere als erfreulich. Denn mein Begleiter eröffnete mir als nächstes, er müsse am nächsten Tag nach Hause, da sein Kind getauft würde. Es traf mich wie ein Schlag. Ich sah ihn bei Frau Furda wieder, und das Geplänkel ging irgendwie weiter. Wie immer erschien er, tanzte ein- oder zweimal, und verschwand so schnell, wie er gekommen war mit den Worten: „Ich muss los." Auf der einen Seite dachte ich: „Das ist aber ein komischer Mann." Auf der anderen Seite faszinierte er mich aber auch. Hinzu kam, dass ich nach der Episode mit Peter Klose mit den Nerven völlig am Ende war. Dieser Mann war so verständnisvoll, er hörte mir zu und bot mir so eine interessante Überbrückung.

Zu dieser Zeit wohnte ich gerade erst wenige Wochen in Bad Pyrmont. In der Wohnung stand eigentlich noch gar nichts. Ich besaß noch nicht einmal eine Lampe sondern nur eine Birne in einer Fassung an der Decke. Ich hatte keine Möbel, nur mein Bett. In diesem Jahr 1986 war Weihnachten besonders schrecklich. Als Dekoration hatte ich mit einem Nagel in der Wand einen Tannenzweig befestigt. Von meiner Freundin Miriam hatte ich eine kleine Lichterkette geschenkt bekommen. Mehr Weihnachtsschmuck gab es nicht. An einen Weihnachtsbaum war gar nicht zu denken. Es gab in meiner Wohnung nur einen kleinen wackeligen Tisch mit zwei alten Stühlen, die ich von meiner Schwägerin, Bübchens Frau Hannelore, erhalten hatte und deren Polster schon verschlissen waren. Ich hatte nichts. Heiligabend besuchte ich mit Bübchen zuerst den Gottesdienst in der Kirche. Danach gingen wir in meine kahle Wohnung und tranken gemeinsam ein Glas Wein, den ich von einem Gast geschenkt bekommen hatte. Sonst gab es nichts. Es war schlimm, aber auf der anderen Seite hatte ich wenigstens meine kleine Küche und konnte kochen, ich hatte mein Bad und konnte duschen und ich hatte mein Bett und konnte schlafen. Immerhin etwas!

Meine Schwägerin hatte mir angeboten, ich könnte mir bei ihr einen Tisch mit einer schwarzen Glasplatte und einem schmiedeeisernen Untergestell abholen. Als ich das dem Dok erzählte, bot er mir an, mir zu helfen. An einem Mittwochnachmittag holte er mich mit einem älteren Auto, das er als Zweitwagen neben seinem schönen Mercedes besaß, ab. Wir gingen zunächst in ein Fischrestaurant im Kalletal. Dort haben wir sehr gepflegt gegessen und sind danach weiter zu meiner Schwägerin gefahren. Als wir auf dem Hof ankamen, stand der Tisch schon zur Abholung bereit. Allerdings war er total verdreckt. Die Glasplatte war kaum noch als solche zu erkennen. Das Untergestell bestand überwiegend aus Rost. Das alles musste erst einmal vom gröbsten Dreck befreit werden. Trotzdem luden wir den Tisch ein und fuhren zurück zu meiner Wohnung in Bad Pyrmont. Als wir den Tisch aus dem Auto herausgeholt hatten, wollte ich um jeden Preis vermeiden, dass der Dok mit in meine Wohnung kommt. Es wäre mir viel zu peinlich gewesen, ihm diese Wohnung zeigen zu müssen, in der ich gar nichts Richtiges stehen hatte. Das war ein absolutes Tabu für mich. Aber was sollte ich denn machen? Mir blieb keine andere Wahl, als seine Hilfe anzunehmen. Es kam noch ein Nachbar hinzu, der mit anpackte. Jetzt war der Dok also zum ersten Mal in meiner Wohnung. Das passte mir eigentlich überhaupt nicht, aber in der Folgezeit kam er immer öfter dort hin. Immer wieder fragte er mich: „Was brauchst du denn?" „Gar nichts", gab ich zur Antwort, obwohl ich im Grunde nichts hatte, nicht mal einen Dosenöffner, kein Schälmesser, nichts. Es war eine Katastrophe. Ich konnte noch nicht mal meine Konservendosen aus dem Aldi aufmachen. Wieder musste ich ganz von vorne anfangen. Nach und nach brachte mir der Dok etwas mit. Von ihm bekam ich Besteck, aber zum Beispiel auch eine Blumenvase, die ich zu dem Zeitpunkt überhaupt nicht benötigte. Er hatte immer ein sagenhaftes Talent, mir Sachen mitzubringen, für die ich gar keine Verwendung hatte, wie zum Beispiel silberne Salz- und Pfefferstreuer. Für mich ging es damals um ganz elementare Dinge und nicht um irgendwelchen Luxus.

„Du bist wie ein zerstreuter Professor. Du weißt überhaupt nicht, was ich an praktischen Dingen brauche", habe ich einmal zu ihm gesagt. Dabei meinte er es doch wirklich nur gut, auch als er mir einmal einen ganzen Satz Bücher brachte, die ich nicht lesen kann und die noch heute bei mir im Schrank stehen. Was soll ich damit? Diese Bücher kann man noch nicht einmal verkaufen. Eine silberne Kaffeekanne mit passendem Milch- und Zuckertöpfchen gehörten auch zu den zumindest aus meiner damaligen Sicht völlig unnützen Dingen, die er mir schenkte. In meine olle Bude passte Silber nun ganz und gar nicht rein. Aber er hat es wirklich immer gut gemeint. Und das war ja nicht unwichtig, wenn es mir auch nicht so richtig half.

So ging das mit seinen Besuchen beinahe ein ganzes Jahr. Irgendwann habe ich dann mal zu ihm gesagt: „Hör mal, ich möchte nicht, dass du einfach so vor der Tür stehst. Ich möchte, dass du mir Bescheid sagst, bevor du kommst. Ich mag keinen Besuch abends gegen 21.00 oder 22.00 Uhr, wenn ich vielleicht schon im Bett liege und vielleicht sogar schon geschlafen habe."
Er akzeptierte das selbstverständlich. Ohnehin war er ein sehr verständnisvoller, wenn auch manchmal ein recht eigenartiger Mann. Hin und wieder besuchte er mich auch am Dümmer. Als er wieder einmal dort war, machte er zu meiner Überraschung den Vorschlag, für uns ein Wochenendhaus am Dümmer zu kaufen. Er wollte dem Trubel seines Alltages wirksamer entfliehen und sich am Wochenende mit mir am Dümmer erholen. Die Ruhe, die er brauchte, schien er wohl bei mir gefunden zu haben. Das Projekt Haussuche haben wir dann auch zügig in Angriff genommen. Ich sollte mich darum kümmern und hatte schon bald einige Angebote besorgt. Dr. Schiwago, so nannte ich ihn damals schon, hatte mir auch schon Geld dafür gegeben. Das erste Haus, das in Frage kam, war ihm aber dann doch zu groß. Er bat mich, nach einem kleineren Haus, vielleicht einem Blockhaus zu suchen. Im Ergebnis verlief dieses Projekt dann aber im Sand, und es ist nie zu einem Hauskauf gekommen.

Dr. Schiwago 1991 am Dümmer

Irgendwie war das ganze Verhältnis mit Dr. Schiwago ein ständiges Auf und Ab, das sich über viele, viele Jahre hinzog. Mir ging es dabei nicht selten ziemlich schlecht, das heißt, ich durchlebte oft einige wirklich depressive Phasen. Es war einfach schrecklich. Oft zog ich mich zurück und war für niemanden mehr zu erreichen, selbst für meine besten Freunde nicht. Unter der Tatsache, dass Dr. Schiwago als verheirateter Ehemann mit zwei relativ kleinen Kindern in einer Familie lebte, litt ich immens, auch wenn ich es nicht wahr haben wollte. Ich habe einmal zu Dr. Schiwago gesagt: "Du kannst froh sein, dass du mich nicht als junge Frau kennengelernt hast. Damals wäre ich für meine Liebe auf die Barrikaden gegangen und hätte mit allen meinen Kräften ohne Rücksicht auf Verluste oder deinen Ruf um dich gekämpft."
Aber jetzt lief alles heimlich ab. Seine Frau durfte davon nichts wissen, und auch seine Kinder sollten auf keinen Fall darunter leiden, was ihr Vater machte. Trotzdem brachte er einmal seinen siebenjährigen Sohn mit zum Dümmer, ein anderes Mal seinen zweijährigen Sohn mit in meine Wohnung. Ich dachte nur: „Bloß nicht!" Die Kinder sollten doch da nicht reingezogen werden.

In meiner Familie und auch in meinem Freundeskreis waren alle in mein Verhältnis mit Dr. Schiwago eingeweiht. Vielleicht wollte ich deshalb, verrückt wie ich manchmal bin, unbedingt, dass Dr. Schiwago mit seiner Familie an einem unserer Feste teilnahm. Dies ging aber nur, indem ich meinen Schwiegersohn Bernd auf meine Seite zog. Mein Plan war, dass das Ganze am Ende so aussehen sollte, als ob Bernd der Initiator der Einladung war, nach dem Motto: „Dr. Prasuhn trifft sich mit Dr. Schiwago". Ich sollte mit der Einladung gar nichts zu tun haben, sondern die Rolle der Außenstehenden einnehmen. So konnte mein Verhältnis zu Dr. Schiwago verdeckt bleiben, gleichzeitig konnte durch diesen Kontakt aber auch mein Wunsch, dass er mich vielleicht etwas öfter zuhause oder am Dümmer besucht, in Erfüllung gehen. Offiziell besuchte Dr. Schiwago ja nicht mich sondern Bernd. Bernd war sein Kontakt in Düsseldorf und am Dümmer, und ich muss sagen, Bernd und auch alle anderen in meiner Familie spielten bei dieser Geschichte ganz großartig mit. Gegen Mutters Glück hatten sie nie etwas.

Mit Dr. Schiwago erlebte ich aber auch einige Enttäuschungen. Ich erinnere mich in diesem Zusammenhang ganz besonders intensiv an eine Begebenheit 1987 oder 1988 in Düsseldorf. Ich besuchte zu der Zeit Marion in Düsseldorf, und Dr. Schiwago wollte die Gelegenheit nutzen, zur Messe Medica auch nach Düsseldorf zu kommen, um mich zu sehen. Er holte mich bei Marion ab und wir verbrachten den Abend beim Essen in einem sehr schönen Restaurant. Dabei ging ich wie selbstverständlich davon aus, dass wir uns im Anschluss ein Zimmer in einem Hotel nehmen und dort übernachten werden. So hatte ich es mir ausgemalt und auch bei Marion angekündigt. Aber Pustekuchen, daraus wurde nichts. Dr. Schiwago brachte mich nach dem Restaurantbesuch mitten in der Nacht zu Marion zurück, und es blieb mir nichts anderes übrig, als Marion und Bernd aus dem Bett zu klingeln. Marion und Bernd waren völlig überrascht, denn sie dachten auch, dass ich mir einen schönen Abend machen würde und sie mich erst am nächsten Tag wieder sehen würden. Als ich in der Tür stand, las ich bereits Marions und Bernds Gedanken. Noch bevor sie auch nur ein Wort sagen konnten, kam ich ihnen zuvor: „Ihr braucht gar nichts zu sagen. Es ist alles in Ordnung." Meine Enttäuschung wollte ich mir einfach nicht anmerken lassen, aber ich weiß nicht, ob mir das wirklich gelungen ist. Ich bin fast sicher, dass man mir angesehen hat, wie enttäuscht ich von diesem Abend und insbesondere von Dr. Schiwago war.

Kurz nachdem Marion und Bernd 1991 das Wochenendhaus am Dümmer gekauft hatten, fand dort eine große Einweihungsfeier statt, zu der auch Dr. Schiwago mit seiner Frau und den Kindern offiziell eingeladen wurden. Er wollte dieser Einladung zunächst nicht folgen. Das war ihm wohl irgendwie peinlich. Aber ich machte Druck, denn über seine Absage hatte ich mich sehr geärgert. „Ich bin doch keine Eintagsfliege für dich! Wenn du dir nur ein- oder zweimal im Jahr für mich Zeit nimmst, musst du in Zukunft schön zu Hause bleiben. Das ist doch nicht zu viel verlangt!" Auf jeden Fall ist er dann doch zur Einweihungsparty mit seiner Frau und den Kindern erschienen. Zweimal war er auch Gast auf meinen Geburtstagsfeiern. Als ich sechzig und als ich siebzig Jahre alt geworden bin, war er dabei.
Im Übrigen ging mein Plan, Dr. Schiwago über Bernd in meine Familie einzubeziehen, voll auf. So wurde er mit seiner Frau, natürlich auf meinen Wunsch hin, auch zu Ginis Konfirmation oder ein anderes Mal zur Geburtstagsfeier meiner Tochter Marion eingeladen. Als Jacky Konfirmation feierte, hat es nicht geklappt. Jacky lehnte es ab, Dr. Schiwago einzuladen. „Nein, ich spiele da nicht mit", meinte sie, was Marion selbstverständlich auch akzeptierte.

Mein gesamtes Verhältnis mit Dr. Schiwago litt aber von Anfang bis Ende darunter, dass dieser Mann nie wirklich Zeit hatte. Er war immer in Eile und irgendwie gehetzt. Es war unmöglich, mit ihm irgendetwas zu planen. Ich konnte zum Beispiel nicht von ihm erwarten, dass er es möglich macht, mal für zwei oder drei Tage mit mir wegzufahren. So etwas war mit ihm nicht möglich. Es gab in der ganzen Zeit nur einmal unserer Kurzreise nach Mainz. Das war, als wir uns kennengelernt hatten und es ernst wurde.

Aber auch wenn ich Dr. Schiwago nur selten sah, haben wir doch fast jeden Tag miteinander telefoniert. Aber nicht nur das, denn er hat mir wirklich gerne Briefe geschrieben. Nahezu jeden Tag bekam ich von ihm Post. Insgesamt waren es bestimmt fast 300 Briefe, die ich bis heute alle noch im Keller in meinen großen Reisetaschen aufbewahre. Die Briefe und die Telefonate waren oft das einzige, über das ich mich gefreut habe. Das muss ich ganz ehrlich sagen. In den Briefen schilderte mir Dr. Schiwago die kleinen aber auch seine größeren Sorgen des Alltags. Fast jeder Brief endete mit den Worten: „In Eile, in Eile! Dein Friedrich!" Ab und zu legte er auch einen kleinen Schein in den Umschlag, wovon ich mir Blumen oder etwas anderes Schönes kaufen sollte. Aber ich habe das nie getan, sondern das ganze Geld gespart. Im Grunde genommen war er ja doch irgendwie für mich da. Er hörte mir zu und am meisten hat mir imponiert, dass er nicht aufdringlich war. Aber ein bisschen mehr Zeit hätte ich mir schon von ihm gewünscht. Telefonate und Briefe können das Miteinander nicht ersetzen.

1997 feierten wir das zehnjährige Bestehen unseres Verhältnisses. Bis dahin haben wir uns immerhin meistens einmal wöchentlich am Mittwochnachmittag, wenn seine Praxis geschlossen war, getroffen. Mittwochs war aber auch immer mein Frauen-Saunatag. Oft stand er dann schon vor der Türe, wenn ich gerade aus der Sauna kam. Das regte mich immer auf. Ich war ja noch nicht gestylt und wollte mich für ihn doch immer besonders chic machen. Wenn er mittwochs mal nicht kommen konnte, rief er mich jedes Mal an.
Nach wie vor fuhr ich auch oft zum Dümmer. Wenn ich dort war, schickte er die Briefe postlagernd an die kleine Post in Lembruch. Dieter und auch Heinz waren in dieser Zeit ebenfalls oft am Dümmer. Dr. Schiwago wusste, dass ich mit den beiden nur noch freundschaftlich verbunden war und hatte damit kein Problem. Manchmal, wenn ich zum Dümmer kam, wartete Dieter schon mit Post von Dr. Schiwago auf mich. Das alles war für uns normal.

Probleme mit meiner Ex-Schwägerin Gerda

Meine Zeit in Bad Pyrmont ist auch eng mit meinem Bruder Büb und dessen späterer Frau Gerda verbunden. Büb hatte nach seiner Trennung von seiner zweiten Frau Hannelore in Bad Pyrmont wieder Fuß gefasst. Er hatte dort eine kleine Wohnung und einen Job in der Spielhalle. Diese Spielhalle befand sich gegenüber vom „Café Korso". Nach wie vor waren mein Bruder Büb und Frau Furda eng befreundet. Dort im „Café Korso" lernte Büb dann Gerda kennen. Gerda war einige Jahre jünger als Büb, hatte früher auch mal eine Kneipe und arbeitete jetzt als Köchin in einem Altenheim. Am Anfang dieser Beziehung verstanden Gerda und ich uns sehr gut. Wir sahen uns öfter bei Frau Furda und hatten ein nettes Verhältnis miteinander. Büb kam zu dieser Zeit sehr oft zu mir, um sich mit mir über Gerda zu unterhalten. Er fühlte sich von Gerda ein bisschen überrumpelt, und hat oft über diese Beziehung nachgedacht. Ich weiß noch, dass ich ihm sagte, dass es nicht schön ist, im Alter allein zu sein, und dass ich ihn sogar dazu ermuntert habe, Gerda zu heiraten.

Leider hat sich das Verhältnis zwischen Gerda und mir im Laufe der Jahre extrem verschlechtert. Heute sprechen wir kein Wort mehr miteinander, und im Grunde ist mir bis heute nicht klar warum. Vielleicht war sie einfach eifersüchtig auf mich und meine gute Beziehung zu meinem Bruder? Ich weiß es nicht.

Vielleicht fing es aber auch im Dorint Hotel an. Gerda arbeitete dort zur Aushilfe als Kellnerin. Als das Dorint Hotel eine weitere Serviererin suchte, fragte mich Gerda, ob ich mich nicht mal vorstellen wolle. Das habe ich auch getan und einen Abend zur Probe gekellnert. Das muss den Verantwortlichen gut gefallen haben, denn ich wurde ein paar Tage später wieder vom Dorint Hotel für eine Veranstaltung angefragt. Diesmal durfte ich zum Sektempfang im Foyer bedienen, während Gerda schon im Saal kellnerte. Als die Veranstaltung zu Ende ging, hat man Gerda schon mal zum Aufräumen und Spülen in die Küche geschickt, während ich bis zum Schluss kellnern durfte. Ich weiß, dass sich Gerda insbesondere darüber geärgert hat, dass ich für den Sektempfang ausgesucht wurde und nicht sie. Das hat sie bestimmt noch lange beschäftigt, denn je näher mein Bruder und Gerda sich kamen, desto schlechter wurde unser Verhältnis. Als Büb und sie heirateten, ging das sogar so weit, dass sie nicht wollte, dass ich zum Standesamt und zur Hochzeitsfeier am Abend komme. Trotzdem habe ich ihr am Vorabend noch meine Pelzjacke ausgeliehen, da sie für die Hochzeit keine passende Jacke hatte. Ich hatte mich auch angeboten, die Trauung und die Hochzeitsfeier zu filmen. Büb fand das toll und hat sich sehr über dieses Angebot gefreut. Gerda wollte das natürlich auch nicht. Aber Büb hat sich durchgesetzt, und dadurch waren sowohl ich als auch meine Kinder mit den Enkelkindern bei der Hochzeit dabei. Im weiteren Verlauf der Ehe wollte Gerda nichts mit unserer Familie zu tun haben. Ein weiteres Mal kam es anlässlich des 75. Geburtstags meines Bruders zum Eklat. Weil Büb wieder seine Familie, und diesmal auch seine zwei Kinder aus erster Ehe, Pitti und Kalli, und seinen Sohn Mike aus zweiter Ehe dabei haben wollte, hat Gerda es abgelehnt, an der Geburtstagsfeier teilzunehmen. Sie war tatsächlich auf dem 75. Geburtstag ihres Mannes nicht dabei. An diesem Abend erlitt mein Bruder einen leichten Herzinfarkt und musste am späten Abend noch in ein Krankenhaus eingeliefert werden. Traurig, wenn da die Ehefrau nicht an seiner Seite ist. Besonders schlimm hat sich Gerda nach dem Tod meines Bruders verhalten. Mein Bruder hatte Geld für seine Beerdigung gespart, und Gerda hat mir und Frau Furda unterstellt, dieses Geld unterschlagen zu haben. Wir hätten Büb genötigt, uns das Geld zu geben. Frau Furda und ich waren wie vor den Kopf geschlagen. Jedenfalls war sich Gerda so sicher, dass sie sich sogar weigerte, die Beerdigung ihres Mannes zu bezahlen. Erst als das Bestattungsunternehmen einen gerichtlichen Beschluss erwirkte, hat sie die Beerdigungskosten bezahlt. So viel ich weiß, haben mein Bruder Helmut und seine Frau Christa noch gelegentlichen Kontakt zu Gerda. Auf meine Briefe oder Anrufe zum Zwecke einer Aussprache nach all den Jahren hat sie bis heute nicht reagiert. Ich finde das sehr schade, denn wie ich schon sagte, weiß ich bis heute nicht, was ich ihr getan habe.

Urlaube mit Dieter

Nach meiner Scheidung von Peter Klose 1987 habe ich mit Dieter noch sehr schöne Jahre verbracht Der Dümmer wurde unser gemeinsames Zuhause. Wenn ich nicht am Dümmer sein konnte, war Dieter dort. Er hielt alles in Ordnung. Ich brauchte mich um nichts zu kümmern. Wenn ich kam, war alles vorbereitet. Dieter kaufte die Lebensmittel ein, organisierte die Gasflaschen, sorgte für Getränke und für alles andere, was man so braucht. Wir lebten eigentlich wieder genauso wie früher, als wir noch verheiratet waren. Wie selbstverständlich schliefen wir wieder gemeinsam in unserem französischen Doppelbett, aber wie früher tat sich zwischen uns auch jetzt nichts. Es haben sich noch nicht einmal unsere Füße berührt. Dieter hatte die Angewohnheit, im Bett im Schlafzimmer lange Fernsehen zu gucken. Aus Rücksichtnahme benutzte er aber Kopfhörer, um mich nicht zu stören.

Dieter war irgendwie ein Eigenbrötler. Er konnte sich den ganzen Tag beschäftigen, sprach aber kein Wort. Alles, was er tat, geschah mit einer bemerkenswerten Ruhe und Langsamkeit, die mich manchmal wirklich nervte. Auf der anderen Seite servierte er mir wortlos mein Frühstück, bestehend aus einem Kaffee, Zwieback, Marmelade und Quark. Ein Aschenbecher mit Zigaretten stand für mich stets bereit. Insofern konnte ich mich über Dieter nicht beklagen. Bei schönem Wetter stellte er die Liegen mit frischen Handtüchern raus, so dass wir gemütlich in der Sonne liegen konnten. Manchmal hat er sogar gekocht.

Ich war in dieser Zeit sehr an Reisen interessiert. Deshalb hatte ich meistens irgendwelche Prospekte da, die ich mir gerne anschaute. Anders als während unserer Ehezeit verwaltete jetzt jeder seine Finanzen selbst. Damals hatte ich das ja alles in die Hand genommen. Jetzt hatte ich keinen Einblick mehr in Dieters finanzielle Verhältnisse. Ich wusste noch nicht einmal, wie viel er jetzt verdient. Ich wollte das auch nicht. Er sollte selber sehen, wie teuer das alles ist, wenn man einkaufen geht. Dieter war aber sehr großzügig. Wenn wir gemeinsam einkaufen gingen, hat er grundsätzlich bezahlt. Er tankte sogar mein Auto, weil er sich darüber aufregte, dass ich immer nur für kleine Beträge, manchmal sogar nur für 5 DM tankte. Aber was nützte mir ein voller Tank, wenn ich nach dem Tanken kein Geld mehr hatte, um etwas zum Essen zu kaufen? Dieter kannte es einfach nicht, sein Geld einteilen zu müssen. Er füllte seinen Tank grundsätzlich bis zum Rand voll. Das war für ihn auch kein Problem, denn er hatte ja so gut wie keine Ausgaben. Er gab sein Geld auch nicht in Kneipen aus sondern kaufte sich lieber einen Kasten Bier, am liebsten Königs Pils. Dabei brachte er mir auch immer einige Flaschen Altbier mit, obwohl ich kein großer Biertrinker war.

Nach der Trennung von Peter Klose war ich total niedergeschlagen. Dieter wollte zu der Zeit gerne nach Gran Canaria in Urlaub fahren. Dieses Reiseziel gefiel mir allerdings überhaupt nicht. Dort waren wir schon zwei- oder dreimal am Anfang unserer Ehe gewesen. Ich schlug ihm Mauritius vor und zeigte ihm die herrlichen Prospekte. Da er seine Reise nach Gran Canaria bereits gebucht hatte, und ich ihn überreden konnte, mit mir nach Mauritius zu fliegen, buchten wir seine Reise um. So wurde mein Traum von Mauritius wahr. Wir flogen über Weihnachten und konnten so Dieters fünfzigsten Geburtstag auf Mauritius feiern. Das war das einzige Mal, dass Dieter mich zu einer Reise eingeladen hatte. Ich konnte kein Geld beisteuern, weil ich für die Behandlung meiner Zähne gerade 800 DM bezahlen musste. Diese Reise war ein wirklich einmaliges Erlebnis. Für Dieters runden Geburtstag am 23. Dezember organisierte ich mit der Chefin des Hotels eine Geburtstagstorte, und in der Nacht besorgte ich in irgendwelchen Vorgärten auf nicht ganz legale Weise frische Blumen, die ich ihm morgens auf den Frühstückstisch stellte. Abends wurde im Hotel eigens für Dieter ein Fest gegeben. Genau an Silvester flogen wir zurück nach Deutschland. Daran kann ich mich deshalb so gut erinnern, weil wir während dieses Fluges drei Zeitzonen durchquerten und dadurch praktisch dreimal kurz hintereinander Silvester erlebten. Jedes Mal wünschten wir uns ein gutes neues Jahr und prosteten uns zu.

Im darauf folgenden Jahr wollte Dieter nicht in Urlaub fahren und gab zur Begründung an, er habe kein Geld. Das konnte ich mir nicht so richtig vorstellen. „Was machst du denn mit deinem ganzen Geld? Du trinkst doch nur dein Bier. Und deine sonstigen Ausgaben sind doch auch sehr überschaubar. Da muss doch etwas übrig bleiben", sagte ich zu ihm.

Ein Jahr später, 1989, hat es dann doch geklappt. Wir flogen nach Bali, aber nur weil ich zu der Reise 1.000 DM beisteuerte. Bei der darauf folgenden Reise zwei Jahre später waren es sogar 1.500 DM, die ich dazu gab. Darauf kam es mir nicht an, denn dafür gab ich mein gespartes Geld gerne aus. Da ich ja gut verhandeln konnte, gelang es mir immer, im Reisebüro die günstigsten Flüge und Hotels zu erhalten. So konnten wir für das Geld, das normalerweise nur für zwei Wochen gereicht hätte, meistens drei Wochen Urlaub machen. Dabei sind wir nie in schlechten Hotels untergekommen. Ich habe aber immer darauf geachtet, nach Möglichkeit nur die Übernachtung zu buchen. Essen und Getränke haben wir immer selbst eingekauft und dadurch natürlich viel günstiger gelebt, ohne dass Dieter auf sein Bierchen verzichten musste. Mit Dieter konnte man sehr gut in Urlaub fahren. Es gab mit ihm in keiner Situation Ärger. Ganz im Gegenteil! Dieter war immer ausgleichend und zuvorkommend. Er trug die Koffer und las mir quasi meine Wünsche von den Lippen ab. Niemals motzte oder moserte er herum. Das gab es bei Dieter einfach nicht. Inzwischen hatte ich es mir auch abgewöhnt, ihn zu kritisieren, wenn er meiner Meinung nach mal wieder ein Bier zuviel trank. Ich sagte mir dann einfach: „Warum denn eigentlich nicht", denn Dieter blieb, auch wenn er etwas getrunken hatte, immer angenehm. Er wurde nie laut oder gar aggressiv.

Als wir in Bali waren und ich dort auf der Liege lag, hatte ich Prospekte von der Isla Margarita in Venezuela in der Hand. Ich geriet sofort ins Schwärmen und es gelang mir, Dieter zu überreden, den nächsten Urlaub dort zu verbringen.

Zwei Jahre später war es dann soweit. Auf der Isla Margarita hatten wir eine sehr schöne Unterkunft in einer Anlage, die ein bisschen an eine Burg erinnerte. Die ganze Anlage war zwar nicht ganz so feudal, eher etwas rustikal, aber es fehlte an nichts. Die Anlage lag auf einer Anhöhe, etwas abgelegen und relativ weit weg vom Meer. Jeden Morgen wurden wir von einem Bus abgeholt, der uns täglich an einen anderen Strand brachte. Ein Strand war schöner als der andere. Einmal haben wir sogar an einer erlebnisreichen Safari teilgenommen. Gerne erinnere ich mich an einen Ausflug auf einem Schiff. Da war Dieter sofort Feuer und Flamme. Allerdings konnte ich ihn seltsamerweise nie für eine Kreuzfahrt begeistern. Das wollte er nie. Während des Ausflugs auf dem Schiff in Venezuela ging er mit dem Kapitän in den Motorraum und schaute sich alles an. Der ganze Ausflug auf dem Schiff wurde für uns beide zu einem unvergesslichen Erlebnis. Es wurde getanzt, es gab kühle Drinks und andere kleine Überraschungen. Ein anderes Mal haben wir einen Ausflug auf einem Katamaran gemacht. Wir lagen in den Hängematten und ließen es uns einfach nur gut gehen. Wir sprangen ins Wasser und wurden vom Boot aus mit erfrischenden Getränken versorgt. Meistens handelte es sich dabei um alkoholische Getränke und ganz gegen meine Gewohnheit liess ich mir im Wasser ein Glas Whisky-Cola geben. Das hatte ich auch noch nie gemacht.

Im Hotel haben wir uns abends meistens auf dem großen Balkon in den Hängematten ausgeruht.

Es war einfach nur herrlich.

Genauso herrlich war es Jahre später mit Dieter auf Martinique. Ich komme wirklich ins Schwärmen, wenn ich an die vielen schönen Urlaube denke.

Insgesamt habe ich mit Dieter sicherlich mehr als zehn Reisen gemacht. Dieters 60. Geburtstag verbrachten wir in Phuket. Unser Hotel lag auf einer Anhöhe, das zum Glück von dem Tsunami Jahre später verschont geblieben ist. Am Strand habe ich oft und mit Begeisterung die Para-Glider beobachtet. Weil meine Enkelin Jacky mir mal erzählt hatte, dass sie das schon als sechsjährige in der Dominikanischen Republik ausprobiert hat, kam ich von dem Gedanken nicht los, es auch mal zu versuchen. Immer wieder sprach ich davon, bis Dieter irgendwann sagte: „Mein Gott, dann mach es doch!" Also nahm ich all meinen Mut zusammen und dachte, Dieters Geburtstag ist der richtige Tag, um das mal auszuprobieren. Aber Dieter sollte das auf jeden Fall filmen. Ich hatte den Veranstalter nur inständig darum gebeten, dass ich auf dem Strand lande und nicht im Wasser, denn nach wie vor war es eine Horrorvorstellung für mich, mit dem Kopf unter Wasser zu tauchen. An Dieters 60. Geburtstag war es soweit. Ich bin tatsächlich mit einem Para-Glider übers Meer geflogen und Dieter hat alles gefilmt. Dieses Glücksgefühl beim Flug und das Gefühl danach, es tatsächlich getan zu haben, waren unbeschreiblich. Diese Überwindung meiner Ängste war mein Geburtstagsgeschenk für Dieter. In unserem Hotel fanden auch Informationsveranstaltungen zu einem Timesharing Projekt statt. Dieter hat sich überreden lassen, sich in ein solches Projekt einzukaufen. Dabei haben wir uns für einen Bungalow entschieden, der direkt neben dem Hotel gebaut wurde. Dort konnten wir einmal im Jahr für acht Tage Urlaub machen. Wir mussten nur für den Flug und die Verpflegung sorgen. In Thailand ist das Essen ja sehr preiswert. Dennoch haben wir dieses Timesharing-Modell insgesamt nur dreimal genutzt. Einmal waren wir auf den Fidschi-Inseln, einmal auf Gran Canaria und einmal noch auf Teneriffa. Bei einer anderen Gelegenheit hätten wir auch beinahe auf Gran Canaria ein Appartement gekauft. Aber das lag so ungünstig in einem Hinterhof mitten in Palma und kam deshalb nach der Besichtigung überhaupt nicht mehr in Frage.

Durch die vielen Reisen bin ich sehr oft geflogen. Das hat mir jedes Mal gut gefallen, aber ich erinnere mich immer noch an meinen ersten Flug. Als ich zum ersten Mal flog, war ich wahnsinnig aufgeregt. Jeden, den ich kannte und von dem ich wusste, dass er oder sie schon einmal geflogen war, fragte ich danach, wie das Fliegen ist. Am Sonntag vor dem ersten Flug bin ich nach Düsseldorf zum Flughafen gefahren und habe mir angesehen, wie Flugzeuge landen und starten. Ich hatte fürchterliche Angst. Das erste Mal bin ich mit Dieter in einer Lufthansa-Maschine nach Gran Canaria geflogen. Obwohl ich so große Angst hatte, wollte ich unbedingt am Fenster sitzen. Der Kapitän gab die Weisung durch, anschnallen und gerade sitzen, was ich mir hundertprozentig zu Herzen nahm und eisern befolgte, während ich Dieter das Händchen hielt und mich nicht bewegte. Es ist alles gut gegangen. Später habe ich mir mit der Zeit angewöhnt, unmittelbar vor dem Abflug am Flughafen ein Schnäpschen zu trinken. Nur einen, aber der hilft mir ungemein gegen Flugangst. Im Flieger bestelle ich regelmäßig einen Piccolo oder, wenn ich mit meiner Freundin fliege, gerne auch Campari-Orange.

Einmal habe ich beinahe einen ganzen Monat im Flugzeug verbracht. Es war anlässlich der Amerika-Reise zu Marion und Bernd, von der ich schon berichtet habe. Ich weiß nicht, wie viele Starts und Landungen ich bei dieser Reise erlebt habe. Es waren jedenfalls einige. Dabei werde ich einen ganz bestimmten Flug niemals vergessen. Es war auf meinem Flug von Los Angeles zurück nach Frankfurt. In Denver mussten wir zwischenlanden und das Flugzeug wechseln, weil unsere Maschine einen Schaden hatte. Zunächst haben wir drei Stunden im Flugzeug auf die Reparatur gewartet, die dann aber doch offensichtlich misslang. Nach diesen drei Stunden wurde uns erst gesagt, dass wir die Maschine verlassen und in den Warteraum gehen müssen. Hier haben wir wieder einige Stunden verbracht, bis wir in ein anderes Flugzeug einsteigen konnten, dessen Maschine mir wegen ihres Geräuschpegels schon beim Start auf dem Rollfeld eine ungeheure Angst einjagte. „Wenn da nicht mal was ist", sagte ich und hatte es noch nicht ausgesprochen, als der Pilot auf dem Rollfeld eine Vollbremsung machte. Dann mussten wir wieder im Flugzeug warten. Nach drei weiteren Stunden gab es endlich auch etwas zu trinken. Danach dauerte es immer noch mindestens eine Stunde, bevor es endlich losging. Meine Angst war immer noch riesig. Wenn das mein erster Flug gewesen wäre, wäre es bestimmt auch mein letzter gewesen. Nach einigen Stunden erreichten wir schließlich in dieser Rappelkiste den Flughafen Frankfurt, erhielten aber wegen Nebels zunächst keine Landeerlaubnis und mussten lange Warteschleifen fliegen. Ich rechnete jeden Moment damit, dass die Maschine auseinander fällt. Als die Landung schließlich doch vollzogen war, haben alle Passagiere Beifall geklatscht. Das Klatschen hörte gar nicht mehr auf. Die anderen Passagiere hatten genauso viel Angst gehabt wie ich. So ein erleichtertes Klatschen habe ich danach nie wieder gehört.

Grundsätzlich fliege ich auch heute noch sehr gerne, wenn ich auch sagen muss, dass bei mir immer eine Portion Angst mitfliegt. Am liebsten habe ich im Flieger einen Fensterplatz. In der Mitte sitze ich nicht gerne. Denn dort ist es eng und man bekommt ja viel zu wenig mit. Einmal bin ich mit meiner Freundin Mischa nach Ibiza geflogen. Für sie war es der erste Flug und ich musste sie lange bearbeiten, bis sie bereit war, mit mir in den Urlaub zu fliegen. Sie hatte noch viel mehr Angst als ich vor meinem ersten Flug. Aber als wir gelandet waren meinte sie, sie hätte während des Fluges überhaupt keine Angst gehabt. Ich war mir da nicht so sicher.

Mit Frau Furda habe ich zweimal Urlaub gemacht. In den siebziger Jahren waren wir mal zusammen eine Woche in Paris und nach dem Tod ihres zweiten Mannes 2006 in Dubai. Frau Furda hatte mich zu dieser Reise eingeladen, weil ich sie als Einzige nach dem Tod ihres Mannes zur Seebestattung nach Rostock begleitet hatte. Ihre Enkelin hatte kurzfristig abgesagt, und ich bin eingesprungen, damit sie nicht ganz alleine nach Rostock fahren musste.

Mit Miriam auf Fuerteventura

Im Jahre 1997 habe ich zum 30-jährigen Bestehen meiner Freundschaft mit Miriam am Dümmer ein großes Fest veranstaltet. Aus diesem Anlass sind Miriam und ich dann auch im gleichen Jahr tatsächlich 14 Tage alleine nach Fuerteventura in Urlaub gefahren. Leider ging es Miriam nicht gut. Schon bei der Abreise hatte sie Fieber. Sie war richtig krank. Und das hielt auch die ganze erste Woche an. Ich lag während der ersten Woche auf der Terrasse und servierte Frau „Gräfin" zwischendurch ihren Tee und erkundigte mich nach ihrem Befinden. Die zweite Urlaubswoche lief schon besser. In der Anlage wurden wir vom Animationsteam angesprochen, ob wir nicht Lust hätten, bei dem Musical „Cats" mitzumachen. Ich lehnte zunächst ab, aber Miriam meinte, dass das doch bestimmt ein großer Spaß werden würde.

Schließlich ließ ich mich aber doch überreden und wir machten beide mit. Ich kann gar nicht in Worte fassen, wieviel Spaß wir tatsächlich dabei hatten. Nach einer Reihe von Proben fand die Aufführung statt, die dann auch gefilmt wurde. Wir waren total aufgeregt, aber es hat alles super geklappt. Den Film haben wir natürlich beide gekauft. Auf solche besonderen Andenken kann man einfach nicht verzichten. Immer, wenn ich heute das Lied „Mondlicht" höre, muss ich an diese tolle Zeit denken.

Miriam und ich in der Aufführung von „Cats" 1997

Der Dümmer wird Familiendomizil

Trotz der vielen Urlaube blieb unsere Zeit am Dümmer einfach wunderschön. Die ganze Familie traf dort sich mehrmals im Jahr. Dieter und ich bekamen viel Besuch und die Feste zu meinem Geburtstag waren immer das Highlight der Saison. Ende 1986 war uns mitgeteilt worden, dass wir unseren Standplatz an der Birkenallee aufgeben mussten. Dort sollte gebaut werden und alle Wohnwagenbesitzer mussten den Platz räumen. Zum Glück fanden wir auf dem Campingplatz am Hotel Seeblick schnell einen neuen passenden Stellplatz. Es war viel Arbeit, den neuen Platz vorzubereiten, aber Anfang 1987 zogen wir um, und bald schon fühlten wir uns dort genau so wohl wie auf unserem alten Platz.

Verstärkt wurde die Liebe zum Dümmer auch dadurch, dass sich meine Kinder entschlossen, ebenfalls am Dümmer ein Feriendomizil einzurichten. Irgendwie mochten alle die ländliche Idylle am Dümmer See und die Möglichkeit, dort zu segeln und zu surfen. Bernd und Marion wohnten seit 1987 in Düsseldorf und hatten zwei kleine Töchter, Gini und Jacky. Von Düsseldorf aus waren es nur zwei Stunden Fahrt bis zum Dümmer See, und da Bernd ein begeisterter Segler war, kam schnell die Idee auf, auch einen Wohnwagen am Dümmer See zu kaufen. Gesagt, getan. Auf dem gleichen Campingplatz am Hotel Seeblick, auf dem wir auch waren, wurde ein gebrauchter Wohnwagen angeboten, den Marion und Bernd dann auch kauften. Jetzt kamen sie fast jedes Wochenende zum Dümmer und ich fand es toll, so auch meine Enkelkinder öfter zu sehen. Kurze Zeit später entschieden sich auch Volker und Gerda, einen Wohnwagen auf unserem Platz gegenüber von Marion und Bernd zu kaufen. Volker und Gerda hatten inzwischen auch zwei Söhne, Alexander und Michael, so dass von da an eine richtige Familienzeit am Dümmer begann. In diese Zeit fiel auch 1990 Heinz 60. Geburtstag, den Bernd und Marion am Wohnwagen mit einem großen Fest bei strahlendem Wetter gefeiert haben. Volker und sogar auch Heinz hatten inzwischen ebenfalls ihren Segelschein am Dümmer gemacht. Bernd und Marion kauften eine gebrauchte Jolle, die sie „Freddy" nannten, in Anlehnung an den Sänger Freddy und seine Seemannslieder, die Bernd immer besonders gerne sang. So wurde Segeln zu unserem größten Hobby. In den Ferien haben nach und nach alle fünf Enkelkinder in der Segelschule ihren Opti-Schein gemacht und viele Ferien am Dümmer verbracht. Es war eine tolle Zeit. Wir haben gesegelt, gefeiert, gegrillt und für die Enkelkinder war es das reinste Paradies.

Im Jahre 1991 kauften Marion und Bernd sogar am Dümmer in Lembruch ein Haus, an dessen Suche ich maßgeblich beteiligt war. Anders als die meisten anderen Wochenendhäuser ist dieses Haus sehr solide von Grund auf in massiver Bauweise errichtet worden. Seinerzeit erfuhr ich, dass dieses Haus zum Verkauf stand. Sofort empfahl ich Marion, sie sollte Bernd heiß auf dieses Haus machen, ihm aber nicht sagen, dass sie diesen Tipp mit dem Haus von mir erhalten hatte. Dieses Haus hatte aus meiner Sicht nur Vorteile. Alle anderen Ferienhäuser am Dümmer waren im Vergleich mehr oder weniger große Bruchbuden, nämlich ganz primitive, aus Holz irgendwie zusammengeschusterte Wochenendhäuschen. Dieses Haus war eher ein normales Einfamilienhaus als ein Wochenendhaus. Auch die Innenausstattung war ausgesprochen hochwertig, mit Marmorböden, Mahagonitüren, Kamin, modernem Bad und Gäste-WC und mit einer modernen Einbauküche in eiche-rustikal. Außerdem gehörten zum Haus eine große Garage und ein großer Garten.

Auf alle Fälle hat Marion es geschafft, Bernd zu überreden, dieses Haus zu kaufen. Mein Herz hängt heute noch an diesem Haus und ich bin froh, dass Marion und Bernd dieses Haus am Dümmer heute noch haben.

In besonders guter Erinnerung habe ich die Feiern anlässlich meines Geburtstages am Dümmer. Meistens haben wir in den Geburtstag schon hinein gefeiert. Oft kamen meine Freundinnen Miriam und Mischa und auch meine Brüder zum Geburtstag angereist. Eigentlich gelang es mir regelmäßig, alle Verwandten und Bekannten zu diesem Fest zusammen zu trommeln. Jeder, der wollte, konnte kommen und wenn jemand einmal nicht kommen konnte, war ich zwar nicht böse, aber wenn alle gekommen waren, war ich besonders glücklich. Natürlich wurde auch immer Musik gemacht, gesungen und getanzt. Da das Wetter im Juli abgesehen von wenigen Ausnahmen immer schön war, konnte ich draußen am Wohnwagen die Terrasse wunderschön schmücken. Es wurde eine Theke aufgestellt und Girlanden aufgehängt. Heinz war selbstverständlich immer dabei. Er ist gar nicht aus unserer Familie wegzudenken. Der gehörte und gehört auch jetzt noch immer dazu. Heinz zieht sich wie ein roter Faden durch mein ganzes Leben.

Ein besonderes Erlebnis am Dümmer waren für mich meine runden Geburtstage, der 60., der 65. und mein 70. Geburtstag. Da ich zu den runden Geburtstagen immer besonders viele Leute eingeladen hatte, haben wir beschlossen, den Tag selbst bei Marion und Bernd am Dümmerhaus zu feiern. Am Vorabend des Geburtstages habe ich allerdings immer im Wohnwagen in den Geburtstag hineingefeiert. Meistens waren meine Kinder, Dieter und Heinz und oft auch schon meine Freundin Miriam mit Arno und ihrem Enkel Jerome dabei, der am gleichen Tag Geburtstag hat wie ich. Schon die Stimmung im Wohnwagen war immer großartig.

Mein 60. und Jeromes 8. Geburtstag   mit Miriam und Arno

Mein 60. Geburtstag mit allen meinen Geschwistern:
Friedhelm, Büb, Helmut, Waltraud und ich 1994 am Dümmer

Sektempfang zur Begrüßung

Am Haus wurde für die Feier der ganze Garten mit Girlanden und Segeln geschmückt. Am Eingang hatten wir ein besonders großes Segel aufgestellt und dort den Sekt zur Begrüßung ausgeschenkt.

Im Garten wurden ein Pavillon und eine Biertheke aufgebaut. Nach der Begrüßung und dem Sektempfang wurde immer erst Kaffee getrunken, und bis zum Abendessen gab es dann meistens schon Programm. Volker, Marion, Gerda, Miriam und viele andere haben für mich gesungen und Gedichte vorgetragen. Ich erinnere mich noch besonders gerne an das Ständchen, dass mir meine Enkelinnen Gini (damals 9 Jahre) und Jacky (damals 6 Jahre) zu meinem 60. Geburtstag gebracht haben. Es war wirklich rührend und so süß, wie sie in ihrem Lied "Wenn ich mal alt bin, möchte ich so sein wie die Omama" meine kleinen Eigenarten und Vorlieben so treffend besungen haben.
Deshalb möchte ich hier noch einmal den Text nach der Melodie des Beatles-Songs „When I'm 64" abdrucken.

Refrain Jacky:
Wenn ich mal alt bin, möcht ich so sein wie die Omama,
ich würd' immer gerne vor dem Spiegel stehn
und in schönen Kleidern mich drehn.
Ich würd' mich schminken, Nägel lackieren,
Spangen rein ins Haar,
Ketten und Ringe und schöne Dinge!
Fertig ist der Superstar!

1. Strophe Gini
Neulich war'n Oma und ich allein.
Wir fragten uns: Was tun?
Da fiel Oma plötzlich etwas Tolles ein:
ich durft laufen in ihren Schuhn.
Auf hohen Hacken stolziert' ich daher,
das sah klasse aus!
Hüften noch schwingen, ein Liedchen singen,
dann komm ich ganz groß raus.

Refrain Jacky
Wenn ich mal alt bin, möcht ich so sein wie die Omama,
ich würd' immer gerne vor dem Spiegel stehn
und in schönen Kleidern mich drehn.
Ich würd' mich schminken, Nägel lackieren,

Spangen rein ins Haar,
Ketten und Ringe und schöne Dinge!
Fertig ist der Superstar!

2. Strophe Gini
Ja meine Oma, die hält sich fit,
trimmt sich jeden Tag.
Cremt sich, pflegt sich, kommt bei Männern heut noch an,
ja, das finde ich einfach stark!
Sie kann viel reisen, ist viel unterwegs,
kennt die halbe Welt.
Sie will viel erleben, niemals aufgeben,
solange es ihr gefällt.

Refrain Jacky und Gini
Wenn wir mal alt sind, woll'n wir so sein wie die Omama,
wir würd'n immer gerne vor dem Spiegel stehn
und in schönen Kleidern uns drehn.
Wir würd'n uns schminken, Nägel lackiern,
Spangen rein ins Haar,
Ketten und Ringe und schöne Dinge!
Fertig sind die Superstars!

Genau so gut hat mir das Lied gefallen, dass anschließend noch gemeinsam von Volker, Marion, Gerda und meinen Enkeln Alexander (damals 13 Jahre), Michael (damals 7 Jahre), Gini und Jacky gesungen wurde. Diesmal war der Text umgedichtet worden zur Melodie von Volkers Lied „In unserer Klasse".

Refrain
Oma Dümmer hat Geburtstag, das ist wunderbar,
alle feiern gerne mit, das ist sonnenklar!
Oma Dümmer hat Geburtstag, Alter ist egal,
denn so eine flotte Oma, gibt es nur einmal.

1. Oma heißt nur Oma Dümmer, denn sie ist gerne hier,
am Dümmer wird sie immer jünger, das sehen alle hier,
gerne liegt sie in der Sonne, bräunt sich jeden Tag,

und kommt mal der kleine Hunger, isst sie Magerquark.

Refrain

2. Oma kann am Dümmer segeln und kann Fahrrad fahr'n
Sie kann sich hier auch täglich trimmen, turnt mit viel Elan,
doch sie muss auch sehr viel schlafen, denn fit sein, das strengt an,
und wird sie mal ein bisschen dicker, muss „Herbalife" dann ran.

Refrain

3. Ohne unsre Oma Dümmer, wär'n wir all nicht hier.
Sie war die erste hier am Platze und alle folgten ihr.
Wir alle lieben jetzt den Dümmer, das wisst ihr sicherlich,
doch mehr noch als den schönen Dümmer,
lieben wir Kinder dich.

Geburtstagsständchen mit Freude und Elan, vorgetragen von Gerda (Volkers Frau), Alexander, Volker, Marion. Vorne: Michael, Jacky und Gini

Ein besonderes Highlight auf meinem 60. Geburtstag war auch das Gedicht vom „Heiligenschein", das meine Beziehung zu den Männern in meiner Vergangenheit ein bisschen auf die Schippe nimmt. Es war ja tatsächlich so, dass ich dadurch, dass ich immer nachts in Gaststätten gearbeitet habe, auch immer sehr viel Kontakt zu Männern hatte. Aber ich ließ keinen fremden Mann an mich ran, und erst recht nicht in meine Wohnung. Ich war immer nett und freundlich, aber das war's dann auch. Meine Arbeit und mein Privatleben habe ich immer getrennt. Ich wollte nie, dass bekannt wurde, dass ich nachts arbeite. Obwohl ich nichts zu verstecken hatte.

Der Heiligenschein

Unser liebes Mütterlein
trug immer schon den Heiligenschein.
Doch trotzdem hat sie sich vergnügt,
denn auch der heiligste Schein, der trügt.

Mit einer großen Liebe fing alles an,
Hansi Lamber war ihr erster Schwarm.
Doch ganz sicher sind wir alle nicht,
weil Mutter über so was nicht gern spricht.
Denn ihr wisst ja, unser lieb Mütterlein,
trug immer schon einen Heiligenschein.

Ganz sicher aber ist nur eins:
Ihr erster Ehemann war Heinz.
An die Zeit denkt sie gerne zurück, denn hin und wieder
gab's ein bisschen Glück.
Es wurde gerechnet, es wurde gespart,
der Heinz war fleißig, wusste immer Rat.
Doch Mutter war jung, wollte viel erleben,
und nicht immer nur Rabattmarken kleben.
Sie bügelte hier und kellnerte da,
und waren auch noch so viele Männer da,
drohte keine Gefahr, denn lieb Mütterlein,
trug immer schon ihren Heiligenschein.

Doch plötzlich trat Nico in ihr Leben,
sie hat sich verliebt, so ist das nun eben!
Es war eine stürmische und hektische Zeit,
denn unsere Mutter war damals bereit,
auf Biegen und Brechen um Liebe zu kämpfen
und kein guter Rat konnte damals sie dämpfen.
Man sagt, sie schlug damals Scheiben ein....
Doch nicht unsere Mutter mit dem Heiligenschein!

Dann traf sie Dieter, den Kapitän,
so'n stattlichen Mann hat man selten gesehn.
Ganz zufällig sahen sie sich in Minden.
Das Schicksal wollt', dass sie sich wieder finden.
Dieter war zur Ehe bereit
Und gab ihr Ruhe und Sicherheit..
Doch Dieter war viel zu oft auf dem Rhein
Und ließ unser Mütterlein allein.
Wir rieten ihr alle, geh doch mal aus,
aber Mutter war treu und blieb zu Haus.
Denn ihr wisst ja, unser lieb Mütterlein,
trug immer schon ‚nen Heiligenschein.

Die große Liebe begegnete ihr später,
beim Tanztee traf sie den schönen Peter.
Ihr kleines Herz machte einen Riesensprung,
und sie fühlte sich plötzlich unheimlich jung.
Er weckte Gefühle, die sie lang nicht gekannt
Und bald hielt er an um ihre hand.
Aber leider war das Glück nur von kurzer Dauer,
na ja, hinterher ist man immer viel schlauer.
Doch sie denkt gern zurück an die Stunden der Lust.
Sag, Mutter, war er an deiner Brust?
Nein, nein, ruft da unser Mütterlein.
Ich trage doch einen Heiligenschein.

Wer kennt die Männer, nennt die Namen,
die alle gingen und doch wiederkamen.

Der Softie, der Herbie, der Tömen, der Schmieder,
so manchen seh'n wir heut Abend hier wieder.
Nicht zuletzt ihr Dok, der frohe Geselle,
ein kluger Mann für alle Fälle.
Doch fragen wir die Mutter: Hast du mit allen was gehabt?
Reagiert sie empört und ruft eingeschnappt:
Nein, nein, ihr kennt doch euer lieb Mütterlein,
dabei stört gewaltig der Heiligenschein!

Zu jedem Geburtstag gab es Programmpunkte, die mich sprachlos gemacht haben. Später am Abend wurde immer gegrillt und dann bis tief in die Nacht gefeiert. Volker, Büb und Friedhelm haben Gitarre gespielt, Helmut spielte Akkordeon, und alle haben mit großem Spaß die alten Schlager mitgesungen. Zum Glück habe ich immer alles mit meiner Videokamera gefilmt und so bis heute superschöne Erinnerungen.

Überraschung zu meinem 65. Geburtstag

Zu meinem 65. Geburtstag hing sogar ein großes Plakat mit der Aufschrift „Königin der Nacht" am Balkon. Das Lied „Königin der Nacht" war damals und ist auch heute noch mein absolutes Lieblingslied.

Seit 1979 gehört dieses Lied einfach zu mir. Jeder weiß, dass das mein Lieblingslied ist, und deshalb wird es immer gesungen, wenn wir zusammen feiern. Irgendwie erkenne ich mich darin wieder, denn auch ich habe immer nachts gearbeitet. Wenn es mir zuviel wurde, oder ich woanders mehr Geld verdienen konnte, habe ich die Stelle gewechselt. Auch ich bin die meiste Zeit meines Lebens abends allein nach Hause gegangen und blieb allein, immer auf der Suche nach dem kleinen bisschen Glück. Deshalb wird das Lied auch auf jeder Feier, bei der ich anwesend bin, für mich gesungen. Auch meinen Enkelkindern ist dieses Lied inzwischen in Fleisch und Blut übergegangen und ich freue mich immer besonders, wenn gerade die jungen Leute aus voller Kehle textsicher und mit großem Spaß mitsingen.

1. In Berlin, in einer Bar, sah ich sie vor einem Jahr,
sie trug ein Kleid, das kaum eins war,
und buntes Neonlicht verzauberte ihr Haar.

Refrain:
„Heute tanzt die Königin der Nacht" stand auf der Reklame.
Sie war faszinierend schön und jeder wollte sie haben.
Männer, die sie tanzen sah'n, die luden sie gerne ein.
Aber wenn sie dann nach Hause kam,
dann war sie mit all ihrer Sehnsucht allein.

2. Jede Nacht das gleiche Spiel, und dann war es ihr zuviel.
Und irgendwann im letzten Jahr da ging sie fort
und niemand wusste, wo sie war.

Refrain
„Heute tanzt die Königin der Nacht" stand auf der Reklame.
Sie war faszinierend schön und jeder wollte sie haben.
Männer, die sie tanzen sah'n, die luden sie gerne ein.
Aber wenn sie dann nach Hause kam,
dann war sie mit all ihrer Sehnsucht allein.

Das Plakat war für mich eine wirklich große Überraschung. Als ich später oben vom Balkon aus meinen Gästen zuwinkte, fühlte ich mich auch ein klitzekleines bisschen wie eine Königin.

Am Dümmer habe ich auch mit Dieter am 3. August 1996 unsere „Silberhochzeit" gefeiert. Ich hatte wieder alle dazu eingeladen und so war die ganze Familie wieder mal versammelt. Aus diesem Anlass habe ich auch mein damaliges Hochzeitskleid noch einmal angezogen. Ich war froh, dass es mir auch nach 25 Jahren noch passte. Das Kleid und ein passendes Krönchen gehörten für mich einfach dazu. Warum sollte ich den 25. Jahrestag unserer Hochzeit nicht feiern? Obwohl wir schon lange geschieden waren, verstanden wir uns doch gut. Dieter gehörte für alle zur Familie, war sogar Patenonkel von Leonard und für die Enkelkinder sowieso ganz selbstverständlich „Onkel Dieter", der natürlich auf allen Familienfeiern dabei war. Daran hat sich bis zu seinem Tod nichts geändert.

Unser 25. Hochzeitstag am 3. August 1996 am Dümmer

Meine Enkelkinder nannten mich von Anfang an Oma Dümmer, weil sie mich ja eigentlich nur am Dümmer sahen. Sie wussten, dass der Dümmer mein zweites Zuhause war. Wenn sie zum Dümmer kamen, war ich immer da. Als die Enkelkinder klein waren, lebte ich ja noch in Bad Pyrmont. Dort haben sie mich nie besucht. Aber am Dümmer hatten wir viel Kontakt miteinander. Und da ihre Oma für sie untrennbar mit dem Dümmer verbunden war, gab es eine Oma Minden und mich, die Oma Dümmer.

Alexanders Konfirmation am 30.4. 1995
Meine Enkelkinder: Jacky, Leonard, Michael, Alexander und Gini

Meine Freundschaft mit Angie

Am Dümmer vertiefte sich auch der Kontakt zu meiner Freundin Angie. Angie hatte ich schon Jahre vorher im Haus von Miriam kennengelernt. Angie war eine Freundin von Miriams Tochter Daniela und oft bei Miriam zu Besuch. Wir verstanden uns auf Anhieb. Ich mochte Angies ehrliche, direkte Art. Irgendwann brachte Miriam Angie mit zum Dümmer zu meiner Geburtstagsfeier. Dort freundete sich mein Enkel Leonard, damals ungefähr drei Jahre alt, sofort mit Angie an. Das war Liebe auf den ersten Blick. Ich weiß noch, dass Heinz ein bisschen pikiert war, als Leonard ohne zu Zögern allein mit Angie zum Steg ging, denn Leonard hing sonst immer wie eine Klette an seinem Opa und ging mit keinem anderen mit. Leonard und Angie verstehen sich immer noch super, und wenn sie heute in der Altstadt im „Hühnerstall" zusammen ein Bier trinken, muss ich immer an die Anfänge am Dümmer denken.

Seit damals war Angie gern gesehener Gast am Dümmer. Besonders gefreut hat mich, dass auch sie sich für einige Jahre einen Wohnwagen schräg gegenüber von unserem Platz gekauft hatte. Seit meinem Umzug nach Düsseldorf im Jahr 2000 ist mein Kontakt zu Angie noch enger geworden, denn Angie wohnt auch in Düsseldorf. Sie hat mir beim Einräumen der Wohnung geholfen und mich gerade in der Anfangszeit in Düsseldorf oft besucht. Obwohl ich es nicht wollte, brachte sie immer etwas mit, um mir eine Freude zu machen.

Angie hat auch ein sehr gutes, freundschaftliches Verhältnis zu meinen Kindern und Enkelkindern. Durch ihr offenes, herzliches Wesen wird sie von allen sehr gemocht. Angie ist intelligent, sagt ihre Meinung, hat das Herz auf dem rechten Fleck, und man weiß bei ihr immer, wo man dran ist. Als Volker vor Jahren private Probleme hatte, war sie ihm in dieser Zeit eine große Stütze. Mit Angie kann man über alles reden. Sie hört zu und ist eine sehr gute Gesprächspartnerin. Auch für junge Leute hat sie immer ein offenes Ohr, denn durch ihre Nebentätigkeit als DJ kennt sie sich nicht nur mit Musik sehr gut aus sondern hat auch viel Verständnis für die Probleme junger Menschen. Das merkt man besonders an ihrem Umgang mit Leonard und Alexander.

Als Dieter dann krank wurde und ich ihn zuhause gepflegt habe, stand Angie mir immer mit Rat und Tat zur Seite. Auch nach Dieters Tod war sie eine große Stütze für mich. Besonders nach meinem Schlaganfall stand Angie immer bereit, wenn ich Hilfe brauchte und kam auch bei kurzfristigen Notfällen sofort vorbei. Solche Freunde sind selten, und ich bin froh, dass es die Angie gibt, und sie meine Freundin ist. Angie ist nicht nur meine Freundin, Angie gehört zur Familie.

Mit Angie und Miriam auf Leonards Konfirmation 2005

Mein Leben in Düsseldorf 2000 - 2011

Aller Anfang ist schwer

Als ich mit Dieter 1999 aus dem Urlaub kam, sprachen Volker und Marion mich an und meinten allen Ernstes: „Wir möchten, dass du nach Düsseldorf ziehst." Ich war von diesem Gedanken gar nicht begeistert. Was sollte ich in Düsseldorf? Die Antwort bekam ich schnell: „Wenn du mal älter wirst und vielleicht Pflege benötigst, können wir doch nicht nach Bad Pyrmont kommen. Wer soll sich denn dann um dich kümmern?", Das regte mich total auf und ich war wirklich etwas beleidigt. Ich war gerade 65 und mit meinen 65 Jahren doch noch im besten Alter. Ich fühlte mich hundertprozentig fit, fuhr täglich mit dem Auto, war in allen Lebensbereichen uneingeschränkt selbständig, und dann kam Volker an und erzählte mir was von Krankheiten. So etwas wollte ich nun wirklich nicht hören. Irgendwie habe ich mich dann aber doch dem Wunsch meiner Kinder gebeugt. Wir begannen mit der Wohnungssuche. Das würde schwer werden, denn in Bad Pyrmont war meine Wohnung inzwischen haargenau auf mich zugeschnitten, gerade renoviert und so eingerichtet, wie ich mir das vorstellte. Ich hatte dort eine richtige kleine Puppenstube. Verschlechtern wollte ich mich durch den Umzug nach Düsseldorf auf keinen Fall.

Mit Marion studierte ich die Zeitungsanzeigen, aber es war gar nicht so einfach, das Richtige zu finden. Nach einigen schrecklichen Besichtigungen stießen wir schließlich auf meine heutige Wohnung in der Nettelbeckstrasse. Als ich die Wohnung zum ersten Mal besichtigte, habe ich mich nur auf die Räumlichkeiten, insbesondere auf den Schnitt der Wohnung konzentriert, und ich muss sagen, die Wohnung gefiel mir mit ihren großen Fenstern und dem breiten Balkon von Anfang an gut. Auch, weil sie, wie ich es so liebte, im 1. Stock lag. Marion betonte als Vorzüge dieser

Wohnung nicht nur die zentrale Lage in der Stadt sondern ganz besonders die Tatsache, dass diese Wohnung nur fünf Minuten Fußweg von ihrem Haus entfernt war. Zusätzliche Vorteile waren das gegenüberliegende Marienhospital, die Einkaufsmöglichkeiten, die Nähe zu Ärzten, dem Rhein, zur Kö und der Altstadt und auch der Aufzug im Haus, der mir damals noch völlig unwichtig erschien. Ich flitzte doch noch die Treppen rauf und runter und konnte mir beim besten Willen nicht vorstellen, einmal auf einen Aufzug angewiesen zu sein. Heute denke ich anders darüber. Heute bin ich dankbar dafür, dass Marion und Volker damals schon so weitsichtig geplant haben. Was hätte ich nach meinem Schlaganfall alleine in Bad Pyrmont gemacht? Ich kannte dort doch niemanden. Auch mein Bruder Büb hätte sich vermutlich nicht um mich gekümmert, selbst wenn er zu der Zeit noch gelebt hätte. Vielleicht hätte ich dann sogar in ein Altenheim gemusst. Ich weiß es nicht.

Der Umzug selbst war der reinste Horror. Das Sozialamt in Bad Pyrmont hatte mir ein Umzugsunternehmen zugeteilt. Diese Männer waren extrem unfreundlich und hatten überhaupt keine Lust zu arbeiten. Mit meinen Sachen gingen sie auch nicht sorgsam um, sondern verstauten sie nur notdürftig verpackt und lieblos in ihrem LKW. Weil ich mich bei dem Umzugstermin nach dieser Firma richten musste, konnten mir meine Kinder auch nicht helfen, da beide über Ostern verreist waren. Also war ich ganz allein auf mich gestellt. Ich war fix und fertig und weiß noch, dass ich auf der endgültigen Fahrt nach Düsseldorf in meinem Auto nur geheult habe. Die Möbelpacker bauten auch nichts in Düsseldorf auf sondern stellten alle Möbelteile und Kisten einfach nur ab. Zwei Tage nachdem ich in Düsseldorf eingezogen war, telefonierte ich mit meiner Freundin Miriam, die auch gerade erst aus dem Urlaub zurückgekommen war. Als sie merkte, wie schlecht es mir ging, hat sie sich sofort ins Auto gesetzt und ist zusammen mit ihrem Mann Arno zu mir nach Düsseldorf gefahren. „Du kommst sofort mit uns mit", meinten beide. „Wir werden dich erst mal wieder ein bisschen aufpäppeln." Das habe ich nur zu gerne angenommen, denn ich konnte einfach nicht mehr. Ich blieb dann eine Woche bei Miriam und wurde dort wirklich verwöhnt und wieder psychisch aufgebaut. Arno hat dann veranlasst, dass, sobald ich wieder zuhause bin, ein paar seiner Mitarbeiter nach Düsseldorf kommen und mir die Möbel aufstellen. Ich war Arno wirklich dankbar für seine Hilfe. Anschließend habe ich nach und nach alle 43 Kartons ausgepackt. Dabei war mir meine Freundin Angie eine große Hilfe, insbesondere hat sie mir dabei geholfen, die vielen leeren Kartons in den Keller zu tragen.

Die ersten beiden Jahre in Düsseldorf waren für mich einfach nur schrecklich. Ich war traurig und depressiv. In Düsseldorf fand ich mich nicht zurecht. Ich traute mich überhaupt nicht, mit dem Auto zu fahren. Alle Wege machte ich deshalb in Düsseldorf zu Fuß. Markante Punkte, wie Kirchen oder auffällige Fassaden, prägte ich mir nach und nach ein. Das Auto benutzte ich nur, um zum Dümmer und zurück zu fahren. Dort hielt ich mich in den ersten Jahren eigentlich auch die meiste Zeit auf. Ich kam in Düsseldorf anfangs nur vorbei, um nach dem Rechten zu sehen. Um die Post kümmerte sich ohnehin Marion. Jetzt hatte ich auch wieder mehr Kontakt zu Heinz, der inzwischen auch in Düsseldorf bei Marion im Haus eine kleine Wohnung hatte und als Hauptbeschäftigung auf die Kinder aufpasste. Die Kinder, insbesondere aber Leonard, waren sein ganzer Stolz und man konnte mit ihm kaum über etwas anderes als über die Kinder reden. Er hatte seine Aufgabe gefunden, aber im Grunde auch wenig Zeit für mich.

Dieter holte mich oft in Düsseldorf mit seinem Auto, einem grünen Mercedes, ab. Wir fuhren dann gemeinsam zum Dümmer oder in seine Wohnung nach Homberg. Er war 1986, in demselben Jahr, in dem ich nach Bad Pyrmont umgezogen bin, von Röcke nach Duisburg - Homberg gezogen, weil dort ja auch der Sitz der Firma war, für die er arbeitete. Die Möbel aus Röcke, die ich damals von meinem Geld bezahlt hatte, hatte er mitgenommen, weil die wirklich gut in seine Wohnung passten. Im Laufe der nächsten Jahre habe ich Dieter oft in seiner Wohnung in Homberg besucht und mich auch dort recht wohl gefühlt. Ich fühlte mich heimisch, denn es waren ja noch immer meine Möbel, und Dieter hatte sogar die Deckchen und alles andere so dekoriert, wie wir das in Röcke hatten. Dieters Wohnung befand sich im achten Stock eines Hochhauses. Aber das störte mich irgendwie gar nicht. Die Wohnung war hell und schön geschnitten, und mit meinen alten Möbeln darin fühlte ich mich hier fast zuhause.

Keine Zukunft mit Dr. Schiwago

Auch nach meinem Umzug nach Düsseldorf blieb mein Verhältnis mit Dr. Schiwago bestehen. Wobei es sich noch mehr als früher auf Telefonate und Briefe beschränkte. Er konnte ja nicht von zuhause weg. Für Außenstehende erschien mein Verhältnis zu Dr. Schiwago bestimmt ganz phantastisch. In meinem Inneren sah es jedoch sehr oft völlig anders aus. Ich fühlte mich an diesen Mann hundertprozentig gebunden, konnte ihn aber niemals ganz für mich haben. Das war ein fürchterlicher Zwiespalt. Wenn ich heute darüber nachdenke, dass das mehr als achtzehn Jahre lang so gelaufen ist, und was ich in dieser Zeit alles durchgemacht habe, ist das keine schöne Erinnerung. Zwischen mir und Dr. Schiwago war unsere Beziehung nie das Thema. Wir haben nie darüber gesprochen, wie diese Beziehung gelebt oder fortgesetzt wird. Das wurde einfach nicht angesprochen. Es lief über die Jahre hinweg immer so weiter, wie es sich eingespielt hatte. Er erzählte von seiner Familie so gut wie nichts oder nur sehr wenig. Aber ich hatte auch kein schlechtes Gewissen seiner Frau gegenüber. Ich dachte immer: „Unsere Beziehung ist seine Sache. Er muss das zu Hause verantworten. Ich nicht. Wenn er sich dort wohlfühlen würde, würde er nicht gehen und zu mir kommen."

Wenn seine Kinder mal groß sind, so dachte ich damals, dann wird er sich vielleicht von seiner Frau trennen. Einmal hat er mir erzählt, er hätte zu Hause einen heftigen Streit gehabt, bei dem auch das Wort „Scheidung" gefallen wäre. Den genauen Grund dafür kenne ich nicht, aber ich glaube, er hatte sich da selbst hineingerissen. Als wir mal unterwegs waren und eine Pause machten, rief er nämlich zu Hause an und sagte: „Wir sind jetzt in Duisburg!" Mit diesem „Wir" hatte er sich wohl verraten. Seine Frau war ja nicht dumm. Sie ist Anwältin und Notarin und kann eins und eins zusammenzählen. Bei ihr lief wohl alles immer nach einem genauen Plan ab. Bei ihr wurde alles, auch das Intime, genau vorbereitet. „Wenn sie den Kamin angezündet und eine Flasche Wein hingestellt hatte, wusste ich genau, was mir blühte", so hat Dr. Schiwago das mal ausgedrückt, als er mir etwas von seiner Frau erzählte. Aber Genaueres weiß ich dazu nicht. Ich weiß natürlich auch nicht, ob das so stimmt, was er mir da erzählte. Das interessierte mich auch nicht. Fragen habe ich keine gestellt. Bezüglich seiner Ehe oder gar wegen einer Scheidung habe ich nie Druck gemacht.

Wenn ich gefragt werde, ob ich Dr. Schiwago geliebt habe, so kann ich dazu eindeutig „Ja" sagen, auch wenn es mit Sicherheit keine Liebe wie zu Peter Klose war, den ich mit Herz und Seele geliebt habe. Das war bei Dr. Schiwago anders. Ihn schätzte ich mehr als Mensch. Er war eine unwahrscheinliche Hilfe für mich. Sehr gerne hätte ich ihn auch nur als Freund gehabt, ohne dass da etwas „passiert" wäre. Obwohl ich ihn manchmal irgendwie fertig gemacht habe, blieb er immer gutmütig, er wurde nie ausfallend oder aggressiv. Der Mann hatte einfach das gewisse Etwas, das sich nicht beschreiben lässt.

Dr. Schiwago am Dümmer an meinem 70. Geburtstag 2004

Dr. Schiwago war fünf Jahre jünger als ich. Als er fünfzig Jahre alt wurde, hatte ich ihm ein Telegramm geschickt mit zwei Friedenstauben. Wie ich später erfuhr, war dieses Telegramm von seinem Sohn geöffnet worden. Darüber habe ich mich sehr geärgert, denn was hatte der Sohn mit einem Telegramm zu tun, das für den Vater bestimmt war? Als er sechzig wurde habe ich ihm ein Geschenk mit verschiedenen netten Kleinigkeiten, wie zum Beispiel 60 Ferrero-Küsschen, in ein wunderschön eingepacktes Paket gepackt und ihm in die Praxis gebracht. Eine seiner Mitarbeiterinnen wusste von uns und bei ihr gab ich das Geschenk ab. Als er fünfundsechzig wurde, hatte ich mir etwas ganz besonderes einfallen lassen. Ich habe eine mit Herzen umrandete Anzeige in die Zeitung gesetzt, in die ich geschrieben habe: „An alle Ärzte! Der Beste von Euch hat heute Geburtstag. Es gratulieren herzlich alle, die ihn lieben. Dr. Schiwago". Und unten drunter ganz klein stand sein wirklicher Name. Er rief mich daraufhin ganz aufgeregt an und erzählte mir, dass viele Patienten in die Praxis gekommen sind und ihn gefragt haben, ob er mit Dr. Schiwago verwandt ist. Die Anzeige hatte natürlich für einiges Aufsehen gesorgt, aber ich dachte: „Wenn ich schon nicht bei ihm sein kann, soll er aber wissen, dass ich an ihn denke." Das war keine Gehässigkeit von mir, aber irgendwie wollte ich ihm zeigen, dass er so mit mir nicht umgehen kann. Als er siebzig Jahre alt wurde, war ich gerade in Bad Kissingen und habe ihm von dort nur noch eine Karte geschrieben.

Seit ich in Düsseldorf wohnte, haben wir uns nur noch sehr selten gesehen. Meistens kam er einmal im Frühjahr und dann erst wieder zur Medica Messe im Herbst. Das letzte Mal am Dümmer war er im Juli 2004, als ich dort meinen 70. Geburtstag gefeiert habe.

So gut mir die Beziehung zu Dr. Schiwago auf der einen Seite auch tat, so sehr belastete mich diese Beziehung auf der anderen Seite. Mit seiner ständigen Eile, mit diesem Gehetztsein und mit den immer weniger werdenden Treffen kam ich einfach nicht zu recht. Ich wollte es irgendwann auch wirklich nicht mehr. Ich war es leid, dass er mich jetzt nur noch im Frühjahr besuchte und sich mit den Worten: „Ich komme im Oktober wieder!" verabschiedete. Das war mir auf Dauer zu wenig. Er lebte doch nicht am anderen Ende der Welt. Er hätte doch jederzeit in zwei Stunden bei mir sein können, wenn er nur wollte. Jetzt sollte ich wieder für Monate auf ihn verzichten. Das Ganze vor dem Hintergrund, dass ich mich hundertprozentig nur an ihn und an keinen anderen Mann gebunden fühlte. Wenn ich das so schreibe, dann stimmt das auch. Nie hatte ich mehrere Männer gleichzeitig. So etwas gab es bei mir nie.

Nach insgesamt 18 Jahren ohne Aussicht auf eine feste Beziehung konnte ich einfach nicht mehr. Irgendwann habe ich dann zu ihm gesagt: „Schluss! Aus! Ende! Ich mache nicht mehr mit!" Danach bin ich auch nicht mehr an mein Telefon gegangen, wenn er anrief. Irgendwann erreichte er mich doch über mein Handy, und ich sagte ihm noch einmal, dass ich unsere Beziehung so nicht fortführen wollte, ich aber durchaus bereit sei, mit ihm freundschaftlich verbunden zu bleiben. Danach schickte er mir zu Ostern noch einen Brief mit 50 € für einen Osterblumenstrauß, und dann sah und hörte ich von Dr. Schiwago nichts mehr. Diese 50 € liegen bis heute noch in dem Brief. Auch ich habe mich seitdem bei Dr. Schiwago nicht mehr gemeldet. Ich wollte ja nicht aufdringlich sein. Mit einer Ausnahme:
Als Dieter krank mit Lungenkrebs im Krankenhaus lag, habe ich mit Miriam besprochen, ob wir Dr. Schiwago nicht einmal Dieters Krankenunterlagen zeigen sollten, um zu erfahren, was er davon hielt. Miriam war damit einverstanden und rief bei Dr. Schiwago an, erreichte aber nur seine Frau, der Miriam auch alles erklärte. Miriam stellte dabei aber ihre eigene und nicht meine Besorgnis um Dieter in den Vordergrund. Schließlich schickten wir die Unterlagen zu Dr. Schiwago, der sich wenig später bei Miriam telefonisch meldete. Sie fragte ihn: „Können Sie sprechen oder nicht?" Es kam dann zu einem kurzen Gespräch zwischen Miriam und Dr. Schiwago, in dem sie ihn auch über meine jetzige Situation informierte, ihm erzählte, wie fertig ich war und ihn bat, mich doch einmal anzurufen. Das tat er dann auch kurze Zeit später, aber er war ganz anders als sonst, nämlich viel distanzierter. Zu Dieters Krankheit sagte er mir, dass da nichts mehr zu machen wäre. Und seit diesem letzten Telefongespräch habe ich nichts mehr von diesem Mann gehört. Erst nach Dieters Tod meldete er

sich im Juli erneut telefonisch bei mir und wollte sich erkundigen, wie es denn dem Herrn Boldt geht. „Das ist ja nett, dass du dich mal erkundigst, aber der ist schon vor einigen Wochen verstorben", sagte ich hörbar verärgert. Ich war echt sauer. Er kannte mich doch und wusste genau, wie schlecht es mir ging. Mit Sicherheit hätte ich von ihm einige tröstende Worte gut gebrauchen können. Es kam aber nichts. Und das war dann auch mein endgültiges Ende mit Dr. Schiwago. Seit mehr als fünf Jahren habe ich nichts mehr von ihm gehört. Das passt normalerweise nicht zu ihm. Deshalb habe ich mich inzwischen schon gefragt, ob er überhaupt noch lebt.

Ja und warum hieß mein Dr. Schiwago eigentlich bei uns Dr. Schiwago? Ganz einfach, er hatte nicht nur optisch eine gewisse Ähnlichkeit mit dem Dr. Schiwago aus dem Film sondern war, wie mein Dr. Schiwago, mit einer schwarzhaarigen Frau verheiratet und hatte doch gleichzeitig auch ein Verhältnis mit einer blonden Freundin, die er immer besuchte.

Meine Augenkrankheit

Im Laufe der letzten Jahre hatte sich meine Sehkraft extrem verschlechtert. Ich hatte in der Vergangenheit schon viele Augenärzte aufgesucht und schließlich bekam ich auch die Diagnose: Ich leide an einer altersbedingt fortschreitenden Makuladegeneration. Trotz zweier Operationen und trotz zweier weiterer Eingriffe mit dem Laser hat sich der Zustand meiner Augen nicht mehr wirklich verbessert. Ich weiß gar nicht, wie viele Brillen ich ausprobiert habe. Über meinen Augenarzt Dr. Klein bekam ich sogar eine Speziallupe aus Amerika. Aber alles half nicht. Ich muss jetzt damit leben, dass ich kaum noch etwas sehen kann. Manchmal ist es etwas peinlich, wenn ich zum Beispiel die Preise an Regalen im Geschäft nicht lesen kann, aber was soll ich machen. Das ist jetzt so. Ich versuche ja immer, das nicht zu zeigen und so zu tun, als könnte ich etwas sehen. Die meisten Menschen gucken mich dann, wenn ich sage, dass ich fast blind bin, nur ungläubig an. Ein gebrochenes Bein sieht jeder und einem Menschen im Rollstuhl glaubt man auch seine Behinderung. Nur Menschen mit Sehbehinderung fallen nicht sofort auf. Ich kann gar nicht mehr zählen, wie oft ich schon auf meine Bitte hin, mir auf der Strasse oder im Geschäft etwas vorzulesen, von Menschen die unfreundliche Antwort bekam: „Können Sie denn nicht selbst gucken? Sie stehen doch direkt davor!"

Als ich einsehen musste, dass wir sämtliche medizinischen Möglichkeiten ausgeschöpft hatten, habe ich mich schweren Herzens dazu entschlossen, mein Auto abzugeben. Das ist mir unvorstellbar schwer gefallen, denn ich hatte immer ein Auto. Auch als ich jung war und kein Geld hatte, habe ich es immer wieder geschafft, irgendwie mein Auto zu finanzieren. Das Auto gab mir Mobilität und die war mir immer wichtig. Deshalb war es für mich unglaublich hart, mich von meinem Auto zu trennen. Danach war ich froh und dankbar, dass Dieter mich oft mit seinem Auto abgeholt hatte, wenn ich zum Dümmer wollte.

Bevor ich das letzte Mal zu meinem Augenarzt Dr. Klein ging, hatten Volker und Marion etwas von einem Spezialisten in Köln gehört, der angeblich Blinde zum Sehen gebracht haben sollte. Marion vereinbarte für mich bei diesem Spezialisten einen Termin. Bereits für das erste Vorstellungsgespräch mussten wir 230 € bezahlen. Er schlug mir eine Akupunkturbehandlung vor, während der ich für mehrere Tage in Köln bleiben sollte. Aber ich hatte dazu kein Vertrauen. Als wir wieder draußen waren, sagte ich zu Marion: „Bevor ich das machen lasse, gehe ich erst noch einmal zu Dr. Klein nach Duisburg und lasse mich bei ihm noch einmal gründlich untersuchen. Wenn er auch die Behandlungsmethode des Spezialisten aus Köln befürwortet, werde ich es versuchen. Ansonsten nicht."

Diese Entscheidung erwies sich als richtig. Dr. Klein untersuchte mich noch einmal und erklärte mir, dass ich vor dem endgültigen Ergebnis noch eine Voruntersuchung machen müsse, die ich selbst bezahlen musste. Es handelte sich um einen Betrag von 96 €, den ich natürlich bereit war, für meine Gesundheit zu bezahlen. Im anschließenden Gespräch riet Dr. Klein mir zu einer Laserbehandlung, die zumindest zu einem vorübergehenden Erfolg führen könnte. Ich war einverstanden und nach der Behandlung war das

Verschwommene weg. Ich kann gar nicht in Worte fassen, wie sehr ich mich darüber gefreut habe. Leider stellte sich einige Zeit später wieder der alte Zustand ein. Heute fällt mir sogar das Fernsehen aus nächster Nähe schwer. Komischerweise ist das anders bei den Filmen, die ich selbst gedreht habe. Wenn ich mir unsere privaten Urlaubsfilme oder Filme von Geburtstagen und Feiern jeglicher Art ansehe, macht mir das überhaupt nichts aus. Bis heute nehme ich aber trotzdem jeden Mittag Tabletten ein, Vitalux, die besonders gut für die Augen sein sollen.

Mein Besuch bei Gini in Harvard

Marions älteste Tochter Gini hatte 2005 angefangen, in Amerika zu studieren. Aufgrund ihrer sehr guten Leistungen ist sie an der renommierten Universität Harvard in Cambridge in der Nähe von Boston angenommen worden. In ihrem zweiten Studienjahr bekam sie die Hauptrolle in dem Theaterstück „Die schöne Helena". Das war nicht nur für mich sondern auch für Marion und Volker ein besonderes Ereignis und wir beschlossen, gemeinsam nach Boston zu fliegen, um Gini zu besuchen und das Theaterstück anzusehen. Volkers spätere Frau Simone war auch dabei. Damals hatte ich zwar schon Probleme mit meinen Augen, wollte aber trotzdem während der Flüge am Fenster sitzen. Dieser Wunsch bescherte uns allen eine äußerst angenehme Überraschung. Folgendes passierte:
Auf dem Hinflug beim Boarding in Düsseldorf war es kein Problem, für den Flug nach Frankfurt einen Fensterplatz zu bekommen, nur für den langen Anschlussflug von Frankfurt nach Boston war kein Platz am Fenster mehr frei. Nach mehrmaligem Nachfragen meinte aber die Stewardess in Düsseldorf, ich sollte doch mal vor dem offiziellen Boarding in Frankfurt an den Schalter gehen und dort noch mal nachfragen, ob es nicht doch noch eine Möglichkeit gibt, einen Fensterplatz zu bekommen.
Marion ging deshalb also vor dem offiziellen Boarding zum Flughafenschalter und bat darum, meinen Wunsch nach einem Fensterplatz zu berücksichtigen und zeigte dafür auch meinen Schwer-

behindertenausweis vor. Die Frage, ob ich denn auch alleine sitzen könnte, verneinte Marion und erklärte, dass sie neben mir sitzen müsse, da ich wegen meiner Sehbehinderung auf Hilfe angewiesen bin. Daraufhin wurden wir gebeten, in einem Extrabereich zu warten. Kurze Zeit später kam eine Stewardess zu uns und fragte, ob wir einverstanden wären, wenn wir kostenlos in die Business Class umgebucht würden. Wir trauten unseren Ohren nicht, insbesondere weil das nicht nur für Marion und mich sondern auch für Volker und Simone gelten sollte. Wir wurden dann als erste in das Flugzeug geführt, und erst als wir in dem unglaublichen Business Bereich Platz genommen hatten, und kein anderer unsere Plätze in Anspruch nahm, glaubten wir, dass das kein Irrtum ist, und wir tatsächlich in der Business Class nach Boston fliegen würden. Dieser Flug war ein einmaliges Erlebnis. Riesige Sitze, die man zu Betten umbauen konnte, in den Sitzen eingebaute Fernseher mit unendlich vielen Programmen, Champagner zur Begrüßung, während in der Economy Class alle noch ihre Plätze suchten, später Drei-Gang Menus zur Auswahl, richtiges Geschirr, schöne Gläser, ausgesuchte Weine und andere Getränke. Ein unglaublicher Service. Das hätten wir uns im Normalfall nie leisten können. Da hatte Mutter trotz oder gerade wegen ihrer Behinderung wieder ein As im Ärmel.

Der Besuch bei Gini war toll. Gini zeigte uns das ganze Gelände der Harvard University, die Bibliothek, die Parks und auch ihr Zimmer in einem Studentenhaus. Es war beeindruckend. Als wir dann abends im Sanders Theater Gini auf der Bühne sahen, waren wir überwältigt. Sie hat das so toll gemacht und wieder war ich froh, dass ich meine Videokamera mitgenommen hatte, und wir das Stück auch aufnehmen konnten. Auch wenn ich nichts verstanden habe, weil ja nur Englisch gesprochen wurde, ist das eine sehr schöne Erinnerung.
Leider war ich am Tag danach richtig krank. Ich hatte mir wohl den Magen verdorben und musste deshalb den ganzen Tag im Hotel bleiben. Aber der letzte Tag war wieder sehr schön. Wir haben viele Sehenswürdigkeiten in Boston besichtigt und auch das hat mir sehr gut gefallen.

Mit Gini als „Schöne Helena" in Harvard

Obwohl wir nur ein paar Tage unterwegs waren, was eigentlich
gar nicht meine Art ist, bin ich froh, diese Reise gemacht zu haben. Es haben nicht viele Menschen die Möglichkeit, Harvard
kennen zu lernen, und darauf, dass Gini in Harvard studiert hat
und jetzt im Augenblick auch noch ihren Master dort macht, bin
ich sehr, sehr stolz. Wenn man bedenkt, dass ich selbst nur neun
Jahre zur Schule gehen konnte, haben es meine Enkelkinder doch
weit gebracht.

Dieter wird mein Pflegefall

Auch im Sommer 2008 feierten wir mit der ganzen Familie meinen Geburtstag wieder am Dümmer. Dieter hatte schon seit einiger Zeit Schmerzen im rechten Oberarm. Er hatte deswegen sogar
schon einen Orthopäden aufgesucht, der aber nichts feststellen
konnte. Doch die Schmerzen wurden immer schlimmer. Wir
hatten schon vorher vereinbart, dass er mich und Heinz ein paar
Tage nach dem Geburtstag abholen und nach Hause fahren sollte.
Dieter klagte wieder über Schmerzen im Arm, was bei ihm absolut

ungewöhnlich und auffällig war. Denn auch wenn es ihm mal nicht so gut ging, sprach er darüber grundsätzlich nicht. Aber Dieter wollte uns unbedingt noch nach Hause bringen. Er hatte es versprochen, und dann war hundertprozentig Verlass auf ihn. Die Schmerzen waren so stark, dass er den rechten Arm beim Autofahren nicht mehr benutzen konnte, so dass er mit links schalten musste. Während der ganzen Fahrt hatte ich Angst. Ich wollte nur noch sicher zuhause ankommen und hoffte, dass auch Dieter anschließend schnell und sicher seine Wohnung in Homberg erreicht. Dieter brachte mich noch hoch in meine Wohnung, verabschiedete sich aber schon nach wenigen Minuten und ging herunter zu seinem Auto. Unter dem Arm trug er einen Klappkarton mit Sachen, die er noch mitnehmen sollte. Unten im Flur ist ihm wohl der Karton weggerutscht und zu Boden gefallen. Als Dieter ihn wieder aufheben wollte, muss er wohl unerträgliche Schmerzen dabei gehabt haben. Er ging noch zum Auto und packte den Karton ein. Ich stand oben am Küchenfenster und winkte ihm zu, als er sich plötzlich umdrehte und mir zurief: „Ich komm noch mal hoch!" Diesen Augenblick sehe ich heute noch vor mir. Oben bei mir angekommen sagte er: „Ich habe so große Schmerzen. Ich möchte mich einen Moment hinlegen." So etwas kannte ich von Dieter überhaupt nicht. Er war nie krank und bestimmt kein Mann, der ständig jammerte. Er legte sich auf die Couch, quälte sich aber nur herum. So sehr peinigten ihn die Schmerzen. Das konnte ich nicht mit ansehen.

Inzwischen war es schon 20.00 Uhr geworden. Deshalb drängte ich ihn, mit mir zur Notaufnahme in das gegenüber meiner Wohnung gelegene Marienhospital zu gehen. Seine Schmerzen müssen unerträglich gewesen sein. Während der Untersuchung schaute der Arzt Dieter auf einmal so merkwürdig an und fragte ganz spontan: „Haben Sie Krebs?" Dieter und ich antworteten zeitgleich wie aus einer Pistole geschossen: „Nein!" Der Arzt meinte dann, Dieter müsse auf jeden Fall im Krankenhaus bleiben, da der Arm vielleicht noch in Gips gelegt werden sollte. Am frühen Morgen so gegen 1.00 Uhr bin ich dann alleine nach Hause gelaufen.

Am nächsten Tag wurde uns dann mitgeteilt, dass Dieter an Knochenkrebs und an Lungenkrebs erkrankt war, obwohl er mehr als 30 Jahre nicht mehr geraucht hatte. Es folgte eine Untersuchung nach der anderen. Nach einigen Tagen hatten wir ein Gespräch beim Chefarzt, der zu Dieter knallhart und ohne Umschweife sagte: „Herr Boldt, Sie haben Krebs. Sie müssen sterben. Wir werden alles dafür tun, dass Sie keine Schmerzen haben. Wann Sie sterben werden, weiß ich nicht. Das kann ich Ihnen auch nicht sagen. Sie können Glück haben, dass Sie noch ein paar Monate leben, Sie können aber auch Pech haben, dass es nur noch ein paar Wochen oder sogar nur ein paar Tage sein werden. Das kann ich nicht voraussehen. Aber eins verspreche ich Ihnen. Ich werde alles tun, dass Sie nicht leiden müssen." Dieter hat auch in dieser Situation nichts gesagt. Er wirkte wie immer absolut ruhig.

Und dann begann eine unruhige Zeit. Tageweise konnte Dieter das Krankenhaus verlassen und nach Hause kommen. Aber ich konnte doch nicht zulassen, dass er in seinem Zustand dann nach Homberg fährt und dort alleine bleibt. Irgendeiner musste sich doch um ihn kümmern. Also sagt ich zu ihm: „Du bleibst erst mal bei mir!" Mein Schlafzimmer räumten wir aus und stellten dort ein Krankenbett auf. Ich schlief im Wohnzimmer auf der Couch. Mein eigenes Bett wurde solange in den Keller gebracht. Ich räumte einen Schrank aus, damit wir Platz für Dieters Sachen und seine Medikamente hatten.
Im Oktober äußerte Dieter den Wunsch, er wolle noch einmal zum Dümmer. Da Dieter ja selbst nicht mehr fahren konnte, meinte Marion sofort: „Wenn du dich wohl fühlst, dann können wir das in Angriff nehmen. Wir nehmen dich mit und fahren in unserem Auto gemeinsam hin." Daraufhin sind Hermann, Marion, Dieter und ich ein paar Tage später noch einmal zum Dümmer gefahren. Während Dieters Krankenhausaufenthalt und während er krank bei mir zu Hause lag, konnte ich ja auch nicht zum Dümmer. um dort alles zu erledigen. Da das Boot noch im Wasser lag und spätestens Ende Oktober raus musste, rief ich vorher bei Günther Schlick, dem der Steg und die Segelschule gehörte, an, und erzählte ihm von Dieters Erkrankung, und dass Dieter nicht mehr in der Lage ist, das Boot alleine aus dem Wasser zu

holen. Günther, den wir schon seit Beginn unserer Dümmerzeit gut kannten, war über die Nachricht, dass Dieter so schwer krank war, total erschüttert und kümmerte sich selbstverständlich sofort um das Boot. Er organisierte den Transport und sollte das Boot zunächst auf Marions Grundstück am Dümmerhaus abstellen. Das beruhigte mich. Als wir mit Dieter am Dümmer ankamen, hatte Günther mit dem Boot schon alles erledigt. Obwohl Dieter zu diesem Zeitpunkt bereits ungeheuer viel abgenommen hatte und sehr geschwächt war, wollte er unbedingt noch mithelfen, das Boot mit Planen abzudecken und winterfest zu machen. Dieter hatte sich in der Vergangenheit immer intensiv um die Pflege des Bootes gekümmert, und deshalb war es ihm besonders wichtig, gemeinsam mit Herrmann und dem letzten bisschen Kraft, die er noch hatte, das Boot ordentlich auf den Winter vorzubereiten. Noch bis heute steht das Boot auf Marions Grundstück. Die ganzen Jahre war es nie mehr im Wasser. Ich wollte es eigentlich verkaufen. Aber für „nen Appel und ein Ei" gebe ich das doch nicht ab. Ich bin doch nicht verrückt.

Als wir mit der Arbeit am Boot fertig waren, bat ich Marion, von uns allen gemeinsam mit Dieter noch ein Foto zu machen. Sie sagte: „Genau das hatte ich auch gerade vor!" In diesem Moment wussten wir alle, dass das Dieters letzter Besuch am Dümmer war.

Dieters Abschied vom Dümmer See

Nachdem wir wieder in Düsseldorf waren, blieb Dieter einige Tage zu Hause, musste dann aber erneut ins Krankenhaus. Während dieser Zeit habe ich täglich über alles Buch geführt, das heißt aufgeschrieben, was ich getan hatte und was sich so ereignete. Ich notierte also auch, wann Dieter hier zu Hause oder im Krankenhaus war. In einer Phase, während der es Dieter mal etwas besser ging, äußerte er den Wunsch, er wolle einmal nach Homberg in seine Wohnung. Da ich auf keinen Fall mit ihm in diesem Zustand dort hin wollte, sagte ich zu ihm: „Das tut mir leid. Du kannst nach Hause, wenn Du willst. Aber ich komme nicht mit." Ich hatte viel zu viel Angst. Dieters Wohnung lag im achten Stockwerk. Wenn dort eine Notsituation eingetreten wäre, hätte ich nicht gewusst, wie ich mich verhalten muss. Deshalb war ich auch dagegen, dass Dieter alleine zurück in seine Wohnung geht. Marion meinte aber: „Mutter, wenn er will, dann lass ihn doch. Dieter zwingt dich doch nicht, mit zu gehen. Er ist alt genug, er weiß, was er tut."

Gemeinsam mit Marion fuhr ich Dieter schließlich in seine Wohnung. Ich vergewisserte mich, dass in der Wohnung alles in Ordnung war, was an sich überflüssig war, da bei Dieter sowieso immer alles in Ordnung war. Als ich mit Marion nach Hause kam, hatte ich ein fürchterlich schlechtes Gewissen. Der Gedanke, dass sich dieser im wahrsten Sinne des Wortes sterbenskranke Mann mutterseelenallein in Duisburg-Homberg in einer Wohnung im achten Stock aufhält, war für mich unerträglich.

Erst im Nachhinein habe ich den Grund dafür erfahren, warum Dieter unbedingt noch einmal in seine Wohnung wollte. Er musste einfach noch ein paar Dinge regeln. Nach seinem Tod habe ich gesehen, dass er noch viele Rechnungen bezahlt hatte. Dazu gehörte seine Autoversicherung, die Pacht für den Dümmer im Folgejahr und anderes mehr.

Nach vier Tagen rief er an und bat darum, wieder abgeholt zu werden, was wir natürlich sofort taten. In diesem Telefonat erzählte er mir, dass er eigentlich an diesem Tag nach Geldern zu Miriam fahren wollte. „Da hätte Miriam sich aber gefreut", sagte ich zu ihm. Er erzählte weiter, dass er kurz vor der Auffahrt auf die

Autobahn dieses Vorhaben abbrechen musste. Vermutlich war ihm schlecht geworden und er hatte seine Kräfte überschätzt. Bestimmt wollte er auch überprüfen, ob sein Auto überhaupt noch funktioniert. Denn sogar als er im Krankenhaus lag und es ihm zunehmend schlechter ging, bat er mich, sein Auto noch einmal in die Werkstatt zu geben, um zu überprüfen, dass alles mit dem Wagen in Ordnung ist. Seltsam, weil er doch eigentlich ganz genau wusste, dass er das Auto nie mehr benutzen konnte.

So war Dieter, stets besorgt darum, alles erledigt zu haben, und das sogar noch, als er halbtot im Krankenhaus lag. Weder im Krankenhaus noch bei mir zuhause klagte er je über Schmerzen. Da er mit mir nicht sprach und auch nicht antwortete, wenn ich ihn fragte, wie es ihm geht, bat ich die Ärzte, doch Dieter mal anzusprechen. Die Ärzte gaben mir aber zur Antwort: „Was sollen wir denn da fragen? Ihr Mann sagt uns doch auch nichts. Wir können Ihren Mann nur aufgrund der Untersuchungsergebnisse behandeln."
Es ist unvorstellbar, was Dieter alles ertragen hat. Nur einziges Mal habe ich im Krankenhaus aus Dieters Mund das Wort „Aua" gehört, und zwar als ihm eine Krankenschwester eine Spritze in die Genitalien gegeben hat. Auch während der schwersten Stunden im Krankenhaus versuchte ich immer wieder aufmunternde Worte zu finden. Unzählige Male habe ich zu ihm gesagt:„Wir schaffen das schon!"
Er reagierte darauf, indem er den Daumen hochhielt, um mir zu signalisieren, dass er weiter kämpft. Und wenn er das mal nicht tat, wiederholte ich den Satz immer wieder. bis er den Daumen hob. Mir war es wichtig, ihn auch in diesen schweren Stunden, so gut es ging, positiv zu stimmen.

In der ganzen Zeit hat er nur einmal mit mir wirklich gesprochen. Wir gingen in den Garten des Krankenhauses. Dort setzten wir uns auf eine Bank. Auf einmal sagte Dieter: „Guck mal, wie schön die Gänseblümchen hier blühen." Die ganze Wiese hinter dem Krankenhaus war mit Gänseblümchen übersät. Nachdem wir einige Zeit schweigend nebeneinander gesessen hatten, fragte er plötzlich: „Sag mal, wie stellst du dir denn meine Beerdigung vor?" Das traf mich wie ein ungeheurer Schlag, so als ob mir jemand ein Messer ins Herz gestochen hätte. „Sieh erst mal zu, dass du wieder auf die Beine kommst", versuchte ich ihn aufzumuntern. Aber Dieter ließ sich nicht beirren. „Das kannst du mir doch sagen. Ich will das wissen", fuhr er fort. „Dann musst du aber erst mal mit uns reden und uns sagen, wie du das möchtest", erwiderte ich, „ich weiß doch gar nicht, was los ist. Ich weiß doch gar nicht, wie du dir das vorstellst."

Für mich war das eine ungemein schwierige Situation. Dass Dieter sterben musste, wussten wir beide. Aber darüber zu sprechen, und dann auch noch über seine Beerdigung, war fast unmöglich, zumal Dieter ja grundsätzlich nie über etwas sprechen wollte. „Sag uns, wie DU dir das vorstellst. Dein Wunsch wird erfüllt. Willst du nach Homberg oder nach Düsseldorf?" fragte ich ihn inständig. Und ich fragte ihn auch danach, ob er verbrannt werden wollte. Das alles waren drängende Fragen. Dieter befand sich zu diesem Zeitpunkt schon in der Endphase seines Lebens. Aber auf all meine Fragen antwortete Dieter nicht mit einer Silbe. Selbst zu diesem Thema hat er nicht ein Wort gesagt. Aus meiner Sicht bestand Handlungsbedarf. Ich gab mir deshalb einen Ruck und sagte: „Dann muss ich das für dich entscheiden und in die Hand nehmen. Ich werde das alles so menschenwürdig machen, wie es nur geht. Ich werde dir deine Kapitänsuniform anziehen. Ich werde Seemannslieder spielen lassen. Und du wirst von mir einundsiebzig Rosen bekommen."

Es war mir wichtig, dass er das wusste. Denn dass ein Seemannsgrab sein Wunsch war, hatte er endlich einmal nach intensivem Befragen geäußert. Aber ansonsten sagte er nichts. Auf meinen Vorschlag, einen Notar zu rufen, reagierte er nicht. Aber wir brauchten einen Notar, der Dieters Willen bestätigt. Dieter war bei mir nicht gemeldet, und ich war mit Dieter nicht verheiratet. Ich wollte auf keinen Fall, dass nach seinem Tod jemand vom Sozialamt kommt, und er dann irgendwo anonym verscharrt wird. Ich brauchte Dieters offizielles Einverständnis, damit ich alles planen konnte.

234

Mir blieb deshalb keine andere Wahl als selbst einen Notar einzuschalten, der auch persönlich ins Krankenhaus kam. Ich wies den Notar am Empfang ausdrücklich darauf hin, dass Dieter äußerst schweigsam ist. Der Notar ging dann mit nach oben in Dieters Krankenzimmer und sprach mit ihm. Meine finanzielle Situation war inzwischen durch Dieters Krankheit auch schon mehr als angespannt. Mein Konto war weit überzogen für alle möglichen Sonderausgaben wie zum Beispiel Rezeptgebühren, Windeln, Medikament etc. Fast jeden Tag fiel da irgendetwas an. Das konnte ich auf Dauer wirklich nicht alleine schaffen. Dieter um Geld zu bitten, konnte ich ebenfalls nicht. Das war auch wieder so ein Handicap. Deshalb bat ich den Notar, auch darüber mit Dieter zu sprechen. Auf die Frage des Notars, wer sich denn um seine finanziellen Angelegenheiten kümmern sollte, antwortete Dieter: „Marion." „Wie kommst du denn jetzt darauf? Du weißt doch, dass Marion so viel Arbeit hat. Wie soll die das denn auch noch machen", schaltete ich mich ein. „Ich habe dich bis jetzt gepflegt. Ich pflege dich auch bis zuletzt. Es ist egal was kommt. Das verspreche ich dir auch."

Der Notar hat das dann so geregelt, dass ich in Zukunft von Dieters Konto Geld abholen konnte. Er stellte eine Vollmacht aus, mit der ich zur Bank ging, aber man gab mir kein Geld. Das war ein Drama. Mir wurde gesagt, Herr Boldt müsse persönlich erscheinen. Ich traute meinen Ohren nicht.
„Hören Sie mal, Sie sind aber lustig. Der Mann liegt todkrank im Krankenhaus. Wie soll der denn hier hinkommen. Können Sie denn nicht einen Ihrer Angestellten ins Krankenhaus schicken?", fragte ich. Aber das ging auch nicht. Ich bekam kein Geld. Das war eine Katastrophe. Nur mit Dieters Pin Nummer hätte ich Geld abholen können. Dieter sagte mir daraufhin seine Pin-Nummer, die allerdings falsch war. Also musste ich mit Dieter wieder über das leidige Thema Geld sprechen und sagte zu ihm am Krankenbett: „Mensch, ich bin doch keine Betrügerin. Ich zeige dir doch alles und schreibe alles auf, was ich ausgebe."
Innerlich war ich zutiefst beleidigt, da ich das Gefühl hatte, Dieter vertraut mir nicht. Dann aber habe ich ihn wieder entschuldigt und mir sein Verhalten mit der Schwere seiner Erkrankung er-

klärt. Schließlich gab Dieter mir die richtige Pin-Nummer, so dass ich dann endlich etwas Geld von seinem Konto abheben konnte. Es waren genau 500 €, die ich von seinem Konto holte, um mein Konto auszugleichen und um kleinere Beträge zu bezahlen. Als ich noch einmal Geld mit der Karte abheben wollte, bekam ich jedoch kein Geld mehr. Die Karte war von der Bank gesperrt worden. „Das darf nicht wahr sein", dachte ich. Marion fuhr deshalb mit mir wieder nach Homberg zu Dieters Hausbank. Es war ein einziges Hin und Her. Nein, es war eine Katastrophe! Ein weiteres Mal legte sich Dieter quer, als ich Pflegegeld beantragen wollte. Das lehnte Dieter ab, da er dem Staat nicht zur Last fallen wollte. Trotzdem stellte ich den Antrag. Als dann jemand vom Medizinischen Dienst kam, um die richtige Pflegestufe für Dieter festzulegen, lag Dieter wieder im Krankenhaus. Den Mitarbeiter der Krankenkasse bat ich trotzdem in meine Wohnung, führte ihn ins Wohnzimmer und sagte: „Entschuldigen Sie bitte, aber mein Mann wurde heute Morgen wieder ins Krankenhaus gebracht." Daraufhin wollte der Gutachter sofort wieder gehen. Da ich ihm aber viele Behandlungsunterlagen und Arztberichte von Dieter vorlegen konnte, gelang es mir, den Gutachter von Dieters Pflegebedürftigkeit zu überzeugen, so dass Pflegegeld bewilligt wurde. Das Pflegegeld wurde allerdings auf Dieters Konto überwiesen, so dass ich da auch wieder keinen Zugriff drauf hatte. Dabei habe ich ihn doch wirklich gepflegt und damit eigentlich auch einen Anspruch auf das Geld. Was ich in dieser Zeit mitgemacht habe, war schlimmer als in meinen schlimmsten Tagen ganz alleine mit meinen kleinen Kindern. Dieter war ein erwachsener Mann, den ich waschen, duschen, rasieren und anziehen musste. Ich musste ihm Windeln anlegen, weil er immer wieder ins Bett machte. Ich musste für ihn kochen und waschen und hatte zudem die große Verantwortung für seine Medikamente. Ich musste seinen Blutdruck und seine Temperatur überwachen und ständig bereit sein, falls etwas passiert. Das habe ich wirklich gerne für Dieter gemacht, aber das bisschen Pflegegeld, das Dieter zustand, wollte ich dem Staat doch nicht schenken. Ich weiß nicht, wie viele Wege ich zur Bank und zum Notar machen musste, wie viele Formalitäten ich erledigen musste, um an Geld zu kommen, um die ganze Pflege zu finanzieren. Marion hat mich dabei hilfreich unterstützt. Sie hat mich überall hingefahren und mir auch bei den Formalitäten geholfen.

Dieters Tod

Dieter war bis zu seinem Tod mehr als neun Monate krank. Als es schon erkennbar dem Ende zuging, habe ich bei einem Beerdigungsinstitut eine Anzahlung von € 3.000 geleistet. Diesen Betrag zahlte ich auf Dieters Konto ein und überwies es dann von diesem Konto an das Beerdigungsinstitut. Ab diesem Moment war man bei der Bank komischerweise wieder sehr freundlich zu mir. Gemeinsam mit Marion besprach ich in dem Beerdigungsinstitut den weiteren Ablauf. Rückblickend muss ich sagen, dass man dort zu uns sehr freundlich war und dass wir gut beraten wurden. Als wir gerade von diesem Termin in meine Wohnung zurückgekommen waren und ich zu Marion sagte: „Komm, wir machen uns erst einmal eine Tasse Kaffee, bevor wir wieder ins Krankenhaus gehen", klingelte das Telefon. Eine Stimme sagte zu mir: „Hallo Frau König. Kommen Sie bitte sofort ins Krankenhaus!" Wir ließen den Kaffee stehen und sind augenblicklich zum Krankenhaus gerannt. Als wir auf dem Flur der Station ankamen, in der Dieter lag, wurden wir schon von der Krankenschwester in Empfang genommen, die vor uns mit in Dieters Zimmer ging.

Dieter war gerade gestorben, am 11. Mai 2009 gegen 19 Uhr, etwa in dem Moment als wir vom Flur auf dem Weg in sein Zimmer waren. Schon in den letzten Nächten davor war es Dieter so schlecht gegangen, dass wir jeden Moment damit rechneten, dass er stirbt. In diesen Nächten waren Marion, meine Freundin Miriam und ich immer bei ihm. Wir hielten Nachtwache. Das waren wir Dieter einfach schuldig, aber das war auch völlig selbstverständlich, nachdem die Ärzte uns gesagt hatten, dass er vermutlich nur noch wenige Tage zu leben hatte. Am Abend seines Todes ist meine Freundin Miriam mit ihrer Tochter Janina sofort ins Krankenhaus gekommen, um mich zu trösten. Die ganze Nacht haben wir noch bei Dieter am Bett gewacht.

237

Trauerfeier und Seebestattung

Nachdem Dieter gestorben war, musste alles organisiert werden. Ich habe mich nach kurzem Zögern entschlossen, auch seine Geschwister zu informieren, obwohl Dieter mit den Geschwistern schon lange keinen Kontakt mehr hatte. Ich konnte mir vorstellen, dass das Dieters Wunsch gewesen wäre. Ich hatte die Adressen seiner Geschwister und schickte allen die Todesanzeige. Aber niemand rührte sich. Es erfolgte weder ein Anruf noch sonst irgendeine Reaktion. Es kam gar nichts. Das empfinde ich bis heute als äußerst seltsam und habe dafür keine Erklärung. Sogar zur Beerdigung kam niemand aus Dieters Familie. Das war traurig!

Eine grundsätzliche Überlegung war im Vorfeld die, wo die Trauerfeier für Dieter stattfinden sollte. Sämtliche früheren Arbeitskollegen von Dieter und auch meine Geschwister und Freundinnen kamen vom Niederrhein. Deshalb habe ich für die Trauerfeier eine Kapelle in Repelen ausgesucht. Da Dieter aus der Kirche ausgetreten war, hatte uns das Beerdigungsinstitut für die Feier eine Trauerrednerin empfohlen, die Marion und ich vor der Beerdigung trafen, um mit ihr über Dieters Leben zu sprechen. Die Trauerfeier fand am 15. Mai um 14 Uhr statt. Bis auf meinen Bruder Friedhelm und seine Frau Inge sind alle gekommen, meine ganze Familie, Freunde und Bekannte. Die Trauerfeier war sehr festlich und die Ansprache der Trauerrednerin sehr bewegend. Als die Seemannslieder gespielt wurden, konnten wir alle die Tränen nicht zurückhalten. Gefreut habe ich mich darüber, dass sehr viele frühere Arbeitskollegen an der Trauerfeier und dem anschließendem Essen teilgenommen haben. Nachdem sich die meisten Trauergäste nach dem Essen in Repelen verabschiedet hatten, haben wir uns im engsten Familienkreis bei Volker in Düsseldorf-Flehe getroffen. Volker hat eine schöne Terrasse mit Rheinblick und deshalb haben wir uns warm angezogen und auf der Terrasse noch eine kleine private Gedenkfeier für Dieter abgehalten. Jedes Mal, wenn auf dem Rhein ein Schiff vorbeifuhr, dachten wir immer nur an Dieter, der seine Arbeit als Kapitän auf dem Rhein so sehr geliebt hat. Wir waren ganz still unter uns in der Familie. Miriam war natürlich dabei. Sie gehört ja zu uns wie zur Familie.

Volker hat dann noch Seemannslieder aufgelegt und mir einen Stein überreicht, auf dem Dieters Name und die Worte „In Erinnerung" geschrieben sind. Dieser Stein liegt bis heute bei mir ganz vorne im Wohnzimmerschrank.

Ich hatte mich bereits im Vorfeld bei einem ortsansässigen Beerdigungsinstitut in Rostock erkundigt, wie der Ablauf bei einer Seebestattung ist und direkt nach Dieters Tod auch einen Termin vereinbart. Nachdem Dieters Leichnam verbrannt war, wurde die Urne nach Rostock geschickt. Dort sollte das Seebegräbnis am 29. Mai stattfinden. Bereits einen Tag vorher, nämlich am 28. Mai 2009 fuhr ich mit Miriam nach Rostock, wo wir uns ein Hotelzimmer nahmen. Wir liefen durch Rostock von einem Blumenladen zum anderen und kauften sämtliche Rosen auf. Ich hatte Dieter doch versprochen, sein Seemannsgrab mit 71 Rosen zu schmücken. Die Blumen wurden direkt in den Hafen zu dem Bestattungsschiff geliefert.

Am nächsten Morgen gegen 11 Uhr trafen wir uns vor dem Schiff. Dort wartete schon Marion, die mit den Kindern im Zug nach Rostock gekommen war. Die Urne befand sich zwar schon auf dem Schiff, ich durfte sie aber zunächst noch nicht sehen. Erst kurz bevor wir losfuhren wurde sie an einer eigens dafür vorgesehenen Stelle auf dem Schiff platziert. Wir brachten sämtliche Blumen dort hin, auch einen Rosenkranz aus weißen Rosen, der sich etwas von den vielen roten Rosen abheben sollte. Als das Schiff ablegte, war ich innerlich tief berührt. Gleichzeitig war ich aber auch irgendwie ruhig, denn ich sagte mir immer: „Dieter, ich habe mein Versprechen gehalten."

Das gab mir eine innere Befriedigung trotz aller Trauer. Miriam übergab mir ein weißes, zerrissenes Herz, das ich aufstellte. Als wir außerhalb der drei Meilen Zone waren, kam der Kapitän zu uns nach hinten. Er hielt eine kleine Andacht, während der ich ganz dicht an der Urne stand. Ich brachte es einfach nicht fertig, von der Urne weg zu gehen und mich hin zu setzen.

Danach hielt das Schiff an, das Lied „Seemann, deine Heimat ist das Meer..." wurde gespielt, und die Urne dabei langsam zu Wasser gelassen. Nun warfen wir die Blumenbuketts und jede der 71 Rosen einzeln hinterher. Anschließend fuhr das Schiff noch ein-

239

mal eine Ehrenrunde um die Urne und die Blumen. Dann haben wir gesehen, wie die Urne langsam im Meer versunken ist. In tiefer Trauer und schweigend fuhren wir zurück in den Hafen.

Ich brauchte danach einige Tage, um wieder zu mir zu kommen. Aber es gab wie immer viel zu tun. Jetzt mussten wir uns um Dieters Papiere und um die Auflösung seiner Wohnung in Homberg kümmern. Das war nicht so leicht. Zunächst haben wir Anzeigen in Homberger Zeitungen geschaltet. Meine Freundin Mischa hat mich in dieser Zeit sehr unterstützt. Eine ganze Woche habe ich bei ihr gewohnt, damit ich den Interessenten die Möbel zeigen konnte. Als ich schon wieder in Düsseldorf war, ist sie auch alleine für Besichtigungen in die Wohnung gefahren. Mischa hat mich auch zu Second-Hand Läden gefahren, wo ich versucht habe, Dieters Kleidung zu verkaufen. Dieter hatte gute Sachen, und die wollte ich nicht einfach in die Kleidertonne werfen. Mit den Inseraten hatten wir nicht viel Erfolg. Lediglich die Küche konnte ich mit der Waschmaschine zusammen für 450 € verkaufen. Auf Anraten von Volker und Marion haben wir dann versucht, die Möbel über das Internet bei ebay zu verkaufen, aber das Ergebnis war schockierend. Das schöne Schlafzimmer, an dem wirklich nichts kaputt war und das immer noch wie neu aussah, musste ich komplett mit Matratzen für 72 € abgeben. Dafür sollte der Käufer es auch selbst abbauen, damit wir damit keine Arbeit haben. Aber wir hatten Pech, denn der Käufer war ein schmächtiger Mann, der das alleine versuchte, aber natürlich nicht zurecht kam. Hermann hat ihm dann doch noch dabei geholfen. Aber ich konnte es nicht fassen, dass mein Schlafzimmer, für das ich mühsam gespart und meine Groschen zusammengehalten hatte, jetzt verramscht wurde. Ich wünschte, mir hätte mal jemand, als ich bettelarm war, so ein Schlafzimmer für 70€ verkauft. Aber ich bekam nichts sondern habe, ganz im Gegenteil, immer noch den anderen was gegeben. Am schlimmsten war für mich der Abbau des Wohnzimmers und der Couchgarnitur. Dafür hatte sich nämlich gar keiner interessiert. Ich konnte gar nicht glauben, dass keiner den schönen Schrank und die Couchgarnitur haben wollte. Also blieb uns nichts anderes übrig, als den Wohnzimmerschrank selbst zu zerschlagen und zusammen mit der schönen Couchgarnitur als

Sperrmüll auf die Straße zu stellen. Dabei war ich aber nicht anwesend. Das hätte mir das Herz gebrochen. Vorher habe ich aus der Wohnung noch ein paar persönliche Dinge an mich genommen, damit ich immer eine Erinnerung an Dieter habe. Viele Sachen habe ich auch an Bekannte oder meine Freundinnen verschenkt.

Meine Kur in Bad Kissingen

Nach Dieters Tod kam ich nur langsam wieder auf die Beine. Die Beerdigung, Auflösung der Wohnung, Verkauf von Auto und Wohnwagen, dazu die psychische Verarbeitung seines Todes, all das machte mir sehr zu schaffen, und deshalb war ich oftmals sehr niedergeschlagen. Volker hatte das wohl bemerkt, denn Ende Oktober schenkte er mir einen Kuraufenthalt, damit ich wieder zu Kräften komme. Er schlug vor, in den warmen Süden zu fahren, aber wegen meiner schlechten Augen hatte ich Angst, alleine so eine weite Reise zu unternehmen. Für mich kam eher ein netter Kurort in Deutschland in Frage. Ich hatte schon viel Gutes von Bad Kissingen gehört und schlug deshalb diesen Ort vor. Volker war selbstverständlich einverstanden. Ihm war nur wichtig, dass ich mich erhole, dabei war es für ihn zweitrangig, an welchem Ort das ist. Im Oktober sollte es direkt losgehen. Einen Tag vor meiner Abreise nach Bad Kissingen kam Volker zu mir, wünschte mir alles Gute und gab mir noch reichlich Taschengeld, damit ich auch mal abends ausgehen konnte und unter Leute kam. Aber das habe ich natürlich nicht gemacht, denn dafür war mir das Geld viel zu schade. Nur einmal habe ich auf Empfehlung der Rezeption eine Kellerbar besucht, was mir aber gar nicht gefallen hat. Ein Getränk kostete schon 20 € und die Bar war kaum besucht, so dass ich den ganzen Abend allein an der Theke saß. Dafür wollte ich kein Geld mehr ausgeben. Das sah ich überhaupt nicht ein. Also ging ich lieber tagsüber in die Stadt und bummelte durch die Geschäfte. Statt abends auszugehen kaufte ich mir lieber mehrere schöne Kleidungsstücke, die ich heute noch habe. In Bad Kissingen habe ich mich richtig gut erholt. Ich war 14 Tage dort. Volker hatte im Steigenberger Hotel ein wunderschönes Einzelzimmer für mich gebucht. Jeden Tag ging ich schwimmen oder in die Sauna, an manchen Tagen machte ich sogar beides. Wenn ich mal keine Lust hatte, früh aufzustehen, habe ich mir das Frühstück in mein Zimmer bringen lassen. Ich habe es mir in Bad Kissingen rundherum gut gehen lassen. Nach dem Frühstück habe ich mich schick angezogen, bin ins Städtchen gegangen und habe mich einfach treiben lassen. Nur einmal habe ich während der ganzen Zeit an Dieter gedacht. Es geschah während eines Kurkonzertes. Das dritte Musikstück war so traurig, dass ich unwillkürlich an Dieter dachte und mich in diesem Moment, wie vom Blitz getroffen, eine regelrechte Trauerattacke überfiel. Ich fing an zu weinen und mir blieb nichts anderes übrig, als das Konzert sofort zu verlassen. Ich lief in die Stadt, und nachdem ich mich einigermaßen beruhigt hatte, besuchte ich das schöne Café am Kurpark, trank einen Kaffee, rauchte erst einmal eine Zigarette, und versuchte, einfach wieder an die schönen Dinge im Lebens zu denken. Obwohl ich in Bad Kissingen die meiste Zeit alleine war, habe ich doch die Zeit genossen und die trüben Gedanken hinter mich gelassen.

Als ich Anfang November 2009 aus der Kur zurückgekehrt war, fühlte ich mich wirklich gut erholt. Die darauf folgenden Wintermonate verbrachte ich ruhig in Düsseldorf.
Am 1. Weihnachtstag holte mich Volker zu sich, am 2. Weihnachtstag war ich in Köln, wo sich bei Marion und Hermann wie jedes Jahr die ganze Familie traf. Diese Weihnachtstage sind immer sehr gemütlich und feierlich, denn es werden immer noch gemeinsam alle Weihnachtslieder gesungen, und Volker liest die Wehnachtsgeschichte aus der Bibel vor. Eine ganz besondere CD gehört natürlich immer dazu: „Weihnachten auf hoher See" von Freddy. Diese Lieder sind in unserer Familie Tradition und selbst meine Enkelkinder können die Zwischentexte auswendig mitsprechen. *„5000 Meilen von zu Haus. Die vierte Fahrt. Und ich hab das wieder nicht geschafft, Weihnachten bei Muddern zu sein"* oder *„Kuddel öffnet sein Päckchen, das liebevoll in blau-silbernes Sternenpapier gepackt ist. Wie mag es ihnen zuhause ergehen. Schade, dass Menschen, die zusammengehören, nicht immer zusammen Weihnach-*

ten feiern können. Und dabei war es Weihnachten zuhause immer so schön... Ich muss heute besonders daran denken. "

Ich weiß, dass meine Enkelin Gini diese CD mit nach Amerika genommen hat und auch dort Weihnachten im Kreis ihrer amerikanischen Freunde abspielt. Wenn Freddy singt, dann ist Weihnachten.

Bei uns gibt es nach dem Singen und der anschließenden Bescherung immer ein schönes Weihnachtsessen und anschließend wird bis weit nach Mitternacht gefeiert.

Endgültiger Abschied vom Dümmer See

Nach Dieters Tod gab es in meinem Leben noch einen tiefen Einschnitt, nämlich die endgültige Trennung vom Dümmer. Ich besaß als nennenswertes Vermögen noch den Wohnwagen am Dümmer und mein Boot. Die Rechnungen für die Trauerfeier und die Seebestattung waren ziemlich hoch, und deshalb musste ich sehen, dass ich diese noch vorhandenen Werte gut verkaufen konnte. Dieters Auto hatte ich schon kurz vor meiner Kur verkaufen können. Das Auto hätte ich auch gar nicht behalten können, da ich ja schon lange selbst kein Auto mehr fahren konnte. Also musste zuerst das Auto verkauft werden. Über das Internet habe ich dann auch einen netten Mann gefunden, der das Auto aufgrund meiner Notlage weit unter Preis kaufen konnte, der aber zum Glück das Auto zu schätzen wusste. Das war mir beim Verkauf wichtig, denn Dieter hat sein Auto immer super gut gepflegt und alle Inspektionen regelmäßig machen lassen. Der Käufer hat wirklich ein Schnäppchen gemacht, aber ich habe es ihm gegönnt.

Besonders schwer fiel es mir dagegen, mich vom Wohnwagen am Dümmer zu trennen. Es gab einige Interessenten, denen aber das eine oder das andere dann doch nicht gefiel. Es fanden zahlreiche Besichtigungen statt, die es über Wochen notwendig machten, dass ich mich am Dümmer aufhielt. In einer Annonce hatten wir Marions Telefonnummer vom Dümmerhaus angegeben. Ich wohnte deshalb in ihrem Haus, um für Interessenten erreichbar zu sein. Zwischendurch fuhr ich mal nach Hause, das heißt nach

Düsseldorf, und kam nach einigen Tagen zum Dümmer zurück. Da ich nicht gerne alleine in dem Haus am Dümmer bleiben wollte, kam einmal auch meine Freundin Mischa mit, ein anderes Mal Daniela, die Tochter von Miriam, und dann auch noch mal Marions Schwiegermutter Ruth. Es war alles andere als einfach, einen Käufer zu finden. Auf keinen Fall war ich bereit, den Kaufpreis auf Raten zu akzeptieren, so wie es mir einige Interessenten vorgeschlagen hatten. Denn ich war hundertprozentig sicher, dass ich dann mein Geld nie bekommen hätte. Letztlich blieb nur ein Interessent übrig. Allerdings kann ich ihn wirklich als Gauner bezeichnen. Nein, das ist nicht richtig. Bitte entschuldigen Sie, aber dieser Typ war ein echtes Schwein. Ich sagte zu ihm: „Sie sind ja noch schlimmer als ein Geier." Er drückte den Preis immer weiter herunter und wollte zum guten Schluss sogar noch den Grill haben, der auf dem Gelände stand. Ich war so genervt, dass ich schließlich zu ihm sagte: „Wissen Sie was? Der Grill gehört mir gar nicht. Der gehört meiner Freundin Angie. Und wenn Sie meinen, den müssen Sie auch noch haben, dann ist jetzt Schluss. Hier haben Sie Ihr Geld wieder. Ich verkaufe gar nichts mehr."
Im Ergebnis blieb es dann aber doch bei dem Verkauf. Ich erhielt lächerliche 2.400 €, von denen nichts übrig blieb, da ich davon ja noch die Pacht für den Platz, auf dem der Wohnwagen stand, bezahlen musste. Die 2.400 € waren wirklich ein Spottpreis. Ich war dermaßen wütend, dass ich gemeinsam mit Miriams Tochter aus dem Wohnwagen noch alles ausräumte, sogar das, was ich nicht gebrauchen konnte. Bettwäsche, Handtücher und vieles mehr stopften wir in Säcke und verstauten die Sachen bei Marion im Keller. Es handelte sich ausnahmslos um wirklich gepflegte, gute Sachen, die tip-top in Ordnung waren. Immer hatten Dieter und ich darauf geachtet, dass an die Sachen keine Feuchtigkeit kam und deshalb extra einen Entlüfter angeschafft, damit wir im Winter alles luftdicht verpacken konnten. Eigentlich sollte alles mitverkauft werden, aber so einem Gauner wollte ich nichts zusätzlich überlassen.
Nachdem nun alle Verkäufe abgewickelt waren, und ich alle offenen Rechnungen für die Trauerfeier und die Seebestattung bezahlt hatte, war jedenfalls vom Erlös aus dem Verkauf des Wohnwagens und des Autos nichts mehr übrig.

Geblieben ist mir bis heute das Boot, das immer noch bei Marion steht. Um dieses Boot hatte sich Dieter immer ganz besonders gekümmert. Noch kurze Zeit vor seinem Tod hatte er dafür einen Motor gekauft. Er meinte, damit könnte ich leichter aus der Box fahren. Der Motor liegt auch noch bei Marion, ebenso wie das ganze Werkzeug, das Dieter gekauft hat. Ich weiß nicht, wie viele Bohrmaschinen, Stichsägen etc. Dieter im Laufe der Zeit angeschafft hat. Er war zwar handwerklich nicht sonderlich geschickt, aber er reparierte und baute alles, was notwendig war. Dabei hatte er die Ruhe weg. Zum Beispiel hat er auf unserem gesamten Grundstück am Dümmer die Stromleitungen verlegt. Wenn er hierzu Werkzeug benötigte, kaufte er es. Es war überhaupt nicht seine Art, sich etwas zu leihen. Er kaufte sich sogar eine Werkbank, was ich nicht so richtig verstand. Diese Anschaffung war meines Erachtens etwas übertrieben. Nur um darauf vielleicht ein oder zwei Bretter durchzusägen, musste man doch keine Werkbank anschaffen Er wollte die Werkbank aber einfach haben. Bestimmt hatte er sich wohl auf ein längeres Leben am Dümmer eingerichtet. Aber daraus sollte ja leider nichts mehr werden.

Bora Bora, der Traum meines Lebens

Wenn ich mich beschreiben sollte, würde ich sagen, dass ich zwar gerne träume, aber immer auf dem Boden der Tatsachen bleibe. Was ich nicht erreichen kann, das bleibt ein Traum, und das möchte ich dann auch nicht mehr. Grundsätzlich bin ich ein sehr friedliebender Mensch. Aber ich kann es überhaupt nicht vertragen, wenn man mich zu Unrecht angreift. Ansonsten möchte ich mich als freundlich, insbesondere auch gastfreundlich beschreiben. Mein Leben lang bin ich eine kühle Rechnerin geblieben. Sparsam zu leben habe ich in frühester Kindheit lernen müssen. Auch die Eigenschaften, dass ich schlecht etwas aussortieren und keine Lebensmittel wegwerfen kann, sind mir bis heute erhalten geblieben. Ich war auch noch nie jemand, der sein Geld zum Fenster rausgeschmissen hat. Wir waren früher sehr arm und diese Erfahrungen in der Kindheit haben mich bis heute geprägt. Stets treffe ich Entscheidungen, die ich mit meinem Gewissen vereinbaren kann. Zurückblickend glaube ich, dass ich mit diesen und weiteren Eigenschaften viele meiner Ziele erreicht habe.

Ein Ziel habe ich allerdings noch nicht erreicht. Denn wenn ich nach einem unerfüllten Traum gefragt werde, wenn ich heute gefragt werde, ob es etwas gibt, was ich in meinem Leben gerne erreicht hätte, was mir aber nicht gelungen ist, kann ich das sofort beantworten. Es gibt tatsächlich noch einen Traum, den ich mir wohl nie mehr erfüllen kann. Ja, ich habe einen unerfüllten echten Traum: Ich wollte immer einmal auf die Insel Bora Bora. Das möchte ich auch heute noch. Das ist nach wie vor mein größter Wunsch! Bora Bora, meine Trauminsel, gehört zur Gruppe der so genannten „Inseln unter dem Winde" im Süd-Pazifik und liegt rund 260 km nordwestlich von Tahiti. Das Lied von Bora Bora habe ich am Dümmer so oft gesungen und mich wirklich dahin geträumt.

> 1. „Als ich nach Bora Bora kam
> und mir den Strand als Zimmer nahm,
> streckte ich meine Beine aus,
> fühlte mich wie zuhaus.
> 2. Palmen und Blüten um mich her,
> klar wie Kristall das blaue Meer,
> ein Vogel sang im Mangobaum,
> alles war wie ein Traum.
> Refrain:
> Bora Bora, hey,
> Bora Bora in Tahiti, hey
> Mein Paradies im Sommerwind
> Wo alle Menschen glücklich sind.
> Wo allen gleich die Sonne scheint
> Ist jeder des anderen Freund.
> 3. Zehntausend Meilen von zuhaus
> Brach dann bei mir das Heimweh aus,
> ich denk noch heut, mein Herz zerspringt,
> wenn dieses Lied erklingt
> Refrain:
> Bora Bora, hey,

Bora Bora in Tahiti, hey
Mein Paradies im Sommerwind
Wo alle Menschen glücklich sind.
Wo allen gleich die Sonne scheint
Ist jeder des anderen Freund.

Schon zweimal in meinem Leben wäre es mir beinahe gelungen, dieses so sehr ersehnte Ziel zu erreichen. Das erste Mal geschah es, als ich mit Dieter auf den Fidschi-Inseln war. Da Bora Bora gar nicht so weit von den Fidschi-Inseln entfernt liegt, habe ich mich einfach mal erkundigt und Dieter regelrecht verrückt gemacht mit dieser Idee. Ich konnte keine Nacht mehr schlafen vor Aufregung. Hin und her habe ich gerechnet und mich überall erkundigt. Für 10 Tage hatte ich schon unglaubliche 600 DM pro Nacht kalkuliert, aber leider wurde ich in letzter Sekunde eines Besseren belehrt. Als ich den tatsächlichen Preis hörte, habe ich fast einen Schlag bekommen. Eine Nacht auf Bora Bora sollte 3.000 DM kosten. Insgesamt sollte die schon bis ins letzte Detail geplante Reise nach Bora Bora für 10 Tage damit 30.000 DM kosten. Bei aller Liebe und aller Sehnsucht, aber dieser Preis sprengte ganz einfach unsere Möglichkeiten. Ich wäre ohne zu überlegen bereit gewesen, 6.000 DM auszugeben. Nur was zu viel ist, ist dann auch zu viel. Dafür bin ich, wie gesagt, durch und durch eine mit beiden Beinen auf dem Boden stehende Realistin.

Im Stillen träumte ich immer noch von Bora Bora. Im Jahr 2011, kurz vor meinem Schlaganfall hat sich eine ähnliche Situation wiederholt. Ich hatte die Idee, Marion eine riesengroße Freude zu machen und mit ihr gemeinsam drei Wochen nach Bora Bora in den Urlaub zu fliegen. Voller Euphorie ging ich mit dieser Idee im Kopf zu ihr. Marion bügelte gerade, als ich total aufgeregt und ebenso gespannt auf ihre Reaktion zu ihr sagte: „Mutter möchte dir etwas Schönes sagen. Mutter möchte dich einladen nach Bora Bora." Natürlich hatte ich damit gerechnet, dass Marion vor Freude platzt und einen Freudenschrei von sich gibt oder irgend so etwas macht. Aber ganz im Gegenteil, sie reagierte äußerst zurückhaltend und alles andere als begeistert. Nach anfänglichem

Zögern konnte ich Marion schließlich doch mit sehr viel Mühe überreden, so dass wir mit einer genauen Planung unserer Reise beginnen konnten. Als wir dann endlich einen Zeitraum gefunden hatten, den Marion für die Reise frei hatte, wurden wir von einer anderen freudigen Nachricht überrascht: Volker wollte am 21. April 2011 heiraten und damit an einem Tag, der mitten in unsere Reise nach Bora Bora gefallen wäre. Also mussten wir unsere Planung verwerfen, da wir ja an Volkers Hochzeit auf jeden Fall teilnehmen wollten. Dennoch ließ ich mich nicht von der Idee abhalten, endlich meinen Traum von einer Reise nach Bora Bora Wirklichkeit werden zu lassen.

Da hatte Marion eine neue Idee: „Mutter, setz doch eine Annonce in die Zeitung: Wer möchte sich auch den Traum von einer Reise nach Bora Bora erfüllen? Am besten in der „Welt", denn die wird von Leuten gelesen, die auch Geld haben."

Ich fand Marions Vorschlag, mit dieser Annonce einen Reisebegleiter/in zu finden, nicht schlecht. Gleich am nächsten Tag habe ich die Anzeige aufgegeben. Auf die ziemlich teure Anzeige meldete sich aber nur ein Interessent, mit dem ich mich im Steigenberger Hotel an der Königsallee hier in Düsseldorf getroffen habe. Es war ein sehr sympathischer Mann, dem auch mein Vorschlag gefiel, die Reise zwar gemeinsam, aber mit getrennten Kassen durchzuführen. Das hatte ich schon in der Anzeige formuliert, denn ich wollte auf keinen Fall irgendwelche Verpflichtungen eingehen. In allen Punkten wurden wir uns schnell einig. Mein Traum von Bora Bora rückte damit wieder einmal in greifbare Nähe. Kurze Zeit nach unserem Treffen im Steigenberger rief mich dann aber mein Begleiter an und teilte mir mit, es täte ihm sehr leid, aber wegen des Tsunami in Japan, der sich gerade ereignet hatte, wolle er von der Reise Abstand nehmen, da ihm unter diesen Umständen die Reise zu gefährlich erschien. Dafür hatte ich Verständnis, denn ich hatte auch schon dieselben Bedenken. In der Folgezeit hat mein verhinderter Bora Bora Begleiter noch einige Male angerufen, hat sich tausendmal entschuldigt und beteuert, wie leid es ihm doch tut, dass wir unsere Reise nicht antreten konnten. Aber das änderte auch nichts an der Tatsache, dass mein schöner Traum von Bora Bora wieder einmal ins Wasser gefallen war.

Nach meinem Schlaganfall 2011 gab es in der Reha noch einmal das Thema „Bora Bora". Ich hatte dort einen ganz phantastischen Arzt, einen Professor, zu dem ich sagte, als ich dort noch total unbeweglich und geschwächt auf seiner Station lag: „Wenn Sie mich gesund machen und mich zum Laufen bringen, lade ich Sie mit Ihrer Frau nach Bora Bora ein!" Der Professor schaute mich ungläubig an und ich ergänzte: „Das können Sie mir glauben! Das mache ich wirklich!" Natürlich wollte und konnte der Professor mir nichts versprechen, denn ansonsten wäre er auch kein guter Arzt. Wie auch immer: Bora Bora ist und bleibt mein größter und ein bisher unerfüllter Traum in meinem Leben.

Heinz – trotz Scheidung 50. Hochzeitstag

Mein ganzes Leben war von der Sehnsucht nach einer heilen Familie und von dem Wunsch nach einem harmonischen Leben in der Familie geprägt. Um diese Sehnsucht in Erfüllung gehen zu lassen, hätte ich beinahe alles gegeben. Leider war mir aber dieses von mir ersehnte Leben, wie ich es mir so oft gewünscht habe, in letzter Konsequenz nicht oder zumindest nicht immer vergönnt. Unabhängig davon war ich und bin ich bis heute darum bemüht, aus jeder Situation, so schlecht sie auch sein mag, das Beste für meine Familie und für mich zu machen. Leider steigt die Zahl der Trennungen und Scheidungen in der heutigen Zeit immer mehr an. Nach meiner festen Überzeugung ist es deshalb zwingend notwendig, dass im Falle einer Scheidung beide Partner trotz des Scheiterns ihrer Beziehung versuchen sollten, die Trennung so einvernehmlich wie möglich abzuwickeln. Dies gilt insbesondere, wenn auch Kinder von einer Trennung betroffen sind. Nur weil ich schon immer diese Einstellung hatte, habe ich zum Beispiel zu Heinz bis heute noch Kontakt. Meine erste Ehe mit Heinz war zumindest in der Endphase alles andere als ein Zuckerschlecken. Immer wieder musste ich so Manches einstecken, auf Vieles Rücksicht nehmen und auf noch mehr verzichten. Nur der Kinder wegen habe ich Heinz dann ein zweites Mal geheiratet. Das ging auch nicht gut, aber bis heute sind wir immer in engem Kontakt geblieben. Wir feiern zum Beispiel Familienfeste gemeinsam, auch wenn von Liebe im herkömmlichen Sinne schon lange, lange Zeit keine Spur mehr da ist. Das eine hat mit dem anderen nichts zu tun. Es ist für geschiedene Eheleute durchaus möglich, sich zu respektieren und, wenn auch nicht miteinander, trotzdem friedlich nebeneinander zu leben. Für meine Kinder und Enkelkinder ist es mit Sicherheit wesentlich angenehmer, wenn die Großeltern bei Familienfesten oder bei ähnlichen Anlässen zusammen erscheinen können, ohne dass dies wie bei manch anderer Familie zu peinlichen Situationen führt. Oft soll es in anderen Familien ja so sein, dass immer nur einer der geschiedenen Eheleute eingeladen werden kann. Das ist doch alles ganz schrecklich. Ich bin deshalb sehr froh darüber, dass wir das in unserer Familie anders und, wie ich meine, viel besser und friedlicher handhaben können.

Vor kurzer Zeit musste ich erfahren, dass sich mein Bruder Friedhelm, der ja inzwischen ebenfalls immerhin 77 Jahre alt geworden ist, mit seiner Frau total zerstritten hat. Das musste doch wirklich nicht sein. Manchmal ist es natürlich so, dass sich Eheleute nicht vertragen, sich sprichwörtlich nicht mehr riechen können. In diesen Fällen ist eine Trennung für alle Beteiligten das Beste. Allerdings möchte ich zu bedenken geben, dass sich junge Leute auch heute noch gelegentlich viel zu früh binden, aber auch wieder viel zu schnell trennen und erst gar nicht den Versuch unternehmen, das eine oder andere Problem, das in jeder Beziehung hin und wieder auftaucht, gemeinsam zu lösen. Manchmal ergeben sich allerdings für die Betroffenen so ausweglose Situationen, dass trotzdem keine andere Lösung als eine endgültige Trennung sinnvoll erscheint.

So war es auch bei Heinz und mir. Heinz lehnte eine Scheidung kategorisch ab. Für mich war es aber unmöglich geworden, mit diesem Mann eine Ehe fortzusetzen. Ich war bereit, auf alles zu verzichten, sogar auf Ehegattenunterhalt und auf Versorgungsausgleichsansprüche. Er musste nur den Unterhalt für die Kinder bezahlen, aber auch das hat er nur ganz unzureichend und sehr unregelmäßig getan. Wenn ich an meine Situation nach meiner Trennung von Heinz denke, kommt mir heute noch das Grausen: Mit meinen zwei kleinen Kindern stand ich völlig alleine da, hatte meine Mutter verloren, hatte kein Geld und keinen Beruf. Derartige Situationen habe ich in meinem Leben auch später noch zu Genüge erleben müssen. Das war wirklich sehr schlimm. Mir blieb damals unter diesen Umständen keine andere Wahl, als mich extrem zusammen zu reißen und zu kämpfen. Genau das habe ich nicht nur nach meiner Trennung von Heinz, sondern auch in meinem späteren Leben immer wieder getan oder besser gesagt, immer wieder tun müssen. Dabei habe ich so gut ich es eben konnte darauf geachtet, dass meine Kinder unter diesen unglücklichen Umständen so wenig wie eben möglich gelitten haben. Zwingend gehört dazu die Notwendigkeit, dass die geschiedenen Ehepartner so miteinander umgehen, dass den Kindern das Schlimmste erspart bleibt. Das müsste doch eigentlich selbstverständlich und dürfte auch gar nicht so schwer sein. Mein Sinnen und Trachten nach einer Trennung war es immer, dass ich glücklicher werde, meine ehemaligen Partner aber auch eine andere Frau finden, mit der sie eine glückliche Beziehung führen können. Meine Partner waren doch nicht mein Eigentum, über das ich beliebig verfügen konnte. Wenn mir heute gesagt wird, dass ich meine Trennungen geradezu bravourös gemeistert habe, nehme ich dieses Kompliment mit ein klein wenig Stolz entgegen.

Zurückblickend hat Heinz mich und unsere ganze Familie trotz zweimaliger Hochzeit und Scheidung über die vielen Jahrzehnte hinweg ständig begleitet. Er war und ist bis heute bei wichtigen Anlässen ganz selbstverständlich dabei, weil er dazu gehört. Seine Verfehlungen aus der Vergangenheit spielen heute keine Rolle mehr. Heinz wird immer noch von der Familie getragen. Früher, wenn Heinz mal wieder nichts für die Kinder bezahlt hatte und die Kinder wütend auf ihren Vater waren, habe ich so oft zu Marion und Volker gesagt: „Das ist immer noch euer Vater! Ihr dürft über ihn nicht schlecht reden." Ich habe die Kinder nie gegen ihren Vater aufgehetzt, auch wenn ich so oft sauer auf ihn war, weil er für die Kinder den Unterhalt nicht bezahlt hatte. Oft werden Kinder verunsichert, weil sie sich für eine Seite entscheiden müssen, ohne genau zu wissen, warum. Und der andere Partner wird dann schlecht gemacht. Das gab es bei uns nie und das soll uns erst einmal eine andere Familie nachmachen.

Heinz hatte aber auch gute Seiten. Nach dem Tod meiner Mutter, den ich ja bis heute nicht überwinden konnte, hatte ich niemanden mehr, an den ich mich wenden konnte. Heinz hatte stets ein offenes Ohr für mich. Erzählen konnte ich ihm immer alle meine Sorgen. Er war ein guter Zuhörer und hatte immer Verständnis für meine Probleme und hat mich mit guten Worten immer wieder aufgebaut. Handeln und alles Notwendige in die Tat umsetzen musste ich dann selber. So oft denke ich darüber nach, wie es dazu gekommen ist, dass Heinz bis heute zu meinem Leben dazu gehört. Ein Grund dafür ist vermutlich, dass ich ihm gegenüber nicht konsequent genug war, Vieles habe durchgehen lassen und viel zu nachsichtig mit ihm war. In diesem Zusammenhang möchte ich daran erinnern, dass ich unter anderem beim Notar Dr. Leutheusser seinerzeit auf Unterhalt verzichtet habe.

Andererseits hat Heinz mich schon in mancher Situation beschützt und war immer da, wenn ich ihn brauchte. Das war für mich auch eine Art Hilfe. Irgendwie hat uns irgendetwas verbunden, das ich bis heute noch nicht abschließend ergründet habe. Eine Liebe kann es nicht gewesen sein. Es war ein Gefühl der Zusammengehörigkeit, das ich nicht näher beschreiben kann, das sich aber im Laufe der vielen Jahre aufgrund meiner sowohl positiven aber leider auch negativen Erlebnisse mit Heinz entwickelt hat. Daraus hatte sich für uns beide eine gewisse Sicherheit ergeben, dass der eine für den anderen und umgekehrt da war. Nur wenn es um Geld ging, war bei Heinz nie etwas zu holen. Sobald ich ihn auf Geld für die Kinder ansprach, hatte er grundsätzlich gerade kein Geld, weil er immer dann Steuern, Versicherung oder irgendetwas anderes bezahlen musste. Komischerweise war aber jederzeit genügend Geld für sein Bier in seinem Portemonnaie.

Ich glaube, Heinz hat sich in seiner Rolle gar nicht unwohl gefühlt. Ich war die Stärkere und habe immer dafür gesorgt, dass alles lief. Er brauchte sich um nichts zu kümmern. Wenn er zum Beispiel einen Job beendet hatte und sagte, er müsse nach Flensburg, um dort in seiner Wohnung seine Sachen abzuholen, fuhr ich ihn dort hin. Aber das war noch nicht genug, denn er schickte mich dann auch noch in die Firma, um dort seine Sachen einzusammeln, bzw. seine Papiere zu holen. Bei solchen Aktionen war er immer feige. Sogar ganz am Anfang unserer Ehe musste ich mehr als einmal zu Dr. Schnorbus gehen, um für Heinz Krankschreibungen zu erwirken, wenn er mal wieder nicht zur Arbeit gehen wollte. Das merkte sogar der Arzt, der eines Tages meinte: „Sagen Sie, wann sehe ich eigentlich Ihren Mann mal?"

Wie auch immer, Heinz gehört bis heute zu meinem Leben und zu unserer Familie. So dichteten Marion und Volker auch ganz richtig zu Heinz 60. Geburtstag: „ …der gute, alte Vadder ist immer dabei!" Recht hatten sie. Und deshalb haben wir ja sogar das kleine Kunststück fertig gebracht, trotz der Scheidungen unserer beiden Ehen 1978 unsere Silberhochzeit und sogar 43 Jahre nach unserer letzten Scheidung 2003 die Goldhochzeit zu feiern. Aus diesem Anlass ist in der Rheinischen Post ein großer Artikel über uns erschienen. Dieser Artikel von Gökcen Stenzel begann mit den Worten:
„Wenn Gegensätze sich anziehen, dann müssten Annemarie König und Heinz Rosin das perfekte Paar sein".

Wie schon bei unserer „Silbernen Hochzeit" sollten an unserem 50. Hochzeitstag wieder meine Kinder mit uns feiern. Leider konnte Volker nicht dabei sein, weil er einen Auftritt hatte. Aber in Gedanken war er natürlich bei mir, genau wie meine Enkelkinder Michael und Alexander. Deshalb halten wir auch auf einem Foto ein Bild von den dreien in der Hand, um zu zeigen, dass sie dazu gehören und immer einen Platz in meinem Herzen haben. Marion und meine Enkelkinder Gini, Jacky und Leonard haben den Tag mit Heinz und mir verbracht. Für den Nachmittag hatte ich meine berühmte Heidelbeertorte vorbereitet. Wir haben dann gemütlich Kaffee getrunken und sind danach ins Kino gegangen. „Das Wunder von Bern" wurde gezeigt, ein Film, der ja im Jahre 1954 spielt und somit genau in unsere erste glückliche Ehezeit passt. Natürlich erinnerten wir uns daran, wie wir während des Endspiels der Fußballweltmeisterschaft gebannt vor dem Radio saßen. Und natürlich auch noch an den Jubel, als Rahn das entscheidende Tor zum Sieg schoss. Das waren noch Zeiten!

Nach dem Kino sind wir im „Brauhof" essen gegangen und haben anschließend in Heinz Stammkneipe „Postschänke" weiter gefeiert.

Wir feiern mit unseren Enkelkindern Gini, Jacky und Leonard. Heinz hält das Foto von Volker und meinen Enkeln Alexander und Michael in der Hand.

Blumen vom Ex

Wir feiern den 50. Jahrestag unserer Eheschließung

mit einem Tänzchen

Seit 43 Jahren ein geschiedenes Paar

Glücklich geschieden: Temperamentsbolzen Annemarie König (69) und ihr Ex-Mann Heinz Rosin (73) haben sich immer gemeinsam für Sohn Volker Rosin und Tochter Marion eingesetzt. RP-Foto: Thomas Bußkamp

Von GÖKÇEN STENZEL

Wenn Gegensätze sich anziehen, dann müssten Annemarie König und Heinz Rosin das perfekte Paar sein: Sie, 69, agil, hellblond, schillernd – ein höchstens 1,60 Meter großer, richtiger Temperamentsbolzen. Er, 73, auch fit und nicht groß, ansonsten aber eher ruhig, bedächtig – unauffällig in bestem Sinne. Auf ihre Art sind die Eltern des Kinderliedermachers Volker Rosin auch wirklich ein perfektes Paar, allerdings ohne das Wörtchen „Ehe" davor: Vor 43 Jahren haben sie sich scheiden lassen. Was sie nicht daran gehindert hat, jetzt ihren 50. Hochzeitstag, ihren „Memory-Day", wie sie ihn nennt, zu feiern.

„Für uns war immer klar, dass wir uns weiter gut vertragen", erzählt die zierliche Blondine. „Und zwar der Kinder wegen." Volker Rosin und seine Schwester Marion sollten sowohl mit Mutter als auch mit Vater aufwachsen, und sie waren es auch, die den Gold-Hochzeitstag für ihre El-

tern ausrichteten – „wenn auch unser Sohn leider nicht dabei sein konnte".

Dafür kamen einige der Enkel mit zum Essen und ins Kino: Das Wunder von Bern. „Das war unglaublich", sagt Heinz Rosin, „als hätte man die Zeit zurück gedreht." Zurück versetzt fühlte er sich in die Zeit seiner Jugend in Duisburg-Rheinhausen, wo er blieb und Kruppianer wurde. Wo er mit seiner damals jungen Familie lebte, bevor es zum Zerwürfnis mit Annemarie kam. „Aber die Familie", sagt er, „die gibt es nach wie vor. Dafür haben wir alles getan und waren uns darüber auch stets einig."

Sogar als sie ein zweites Mal heiratete, blieb Rosin der Vater der Kinder, fällte Schul- und Zukunftsentscheidungen stets gemeinsam mit der Mutter. Jeder ging seiner Wege, die sich für die Kinder aber immer wieder kreuzten. Das war auch für ihren zweiten Ehemann selbstverständlich. Auch er blieb schließlich Mitglied der Familie – „obwohl wir längst wieder geschieden sind", wie sie, lächelnd

und eher nebenher, erzählt. Was sie aufregt: „Dass die Kinder so oft leiden, wenn sich die Eltern scheiden lassen. Das muss doch nicht sein – wir sind ja sozusagen das beste Beispiel."

Volker wurde Musiker, Marion ist Lehrerin, beide sind kinderliebe, selbstständige Menschen. Bei der Erziehung der Enkel hielten es Opa und Oma wie eh und je – sie fanden, dass kleine Kinder eben auch beide Großeltern brauchen. Heinz Rosin zog in die Nachbarschaft seiner Tochter und zog die Enkel mit groß. Das war vor zehn Jahren. Vor drei Jahren, 2000, holte Sohn Volker schließlich auch seine Mutter aus Bad Pyrmont an den Rhein, damit sie alle es nicht mehr so weit haben zueinander. Familien-Zusammenführung eben.

Um auf das perfekte Paar zurückzukommen: Haben sich Rosin und König in all den Jahrzehnten nicht vorstellen können, wieder Ehepaar zu werden – bei all der Harmonie? „Nein", sagt er eher bestimmt. „Es ist gut, wie es ist."

Zeitungsbericht in der Rheinischen Post vom 31.10.2003

Hier noch einmal der gesamte Wortlaut des Artikels von Gökcen Stenzel in der Rheinischen Post vom 31.10.2003:

Wenn Gegensätze sich anziehen, dann müssten Annemarie König und Heinz Rosin das perfekte Paar sein: Sie, 69, agil, hellblond, schillernd – ein höchstens 1,60 Meter großer richtiger Temperamentsbolzen. Er, 73, auch fit und nicht groß, ansonsten aber eher ruhig, bedächtig – unauffällig in bestem Sinne. Auf ihre Art sind die Eltern des Kinderliedermachers Volker Rosin auch wirklich ein perfektes Paar, aller-

256

dings ohne das Wörtchen „Ehe" davor: Vor 43 Jahren haben sie sich scheiden lassen. Was sie nicht daran gehindert hat, jetzt ihren 50. Hochzeitstag, ihren „Memory-Day", wie sie ihn nennt, zu feiern. „Für uns war immer klar, dass wir uns weiter gut vertragen", erzählt die zierliche Blondine. „Und zwar der Kinder wegen." Volker Rosin und seine Schwester Marion sollten sowohl mit Mutter als auch mit Vater aufwachsen, und sie waren es auch, die den Gold-Hochzeitstag ihrer Eltern ausrichteten – „wenn auch unser Sohn leider nicht dabei sein konnte." Dafür kamen einige der Enkel mit zum Essen und ins Kino: Das Wunder von Bern. „Das war unglaublich", sagt Heinz Rosin, „als hätte man die Zeit zurückgedreht." Zurückversetzt fühlte er sich in die Zeit seiner Jugend in Duisburg-Rheinhausen, wo er blieb und Kruppianer wurde. Wo er mit seiner damals jungen Familie lebte, bevor es zum Zerwürfnis mit Annemarie kam. „Aber die Familie", sagt er, „die gibt es nach wie vor. Dafür haben wir alles getan und waren uns darüber auch stets einig." Sogar als sie ein zweites Mal heiratete, blieb Rosin der Vater der Kinder, fällte Schul- und Zukunftsentscheidungen stets gemeinsam mit der Mutter. Jeder ging seiner Wege, die sich für die Kinder aber immer wieder kreuzten. Das war auch für ihren zweiten Ehemann selbstverständlich. Auch er blieb schließlich Mitglied der Familie – „obwohl wir längst wieder geschieden sind", wie sie, lächelnd und eher nebenher, erzählt. Was sie aufregt: Dass die Kinder so oft leiden, wenn sich die Eltern scheiden lassen. Das muss doch nicht sein – wir sind ja sozusagen das beste Beispiel." Volker wurde Musiker, Marion ist Lehrerin, beide sind kinderliebe, selbständige Menschen. Bei der Erziehung der Enkel hielten es Opa und Oma wie eh und je – sie fanden, dass kleine Kinder eben auch beide Großeltern brauchen. Heinz Rosin zog in die Nachbarschaft seiner Tochter und zog die Enkel mit groß. Das war vor zehn Jahren. Vor drei Jahren, 2000, holte Sohn Volker schließlich auch seine Mutter aus Bad Pyrmont an den Rhein, damit sie es alle nicht mehr so weit haben zueinander. Familien-Zusammenführung eben. Um auf das perfekte Paar zurückzukommen: Haben sich Rosin und König in all den Jahrzehnten nicht vorstellen können, wieder Ehepaar zu werden – bei all der Harmonie? „Nein", sagt er sehr bestimmt. „Es ist gut, wie es ist."

Der Schlaganfall 2011 und mein Leben danach

Der 29. März 2011 sollte ein Wendepunkt in meinem Leben werden. An diesem Tag traf mich aus heiterem Himmel ein Schlaganfall. Von einer Sekunde zur anderen änderte sich mein ganzes Leben. Dieses Ereignis wurde zur größten Herausforderung meines Lebens, nämlich mit einer absolut katastrophalen Situation umzugehen, das Beste daraus zu machen und von nun an mit völlig veränderten Lebensumständen zurecht zu kommen. Ich hatte viele Herausforderungen in meinem bisherigen Leben meistern können, immer selbständig, aus eigener Kraft und ohne Hilfe. Aber ab jetzt war ich körperlich behindert, an den Rollstuhl gefesselt und auf fremde Hilfe angewiesen. Es war nicht leicht, diese Herausforderung anzunehmen. Aber ich war und ich bin eine Kämpfernatur. Mein Sternzeichen ist Löwe, und ich werde kämpfen und nicht aufgeben.

Aus heiterem Himmel

Am 29. März 2011 ereilte mich das bisher schlimmste Schicksal meines Lebens. Ich fühlte mich zu diesem Zeitpunkt grundsätzlich wohl und hatte mich gerade von dem schweren Abschied von Dieter etwas erholt. Acht Tage zuvor war ich noch zur Untersuchung bei meiner Ärztin Frau Hirschfeld, die mir bestätigt hatte, dass alles in bester Ordnung ist.

Ich lag also am Nachmittag des 29. März so gegen 14.30 Uhr in meiner Wohnung auf der Couch und dachte darüber nach, was ich machen könnte. Für den nächsten Tag, den 30. März, hatte ich einen Termin zu einem Vorgespräch in einer Zahnklinik vereinbart. Ich wollte endlich meine Zähne in Ordnung bringen lassen. Marion wollte mich um 10 Uhr abholen und mich zu diesem Termin begleiten. Aber dazu sollte es nicht mehr kommen.

An diesem Dienstagnachmittag auf der Couch entschloss ich mich dazu, meine Kosmetika, die ich in einem kleinen Schrank im Schlafzimmer aufbewahre, neu zu sortieren. Da ich mir öfter von Yves Rocher Kosmetik und Pflegeartikel schicken lasse, sammelt sich immer so Einiges an. Ich stand deshalb auf, ging in mein Schlafzimmer und holte die Tasche aus dem Schrank, in dem ich die Kosmetik aufbewahrte. Mit meiner Lupe betrachtete ich gerade ein Haarspray, als mir die Dose aus der Hand fiel. Ich bückte mich, um die heruntergefallenen Dose aufzuheben, aber ich kam nicht mehr hoch und fiel um. Gleichzeitig bemerkte ich, dass ich in meiner linken Körperhälfte überhaupt kein Gefühl mehr hatte. Im ersten Moment war ich noch relativ ruhig und dachte: „Bleib einfach mal einen Moment liegen. Das gibt sich gleich wieder." Keine Sekunde lang habe ich an einen Schlaganfall gedacht. Damit hätte ich ja im Leben nicht gerechnet. Stattdessen versuchte ich immer wieder, mich zu bewegen, aber es gelang mir beim besten Willen nicht. Irgendwie wollte und musste ich doch wieder ins Wohnzimmer kommen, denn mein Handy lag ja noch auf dem Wohnzimmertisch. Das hatte ich ja zum Sortieren der Kosmetika nicht mit ins Schlafzimmer genommen. Aber jetzt lag ich da, konnte mich nicht mehr bewegen und hatte keine Möglichkeit, per Telefon Hilfe zu rufen. Erst nach längerer Zeit, deren tatsächliche Dauer ich nicht ermessen kann, aber es war mindestens eine gefühlte gute Stunde, hatte ich es begriffen: Ich hatte einen Schlaganfall erlitten. Und ab diesem Zeitpunkt stieg in mir eine ungeheure Angst auf und sofort begann ich zu rufen: „Hilfe! Hilfe!", aber es meldete sich niemand. Vielleicht konnten meine Hilferufe auch von niemandem hier im Haus gehört werden. Es war ja nachmittags gegen 15.00 Uhr und die meisten Mitbewohner sind berufstätig. Ich hatte Todesangst und rief immer wieder laut und verzweifelt um Hilfe. Aber nichts passierte. Ich erinnere mich noch daran, dass ich völlig aufgelöst mit der rechten Hand einen Zipfel von meiner Bettdecke herunter ziehen konnte, um mich ein bisschen zu wärmen. Ob ich kurz darauf eingeschlafen bin, oder ob ich einen zweiten Schlaganfall bekommen habe, weiß ich nicht. Erst tief in der Nacht, wann weiß ich ebenfalls nicht, wurde ich wieder wach. Ich kriegte keine Luft und konnte mich nach wie vor nicht bewegen. Die Fußbodenheizung strahlte eine entsetzliche Wärme aus, und ich hatte fürchterlichen Durst. Hinzu kamen unbeschreibliche Angstzustände. Das Schlimmste und für mich auch Erniedrigendste war, dass ich dringend zur Toilette musste, und ich es irgendwann nicht mehr halten konnte. Das war der reinste Albtraum: Ich lag im eigenen Urin, bewegungsunfähig, hilflos, mitten in der Nacht. Nur, dass das kein Albtraum war! Deshalb sagte ich mir immer wieder: „Jetzt musst Du Deinen ganzen Mut zusammen nehmen und so laut es eben geht um Hilfe rufen. Selbst wenn Du das ganze Haus zusammen brüllst, das ist ganz egal." Also schrie ich mitten in der Nacht mit buchstäblich letzter Kraft so laut ich konnte immer wieder: „Hilfe! Hilfe! Krankenwagen!"

Ich hatte einfach nur noch Todesangst. Luft bekam ich auch nicht mehr. Zwischen meinen Hilferufen machte ich nicht nur aus Atemnot sondern auch um zu horchen, ob mich jemand hört, immer wieder Pausen. In dem Haus wohnen mehr als 10 Parteien, da muss mich doch nachts, wenn es ruhig ist, irgendeiner hören. An diesen Gedanken klammerte ich mich und rief weiter um Hilfe. Irgendwann muss mich tatsächlich ein Nachbar gehört haben, der auf dem Weg zur Frühschicht war. Seine Frau hat dann wohl die Polizei und den Krankenwagen gerufen. Wie das genau abgelaufen ist, weiß ich auch nicht. Auf einmal hörte ich die Klingel meiner Wohnungstüre. Ich rief völlig verzweifelt, dass ich mich nicht bewegen kann, aber das Klingeln ließ nicht nach. Dann, nach einer ganzen Weile, hörte ich eine Stimme sagen: „Hallo Frau König! Sie brauchen keine Angst zu haben. Wir helfen Ihnen."

Zunächst einmal war ich natürlich unheimlich erleichtert, dass mich jemand gehört hatte und endlich Hilfe kommen konnte. Auch wenn ich mir noch nicht ganz sicher war, denn nach wie vor war ja noch niemand bei mir. Plötzlich sah ich den Lichtstrahl einer Taschenlampe. Ein Mann vom Roten Kreuz rief laut: „Frau König, haben Sie keine Angst, wir sind jetzt in Ihrer Wohnung und helfen Ihnen." Dann stand auch schon ein Sanitäter im Schlafzimmer vor mir. Ich erkannte die roten Hosen und wusste, jetzt ist wirklich Hilfe da. Meine erste Frage war, wie spät es ist. Es war vier Uhr morgens. Und bevor ich weitere Fragen stellen, bzw. beantworten konnte, musste ich es ihnen sagen: „Ich konnte nicht mehr zur Toilette". Ich schämte mich trotz meiner schlimmen Situation so sehr für meinen Zustand. Mir war das so peinlich, denn noch nie in meinem Leben, außer als Kleinkind, habe ich in die Hose gemacht. Die Sanitäter waren unheimlich nett und meinten, das wäre das geringste Problem. Danach habe ich alles mit mir machen lassen. Ich war so dankbar und froh, denn jetzt bekam ich endlich Hilfe und konnte medizinisch versorgt werden. Auch wenn es im Grunde schon viel zu spät war. Ich hatte mehr als 12 Stunden allein und hilflos da gelegen. Bei Schlaganfällen zählt jede Minute und bei mir waren endlos lange Stunden vergangen. Bis heute kann ich nicht verstehen, dass mich an diesem Tag und in der Nacht keiner früher gehört hat. Wenn ich heute, selbst am Nachmittag, nur mal den Fernseher etwas lauter stelle, kommt regelmäßig der Nachbar, der über mir wohnt, um sich über die Lautstärke zu beschweren. Aber ich kann froh sein, dass ich das überlebt habe und vor allem, dass ich bis heute zwar körperlich behindert aber geistig fit bin.

Später erfuhr ich, wie meine Rettung abgelaufen ist. Der Nachbar aus dem 2. Stock hatte auf dem Weg zur Frühschicht im Hausflur meine Hilferufe gehört. Er ist daraufhin noch einmal zurück zu seiner Frau gegangen und hat ihr erzählt, dass in der Wohnung von Frau König jemand um Hilfe ruft. Meine Nachbarin hat daraufhin die Polizei und den Rettungswagen angerufen, die auch beide sofort kamen. Zum Verhängnis wurde mir, dass ich mich damals wegen meiner dauernden Ängste vor Einbrechern grundsätzlich von innen eingeschlossen hatte, d.h., ich habe meinen Wohnungsschlüssel von innen stecken lassen. Deshalb konnten sie selbst mit einem Schlüssel die Wohnungstüre von außen nicht öffnen, und es ging wieder Zeit verloren. Zum Glück gab die Nachbarin den Hinweis, dass möglicherweise meine Balkontür geöffnet sein könnte und man dann auch vom Hof aus über den Balkon in die Wohnung kommen würde. Sie zeigte daraufhin den Sanitätern den Zugang zum Hof und meinen Balkon im 1. Stock. Jetzt hatte ich Glück, denn weil ich am Nachmittag, kurz bevor ich ins Schlafzimmer gegangen bin, die Balkontür zum Lüften

noch geöffnet hatte, stand die Balkontür offen und die Sanitäter konnten über den Balkon in meine Wohnung einsteigen und mich finden.
Dann ging alles sehr schnell. So wie ich war, wurde ich aus der Wohnung herausgetragen und gegenüber in das Marienhospital eingeliefert.

Am 30. März 2011 hatte ich ja einen Termin in der Zahnklinik. Marion kam deshalb an diesem Morgen in meine Wohnung, um mich abzuholen und um mich zu begleiten. Als sie mich nicht antraf, dachte sie gleich daran, dass mir etwas passiert sein musste. Ihr fiel sofort auf, dass die Handtasche und mein Schlüssel noch auf der Ablage in der Diele lagen. Mein Handy lag im Wohnzimmer auf dem Tisch, im Schlafzimmer herrschte eine ungewöhnliche Unordnung, die Bettdecke lag auf dem Boden, nur von mir gab es keine Spur oder eine Nachricht. Das war mehr als ungewöhnlich. Nachdem sie erst mal Volker über die aktuelle Situation informiert hatte, ist sie anschließend auf direktem Weg zum Marienhospital gelaufen, und hat dort erfahren, dass ich mit einem schweren Schlaganfall eingeliefert worden bin, ohne dass man ihr nähere Auskünfte gab, wann oder wie das passiert ist. Das hat Marion dann am späteren Nachmittag bei einem Besuch der Nachbarin, die mir geholfen hat, erfahren. Volker und Marion sind jedenfalls an diesem Morgen direkt ins Krankenhaus gekommen, und ich glaube, sie waren genauso entsetzt über das, was passiert war, wie ich.
In den folgenden Tagen folgten zahlreiche Untersuchungen, die ich aber alle gar nicht so bewusst wahrnahm. Ich war irgendwie noch so geschockt, konnte nicht begreifen, was passiert war und alles lief ab wie in einem Film.

Am Samstag nach meinem Schlaganfall hatte Volker einen Fernsehauftritt im ZDF bei Florian Silbereisen. Er brachte mir von dort ein Video mit, in dem viele seiner Künstlerkollegen wie Heino, Michael Hirte, Tom Astor, Olaf von den Flippers und andere Künstler mir ganz viele und sehr herzliche Genesungswünsche überbracht haben. Volker stellte mir einen kleinen tragbaren Fernseher und DVD Spieler ins Zimmer und als er mir dieses Video im Krankenhaus im Beisein meiner Kinder und Enkelkinder vorspielte, war ich wirklich aus tiefstem Herzen berührt. Das ging mir so nahe, wie ich es gar nicht beschreiben kann. Immer wieder hat mir dieses Video Kraft gegeben, die schweren Stunden durchzuhalten und an bessere Zeiten zu glauben.

Mir ging es sehr schlecht, meine linke Körperhälfte war gelähmt, mein linkes Bein und meinen linken Arm konnte ich nicht bewegen und bei Allem, was ich machte, war ich auf fremde Hilfe angewiesen. Am schlimmsten waren für mich die Toilettengänge. Ich fand es ganz schrecklich, als ältere Frau von einem jungen männlichen Pfleger zur Toilette gebracht zu werden und dabei seine Hilfe in Anspruch zu nehmen. Ich war immer eine selbständige Frau, die ohne Hilfe zurecht gekommen ist und alles immer selbst erledigen wollte. Und nun war ich gezwungen, fremde Hilfe anzunehmen. Das fiel mir extrem schwer. Ich wollte nie jemandem zur Last fallen, und nun war ich eine so große Belastung für alle. Das Schlimmste war, dass ich daran nichts ändern konnte. Aber deshalb wuchs da schon am Anfang im Marienhospital bei mir der Wille, mich nicht unterkriegen zu lassen und wieder auf eigenen Beinen zu stehen.

Meine Reha in Essen

Nach meinem zweiwöchigen Krankenhausaufenthalt wurde ich am 14. April zur Reha nach Essen verlegt. Immerhin hatte ich es zu diesem Zeitpunkt schon geschafft, mich am Bett festzuhalten und alleine zumindest auf beiden Füßen zu stehen. Das hätte ich in den ersten Tagen nach meinem Schlaganfall auf keinen Fall geschafft. Die Ärzte hatten mir von Anfang an gesagt, dass ich möglicherweise in der Zukunft das Bein wieder ein bisschen bewegen könnte, beim Arm und der Hand dagegen würden sie wenig Hoffnung haben.

In der Mediclin Fachklinik Rhein/Ruhr fühlte ich mich von Anfang an überhaupt nicht wohl. Die erste Krankenschwester, die ich antraf, war unbeschreiblich frech. Ich kam mir vor wie beim

Militär. Sie sprach nur im Kommando-Ton eines Feldwebels. Meine Wünsche wurden von ihr überhaupt nicht berücksichtigt. Als Krankenschwester war diese Person absolut nicht geeignet. Sie hätte besser Brötchen verkaufen sollen. Als ich zum Beispiel den Wunsch äußerte, das Fernsehgerät so hinzustellen, dass ich auch etwas sehen konnte, lehnte die Krankenschwester meinen Wunsch kategorisch ab. Erst nachdem ich den Professor darauf angesprochen hatte, kam sofort der Elektriker, um das Verlängerungskabel anzuschließen. Nach wie vor weigerte sich aber besagte Krankenschwester, das Fernsehgerät umzustellen. Auch die anderen Pflegerinnen waren sehr unfreundlich und gaben mir zu verstehen, dass alles, was sie für mich machen, eine zusätzliche Belastung wäre. Dabei habe ich wirklich nur geklingelt, wenn ich zur Toilette musste und mich sonst ruhig verhalten, bin keinem zur Last gefallen und habe absolut keine Sonderwünsche geäußert. Trotzdem blieb die Unfreundlichkeit, die mich nur noch kranker machte.

Zwei Wochen nach dem Schlaganfall Besuch von Heinz in der Reha

Leonard versucht, mich aufzuheitern

Nachdem ich Marion eingeschaltet und sie sich um die untragbaren Zustände gekümmert hatte, wurde ich schließlich verlegt und kam von dieser Station auf die Privatstation in einem anderen Trakt. Der für mich zuständige Arzt war Herr Prof. Dr. Siebler, der Leiter der Klinik, ein ganz besonders fähiger Mann. Früher hatte er an der Universität in Düsseldorf gelehrt. Er hörte mir zu und half mir, so gut er nur konnte. Auch das Pflegepersonal war hier ausgesprochen nett und hilfsbereit. Freundlichkeit kostet doch nichts, sage ich immer wieder, also kann man doch seinem Mitmenschen auch mal ein nettes Wort gönnen. Auf dieser Station war das der Fall und deshalb konnte ich mich auch gut auf meine Genesung konzentrieren. In der ersten Zeit hatte ich auf dieser Station ein Einzelzimmer, später kam noch eine nette Frau hinzu, mit der ich mich auch gut verstand. Oft hörte ich Volkers Musik und schaute mir seine DVDs an. Das alles tat mir sehr gut und motivierte mich, nach vorn zu blicken.

Von allen Seiten hörte ich, ich müsse viel Geduld haben. Meine Genesung brauche einfach Zeit. Das Wort Geduld kann ich seitdem nicht mehr hören. Aber es stimmt ja. Ohne Geduld gibt man ganz schnell auf und kann sich auch nicht über jeden noch so kleinen Fortschritt freuen. Ich weiß das und trotzdem ist es einfacher, jemandem Geduld zu wünschen als sie selbst zu haben.

Professor Siebler verdanke ich sehr viel. Er hat sich sehr um mich gekümmert und ging auch auf meine Wünsche ein. So sorgte er zum Beispiel dafür, dass ich einen Haken über meinem Bett bekam, der mir das Aufrichten wesentlich erleichterte. Er setzte sich auch dafür ein, dass meine Reha zweimal auf insgesamt 9 Wochen verlängert worden ist. Das ist nicht selbstverständlich und deshalb schulde ich ihm größten Dank. Ich glaube, er hat gemerkt, wie sehr ich wieder gesund werden wollte, und wie intensiv ich bei allen Übungen der Physio- und Ergotherapeuten mitgearbeitet habe.

Volkers Hochzeit

Ein ganz besonderes Ereignis während meiner Reha in Essen war Volkers Hochzeit am 21. April 2011. Ich war gerade erst eine Woche in Essen, aber Volker wollte unbedingt, dass ich bei seiner Hochzeit dabei bin. Nach Rücksprache mit Professor Siebler hatte der gegen meine Teilnahme an Volkers Hochzeit nichts einzuwenden. Er meinte, es käme nur darauf an, ob ich das auch tatsächlich möchte und ob ich mich dazu seelisch in der Lage fühle. Natürlich wollte ich dabei sein, und gerade solche Feste bauen mich seelisch wieder auf. Volker und Marion hatten alles bestens organisiert. Am Tag der Hochzeit wurde ich mit einem privaten Krankenwagen abgeholt und zunächst zum Friseur gebracht. War das eine Wohltat, denn nach so langer Zeit wurden mir wieder meine Haare chic gemacht und die Fingernägel lackiert. Volker hatte im Vorfeld extra eine Krankenschwester engagiert, die während der Hochzeit rund um die Uhr für mich da sein sollte, d.h., die auch die Nacht im Hotel mit mir verbringt und bis zu meiner Abholung am nächsten Morgen bei mir bleibt. Beim Friseur wurde ich von meiner Krankenschwester bereits erwartet, die mit mir im Anschluss an den Friseurtermin zum Hotel lief. Im Hotel wartete schon meine Freundin Miriam auf mich, die mich noch einmal richtig frisierte und schminkte. Mein Hotelzimmer war einfach nur wundervoll. Es gab ein großes Bett mit riesigen und weichen Kissen. Als ich in diesem Bett lag, tat mir nichts weh. Von dem Bett war ich so begeistert, dass ich mir am nächsten Morgen sogar die Adresse des Lieferanten geben ließ.

Volkers Hochzeit begann mit einem Sektempfang im Park. Ich saß im Rollstuhl, trug ein Abendkleid, dazu aber Turnschuhe. Es ist schwer für mich, zu beschreiben, wie ich mich in diesem Zustand fühlte und wie ich mir vorkam. Ständig musste ich darum bitten, dorthin oder dorthin geschoben zu werden. Das ist für einen Menschen, der es sein Leben lang gewohnt war, sich frei zu bewegen, einfach nur schrecklich. Dies gilt, glaube ich, in ganz besonderem Maße für mich. Ich habe so gerne Feste gefeiert und es genossen, mich frei umher zu bewegen, mich zu unterhalten und zu tanzen. Jetzt war ich darauf angewiesen, dass jemand zu mir kommt. Als ich Volker mit seiner Braut in dem großen Herz aus rot-weißen Ballons in diesem Park stehen sah, bekam ich einen ungeheuerlichen und nicht enden wollenden Weinanfall. Ich konnte mich gar nicht mehr beruhigen. Das war für mich ein ganz schlimmer Augenblick, nicht weil Volker heiratete, sondern weil ich mich so unendlich hilflos fühlte.

Ab 19.00 Uhr schloss sich ein wunderschönes Fest in dem Hotel an. Auf der Bühne wurde einiges geboten. Viele Künstler, Freunde und Bekannte und natürlich die ganze Familie waren erschienen und hatten ein großes Bühnenprogramm vorbereitet. Andere grüßten Volker und seine Braut per Video auf einer riesigen Leinwand. Gut gefallen hat mir auch, dass alle meine Enkel Lieder, die sie vor Jahrzehnten als kleine Kinder gesungen hatten, nun noch einmal als Erwachsene trällerten. Da merkt man erst mal, wie die Zeit vergeht. Für mich war ein Platz ganz vorne an der Bühne reserviert, damit ich wenigstens etwas sehen konnte. Meine Kinder hatten wieder einmal dafür gesorgt, dass ich einen Logenplatz hatte, um so gut wie möglich das Programm verfolgen zu können.

Es war wirklich so schön, dass ich tatsächlich auch bis drei Uhr in der Früh dabei war und danach wunderbar in meinem Hotelbett geschlafen habe. Am nächsten Morgen wurde ich dann wieder von einem Krankentransport abgeholt und zurück zur Klinik gebracht. Dort musste ich allen ausführlich von der tollen Hochzeit berichten.

Meine Rückkehr nach Hause

Während meiner Zeit in der Reha bekam ich oft Besuch von Marion. Wir mussten überlegen, wie es mit mir nach der Reha weitergehen sollte. Da ich nach dem Schlaganfall auf keinen Fall alleine in meiner Wohnung leben und mich versorgen konnte, blieb als einzige Lösung ein Pflegeheim. Ich kann das nicht erklären, aber zu dem Zeitpunkt war mir eigentlich alles egal. Ich wollte nur gesund werden. Also war ich zunächst auch damit einverstanden, dass Marions Schwiegermutter Ruth meine Wohnung übernimmt. Ruth wohnte zu der Zeit noch in Minden, war aber auch schon über 80 Jahre alt und wollte gerne nach Düsseldorf zu ihrem Sohn ziehen. Deshalb kam sie sofort zu einer Besichtigung und war von der Wohnung auch total begeistert. Marion hatte sich inzwischen viele verschiedene Heime angeguckt und mir die Prospekte immer wieder vorbei gebracht. Aber mir war alles egal.

Und dann hatte ich dieses Erlebnis in der Kapelle der Reha. Regelmäßig und gerne habe ich dort die Gottesdienste besucht, und kurz vor meiner Entlassung hatte ich in dieser Kapelle diese Eingebung. Ich schaute Maria, die Mutter Gottes, an und plötzlich konnte ich einen klaren Gedanken fassen und wusste: Ich will nicht in ein Heim. Ich wollte zurück in meine Wohnung und das Leben irgendwie meistern. Das war auf einmal so klar für mich. Aber wie sollte ich das Marion beibringen, die schon soviel Zeit geopfert hat, für mich ein Heim zu finden. In meiner größten Not wollte ich meine Freundin Miriam anrufen, ihr von meinem Erlebnis in der Kirche berichten und sie um Rat bitten. Ich hatte gerade die Nummer gewählt, als plötzlich meine Zimmertür aufging und Miriam vor mir stand, als hätte sie geahnt, dass ich sie jetzt so dringend brauche. Nachdem ich ihr alles erzählt hatte, war sie sofort auf meiner Seite. „Du gehörst doch nicht in ein Heim", war ihre erste Reaktion. „Ich rede mit Marion."
Sie hat dann lange mit Marion telefoniert und ihr auch gesagt, dass sie und ihre Kinder immer für uns da wären und mich, wenn ich wieder zuhause sein sollte, auch immer tatkräftig unterstützen

würden. Nach einiger Bedenkzeit stimmte Marion zu, unter der Bedingung, dass ich nach der Reha erst noch in eine Kurzzeitpflege komme, damit zuhause alles vorbereitet werden konnte.

So kam es, dass ich die Zeit vom 8. Juni bis zum 5. Juli 2011 noch in der Kurzzeitpflege im Carpe Diem in Neukirchen-Vluyn verbringen musste. Dieses Haus war eine Empfehlung von meiner Schwägerin Christa, Helmuts Frau, die das Haus gut kannte. Christa hatte Marion sehr bei der Suche nach einem geeigneten Heim in Moers und Umgebung unterstützt, und beide haben auch gemeinsam viele Heime besichtigt. Das Carpe Diem in Neukirchen-Vluyn war wirklich ganz schön. Ein modernes Haus mit netten Pflegerinnen und Pflegern. Ein Pfleger, Dogan, hat sich besonders nett um mich gekümmert. Es war gut, dass ich in Neukirchen-Vluyn war, denn sowohl mein Bruder Helmut und meine Schwägerin Christa, als auch meine Freundin Mischa haben mich ganz oft besucht. Besonders Mischa war eine große Stütze. Unermüdlich hat sie mit mir das Laufen geübt und immer wieder gesagt: „Anne, du schaffst das!" Die Zeit im Carpe Diem war trotzdem nicht leicht für mich. Da kein Einzelzimmer mehr frei war, teilte ich mir ein großes Zimmer mit einer anderen älteren Frau. Leider verstanden wir uns nicht gut. Die Frau war schon dement, ließ den ganzen Tag den Fernseher auf höchste Lautstärke spielen und schrie nachts um sich. Es war kaum auszuhalten. Aber ich tröstete mich mit dem Gedanken, dass das zum Glück für mich ja nur ein vorübergehender Zustand war.

Während meiner Zeit im Carpe Diem liefen zuhause die Vorbereitungen für meine Rückkehr. Es musste soviel organisiert werden. Als erstes mussten einige Möbel aus meiner Wohnung entfernt und untergestellt werden, damit ein Pflegebett im Wohnzimmer Platz finden konnte. Dann mussten das Pflegebett, der Rollstuhl, der Toilettensitz, der Badestuhl und andere Hilfsmittel organisiert und aufgestellt werden. Auch die Türen wurden für den Rollstuhl ausgehängt. Außerdem musste Marion mit der Hausverwaltung sprechen und darum bitten, dass ein zusätzliches Geländer an der rechten Seite der Treppe im Hausflur angebracht wird. Im Haus gibt es zwar einen Aufzug, aber um zu dem Aufzug zu gelangen, muss man erst noch sechs Stufen steigen. In der Reha hatte ich Treppensteigen geübt, aber das klappte beim Hinabsteigen nur, wenn ich mich auch dabei rechts am Geländer festhalten konnte. Gott sei Dank hat die Hausverwaltung das genehmigt. Für 100 € Selbstbeteiligung wurde dann ein zusätzliches Treppengeländer angebracht.

Das Hauptproblem bestand aber darin, für mich eine 24 Stunden Betreuung zu finden. Über Bekannte in Köln lernte Marion die Polin Maria, die Mutter eines jungen Mannes, der in Köln bei den Bekannten arbeitete, kennen. Maria war eine nette, etwas stabile Frau um die 60, wohnte in Deutschland und war früher mit einem deutschen Mann verheiratet gewesen. Sie war bereit, diese Stelle anzunehmen und es wurde vereinbart, dass sie am Tag meiner Ankunft in Düsseldorf anfängt.

Mein Alltag und meine Pflege

Am 5. Juli 2011 kam ich nach mehr als drei Monaten endlich wieder zurück in meine eigenen vier Wände. Ich war glücklich und gerührt darüber, wie gut Marion alles für mich vorbereitet hatte. Noch am gleichen Nachmittag traf auch Maria, meine neue Pflegerin, ein. Ich mochte sie sofort. Sie hatte eine nette, wenn auch, wie sich später herausstellte, recht herrische Art. Am Anfang war es natürlich schwer, sich daran zu gewöhnen, die eigene Wohnung 24 Stunden am Tag mit einer fremden Person zu teilen. Aber ich hatte ja keine andere Wahl, wenn ich zuhause bleiben wollte. Nach kurzer Zeit hatte sich dann aber auch unser Tagesablauf eingespielt. Im Grunde verstanden wir uns gut. Maria war sehr besorgt um mich, versuchte allerdings auch immer wieder, mich zu bevormunden. Das mochte ich gar nicht, denn ich brauchte zwar Hilfe, war aber im Kopf ganz klar und wusste genau, was ich wollte und was nicht. Ich war eben kein bettlägeriger Patient, den man nur waschen und füttern muss und der dann Ruhe gibt.

In Bezug auf unser gemeinsames Essen gab es auch kleine Reibereien. Ich habe schon immer sehr sparsam gelebt und nicht sehr aufwändig, aber immer gesund gekocht. Maria war das anders gewohnt. Es mussten immer riesige Portionen sein, viel Fleisch und Fett und viele Süßigkeiten. Auf der anderen Seite wollte sie immer abnehmen und jammerte, dass sie zu dick wird. Da ich, wie schon erwähnt, gut haushalten kann, habe ich dann immer selbst die Einkaufszettel geschrieben und gesagt, was eingekauft wird. Trotzdem ist es Maria gelungen, immer wieder zusätzliche Sachen auf das Einkaufsband zu legen. Aber ich will mich nicht beschweren. Ich mochte sie als Person wirklich gern, und ohne sie hätte ich ja auch nicht in meiner Wohnung bleiben können.

Im Laufe der ersten Wochen wurde auch noch mein Badezimmer umgebaut. Die Badewanne wurde entfernt und eine flache Duschtasse eingebaut, sowie weitere Handgriffe zum Festhalten. Jetzt konnte ich auch zuhause vernünftig geduscht werden. Gott sei Dank brauchte ich auch keine Hilfe mehr bei den Toilettengängen. Dazu musste nur der Rollstuhl in das Bad an die Toilette herangeschoben werden. Alles andere konnte ich dann alleine machen. Ein großer Fortschritt! Eine weitere große Hilfe war der Handlauf an der Arbeitsplatte in der Küche. In der Küche war auch der Tisch umgestellt worden, damit ich mit dem Rollstuhl besser am Tisch sitzen konnte. Durch den Handlauf an der Arbeitsplatte konnte der Rollstuhl jetzt auch im Flur stehen bleiben. Ich konnte mich am Handlauf festhalten und alleine vorsichtig zum Tisch laufen.

Maria und ich wurden schnell ein eingespieltes Team, und langsam klappte alles immer besser. Erst dreimal, später zweimal in der Woche kam auch eine Physiotherapeutin zu mir. Zusätzlich behandelte mich zweimal in der Woche die Ergotherapeutin Frau Bachmann. Frau Bachmann ist eine wirklich nette Frau, die mir immer wieder viele nützliche Tipps für meinen Alltag gibt und mich auch immer wieder positiv aufbaut und mich ermuntert, in meinen Bemühungen nicht nachzulassen. Frau Bachmann hat mich von Anfang an betreut und sie kommt heute noch regelmäßig zu mir. Darüber bin ich sehr froh. Meine Physiotherapeutinnen, Frau Daus und Frau Haefs, sind ebenfalls schon sehr lange bei mir. Unermüdlich trainieren sie mit mir, um meine Beweglichkeit zu verbessern. Diese drei Damen tragen wirklich in hohem Maße zu meiner Genesung bei, und deshalb möchte ich ihnen auch an dieser Stelle meinen großen Dank aussprechen.

In der ersten Zeit zuhause hat mir besonders die CD von Gabi Köster „Ein Schnupfen hätte auch gereicht" geholfen. Gabi Köster hatte wie ich aus heiterem Himmel einen Schlaganfall erlitten und ein Buch darüber geschrieben. Dieses Buch hatte mir Marion als Hörbuch auf CD mitgebracht. Erst war ich skeptisch, da ich noch nie ein Hörbuch gehört hatte. Aber ich war neugierig und nach ein paar Tagen habe ich die CD dann eingelegt, und was soll ich sagen: Ich war begeistert. Begeistert darüber, mit welcher Ehrlichkeit und Offenheit Gabi Köster über ihre Erfahrungen berichtet und mit welchem Mut und mit welcher Energie sie versucht, sich dieser Krankheit zu stellen. Sie gibt den Kampf um ein neues, gesundes Leben nicht auf, sie lässt sich nicht unterkriegen und damit spricht sie mir aus der Seele. Ich will nicht aufgeben, aufgeben kann ich nicht. Mein ganzes Leben lang konnte ich den Kopf nicht in den Sand stecken, sondern musste weiter kämpfen, damals ums Überleben und um die Kinder. Heute kämpfe ich um mein eigenes Überleben mit aller Kraft, die ich noch habe. Ich will wieder laufen können.

Der 10. Oktober sollte Marias vorläufig letzter Tag sein. Durch Maria hatten wir schon eine Nachfolgerin, Goscha, gefunden, die am 10.Oktober zu mir kommen sollte. Aber an dem Wochenende davor bin ich krank geworden. Ich bekam Atemnot und Angstzustände. Maria war so in Sorge, dass sie einen Krankenwagen rief, der mich dann ins Marienhospital brachte. Dort war schnell klar, dass ich einige Zeit im Krankenhaus bleiben musste. Maria ist abgereist und nach einigen Tagen wollte auch Goscha bei einer Freundin nicht länger warten und ist nach Polen zurückgefahren.

Aber ich hatte Glück, denn die Ärzte im Marienhospital verordneten mir einen weiteren Reha Aufenthalt, diesmal in der Eiffelhöhenklinik in Marmagen. Am 25. Oktober wurde ich also dann direkt vom Marienhospital in die Eifelhöhenklinik verlegt. Hier ging es mir eigentlich ganz gut. Ich hatte wieder ein Einzelzimmer und die Ärzte, der Oberarzt Dr. Klein und der Chefarzt Dr. Kreischer waren sehr nett. Inzwischen kannte ich ja schon das Programm: Übungen mit Physiotherapeuten und Ergotherapeuten, die ich auch hier wieder mit Eifer und sehr motiviert durchführte. Die Sitzungen beim Psychologen wegen der Angstzustände haben mir aber nicht wirklich geholfen. Dazu war die Zeit wahrscheinlich viel zu knapp. Angstzustände, die sich ein Leben lang aufgebaut haben, kann man nicht in zwei bis drei Sitzungen wegtherapieren.

Am 2. Dezember wurde ich aus der Eifelhöhenklinik entlassen. Marion hatte in der Zwischenzeit mit Maria gesprochen und, nachdem Volker und Marion ihr Extrageld für die Weihnachtstage angeboten hatten, war Maria zu meiner großen Freude bereit, ab dem 2. Dezember auch über die Weihnachtstage und Silvester meine Pflege zu übernehmen.

So lief im Dezember wieder alles seinen gewohnten Gang. Marion war über Weihnachten verreist, aber Maria und ich verlebten einen ruhigen, gemütlichen Heiligabend mit Heinz, den ich auch dazu eingeladen hatte. Den 1. Weihnachtstag feierten wir bei Volker zuhause. Auch das war wieder sehr feierlich und familiär.

Das Auto- bzw. Taxifahren war jetzt auch kein Problem mehr für mich. Ich musste nicht mehr, wie am Anfang, nur im Rollstuhl transportiert werden, sondern ich konnte in einem normalen PKW vorne Platz nehmen. Im Grunde hat mich Marion dazu ermuntert zu versuchen, auf dem Beifahrersitz Platz zu nehmen. Sie meinte, wenn das klappen würde, wären wir viel flexibler und könnten auch Ausflüge unternehmen und zum Beispiel meine Freundinnen Miriam oder Mischa besuchen. Den Rollstuhl könne man ja zusammenklappen und im Kofferraum transportieren. Ich war noch nicht überzeugt und ziemlich ängstlich. „Du schaffst das", hat Marion immer wieder auf mich eingeredet. Ein paar Tage später haben wir dann unsere erste Probefahrt unternommen. Bis heute klappt das sehr gut: Ich werde mit dem Rollstuhl an den Vordersitz gefahren, ich stehe auf, drehe mich und lasse mich auf den Sitz fallen. Dann hebe ich das gesunde Bein hinein und mit etwas Hilfe dann das gelähmte Bein. Der Rollstuhl wird zusammengeklappt im Kofferraum verstaut. Beim Aussteigen wird erst wieder der Rollstuhl aufgeklappt, an den Vordersitz gefahren, beide Beine werden rausgehoben, ich stehe mit Hilfestellung auf, drehe mich vorsichtig und nehme im Rollstuhl Platz. So bin ich jetzt viel mobiler geworden. Vorausgesetzt natürlich, dass mich jemand fährt.

Der Januar 2012 verlief ohne besondere Vorkommnisse und war ausgefüllt mit Therapiestunden, Übungen, Arztbesuchen, einkaufen, kochen, essen, schlafen. Das Thema „Schlafen" war auch ein kleines Problem zwischen Maria und mir. Ich wäre gerne abends ein bisschen länger aufgeblieben, um noch etwas Fernsehen zu gucken, aber Maria bestand darauf, dass ich schon um 7 Uhr, spätestens aber um 8 Uhr im Bett liege. In den ersten Monaten nach dem Schlaganfall war das kein Problem für mich. Ich war erschöpft und auch froh, mich abends hinzulegen. Aber je besser es mir ging, desto mehr war ich auch wieder an anderen Dingen außerhalb meiner Krankheit interessiert. Dazu gehörten auch Nachrichtensendungen oder Boulevardsendungen wie „Explosiv" oder „Brisant". Zwar konnte ich auch direkt vor dem Fernseher nicht viel erkennen, aber zumindest konnte ich die Beiträge hören. Aber Maria hielt davon nicht viel sondern sagte immer nur „Annemarie muss schlafen!"
Tagsüber hatte ich viel Zeit, die ich mit dem Anschauen meiner alten Videofilme verbrachte. Ich hatte ja schon erwähnt, dass ich in meinem „früheren" Leben, also vor meinem Schlaganfall, begeistert alle wichtigen Feste und Ereignisse mit meiner Videokamera aufgenommen habe. „Weihnachten mit Dieter" und die ersten Urlaubsfilme noch in Super 8, später dann am Dümmer oder auf anderen Festen auch mit immer besseren Kameras. Ich war wegen dieser Leidenschaft in der Familie schon oft verschrien worden, und oft genug hieß es: „Oh Schreck, da kommt Oma Dümmer wieder mit ihrer Videokamera." Aber im Nachhinein haben mir diese Filme vielleicht das Leben gerettet. Immer und immer wieder habe ich mit meinen Pflegerinnen zuhause die alten Filme angeschaut. Weihnachten bei Marion, bei Volker, Taufen der Enkel, Geburtstage der Kinder und Enkel, Konfirmationen,

Abschlussfeiern, Hochzeiten, eigene Geburtstage, Geburtstage meiner Freundinnen, Feste am Dümmer und ganz viele Urlaubsfilme. Diese Filme haben mir Auftrieb gegeben. Sie haben mich nicht deprimiert, ganz im Gegenteil. Auf allen Filmen herrscht gute Stimmung, es wird musiziert und gesungen, und wenn ich dann die Musik und die Lieder höre, stehe ich in meinem Rollstuhl auf, bewege mich im Takt und singe laut mit. Auch wenn sich alle darüber amüsieren – mir tut das gut und vielleicht liegt der Sinn dieser Filme darin, mir in meiner schweren Zeit wieder Lebensmut zu geben. Dafür hat sich das Filmen schon gelohnt. Wenn ich diese Filme sehe, werde ich auch dankbar. Ich danke dem lieben Gott, dass er mir so eine tolle Familie geschenkt hat, eine Familie, die über Jahre und Jahrzehnte immer wieder zusammenkommt und die zusammenhält, in der Jung und Alt gemeinsam feiern und die gleichen Lieder singen und fröhlich sind.

Auch nach meinem Schlaganfall sind mir die Geburtstage meiner Familie und meiner Freundinnen wichtig. So habe ich mich besonders gefreut, dass Marion mich und Maria im März zu Mischas 65. Geburtstag nach Neukirchen-Vluyn gefahren hat. Mischa hat bei ihrer Tochter Gaby gefeiert, die gerade ein Kosmetikstudio eröffnet hatte. Mischa hat sich sehr über meinen Besuch gefreut. Aber es war mir auch wichtig, sie an ihrem Geburtstag zu besuchen, denn Mischa hatte gerade im Februar wieder gezeigt, dass ich mich immer auf sie verlassen kann. Obwohl sie selbst so viel zu tun hat und auf mehreren Arbeitsstellen arbeitet, ist sie sofort nach Düsseldorf gekommen, um mich zu pflegen, als Maria überraschend im Februar eine Woche nach Polen musste. So etwas vergesse ich nicht.

Ende März 2012, als Maria wieder nach Hause musste, lernte ich Irina kennen. Irina ist eine Bekannte aus dem Heimatdorf von Maria und hat schon mehrere Male in Deutschland als Pflegerin gearbeitet. Mit Irina habe ich mich auch sofort verstanden. Sie ist ruhiger als Maria und lange nicht so bestimmend. Sie ist zwar auch immer in Sorge um mich, aber sie weiß auch, dass ich viele Dinge alleine machen möchte. Irinas Tochter Teresa wohnt in der Nähe in Heiligenhaus, und die beiden telefonieren fast täglich miteinander. So ist auch für Irina das Heimweh nicht ganz so groß. Die zwei Monate mit Irina vergingen wie im Fluge. Wir hatten keine Probleme, weder mit dem Einkaufen noch mit dem Essen. Alles lief gut. Für Maria, die erkrankt war, sprang nach zwei Monaten Gisela, auch aus Polen, ein. Das Problem war, dass Gisela nur bis zum 20.Juni bleiben konnte, Maria aber erst am 20.Juli wieder einsatzbereit war. Also mussten wir improvisieren. Jetzt zeigte sich, dass ich mich auch auf meine Freundin Miriam hundertprozentig verlassen konnte. Miriam erklärte sich sofort bereit, mich bei sich zuhause aufzunehmen. Das wäre doch selbstverständlich und gar kein Problem. Ich fand das gar nicht selbstverständlich, denn ich weiß, dass ich durchaus eine Belastung im täglichen Leben bin, zumal ich zu diesem Zeitpunkt noch keine Minute allein bleiben konnte, und so im Grunde immer jemand bei mir sein musste. Auch dass Miriam ihre Couch im Wohnzimmer für mich bereitstellte, bereitete Umstände, die sie in Kauf nehmen wollte. Trotzdem war ich natürlich überglücklich, denn ich war schon immer sehr gerne bei Miriam zuhause und fühlte mich dort wirklich wohl. Auch Miriams Kinder Janina, Daniela und Marco und auch ihr Enkel Jerome waren immer besonders freundlich, nett und aufmerksam zu mir. So auch diesmal, als ich vom 20. Juni bis zum 10. Juli bei ihnen war. Am 10. Juli wurde Miriam so krank, dass sie ins Krankenhaus eingeliefert werden musste. Innerhalb eines Tages hat Marion dann wieder mit Christas Hilfe für mich einen Kurzzeitpflegeplatz im St. Josef Krankenhaus in Moers organisiert. Dort blieb ich bis zum 20. Juli, denn ab diesem Zeitpunkt konnte Maria wieder meine Pflege übernehmen.

Gott sei dank ging es Miriam schon bald wieder besser, denn ihr 70. Geburtstag stand vor der Tür und der sollte ganz groß gefeiert werden.

Miriams 70. Geburtstag

Vor zehn Jahren, als Miriam sechzig wurde, habe ich am Dümmer ihre Geburtstagsparty ausgerichtet. Damals hat Arno, Miriams Mann noch mit uns feiern können. Leider ist Arno schon im September 2004 verstorben. Er war an Parkinson erkrankt und hatte Herzprobleme und einen zu hohen Blutdruck. Arno war bis zu seinem Tod immer ein positiver Mensch gewesen. Immer hatte er das Wohl seiner Familie im Auge und, obwohl es ihm damals schon gesundheitlich nicht mehr so gut ging, hat er bis zwei Wochen vor seinem Tod noch gearbeitet. Auch in dieser Situation waren wir natürlich füreinander da und haben uns gegenseitig Kraft gegeben. Als ich die Nachricht von Arnos Tod bekam, sind Dieter und ich sofort nach Geldern gefahren, um ihr zur Seite zu stehen und um sie unterstützen. Miriam hat sehr unter Arnos Tod gelitten und danach schwere Zeiten durchlebt. Aber Miriam ist auch eine Kämpferin und hat ihren Mut und ihren Humor nie verloren.

Jetzt stand also Miriams 70. Geburtstag vor der Tür, und ich habe mir so sehr gewünscht, dass Miriam trotz der Erinnerung an ihren letzten runden Geburtstag einen wunderschönen Tag verlebt. Den 70. Geburtstag von Dieter hatte Miriam in ihrer Kellerbar ausgerichtet. Da Dieters Wohnung für die Anzahl der geladenen Gäste zu klein war, wollte Miriam Dieter eine Freude machen und hatte deshalb vorgeschlagen, dass wir doch in ihrer Kellerbar feiern könnten. Dieter war einverstanden, aber nur, wenn er auch alles bezahlen würde. Miriam hätte schon genug Arbeit mit den Vorbereitungen. So war Dieter! Er wollte sich nie etwas schenken lassen. Dass Miriam diese Feier für Dieter ausgerichtet hat, rechne ich ihr auch hoch an. Schließlich hatte Dieter einen Tag vor Heiligabend Geburtstag, und da hat man normalerweise schon genug mit den Weihnachtsvorbereitungen zu tun. Aber Miriam hat das alles auf sich genommen, und das vergesse ich ihr auch nie.

Deshalb habe ich mich auf die Feier anlässlich des runden Geburtstags meiner Freundin ganz besonders gefreut. Eigentlich waren es ja zwei Feiern, denn am eigentlichen Geburtstag, dem 13. August 2012 fand nur ein kleines Fest im kleinen Kreis statt. Miriam hatte zu einem Brunch in ein Cafe-Restaurant in Geldern eingeladen. Gäste sollten nur ihre Kinder, Enkelkinder sowie Marion, Maria und ich sein. Da dies ein ganz besonderer Geburtstag war, wollte ich etwas früher im Cafe sein, um den Tisch entspre-

chend mit Girlanden und Kerzen zu schmücken. Deshalb rief ich
ein paar Tage vorher im Cafe an, um zu erfahren, welchen Tisch
Miriam reserviert hatte. Aber es lag keine Reservierung vor, so dass
wir im Vorfeld keinen Tisch schmücken konnten, da wir ja nicht
wussten, welchen Tisch Miriam auswählen würde. Ich war ein
bisschen enttäuscht, denn ich hätte gerne für Miriam etwas vorbereitet. Aber Marion beruhigte mich, in dem sie sagte, dass wir
doch erst mal abwarten sollen, ob Miriam nicht selbst den Tisch
schmückt und wenn das nicht der Fall ist, wir unsere Girlanden
immer noch schnell auf den Tisch legen können. Gutgelaunt und
bei strahlendem Sonnenschein trafen wir vor dem Cafe ein.
Miriam war schon da und nahm uns freudestrahlend in Empfang.
Aber wie befürchtet, war der Tisch, an dem schon die anderen
Gäste saßen, nicht extra geschmückt. Jetzt war ich froh, dass ich
meine Girlanden dabei hatte und so den Tisch ein bisschen
schmücken konnte. Ich verteilte meine Wunderkerzen, und da
Miriam den Champagner schon bestellt hatte, erhob ich mein
Glas und sagte: „Jetzt können wir auf das Geburtstagskind anstoßen." Mit den Wunderkerzen in der Hand standen wir zusammen
und sangen: „Happy birthday to you!" Marion machte ein paar
Fotos, die auch wegen der schönen Blumen im Hintergrund echt
toll geworden sind. Es war eine wunderbare Stimmung. Jeder
konnte essen und trinken, was er wollte und alle haben sich richtig
wohl gefühlt. Am frühen Nachmittag sind wir dann nach Düssel-
dorf zurück gefahren. Miriam ist an diesem Tag noch mit ihren
Kindern abends essen gegangen. Wie gesagt, es war eine kleine
Vorfeier, denn die richtige Party sollte ja am darauf folgenden
Samstag steigen.
Am Tag nach Miriams Geburtstag telefonierte ich mit meinem
Bruder Helmut, der mich natürlich sofort fragte, wie es mir denn
auf Miriams Feier am Montag gefallen hätte. Er wäre nämlich am
Montag auch ganz in der Nähe gewesen. Wenn ich das vorher
gewusst hätte, hätte ich Helmut gebeten, als Überraschung mit
seinem Akkordeon vorbei zu kommen und für Miriam ein ganz
spezielles Geburtstagsständchen zu spielen. Das wäre dann noch
ein kleines I-Tüpfelchen gewesen. Aber auch so haben wir in einem schönen Rahmen den Geburtstag gebührend vorgefeiert, und
uns blieb noch die Vorfreude auf die Party am Samstag.

Die Feier am Samstag, den 18. 8. 2012 wurde ein wunderbares Fest, denn bei Sonnenschein und 30 Grad spielte auch das Wetter perfekt mit. Ich hatte als Überraschung für Miriam in der Gelderner Zeitung eine Grußanzeige aufgegeben, um mich öffentlich bei ihr für ihre wunderbare Freundschaft zu bedanken. Als sie dann am Morgen ganz zufällig diese Anzeige sah, hat sie sich riesig gefreut.

70 Jahre Leben feiern!

Liebe Miriam!

Zu Deinem runden Geburtstag gratuliere ich Dir ganz herzlich und wünsche Dir alles Liebe, beste Gesundheit und viel Glück für die Zukunft.

Ganz besonders möchte ich mich an dieser Stelle auch für 45 Jahre ehrliche, aufrichtige und innige Freundschaft und Deine Hilfsbereitschaft in guten wie in schlechten Zeiten bedanken.

Du bist die beste Freundin der Welt.

Deine Freundin Annemarie aus Düsseldorf

Marion hatte Maria und mich schon frühzeitig nach Geldern gefahren. Ich kam aus dem Staunen nicht mehr heraus. Miriam hatte ihren Garten wie immer wunderschön geschmückt. Miriams Kinder, Freunde und viele Bekannte waren gekommen, um ihr zu gratulieren und mit ihr zu feiern. Von meiner Familie waren Marion, Hermann, Volker, Simone, Helmut und Christa eingeladen. Natürlich haben wir es uns nicht nehmen lassen, auch ein kleines selbst gedichtetes Lied für Miriam zu singen. Ich habe dann mit Marions Hilfe in Form eines Gedichts meine Geschenke überreicht. Alles zum Thema „Prinzessin", weil Miriam für mich immer wie eine Prinzessin war. Besonders gefreut hat sie sich, glaube ich, auch über die Ballettschuhe, die ich ihr eher symbolisch überreichte. Miriam hatte mir mal erzählt, dass sie gerne Balletttänze-

rin geworden wäre, aber in ihrer Kindheit nie Geld für Ballett-schuhe übrig war.
Helmut hatte sein Akkordeon dabei und ebenfalls etwas vorberei-tet. Als Höhepunkt der Feier hatte Miriam einen Musicalsänger eingeladen, der uns mit seinen tollen Liedern verzauberte. Natür-lich durfte „Memories" aus Cats und „My way" von Frank Sinatra nicht fehlen. Bis spät in die Nacht wurde danach noch getanzt und gefeiert. Mit einem Taxi sind Maria und ich dann spät nachts wieder zurück nach Düsseldorf gefahren.

Probleme mit der Pflege

Das Verhältnis zu Maria gestaltete sich immer schwieriger. Jetzt verlangte sie von uns auch noch Geld für ihre Extra Einkäufe, weil sie wohl bei mir nicht satt wurde. Ich persönlich hätte ihr das Geld nicht gegeben, aber Marion und Volker wollten keinen Stress und haben ihr auf ihren Lohn noch Essensgeld dazugelegt. Ich fand das nicht in Ordnung und war darüber auch ziemlich sauer. Jedenfalls war dann eigentlich bald schon klar, dass Maria nach zwei Monaten nicht wiederkommen würde. Dafür kam erst mal wieder Irina, was mich sehr freute, denn nach dem Stress mit Maria war es einfach nur angenehm, Irina um mich zu haben.
Für die Zeit danach hatte Marion über eine Agentur eine Frau aus Lettland gefunden, die sie am 20. November in Düsseldorf vom Flughafen abholte. Leona war Anfang 50, aufgetakelt und sehr gesprächig. Schon am ersten Tag hatte ich das Gefühl, dass das nicht passt. Leona wusste nicht, wie man mit einem Rollstuhl umgeht, so dass das Einkaufen jedes Mal eine Katastrophe war. Nicht einmal eine einzige Stufe konnte sie mit mir im Rollstuhl überwinden sondern musste sich jedes Mal Hilfe von Passanten holen. Außerdem war sie ständig eher mit sich, ihrem Aussehen und ihrem Handy beschäftigt als sich um mich zu kümmern. Ständig beklagte sie sich darüber, dass ihr alles so schwer fiel, und sie ständig Rückenschmerzen hätte. Einmal hat sie mich in mei-nem Rollstuhl beim Einkaufen, ohne darauf zu achten, dass ich sicher stehe, abrupt abgestellt, um für sich in einem Handyshop etwas zu besorgen, und ist, ohne sich noch einmal nach mir um-

zudrehen, im Laden verschwunden. Plötzlich machte sich der Rollstuhl mit mir selbständig und rollte auf die Fahrbahn zu. Zum Glück haben Passanten das beobachtet und den Rollstuhl aufgehalten. Ich weiß nicht, was sonst passiert wäre. Jetzt war der Punkt erreicht, an dem wir uns bei der Agentur beschweren mussten. Wir haben dann die Agentur angerufen und auf die Missstände aufmerksam gemacht. Leona war deswegen ziemlich eingeschnappt und sah überhaupt nicht ein, dass sie irgendetwas falsch gemacht hatte.

Die schlimmste Überraschung erlebte ich dann am 26. November! Als ich morgens auf mein Rufen keine Antwort bekam, dachte ich zunächst, Leona wäre etwas zugestoßen. Also bemühte ich mich nach Kräften, alleine in den Rollstuhl und in die Küche zu kommen. Aber von Leona keine Spur! Sie war nicht da! Stattdessen fand ich auf dem Küchentisch einen Zettel, auf dem stand: „Ich bin keine Katastrophe." Das war alles. Ich traute meinen Augen nicht. Das konnte doch nicht wahr sein. Leona war abgehauen und hatte mich im Stich gelassen. Unglaublich. Ich habe dann sofort Marion angerufen und anschließend die Agentur. Aber die wusste angeblich auch nichts über Leonas Verbleib. Auf unsere Bitte nach einer Ersatzkraft konnte oder wollte man leider, wahrscheinlich wegen der Beschwerdegespräche, nicht eingehen und uns helfen, denn die Agentur hat uns tatsächlich keinen Ersatz geschickt. Weder von Leona noch von der Agentur haben wir jemals wieder etwas gehört.

Was tun? In meiner größten Not rief ich meine Freundin Angie an. Angie kam ohne zu zögern sofort vorbei, um mir in dieser furchtbaren Situation beizustehen. Da Angie berufstätig ist und auf Dauer nicht bei mir bleiben konnte, beschlossen wir, Daniela, die Tochter von Miriam, zu fragen, ob sie nicht ein paar Tage nach Düsseldorf kommen könnte, bis wir eine Lösung gefunden hätten. Auch Daniela zögerte nicht und kam noch am selben Tag zu mir. Daniela konnte aber auch nur vorübergehend bleiben, und so blieb als einzige Lösung wieder eine Kurzzeitpflege. Im Carpe Diem war kein Zimmer frei, deshalb entschieden wir uns für den Kahlenshof in Neukirchen-Vluyn.

Hier war ich insgesamt fünf Wochen, vom 3.12.12 bis zum 7.1.13. Am Anfang war das Pflegepersonal noch sehr nett, aber als die merkten, dass sie mit mir nicht alles machen konnten, änderte sich die Freundlichkeit. Das ging soweit, dass man mir nicht mal ein Glas Wasser geben wollte. Helmut hatte mich zu einem Besuch abgeholt, und ich kam erst gegen 19 Uhr wieder zurück. Da ich noch meine Tabletten einnehmen musste, bat ich die Chefin der Einrichtung, die unten am Empfang saß, um ein Glas Wasser. Daraufhin wurde ich von der Chefin böse angekeift mit den Worten: „Wissen Sie nicht, wie spät es ist? Ich habe Feierabend. Sehen Sie mal zu, wo Sie noch einen Pfleger finden. Ich habe keine Zeit für sowas." Wenn mein Bruder nicht Zeuge gewesen wäre, würde mir das keiner glauben.

Genauso unglaublich war die Tatsache, dass meine extrem pflegebedürftige Mitbewohnerin im Zimmer stundenlang in ihrem eigenen Urin und Kot lag. Es stank furchtbar, aber von den Schwestern, die ich gerufen habe, hörte ich immer nur: „Ja wir kommen gleich". Aber es dauerte immer endlos lange, bis die Windeln gewechselt wurden. Geht man so mit alten Menschen um? Die Frau tat mir so leid, dass ich oft an ihrem Bett saß und ihre Hand hielt. Sie mochte Volkers Lieder so gerne, die ich ihr deshalb oft vorspielte. Dann lächelte sie.

Heiligabend wurden wir schon mittags aufs Zimmer gebracht. Egal, dachte ich, dieser Tag geht auch vorbei. Aber dann ging plötzlich die Türe auf und Jerome, Miriams Enkel, stand in der Tür. „Tante Annemie, ich soll dich holen. Du kannst doch Heiligabend nicht allein bleiben!" Ich kann gar nicht beschreiben, wie ich mich da gefühlt habe. Überglücklich dankte ich dem lieben Gott für so eine liebe Freundin. Am ersten Weihnachtstag brachten sie mich wieder zurück und beim Abschied sagte Miriam mir noch: „Ich hole dich hier raus. Am Anfang des neuen Jahres kommst du zu mir, solange, bis die Irina wieder da ist." Mit dieser Vorstellung ließ sich die restliche Zeit im Kahlenshof viel besser ertragen. Am Nachmittag des 1. Weihnachtstages kamen auch Marion und Volker zu Besuch. Volker brachte mir sogar ein kleines Tannenbäumchen mit. Miriam hat mich dann tatsächlich am 7. Januar 2013 aus der Kurzzeitpflege abgeholt. Ich verlebte wieder eine schöne Zeit bei ihr, aber irgendwie war ich auch froh, als am 22. Januar Irina wiederkam und ich nach Hause in meine eigenen vier Wände konnte.

Diesmal wollten wir uns schon frühzeitig um eine Anschlusspflege nach Irina kümmern und haben deshalb über eine Anzeige eine 24-Stunden Pflegerin gesucht. Es riefen sehr viele Damen wegen der Stelle an. Als sie aber hörten, wie viel Geld wir pro Monat zahlen würden, legten viele ohne Gruß sofort wieder auf. Trotzdem konnten wir einige Damen zu einem Vorstellungsgespräch einladen. Auch hier erlebten wir böse Überraschungen. Einige kamen erst gar nicht, andere verließen schimpfend meine Wohnung, weil ihnen das Geld zuwenig war. Einige wollten die Wochenenden frei haben, andere jeden Tag ein paar Stunden Freizeit. Ich war zwar inzwischen schon selbständiger geworden, aber nach wie vor konnte ich nicht allein sein, ohne Angstzustände zu bekommen.

Drei Frauen kamen dann doch in die engere Wahl. Ich probierte es mit ihnen tageweise aus, aber leider waren alle unzuverlässig und hatten schon nach kürzester Zeit keine Lust mehr. Das war eine furchtbar unruhige Zeit, und mehr als einmal ist meine Freundin Angie eingesprungen, um mir zu helfen, wenn wieder jemand spontan die Wohnung verlassen hat. Das schlimmste Erlebnis hatte ich mit einer Mutter, die wollte, dass ihre beiden erwachsenen Töchter abwechselnd auf mich aufpassten, aber gemeinsam mein Schlafzimmer bewohnen. Als ich das nicht wollte, wurde ich von dieser Frau aufs Übelste beschimpft. Meine Aufforderung, die Wohnung sofort zu verlassen, hat sie einfach ignoriert und immer weiter herumgeschrien. Ich weiß bis heute nicht, wie es mir dann doch gelungen ist, sie vom Rollstuhl aus hinauszuwerfen. Kein Wunder, dass ich bei all dem Trubel wieder krank wurde und im April eine Woche im Vinzenz Krankenhaus verbringen musste.

Ich werde selbständiger

Noch im Krankenhaus haben wir eine Lösung gefunden, die wir bis heute im Wechsel mit Irina praktizieren. Es führte kein Weg daran vorbei, dass ich meine Angstzustände bekämpfen musste und wieder lernte, auch zuhause wenigstens zeitweise alleine zu bleiben. Deshalb hat Marion mir vom Roten Kreuz einen Hausnotruf eingerichtet. Jetzt trage ich zuhause die ganze Zeit ein Armband mit einem Knopf, den ich drücken kann, wenn es mir nicht gut geht. Sofort meldet sich dann jemand vom Roten Kreuz, der fragt, ob ich Hilfe brauche, und der im Notfall sofort vorbei kommt. So kann ich, auch wenn ich alleine zu Hause bin, immer direkt Hilfe erhalten. Das hat mich sehr beruhigt.

In der Zeit, in der Irina in Polen ist, kümmert sich Mela um mich. Mela ist eine junge Frau, die bei Volker und Heinz stundenweise sauber macht und gerne etwas dazu verdienen möchte. Mela kommt drei- bis viermal in der Woche für ein paar Stunden zu mir. In dieser Zeit erledigen wir alles, was notwendig ist. Wir gehen einkaufen, zur Bank, zum Arzt und wenn wir zuhause sind, hilft Mela beim Saubermachen und Kochen. Wenn Mela keine Zeit hat, kommt Marion vorbei und sieht nach dem Rechten. Ich muss sagen, dass ich nach anfänglichen Bedenken jetzt ganz gut mit dieser Situation umgehen kann. Am Anfang habe ich es ja nicht mal ertragen können und nicht erlaubt, dass die Pflegerin die Wohnung verlässt, um Wasser zu kaufen. Nicht, weil ich es nicht erlauben wollte, sondern weil ich, wenn ich ganz alleine bin, sofort wieder daran denke, wie hilflos ich in der Nacht meines Schlaganfalls war. Diese Angst habe ich zwar heute auch noch, aber ich kann sie ein bisschen besser kontrollieren, weil ich weiß, dass ich im Notfall ja nur den Knopf an meinem Arm drücken muss.

Wenn ich allein zuhause bin, ist nach wie vor alles extrem beschwerlich, und selbst die einfachsten Dinge misslingen mir manchmal. Natürlich schimpfe ich auch oft über meine Situation, wenn mal wieder etwas nicht klappt. Aber im Grunde ist es auch ein gutes Gefühl, wieder sein eigener Herr zu sein. Trotzdem freue ich mich natürlich jedes Mal, wenn Irina wieder für zwei Monate bei mir ist. Das Leben ist mit ihr doch ein bisschen einfacher. Aber ich denke, dass ich im Hinblick auf meine wachsende Selbstständigkeit auf einem guten Weg bin. Ganz ohne Hilfe werde ich es wohl nie mehr schaffen, aber ich arbeite intensiv daran, mein Leben wieder selbständiger führen zu können.

Mein Buch

Eigentlich hatte ich schon immer darüber nachgedacht, mal ein Buch über mein Leben zu schreiben. Aber es ist in der Vergangenheit nie etwas daraus geworden. Ich selbst kann es ohne Hilfe nicht schreiben und meine Kinder und Enkel fanden die Idee zwar gut, hatten aber keine Zeit, mich dabei zu unterstützen. Als ich nach meinem Schlaganfall das Hörbuch von Gabi Köster gehört hatte, war mir klar: Das kannst du auch. Jetzt musst du dein Buch in Angriff nehmen. Da ich meine Geschichte selbst ja nicht aufschreiben konnte, hatte Volker die Idee, einen Autor zu suchen, der mir zuhört und die Geschichte dann für mich aufschreibt. Volker meinte auch, dass gerade in der Situation nach meinem Schlaganfall das vielleicht auch eine gute Therapie und ein Projekt sein kann, dass mich ein bisschen ablenkt. Zumal alle auch wussten, dass, wenn ich erst mal von etwas überzeugt bin, ich es auch durchsetzen will. Mit Marions Hilfe suchten wir per Zeitungsinserat einen Autor, der bereit war, für ein gutes Honorar meine Geschichte anzuhören und aufzuschreiben. Es meldeten sich einige interessierte Damen und Herren, die mir auch in den Vorstellungsgesprächen sehr gefallen hatten. Entschieden habe ich mich dann für einen Herrn Rademacher, der das zwar vorher noch nie gemacht hatte, der mir aber außerordentlich sympathisch war. Bei ihm hatte ich das Gefühl, er versteht mich, meine Situation und meine Vergangenheit. Wir wurden uns einig und seit dieser Zeit kam Herr Rademacher relativ regelmäßig zu Besuch. Ich erzählte ihm dann meine Geschichten und er hörte zu. Weil ich aber so schnell und unsystematisch redete, kaufte ich ihm ein Diktiergerät, mit dem er alles, was ich erzählte, aufnehmen konnte. Aber wie sich später herausstellte übernahm er alles wortwörtlich genau so, wie ich es gesprochen hatte. Er schrieb alles auf, ohne es richtig auszuformulieren und ohne es in eine chronologische Reihenfolge zu bringen. Das wollte er später bearbeiten. Ich freute mich jedes Mal auf seine Besuche und für mich war das immer ein Anlass, mich besonders chic anzuziehen. Das gab mir Auftrieb. Herr Rademacher war immer sehr aufmerksam und hat mir auch oft Blumen mitgebracht. Eine Zeitlang klappte das mit unserem Projekt ganz gut, aber ich glaube, Ende des letzten Jahres verlor er ein bisschen das Interesse an der Arbeit. Außerdem wurde er nach Berlin versetzt. Ich fand das schade, weil ich nun nur ein halbfertiges Manuskript von 100 Seiten hatte, in dem auch die chronologischen Abläufe noch nicht stimmten. Außerdem hatte er viele Geschichten nicht bearbeitet sondern genau so aufgeschrieben, wie ich sie erzählt hatte, in meiner Wortwahl, ohne Strich und Komma. Es gab noch so viel zu tun. Also fragte ich noch einmal Marion und zu meiner größten Freude war sie bereit, mein Buchprojekt zu Ende zu bringen. Dafür bin ich ihr sehr dankbar, denn ohne sie hätte ich das Buch nie zu Ende bringen können.

Mein Foto - Shooting

Mela ermunterte mich, ein weiteres Projekt in Angriff zu nehmen. Sie war mit einer Fotografin befreundet, für die sie hin und wieder auch kleine Schminkjobs übernahm. Diese Fotografin war spezialisiert auf persönliche Foto-Shootings, und Mela war der Meinung, dass das genau das Richtige für mich wäre. Patrizia würde zu mir nach Hause kommen, mich umziehen, schminken und tolle Fotos von mir machen. Ich war sofort Feuer und Flamme. Warum eigentlich nicht. Man kann doch auch in meinem Alter noch gut aussehen, und warum soll es nicht mal ein Model geben, das bereits 78 Jahre alt ist, linksseitig gelähmt und im Rollstuhl sitzt? Gesagt, getan! Mitte April 2013 war es dann soweit. Patrizia und Mela waren genau so begeistert bei der Sache wie ich. Ich wurde gekämmt, geschminkt und in allen möglichen Posen fotografiert. Sogar in Dessous wurden Aufnahmen von mir gemacht, offenherzig aber nicht peinlich. Bei dieser Fotosession wurden alle meine Lebensgeister wieder erweckt. Das hat solchen Spaß gemacht! Ich fühlte mich wieder als Frau und schön – ein Gefühl, das ich nach meinem Schlaganfall kaum noch kannte.

Heinz hatte am 30. April Geburtstag. Das sollte der Tag werden, an dem ich meiner Familie das erste Mal die Bilder zeigen wollte. Ich hatte im Vorfeld niemandem etwas davon erzählt, denn es sollte eine Überraschung werden. Als Heinz das gerahmte Bild von mir in den Händen hielt, kriegte der sich gar nicht mehr ein. Er fand das toll, und auch alle anderen waren von den Fotos begeistert und meinten, dass man mich kaum wiedererkennen würde. Auch die Dessous Bilder gefielen allen gut, mit Ausnahme von Leonard und Alexander, die ihre Oma verständlicherweise nicht in Dessous sehen wollten. Die anderen Fotos mochten sie auch.

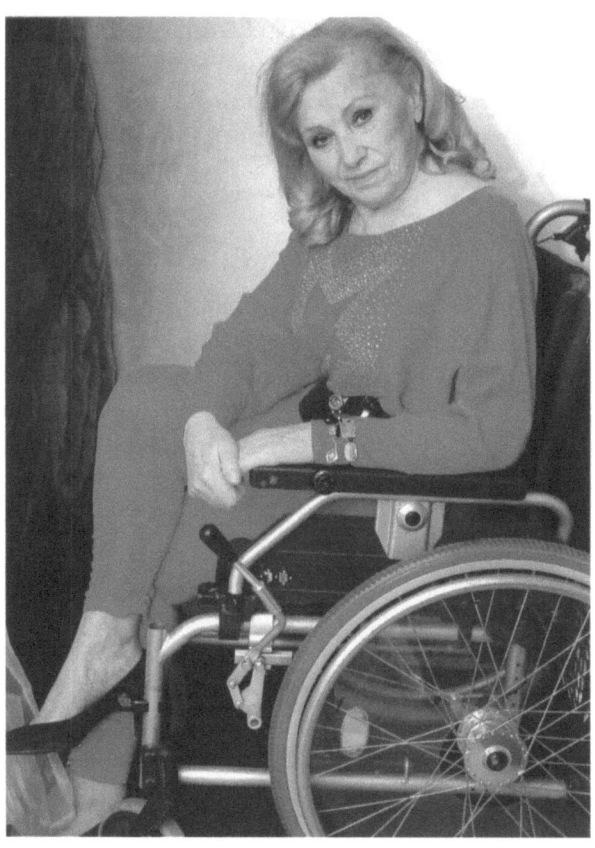

290

Diese Aktion mit dem Foto-Shooting hat auch dazu beigetragen, dass ich mich in meinem Leben wieder wohler fühle. Den Schlaganfall kann ich nicht rückgängig machen, aber ich kann versuchen, aus dem, was mir noch geblieben ist, das Beste zu machen. Auch wenn ich nicht mehr so leben kann wie früher, muss ich mich nicht verstecken. Ich weiß noch, was ich will und was ich kann, und das will ich auch durchsetzen.

Mein 79. Geburtstag bei Miriam

In diesem Jahr hat mir meine Freundin Miriam noch eine ganz besondere Freude gemacht. Schon Wochen vor meinem Geburtstag im Juli hat sie gesagt, dass sie dieses Mal für mich den Geburtstag ausrichten wird. Ich bräuchte mich um gar nichts kümmern. Sie würde bei sich zuhause alles vorbereiten.

Als Marion und ich dann am 26. Juli losfuhren, war ich natürlich sehr gespannt. In Geldern angekommen traute ich meinen Augen nicht. Im Garten hatte Miriam einen riesigen weißen Pavillon aufgebaut, darunter stand eine Tafel, die mit Kerzen und Blumen wunderschön gedeckt war. An der Decke des Pavillons hingen Lichterketten und Luftballons. Der ganze Garten war mit Girlanden geschmückt. Es sah traumhaft aus und ich war total überwältigt. Als erstes haben wir mit einem schönen Gläschen roten Krimsekt angestoßen. Schon früher, zu Dieters Zeiten haben wir zu besonderen Anlässen und Weihnachten immer roten Krimsekt getrunken.

Als Überraschung für mich hatte Miriam auch meine Freundin Mischa mit ihrem Mann Jürgen, Helmut und Christa und auch Angie eingeladen. Volker war leider im Urlaub. Miriams Kinder und Jerome waren natürlich auch da. Nachdem wir unseren Sekt ausgetrunken hatten, haben wir ganz gemütlich im Garten Kaffee getrunken und dabei wunderschöne Musik gehört. Danach holte Helmut sein Akkordeon raus und wieder wurden alle meine Lieblingslieder gespielt und kräftig mitgesungen.

Abends war Marco unser Grillmeister und verwöhnte uns mit den besten Leckereien. Miriam hat sich so viel Mühe gegeben und sich so viel Arbeit gemacht, um mir ein schönes Fest zu bereiten. Das werde ich nie vergessen.

Ich stoße mit meiner Freundin Miriam mit Krimsekt auf die Zukunft an.

Meine Diamantene Hochzeit am 31.10.2013

Vorbereitungen

In diesem Jahr 2013 sollte noch ein weiteres großes Fest stattfinden. Meine Diamantene Hochzeit! Wie ich schon mehrfach sagte, hatten Heinz und ich unser Leben lang Kontakt zueinander. Wir hatten trotz Scheidung unsere Silberne und auch unsere Goldene Hochzeit gefeiert. Da wir jetzt auch beide in Düsseldorf wohnten, war es mein größter Wunsch, mit Heinz, den Kindern und der ganzen Familie auch unsere Diamantene Hochzeit zu feiern. Als ich meinen Plan Anfang des Jahres mal im Familienkreis äußerte, bekam ich nur wenig Zustimmung. Besonders großes Interesse an diesem Fest zeigte keiner. Aber ich ließ mich nicht beirren und wollte auf jeden Fall meinen Plan durchsetzen. Schon lange vorher hatte ich nämlich angefangen, für dieses Ereignis zu sparen. Jeden Cent, den ich durch den Verkauf von Kleidung in Second-Hand Läden oder beim Flaschensammeln erhalten habe, habe ich zur Seite gelegt und gespart. So ist im Laufe der Jahre eine nette Summe zusammengekommen. Nach meinem Schlaganfall, als mir klar wurde, dass ich kein Geld mehr für weite Reisen oder anderen Luxus ausgeben konnte, stand für mich fest, dass ich das Geld für meine Diamantene Hochzeit ausgeben wollte. Ein letztes Mal wollte ich für meine Familie ein großes Fest in einem schönen Rahmen ausrichten, wollte alle um mich versammeln, um auf sechzig gemeinsame Jahre zurückzublicken. Einladen wollte ich nur die engste Familie und meine Freundinnen.

Also begann ich bereits im September damit, alle anzurufen, damit sie sich den 31. Oktober frei halten. Erstaunlicherweise bekam ich keine Absagen, sondern ich hatte den Eindruck, jetzt, wo alle merken, wie Ernst mir mit der Feier ist, will mich auch keiner hängen lassen. Traurig war ich nur darüber, dass meine Enkelinnen Gini und Jacky nicht dabei sein konnten, weil sie in Boston bzw. Paris studieren. Aber meine drei Enkel Alexander, Michael und Leonard hatten zugesagt und mir auch versichert, wie sehr sie sich auf das Fest freuen.

An dieser Stelle möchte ich vielleicht einmal sagen, wie stolz ich auf alle meine Enkel bin. Alle sind wohlgeraten. Alexander und Michael haben nach ihrer Ausbildung tolle Jobs bekommen, Gini hat in Harvard studiert und macht auch dort gerade ihren Master. Jacky hat an der besten Privathochschule Deutschlands, der WHU in Vallendar, Betriebswirtschaft studiert und macht jetzt auch ihren Master in London und Paris. Leonard hat in England an einem Musikinternat sein Abitur gemacht und studiert jetzt Musikwissenschaft an der renommierten Popakademie in Mannheim. Leonard und Alexander sind beide tolle Singer/Songwriter und geben als Leonard London und Alex Amsterdam viele Konzerte in ganz Deutschland. Alle meine Enkel verstehen sich super gut untereinander, sind echte Familienmenschen und immer noch gerne mit ihren Eltern und Großeltern zusammen. Das ist nicht selbstverständlich, und deshalb freue ich mich immer besonders, wenn ich auch bei ihnen diesen Familienzusammenhalt spüre.

Eingeladen habe ich auch Gerda, Volkers erste Frau. Gerda liegt mir noch immer sehr am Herzen. Obwohl Volker und Gerda auch schon lange Jahre geschieden sind, und Volker wieder verheiratet ist, gehört für mich Gerda immer noch zur Familie. Sie ist die Mutter meiner Enkel und von daher möchte ich sie auch unbedingt dabei haben. Gerda und Volker verstehen sich nach ihrer Scheidung ebenfalls noch gut, und es gibt auch mit Simone, Volkers jetziger Frau, die herzlich in unsere Familie aufgenommen wurde, keinen Streit. Obwohl Marion und Bernd inzwischen auch geschieden sind, möchte ich ebenfalls deren neue Partner, Hermann und Jutta, dabei haben. Diese vier verstehen sich wirklich sehr gut und sind auch schon oft gemeinsam mit den Kindern in Urlaub gefahren. Bernds Mutter Ruth gehört auch zum Kreis meiner Gäste. Ruth hat inzwischen in Düsseldorf eine schöne Wohnung ganz in der Nähe von uns allen gefunden. Bernd hatte das organisiert, nachdem das mit dem Einzug in meine Wohnung nicht geklappt hatte. Auch Ruth hat mir in letzter Zeit schon oft geholfen. Ruth, Heinz und ich kennen uns jetzt fast 40 Jahre und haben uns immer gut verstanden. Leider ist Bernds Vater, der auch Heinz hieß, vor mehr als zehn Jahren schon gestorben. Meine Freundinnen Miriam, Mischa und Angie müssen natürlich auch dabei sein. Alle drei sind aus meinem Leben nicht mehr wegzudenken. Leider konnten mein Bruder Helmut und meine Schwägerin Christa aus persönlichen Gründen nicht kommen. Das fand ich wirklich schade, denn die beiden hätte ich wirklich gerne dabei gehabt.

Diese Diamantene Hochzeit sollte etwas ganz Besonderes werden. Zunächst musste ich den passenden Rahmen finden. Ich hatte mir als erstes das Melia Hotel angesehen, in dem auch Volker und Simone geheiratet hatten. Die Dame vom Bankettservice war sehr nett, aber der Raum, den sie mir zeigte und in dem die Feier stattfinden sollte, gefiel mir nicht besonders gut. Der Raum war im Grunde zu groß, sehr unpersönlich und erinnerte mich eher an einen Konferenzraum. Danach vereinbarte ich einen Termin mit dem Breidenbacher Hof an der Königsallee, einem der besten Hotels in Düsseldorf. Auch dort wurden Irina und ich sehr freundlich empfangen, und man stand meinem Anliegen sehr positiv gegenüber. Nachdem man mir den Heinrich Heine Salon, der für diesen Tag auch noch frei war, gezeigt hatte, stand mein Entschluss fest. Hier wollte ich feiern! Der Breidenbacher Hof bot genau den Rahmen, den ich mir für diese Veranstaltung gedacht hatte. Zudem der Heinrich Heine Salon von der Größe und Atmosphäre her genau auf uns zugeschnitten war. Die Bankettchefin, mit der ich den Termin vereinbart hatte, um die Einzelheiten zu besprechen, war ausgesprochen freundlich und hilfsbereit. Mehrfach sagte sie mir, wie toll sie das findet, dass ich das alles noch alleine vom Rollstuhl aus in die Wege leite. Sie gab mir das Gefühl, dass sich das ganze Hotel auf dieses Fest freut.

Nachdem der Rahmen feststand, war das nächste Projekt, das passende Kleid für mich zu finden. Miriam hatte mir zwar angeboten, mir für diesen Anlass ein passendes Kleid zu leihen, aber irgendwie fühlte ich mich bei diesem Gedanken nicht so richtig wohl. Die Entscheidung fiel, als ich mit Mela spazieren ging, und wir an dem bekannten Brautmodengeschäft „Honeymoon" vorbei liefen. Dort war ein Kleid ausgestellt, das mir so gut gefiel, dass ich zu Mela sagte, „Lass uns doch mal hineingehen." Ich sagte der Verkäuferin, dass ich ein Kleid für eine Diamantene Hochzeit brauche, und als sie mir daraufhin ein Kleid zeigte, das über und über mit Spitze und Glitzersteinchen bedeckt war, wusste ich: „Das ist mein Kleid!" Ich probierte es an und natürlich war klar, dass es noch geändert werden müsste, denn es war ja nicht für eine Rollstuhlfahrerin gedacht. Mela fiel aus allen Wolken, als sie sah, dass ich das Kleid wirklich kaufen wollte. Aber ich war überzeugt, mit diesem Kleid genau das Richtige zu tun. Mit diesem Kleid würde ich nicht nur mir eine große Freude machen, sondern alle total überraschen. Ich kaufte mir noch das passende Krönchen und lange weiße Handschuhe, damit alles perfekt aussieht, und habe dann den Kauf des Kleides auch bis zum Tag der Feier geheim gehalten.

Als nächstes habe ich Kontakt zu den Zeitungen aufgenommen. Anlässlich unserer Goldenen Hochzeit war bereits ein Bericht in der Rheinischen Post erschienen. Durch ein Telefonat mit der damaligen Redakteurin erhielt ich den Namen des jetzt zuständigen Lokalredakteurs. Ich bin dann mit Irina in die Lokalredaktion der Rheinischen Post gegangen und habe persönlich mit dem Redakteur gesprochen. Auch er fand die Geschichte gut und sagte mir zu, dass er am 31. Oktober einen Fotografen und eine Redakteurin zum Breidenbacher Hof schicken würde. Es war mir schon wichtig, dass darüber in der Zeitung berichtet wird. Man liest so oft nur schlechte Nachrichten und von Eltern, die sich gegenseitig oder, noch schlimmer, sogar ihre Kinder umbringen. Ich wollte mit meiner Geschichte den Lesern zeigen, dass es auch anders gehen kann. Dass man trotz Scheidung die Kinder nicht darunter leiden lässt, und dass man es mit gutem Willen auch schaffen kann, dass sich alle wie eine Familie fühlen und gut verstehen.

Einen Wunsch wollte ich mir im Hinblick auf die Diamantene Hochzeit noch selbst erfüllen. Da ich außer in Mexiko noch nie mit einer Stretchlimousine gefahren bin, fand ich die Vorstellung, dass meine Kinder, Heinz und ich von einer weißen Stretchlimousine abgeholt und zum Breidenbacher Hof gefahren werden, zu verlockend.

Marion suchte mir daraufhin im Internet die Telefonnummern von einigen Anbietern heraus, die ich dann alle persönlich anrief, um Preise und weitere Einzelheiten zu klären.

Auch hierbei habe ich am Telefon nur nette Gesprächspartner gehabt, die mich, unabhängig davon, dass sie auch den Auftrag haben wollten, in meinem Wunsch, einmal im Leben mit einer Stretchlimo vorzufahren, bestärkten. Nach einigen Telefonaten habe ich eine Firma in Essen beauftragt, die uns nicht nur abholen sondern auch noch eine kleine Stadtrundfahrt mit uns unternehmen wollte.

Eigentlich hatte ich ja geplant und schon mit dem Limousinenservice abgesprochen, dass auf der Hinfahrt nach Düsseldorf mein Bruder Helmut, seine Frau Christa und Mischa in Moers abgeholt werden und in der Stretchlimo bis nach Düsseldorf fahren sollten.

Leider musste mein Bruder seine Teilnahme ja absagen, so dass es dann nicht zu dieser Überraschung kam.

Zwei Tage vor der Diamantenen Hochzeit musste Irina wieder nach Polen zurück. Wegen dringender Arztbesuche konnte sie diesen Termin auch nicht verschieben. Sie wäre sonst bestimmt auch gerne dabei gewesen.

Das Fest

Zu meiner größten Freude erklärte sich meine Freundin Mischa bereit, an dem Tag schon früher zu kommen, um mir zu helfen und dann auch bis einschließlich Sonntag bei mir zu bleiben.

Marion wollte Mischa aus Neukirchen abholen, so dass ich mir darüber keine Gedanken mehr machen musste.

Gedanken machte ich mir aber ständig. Tage vor der Diamantenen Hochzeit habe ich immer schon zum lieben Gott gebetet, dass auch alles gut geht und keiner krank wird. Ich war total nervös.

Marion beruhigte mich immer und sagte, dass ich doch alles bestens vorbereitet hätte, und nichts mehr schief gehen kann.

Dann war der große Tag endlich da! Wie vereinbart hatte Marion am Morgen Mischa abgeholt und um halb zwölf bei mir vorbeigebracht. Gegen ein Uhr kam auch schon Miriam. Gemeinsam sind wir dann gegen zwei Uhr rüber zu Marion gegangen. Da ich mit meinem langen und voluminösen Kleid keine Treppen steigen konnte, hatten wir im Vorfeld beschlossen, dass ich mich in Marions Haus umziehe und fertig mache. Mein Kleid hatte Marion deshalb schon einen Tag vorher mit zu sich nach Hause genommen. Ich wusste, dass meine Vorbereitung viel Zeit in Anspruch nehmen würde, und deshalb fing Miriam direkt an, mich zu frisieren und zu schminken. Inzwischen waren auch Gerda, Michael, Leonard und Alexander eingetroffen. Alle hatten sich wirklich chic angezogen. Besonders gefreut hat mich, dass sich die Jungs sogar extra für dieses Fest einen neuen Anzug gekauft hatten. Ich war so stolz auf meine gut aussehenden Enkel, die sich sichtlich auf das Fest freuten. Marion hatte inzwischen Heinz abgeholt, der sich ebenfalls einen neuen Anzug gekauft hatte und richtig ordentlich aussah. Jetzt kam der große Moment, in dem ich mein Kleid anziehen wollte. Miriam, die aus allen Wolken fiel, als sie das Kleid sah, half mir beim Anziehen.

Das Kleid war ein Traum. Die Überraschung ist mir wirklich gelungen, denn alle waren richtig begeistert von meinem Aussehen. In der Diele wurden dann die ersten Fotos gemacht, nur von Heinz und mir. Im Garten ging dann die Foto Session weiter.

Ein schönes Foto mit meinen Freundinnen Miriam und Mischa

Besonderen Spaß hatten meine Enkel, die sich nur zu gerne mit mir in Poser-Stellung fotografieren ließen.

Dann plötzlich hieß es: „Die Limousine ist da". Und tatsächlich, groß und elegant parkte eine weiße Stretchlimousine vor dem Tor. Auch das war für die meisten eine große Überraschung. Als der livrierte Chauffeur ausstieg und uns die Wagentür öffnete, kamen wir aus dem Staunen nicht mehr heraus. Innen sahen wir die dicken Ledersitze und sogar eine richtige Bar. Vor der Limousine mussten natürlich wieder Fotos gemacht werden. Wie selbstverständlich nahmen mich wieder meine drei Enkel in die Mitte. Ich war so gerührt, dass sich diese drei jungen Männer so um mich kümmerten. Heinz und ich stiegen dann ein. Voller Begeisterung folgten Leonard, Alexander, Michael, Gerda, Mischa und Miriam. Mit Marion und Volker wollten wir uns später am Breidenbacher Hof treffen.

Meine Enkel Leonard (l.) Michael und Alexander (r.) kümmerten sich rührend um mich.

Die Fahrt in der Limousine war ein einmaliges Erlebnis. Wir tranken Sekt, hörten die schönen Lieder von Helmut, sangen die „Königin der Nacht" und hatten alle riesigen Spaß. Die Jungs setzten sich schwarze Sonnenbrillen auf und sagten, ich solle zum Spaß doch mal wie eine Königin aus dem Auto winken. Das habe ich auch gemacht, und wir haben uns dabei fast totgelacht. So eine tolle Stimmung habe ich selten erlebt. Für alle war die Fahrt etwas ganz Besonderes, und das war es, was ich erreichen wollte. Die Stadtrundfahrt, natürlich auch über die Kö, dauerte eine knappe Stunde und kurz nach 18 Uhr hielt unsere Limousine vor dem Breidenbacher Hof. Das war eine echte Sensation. Alle Leute blieben stehen, um zu sehen, welcher Star denn wohl aus dem Wagen steigt. Auch die Redakteurin und der Fotograf von der Rheinischen Post waren schon da.

Großer Auftritt vor dem Breidenbacher Hof

Vor dem Eingang erwarteten uns bereits die anderen Gäste, die ich mit der Limousine und meinem Kleid ebenfalls total überrascht habe. Nachdem ich der Rheinischen Post das Interview gegeben hatte und Heinz und ich vor dem Wagen noch einmal fotografiert wurden, ging es im Foyer des Breidenbacher Hofes mit einem Sektempfang für uns weiter. Die Atmosphäre war so, wie ich es mir vorgestellt hatte, festlich in einem stilvollen Ambiente. Dieser Sektempfang hat mit Sicherheit allen gefallen.

Wir sind so stolz auf unsere Kinder Marion und Volker.

Die Kellner waren ausgesprochen aufmerksam und kümmerten sich rührend um mich und Heinz.

Wie vereinbart gesellte sich gegen halb sieben auch der Pastor aus unserer Kreuzkirchengemeinde, Herr Bierei, dazu. Ich hatte ihn im Zuge der Vorbereitungen telefonisch angesprochen und gefragt, ob er nicht aus diesem Anlass eine kleine Rede für uns halten wolle. Natürlich hatte ich ihm ehrlich gesagt, dass Heinz und ich nicht mehr verheiratet sind, aber uns immer noch sehr verbunden fühlen. Zu meiner Freude sagte er sofort zu, wollte aber mit Marion noch die Einzelheiten klären. Das hatte er getan und nun war er bei uns, um mit uns zu feiern.

Gegen 19 Uhr betraten wir alle den festlich geschmückten Heinrich Heine Salon. Die Tafel war wunderschön mit roten Rosen und Kerzen gedeckt und auf dem Fernseher an der Wand wurde das Hochzeitsfoto von mir und Heinz von unserer ersten Hochzeit am 31.10.1953 gezeigt. Ich war so gerührt, denn wieder einmal wurde mir klar, dass wir es geschafft haben, sechzig Jahre später als alte Menschen immer noch hier zusammen zu stehen. Damals als junge Menschen lag die Zukunft noch vor uns. Heute haben wir sie zum größten Teil gelebt, aber wir leben noch, und wir halten immer noch zusammen. Das soll uns erst mal einer nach machen.

Nachdem wir alle unsere Plätze eingenommen hatten, hielt Pastor Bierei eine sehr schöne Ansprache, in der er auf den Wert der Familie und die Kinder als größtes Geschenk einging. Allem, was er sagte, konnte ich aus vollem Herzen zustimmen. Danach sangen wir alle das Lied" Lobe den Herren" und mit einem gemeinsamen Gebet endete dieser kleine Gottesdienst. Leider konnte Pastor Bierei den weiteren Abend nicht mehr mit uns verbringen. Das fand ich zwar schade, aber ich war froh, dass er sich überhaupt die Zeit für uns genommen hat.

Nachdem sich Pastor Bierei verabschiedet hatte, begann der Service mit unserem Menu. Inzwischen hatten wir auch alle Hunger und freuten uns richtig auf das Essen. Als Vorspeise wurde ein „aufgeschlagenes Waldpilzrahmsüppchen", als Hauptgericht „Gebratenes Schweinemedaillon mit Pfefferrahmsauce, Kroketten und Broccoli" und als Nachtisch eine „Dessertvariation aus Karamellmousse, Schokoküchlein und Krokant-Eis" serviert. Das Essen war köstlich, wenn auch entgegen meinem Wunsch und dem Aufdruck in der Menukarte kein Broccoli sondern Karotten und Erbsen als Gemüse gereicht wurden. Aber trotzdem hat es allen sehr gut geschmeckt.

Nach dem Essen hatte Marion eine kleine Diashow für uns vorbereitet. Zu dem Lied „My Way" von Frank Sinatra hatte sie alte Fotos von unserer ersten Hochzeit, von der Silbernen Hochzeit und von der Goldenen Hochzeit zusammengestellt. Das war sehr bewegend und hat viele zu Tränen gerührt.

Danach hatte Gerda ein schönes, selbst gedichtetes Lied vorbereitet, das sie zusammen mit Marion, Volker und den Enkeln vortrug. Alexander und Leonard spielten dazu Gitarre. Der Text hat mir sehr gut gefallen, weil er genau das ausdrückt, was ich in Bezug auf Familie so empfinde, und es freut mich, dass Gerda das so gut in Textform ausdrücken kann. Deshalb möchte ich gerne den Text hier zitieren.

Vorlage ist ein Lied der „Toten Hosen" und zwar „Das ist alles so lange her".

Refrain:
Das ist alles so lange her,
so unendlich weit weg.
Doch es fällt uns nicht schwer,
uns zu erinnern, wie's früher einmal war.
Doch eines ist wohl klar:
Dass nichts bleibt, wie's mal war.

1. Sechzig Jahre sind eine Ewigkeit
mit Höhen und Tiefen. Ihr wart dazu bereit.
Ihr seid schon lang nicht mehr ein Ehepaar,
doch ist für euch noch Vieles, wie es war.
Wir wollten nie so sein wie ihr und überhaupt,
habt ihr uns so manches Mal den letzten Nerv geraubt.
Und doch sind wir füreinander da.
Dieses Gefühl ist ganz wunderbar.
Refrain

2. Die Familie, das Größte überhaupt!
Die hält zusammen, was manchmal keiner glaubt.
Viel ist passiert und Vieles war nicht schön,
doch wir stehen zusammen, wie alle heute sehn.
Wir wollten nie so sein wie ihr und überhaupt
Habt ihr uns so manches Mal den letzten Nerv geraubt.
Und doch sind wir füreinander da.
Dieses Gefühl ist ganz wunderbar.
Refrain

3. Nichts hält für ewig und wir wissen, dass es stimmt,
dass uns das Leben das Liebste manchmal nimmt.
Doch es geht weiter, immer weiter, wie wir sehn,
und irgendwann wird alles wieder schön.
Wir wollten nie so sein wie ihr und überhaupt
Habt ihr uns so manches Mal den letzten Nerv geraubt.

Und doch sind wir füreinander da.
Dieses Gefühl ist ganz wunderbar.
Refrain

4. Heut sitzt ihr hier als Diamantenpaar,
doch eines ist euch sicherlich ganz klar:
Nichts ist unendlich, alles hat wohl seine Zeit.
Wir wünschen heute, dass es lange noch so bleibt!
Wir wollten nie so sein wie ihr und überhaupt
Habt ihr uns so manches Mal den letzten Nerv geraubt.
Und doch sind wir füreinander da.
Dieses Gefühl ist ganz wunderbar.
Refrain

Im weiteren Verlauf des Abends griff zu meiner großen Freude auch Volker zur Gitarre, und wieder einmal wurde mein Lieblingslied „Königin der Nacht" gespielt und von allen lauthals mitgesungen.

Marion hat danach auch noch einmal das Gedicht von dem Heiligenschein vorgelesen, das sie damals zu meinem 60. Geburtstag gedichtet hatte.
In dem Gedicht geht es darum, dass es in meiner Vergangenheit viele Männer gab, die etwas von mir wollten, aber ich mit ganz wenigen Ausnahmen nie einen Mann an mich heran gelassen habe. Deshalb heißt es in dem Gedicht auch immer so nett: „Aber nicht unser lieb Mütterlein, denn die trägt ja einen Heiligenschein." Das war vor zwanzig Jahren lustig und selbst heute noch können wir herzhaft darüber lachen.
Schön war auch, dass Marion etwas aus ihrem Buch vorlas, das sie anlässlich unserer Silberhochzeit im Jahre 1978 zusammengestellt hatte. Auch damals wurde schon der Zusammenhalt in unserer Familie trotz Scheidung gelobt. Volker war noch nicht verheiratet und es war noch kein Enkelkind geboren. Deshalb bin ich auch so stolz, dass das, was Marion damals geschrieben hat, auch heute noch genauso gültig ist. Obwohl meine beiden Kinder heute auch geschieden sind, haben sie doch immer noch einen sehr guten Kontakt zu ihren ehemaligen Partnern und beide haben versucht,

ihre Kinder nicht darunter leiden zu lassen und ihnen den Vater bzw. die Mutter zu erhalten. Dass das alles möglich ist, ist für mich der wichtigste Grund, diese Diamantene Hochzeit, die eigentlich keine ist, sondern „nur" eine Familienfeier anlässlich des Hochzeitstages von Heinz und mir vor 60 Jahren, mit meiner Familie zu feiern.

Gegen Mitternacht ging dieser wunderschöne Tag zu Ende. Ich weiß, dass es richtig war, diesen Tag zu feiern und ich weiß, dass alle meine Gäste das im Nachhinein genauso sahen. Es hat allen sehr gut gefallen, und ich bin sicher, dass allen noch einmal klar geworden ist, was das Wort Familie bedeutet, und dass wir unser Leben lang Familie gelebt haben.

Hier noch einmal im Wortlaut der Artikel von Laura Ihme in der Rheinischen Post von Samstag, den 2.11.2013

RHEINISCHE POST
SAMSTAG, 2. NOVEMBER 2013

Düsseldorf D5

Eine Diamantene Hochzeit - trotz Scheidung

Vor 60 Jahren gaben sich Annemarie König und Heinz Rosin das Ja-Wort - und trennten sich bald wieder. Gefeiert wurde jetzt trotzdem.

Annemarie König und Heinz Rosin fuhren mit der weißen Limousine zu ihrer Feier im Breidenbacher Hof.

Es ist kurz nach 18 Uhr am Donnerstagabend, als die weiße Stretchlimousine vor dem Breidenbacher Hof vorfährt. Neugierig bleiben einige Passanten stehen, fragen, welcher Star in der Limousine sitzt. Doch wer da aussteigt, ist weder ein weltbekannter Teenieschwarm noch eine Hollywood-Diva, sondern

Annemarie König. Heute ist ihr 60. Hochzeitstag, und der wird mit der ganzen Familie gefeiert.

Bloß: „Mein Angetrauter und ich, wir sind schon seit 53 Jahren geschieden", sagt die 79-Jährige. Gefeiert wird die so genannte Diamantene Hochzeit trotzdem. Denn auch, wenn Annemarie König und ihr früherer Ehemann Heinz Rosin irgendwann bemerkten, dass sie nicht die Richtigen füreinander waren, blieben sie Freunde. „Der Kinder wegen", betont König. „Wir wollten nicht, dass sie unter der Trennung leiden, und haben nie gestritten", sagt sie. Das sei es auch, was sie anderen mit auf den Weg geben wolle. „Oft werden Trennungen auf dem Rücken der Kinder ausgetragen – das darf einfach nicht sein."

Und so blieb die Familie König-Rosin auch nach der Scheidung noch eng miteinander verbunden, bereits die Silberne und die Goldene Hochzeit wurden zünftig gefeiert. Für das 60. Jubiläum sollte es dann aber besonders prunkvoll sein: „Wir hatten nie viel Geld, und für diesen besonderen Anlass jetzt habe ich jahrelang gespart", sagt Annemarie König. Sogar ein neues Ballkleid hat sie sich gekauft – natürlich passend zum Motto in Weiß und mit Perlen verziert. „Es soll ja schließlich auch nach Diamantener Hochzeit aussehen", sagt sie. Und der Bräutigam? Der hält sich vornehm zurück, überlässt der Dame den großen Auftritt, verrät aber: „Ich finde es richtig toll, so etwas noch einmal auf meine alten Tage zu erleben. Ich bin ja schließlich auch schon 83."

Zwei Kinder und fünf Enkelkinder haben Annemarie König und Heinz Rosin. Und die dürfen am Donnerstag natürlich auch nicht fehlen. Von allen Kindern ist wohl ihr Sohn, der Kinderliedermacher Volker Rosin, bekannt: „Ich finde es total klasse, dass meine Eltern sich immer so gut verstanden haben und zusammen feiern. Auch wenn die Idee mit der Diamantenen Hochzeit schon ein wenig skurril ist", sagt er. Einen Sektempfang, ein Hochzeits-Menü, Musik und Geschenke gibt es an diesem Abend für das Paar. Und sogar der Pfarrer kommt vor-

bei, um seine Glückwünsche auszusprechen. „Wir sind ja evan-
gelisch – da ist das kein Problem", sagt Volker Rosin und lacht.

Mitte: Marion, Mischa, Miriam, Angie
Hinten: Hermann, Bernd, Jutta, Simone, Volker, Pastor Bierei (verdeckt),
Leonard, Ruth, Alexander, Gerda, Michael

Schlussgedanken

Der wahre und in seinem Kern letztendlich auch einzige Grund, warum mein Kontakt zu Heinz über die vielen Jahrzehnte bis heute Bestand gehabt hat, sind unsere Kinder Marion und Volker. Wenn die Kinder nicht gewesen wären, hätte ich meinen Kontakt zu Heinz mit absoluter Sicherheit schon nach unserer ersten Scheidung für immer abgebrochen. Auch ausschließlich der Kinder wegen habe ich Heinz das zweite Mal geheiratet. Bis heute sehe ich Heinz immer noch als wichtiges Mitglied unserer Familie. Die Ursachen dafür sind sicherlich in meiner Kindheit zu suchen. Schon in der Jugend als junges Mädchen entstand eine tiefe Sehnsucht nach einer eigenen Familie. Dort liegt der Ursprung für meinen nicht zu erschütternden Wunsch, eine Familie haben zu wollen und mit dieser Familie zu leben. Als Kind habe ich eigentlich nie einen Vater vermisst. Meine Mutter war mein ein und alles, hat sich aufopferungsvoll um mich gekümmert und mir alle Liebe gegeben, die man als Kind braucht. Später wünschte ich mir einen anständigen Schwiegervater, als Ersatz für meinen Vater, den ich nie kennen gelernt habe. Leider konnte ich zum Vater von Heinz nie eine positive Beziehung aufbauen, und später waren sowohl bei Dieter als auch bei Peter die Väter bereits gestorben. Deshalb sollten wenigstens meine eigenen Kinder immer einen Vater haben. Dafür habe ich gekämpft und vieles mitgemacht.

Das Gebot, dass die Kinder unter einer Scheidung nicht leiden sollen, auch wenn die Ehe noch so schlecht war, halte ich für unumstößlich. Mein Leben zeigt, wie richtig dieses Gebot ist. Allerdings darf man auch nicht übersehen, dass es sehr viel Vernunft, innere Überwindung und damit erhebliche Energie kostet, dieses Gebot auch nur einigermaßen einzuhalten.

Auch ist die Gefahr, in einer scheinbar ausweglosen Situation ins soziale Abseits abzurutschen, nicht zu unterschätzen. In den fünfziger und sechziger Jahren galt das in ganz besonderem Maße für mich als eine junge, allein erziehende Mutter von zwei kleinen Kindern. Ganz besonders, wenn diese Mutter zudem noch besonders attraktiv aussah und den Lebensunterhalt für sich und ihre Kinder in den nicht gerade angesehensten Gaststätten verdiente. Es erforderte einiges an Disziplin, in einer derartigen Lebenssituation nicht den Boden unter den Füßen zu verlieren. Ich habe es geschafft und darauf bin ich – ich glaube zu Recht – stolz. Jedenfalls bin ich mir sicher, aus meiner Situation und mit meinen Möglichkeiten für meine Kinder das Beste getan zu haben. In dieser Ansicht werde ich voll und ganz bestätigt, wenn ich meine beiden Kinder heute ansehe. Beide haben ihren Weg gemacht und sind angesehene, erfolgreiche Menschen, die ein glückliches Familienleben führen. Auch im Leben meiner Kinder hat es familiäre Brüche gegeben. Meine Kinder haben es aber verstanden, damit rücksichtsvoll in Bezug auf ihre ehemaligen Partner und insbesondere in Bezug auf meine Enkelkinder umzugehen. Es scheint mir so zu sein, dass meine Kinder etwas von mir gelernt haben. Für mich ist es eine große Freude, dass ich ihnen zumindest in dieser Hinsicht ein gutes Vorbild sein konnte.

Ich kann meinen Kindern für ihre Unterstützung nicht genug danken. Ich danke Marion, die sich so sehr kümmert und mein Ansprechpartner für alle Alltagsprobleme ist, und ich danke Volker, ohne dessen großzügige finanzielle Unterstützung ich gar nicht die Möglichkeit hätte, heute noch selbstbestimmt in meiner eigenen Wohnung zu leben und dort gepflegt zu werden.

Deshalb bete ich zum Lieben Gott, danke ihm für diese Familie und wünsche mir, dass er mir noch ein paar Jahre schenkt. Gerne würde ich in diesem Jahr meinen 80. Geburtstag feiern und gerne würde ich die Reaktionen auf mein Buch erleben. Ich habe jetzt verstanden, dass nichts mehr ist, wie es mal war, aber es gibt noch lange keinen Grund, wegen meiner Behinderung den Kopf in den Sand zu stecken. Ich muss umdenken, denn ich möchte noch Einiges erleben. Aufgeben kann ich immer noch nicht, und was ich bis heute erreicht habe, besonders was den Zusammenhalt unserer Familie angeht, das muss mir erst mal einer nachmachen.